Giorgio Scerbanenco
Mord stand nicht im Stundenplan

SERIE PIPER
Band 5532

Zu diesem Buch

Eine Mailänder Abendschule ist Schauplatz einer hemmungslosen Eskalation von Gewalt. Die junge Lehrerin wird regelrecht massakriert aufgefunden. Kommissar Duca Lamberti stehen beim Verhör elf verwahrloste Jugendliche gegenüber, die eisern schweigen. Sie sind 13 bis 20 Jahre alt, stammen bis auf einen aus asozialen Verhältnissen, sie sind krank, alkoholsüchtig, gewalttätig, vorbestraft. Lamberti hat so eine Ahnung und startet ein Experiment...

Giorgio Scerbanenco, geboren 1911 in Kiew, gestorben 1969 in Mailand. Verließ mit seiner Mutter noch vor der Oktoberrevolution Rußland und lebte seitdem in Italien. Dank seiner Begabung fürs Schreiben bald Textlieferant für Zeitschriften und Geschäftsführer auflagenstarker Blätter. Nach zahlreichen Unterhaltungsromanen schrieb Scerbanenco in den sechziger Jahren seine sozialkritischen Kriminalromane, die stets in Mailand spielen und ihm den Beinamen »italienischer Simenon« einbrachten. Mehrere dieser Romane wurden verfilmt.

Giorgio Scerbanenco

Mord stand nicht im Stundenplan

Roman

Aus dem Italienischen von
Eugen Haas

Piper
München Zürich

SERIE PIPER
SPANNUNG
Herausgegeben von Friedrich Kur

Die Originalausgabe erschien 1968 unter dem Titel
»I ragazzi del massacro«
bei Garzanti Editore, Mailand.

ISBN 3-492-15532-4
Dezember 1988
R. Piper GmbH & Co. KG, München
Überarbeitete Lizenzausgabe mit Genehmigung des
Scherz Verlags Bern und München

Umschlag: Federico Luci,
unter Verwendung einer Zeichnung von Beate Brömse
Gesamtherstellung: Clausen & Bosse, Leck
Printed in Germany

ERSTES KAPITEL

Matilde Crescenzaghi, Tochter des verstorbenen Michele Crescenzaghi und der Ada Pirelli, ledig, war Lehrerin an der Fustagni-Abendschule. In ihrer Klasse unterrichtete sie Jugendliche im Alter von 13 bis 20 Jahren; die meisten waren schon im Jugendgefängnis gewesen, hatten Alkoholiker als Väter oder Prostituierte als Mütter; einige litten an Tuberkulose, andere an ererbter Syphilis. Ein ehemaliger Fremdenlegionär hätte sich besser zum Klassenlehrer geeignet als die zierliche, sanfte junge Dame, die einer oberitalienischen Kleinbürgerfamilie entstammte.

1

»Sie ist vor fünf Minuten gestorben«, sagte die Schwester.

Duca Lamberti blickte über ihre Schulter hinweg in Mascarantis derbes, vor Aufregung gerötetes Gesicht und schwieg.

»Wollen Sie sie trotzdem sehen?« fragte die Schwester. Die Polizisten waren gekommen, um die Lehrerin zu vernehmen. Aber wie vernimmt man eine Tote?

»Ja«, erwiderte Duca. Die Tote lag unbedeckt in ihrem Bett; ihr geschundener Körper steckte in einem altmodischen gelben Babydoll, das Gesicht schmerzverzerrt, das rechte Auge blutunterlaufen, die Stirn grotesk entstellt durch die kahle Stelle gleich darüber, wo man ihr auf brutale Weise ein Haarbüschel ausgerissen hatte, der Oberkörper aufgebläht und rund wie ein Faß wegen des Gipsverbands, mit dem die Ärzte in aller Eile die unzähligen gebrochenen Rippen hatten zusammenhalten wollen.

Ein Mann mit einer Rollbahre – ein einfaches Bett, das anstatt mit weißen Bettüchern mit einem grauen Segeltuch bedeckt war – betrat das Zimmer, um die Leiche bis zur Obduktion in den Kühlraum zu bringen. Ein junger Polizist in Uniform, der Duca erkannte und die Hand schüchtern an die Mütze hob, sagte arglos und, für einen Polizisten ungewöhnlich, fast gerührt: »Sie ist tot.« Er verschränkte die schweißnassen Hände hinter dem Rücken; vielleicht hatte er den falschen Beruf gewählt. »Ihre letzten Worte waren: ›Herr Direktor‹, dann starb sie.«

Duca trat näher und betrachtete die verheerenden Wunden, die diesem bedauernswerten zweiundzwanzigjährigen Geschöpf namens Matilde Crescenzaghi, Tochter des verstorbenen Michele Crescenzaghi und der Ada Pirelli, wohnhaft am Corso Italia 6, Mailand, ledig, Lehrerin an der Fustagni-Abendschule, Porta Venezia, beigebracht worden waren. Man hatte zunächst nur die lebensgefährlichen Verletzungen behandelt; er erkannte das an dem gebrochenen linken kleinen Finger, der nur provisorisch geschient war, an dem dikken Wattebausch unter dem gelben Höschen des Babydoll, das ihre Mutter ihr ins Krankenhaus gebracht hatte, sobald sie die Polizei benachrichtigt hatte; weitere Körperteile waren notdürftig verbunden, so daß sie aussah, als sei sie von einem Zug überfahren worden.

»Die Mutter steht unter Schock. Sie weiß noch nicht, daß ihre Tochter tot ist«, sagte die Schwester, die ihnen gefolgt war.

Vor fünf Minuten war sie mit dem Ausruf »Herr Direktor!« gestorben. Vor dem Krieg, so wird erzählt, starben manche mit dem Ausruf »Duce!« oder »Zieht mir das Schwarzhemd an!« Andere riefen, wenn sie starben, nach ihrer Mutter. Ihre letzten Worte hatten dem Schuldirektor gegolten. Was für ein Elend!

»Wann werde ich mit der Mutter sprechen können?« fragte Duca die Schwester und warf einen letzten Blick auf den verwüsteten Körper.

»Ich werde den Professor fragen, aber vermutlich nicht vor morgen abend.«

»Danke.« Draußen was es eiskalt, und dichter Nebel nahm Duca und Mascaranti die Sicht. Sie blieben auf dem Bürgersteig stehen und erkannten lediglich das Blaulicht des Polizeiautos, das auf der anderen Straßenseite stand. Alles andere versank in grauem, wattigem Dunkel, das auch die Geräusche dämpfte oder verschluckte.

»Warum muß dieser Idiot da drüben parken«, lamentierte Mascaranti, »er hätte hier warten können. Jetzt müssen wir über die Straße.« Bei diesem Nebel hätte er am liebsten keinen Fuß vor die Tür gesetzt.

»Einbahnstraße«, sagte Duca.

»Ah«, höhnte Mascaranti, »nur wir von der Polizei halten uns an die Vorschriften.«

Vorsichtig überquerten sie die breite Straße. Ab und zu leuchteten im dichten Nebel die Scheinwerfer eines Autos auf, das im Schneckentempo dahinkroch. Auf der anderen Seite angekommen, meinte Mascaranti: »Tut mir leid, Dottore, aber ich brauch' was zu trinken.« Als Polizist hatte er schon einiges gesehen, aber der Anblick des toten Mädchens war schwer zu ertragen gewesen, und er mußte etwas trinken, wenn auch nur, um seiner Wut Herr zu werden.

»Ich auch«, sagte Duca.

Sie gingen bis zur nächsten Straßenecke, wo im eisigen Nebel eine bläuliche Neonschrift auftauchte und eine »Warme Küche« versprach.

»Ist Ihnen nicht kalt, Dr. Lamberti?« fragte Mascaranti.

Ohne Mantel und Schal, ohne Hut auf seinem kurzgeschnittenen Haar war ihm wirklich etwas kalt in diesem eisigen Nebel; der Gedanke an das tote Mädchen ließ ihn noch mehr frösteln.

»Doch«, antwortete er, als ihm Mascaranti die Tür zur »Warmen Küche« aufhielt. »Ich trinke einen Grappa, und du?«

»Einen doppelten.«

Duca bestellte zwei doppelte Grappa und betrachtete den dünnen Hals des Mädchens hinter dem Tresen, das ungeschickt und müde die Grappaflasche in dem Regal suchte, sie endlich fand und den Schnaps in große Gläser goß.

Er trank langsam, Schluck für Schluck, ohne abzusetzen, und starrte ins Leere. Er sah nichts von seiner Umgebung, sondern nur gestochen klar, wie auf einer Fotografie, das tote, malträtierte Mädchen in ihrem Babydoll und die dicken, sinnlosen Verbände. Sie haben sie zerfleischt, dachte er, schüttelte den Kopf und trank seinen Grappa aus. Wenn sie in ein Kellerloch voll halbverhungerter Ratten gefallen wäre, hätte sie nicht schlimmer ausgesehen. »Das müssen Bestien gewesen sein!« Er schüttelte wieder den Kopf. »Gehen wir.«

Das Blaulicht des Polizeiautos war ihre einzige Orientierungshilfe im Nebel.

»Wohin gehen wir?« fragte Mascaranti.

»In die Schule.«

2

Die Fustagni-Abendschule in der Nähe des Piazzale Loreto war in einer alten zweistöckigen, turmbewehrten Villa untergebracht, wie sie sich in den ehemaligen Randbezirken der Stadt großer Beliebtheit erfreuten. Wo heute zehn-, fünfzehn-, zwanzigstöckige Betonklötze stehen, war früher unbebautes, offenes Land gewesen. Die Villa lag etwas zurückgesetzt an einem kleinen Platz. Die Scheinwerfer des geparkten Kombiwagens der Polizei waren auf die Toreinfahrt gerichtet und ließen das Messingschild mit der Aufschrift »Fustagni-Abendschule« aufleuchten. Vier Polizisten standen herum, ein Fotograf, den Mantelkragen bis zu den Ohren aufgeschlagen, saß auf dem Trottoir und schlief, und als Publikum hatten sich ein paar junge Leute eingefunden. Kein Schauspiel, so abstoßend es auch sein mag, das nicht sein Publikum hätte, dachte Duca, als er aus dem Alfa stieg.

Der Fotograf wachte auf, stürzte auf ihn zu und starrte ihn und seinen Wagen durch den Nebelschleier an. »Polizei?« fragte er. »Gibt's was Neues?«

Duca schwieg, und Mascaranti nahm den Fotografen beim Arm. »Verschwinden Sie, hier gibt's nichts zu sehen.«

»Lassen Sie mich drinnen fotografieren, nur ein Foto«, bat der Fotograf aufgeregt. »Ich weiß, daß sie eine Tafel mit schweinischen Ausdrücken und Zeichnungen beschmiert haben, die kann ich natürlich nicht fotografieren, niemand würde das veröffentlichen. Aber das Pult der Lehrerin mit der Tafel als Hintergrund, so daß die Zeichnungen und die Wörter nicht genau zu erkennen sind, das könnte gehen. Wenigstens ein einziges Foto, Herr Inspektor, ich bitte Sie, nur eins.«

Mascaranti führte ihn weg, und Duca ließ sich von einem

der Polizisten den Weg in die Villa zeigen. Das Klassenzimmer A lag im Erdgeschoß; links neben der Treppe wohnte das alte Hausmeisterehepaar, das müde, nervös und verzweifelt am Fuß der Treppe stand, die zu den Klassenzimmern in den oberen Stockwerken führte. Rechts, vor dem Klassenzimmer A, hielt ein weiterer Polizist Wache.

»Gehen Sie ruhig auf Ihre Zimmer, ich brauche Sie nicht«, sagte Duca zu den beiden Alten. Der Polizist hatte inzwischen die Tür aufgemacht, und Duca betrat mit Mascaranti das Klassenzimmer A, das zwei lange, diagonal angebrachte Neonröhren erhellten. Alles war noch genau so, wie es zwei Abende zuvor das Hausmeisterpaar vorgefunden hatte. Die einzige Veränderung bestand in schwarzen Tüchern, die über gekreuzte Holzlatten vor die drei hohen, schmalen Fenster gespannt worden waren, als Vorsichtsmaßnahme gegen Fotografen und Journalisten. Durch die Fenster sah man auf ein paar Quadratmeter gefrorene Erde, den sogenannten Vorgarten, hinaus. Von dort aus konnte auch eine kleine Person ins Klassenzimmer hineinsehen. Obwohl die Fenster vergittert und im Zimmer Jalousien angebracht waren, hatte ein Fotograf von außen eine Scheibe eingeschlagen und versucht, die Jalousie hochzuziehen, um ein Foto des Zimmers zu machen. Man hatte das zwar verhindert, aber um Wiederholungen zu vermeiden, waren die Fenster regelrecht verdunkelt worden.

»Den Plan«, sagte Duca Lamberti, vor der Tafel stehend. Mascaranti suchte in seiner Aktenmappe, fischte ein einfaches weißes Blatt, »Plan« genannt, heraus und reichte es ihm.

Duca studierte die »technischen« Zeichen auf dem Boden, die dem Schulzimmer ein ungewohntes Aussehen verliehen: mit weißer Farbe aufgemalte große und kleine Kreise; jeder war mit einer Zahl versehen; auf dem Plan waren unter den Zahlen die Gegenstände aufgeführt, die an den einzelnen Stellen gefunden worden waren.

Die weißen Kreise waren überall, auf dem Pult der Lehrerin neben der Tafel, auf dem Boden, auf den vier Tischen, auf den Stühlen, an der Wand.

»Eine Zigarette, bitte«, sagte Duca und streckte Mascaranti die Hand hin, während er die Kreise und im besonderen den mit der Nummer 19 betrachtete.

»Bitte, Dottore.« Mascaranti gab ihm Zigarette und Feuer.

Duca suchte auf dem Plan die Nummer 19 und fand dort geschrieben: Schnapsflasche. Er wählte einen anderen Kreis, den mit der Nummer 4. Auf dem Blatt stand: Kleines Goldkreuz, wahrscheinlich von einem der Schüler. Neben dem Kreis Nummer 4 war eine Zeichnung auf dem Boden, die menschliche Umrisse darstellte, die Umrisse der Lehrerin Matilde Crescenzaghi.

Duca Lamberti rauchte, ohne die Zigarette aus dem Mund zu nehmen, und warf schließlich die Kippe auf den Boden. Er kontrollierte die einzelnen Punkte des Plans. Nummer 1, Umrisse der Mathilde Crescenzaghi; Nummer 19, Schnapsflasche.

»Eine Zigarette«, bat er von neuem.

Er setzte sich auf den harten, unbequemen Stuhl hinter dem Pult und sah sich das Klassenzimmer an. Die vier gewöhnlichen Tische, umgeben von je vier Stühlen, die diesen sonderbaren Schülern als Schulbänke gedient hatten. Er suchte auf dem Plan nach Nummer 8: Urin. Nicht nur einer, sondern mehrere der Schüler – wenn man sie so nennen konnte – hatten in eine Ecke gepißt und so das Schulzimmer in eine ekelerregende Kloake verwandelt.

Er zog zwei-, dreimal an der Zigarette, ohne Mascaranti oder den uniformierten Polizisten an der Tür eines Blickes zu würdigen. Dann blickte er wieder auf den Plan. Nummer 2: Das Höschen der Lehrerin war an einem der Haken gefunden worden, an denen eine große Landkarte von Europa hing.

»Zigarette.« Nur an den Zigaretten, die er sich von Mascaranti geben ließ, merkte man, wie die Zeit verging. Jetzt studierte er die Tafel, die die Tätlichkeiten der Fotografen und Journalisten herausgefordert hatte und die voll und ganz mit pornographischen Schmierereien bedeckt war. Er stand auf und stellte sich, Zigarette im Mund, vor die Tafel; normalerweise hielt er die Zigaretten in der Hand, aber auch er war nur aus Fleisch und Blut, und um Wut und Verzweiflung niederzukämpfen, zog er ununterbrochen an der Zigarette, auch wenn es nicht viel nützte. Er sah sich die Tafel genau an. In einer Ecke stand halb verwischt, aber noch deutlich lesbar, das Wort IRELAND, das ohne Zweifel Matilde Crescenzaghi hingeschrieben hatte. Das Wort stammte noch aus der Geographiestunde vom Vorabend des Gemetzels. Was immer die Schüler von den Ausführungen ihrer Lehrerin über die Geschichte Irlands verstanden haben mochten, tags darauf hatten sie neben das Wort Ireland einen Phallus gezeichnet und alle mit dem gezeichneten Objekt auszuführenden Tätigkeiten benannt, größtenteils im Mailänder Dialekt. Einer der Schüler, offenbar aus Rom, hatte mehrere Male die Bezeichnung des weiblichen Geschlechtsteils im römischen Dialekt an die Tafel gekritzelt. Alle erogenen Zonen waren aufgeführt und mit ungeschlachten Zeichnungen illustriert. Aufforderungen zu den verschiedensten ungewöhnlichen, vor allem aber sexuellen Betätigungen waren aufgrund unzähliger orthographischer Fehler nur schwer zu entziffern. Neben all diesen Obszönitäten stand unschuldig und hilflos das Wort IRELAND.

Nummer 11: Der Büstenhalter der Lehrerin war am Fenstergriff links von der Tafel aufgehängt worden. Rock, Mantel und Pullover, Nummer 6, hingen an einem Kleiderhaken an einer Wand des Schulzimmers. Ein Strumpf, Nummer 21, war mit Reißzwecken zwischen zwei Tische gespannt worden, vielleicht hatten sie sich einen Spaß daraus gemacht, über den Strumpf zu springen. Der zweite Strumpf war auf dem Plan nicht verzeichnet, er war nicht im Klassenzimmer A gefunden worden. Aber ein mit zwei Sternchen versehener Hinweis gab Auskunft darüber, daß man den anderen Strumpf bei einem der Schüler, dem vierzehnjährigen Carolino Marassi, Sohn des Paolo Marassi und der Giovanna Carona, beide verstorben, in der Hosentasche entdeckt hatte. Bei dem Namen Carolino mußte Duca Lamberti trotz der unpassenden Umgebung unwillkürlich auflachen. Carolino, Vollwaise, hatte sich den Strumpf seiner jungen Lehrerin in die Tasche gesteckt. Den rechten oder den linken? fragte sich Duca. Bertrand Russell behauptet, bei Strümpfen sei im Gegensatz zu Schuhen nicht festzustellen, ob es sich um rechte oder linke handle. Wahrscheinlich hatte Carolino ihn ihr selbst vom Strumpfhalter – auf dem Plan die Nummer 7 – gerissen und ausgezogen. Auf den Strumpfhalter war man in der Schublade einer der Tische gestoßen. Es hatte ausgesehen, als ob der Schüler, der ihn an sich genommen hatte, ihn hatte aufheben wollen. Der andere Bursche hatte der gequälten, unglücklichen Lehrerin den Strumpf vom Bein gezogen und in seine Tasche gesteckt, als hätte auch er dabei an künftige Erregungen gedacht. Und dieser Bursche hieß Carolino.

Duca Lamberti studierte jeden Quadratzentimeter des Zimmers, ging vorsichtig zwischen den weißen Kreisen auf dem Boden hinter die Tafel, deren Rückseite mit weiteren Obszönitäten beschmiert war, und rauchte seine Zigarette zu Ende.

»Dr. Lamberti?« Mascarantis Stimme klang in dem überheizten Klassenzimmer nahezu schrill.

»Ja?« antwortete Duca Lamberti hinter der Tafel. Er warf die Kippe auf den Boden. »Nichts«, sagte Mascaranti.

Nummer 3: Der linke Schuh war auf die Rückseite der Tafel geklebt worden, laut Plan mit Kaugummi.

Gefolgt von den Blicken Mascarantis und des uniformierten Polizisten durchsuchte Duca das ganze Zimmer, zog die Schubladen der vier Tische auf – sie waren leer, der Spurensicherungsdienst hatte alles mitgenommen –, ging vor dem kleinsten der weißen Kreise in die Hocke und suchte auf der Liste Nummer 18: 50 Schweizer Rappen. An dieser Stelle war das kleine Geldstück im Wert von einem halben Franken gefunden worden. Er schüttelte den Kopf, als ob er nichts von allem, was er sah, glauben könnte. »Die Hausmeisterin«, er schüttelte wieder den Kopf, »sie, nicht den Mann.« Er stand auf und setzte sich ans Pult, auf den Stuhl, auf dem jeden Tag, Sonn- und Feiertage ausgenommen, die ermordete Lehrerin gesessen hatte.

Mascaranti holte die kleine, müde Frau, deren graues, kurzgeschnittenes Haar ungewöhnlich für eine Frau ihres Alters war, und führte sie zum Pult. Duca bot ihr einen Stuhl an, und sie nahm schüchtern Platz.

»Um wieviel Uhr beginnt der Unterricht?« fragte er.

»Morgens, um halb sieben.«

»Warum? Ist das nicht eine Abendschule?«

»Nur dem Namen nach. Aber unterrichtet wird den ganzen Tag über«, erklärte die Alte. »Manche Schüler können abends nicht kommen und haben deshalb von halb sieben bis halb acht eine Stunde Unterricht. Um acht kommen die Handelsschüler, die haben Stenographie und Buchhaltung. Nachmittags kommen die, die Sprachen lernen.«

»Und abends?« fragte Duca.

»Abends wird nur hier im Schulzimmer A Unterricht gehalten.« Die Alte bemühte sich, nicht auf die beschmierte Tafel zu sehen, aber unglücklicherweise saß sie ihr direkt gegenüber.

»Was lernen die hier in Zimmer A?« fragte Duca.

»Ach die«, sagte die Alte bitter und verächtlich mit starkem Mailänder Akzent, »was werden die schon lernen. Die sind der Abschaum der Gegend. Wissen Sie, schuld daran sind die Sozialarbeiterinnen, diese Damen, die mit schwarzen Aktenkoffern herumlaufen und die armen Familien besuchen, vom Piazzale Loreto bis Lambrate, und darauf bestehen, daß die jungen Leute die Abendschule besuchen, statt in Kneipen rumzuhängen und Billard zu spielen. Sie schicken sie hierher, aber die lernen nichts, die machen nur den Lehrern das Leben zur Hölle.« Sie verzog das Gesicht, holte tief Luft und fügte hinzu: »Oder bringen sie um, und dann gehen sie wieder zurück in die Kneipen, wo sich auch die alten Schweinekerle rumtreiben.« Sie nahm kein Blatt vor den Mund, die Alte.

»Um wieviel Uhr kommen die vom Schulzimmer A?« Duca sprach freundlich und aufmunternd mit ihr.

»Um halb sieben.« Wieder holte sie tief Luft. Noch immer hatte sie die junge Lehrerin Matilde Crescenzaghi vor Augen, wie sie sie nach dem Gemetzel gefunden hatte, nackt und blutüberströmt auf dem Boden unter der Tafel liegend, die fürchterlichen Wunden und Verletzungen vom grellen Neonlicht angestrahlt, noch immer hörte sie ihr verzweifeltes Stöhnen. »Aber sie kommen immer früher, beileibe nicht, um zu lernen. Als ob es denen ums Lernen geht. Die warten doch nur darauf, daß es halb elf Uhr ist, damit sie ihre Schweinereien veranstalten können. Deshalb kommen sie früher, um alles auszumachen und sich zu verabreden. Zweimal hab' ich die Polizei gerufen und gesagt, daß mir diese jungen Kerle überhaupt nicht gefallen, und wissen Sie, was der Polizist mir geantwortet hat? ›Was mich betrifft, so würde ich sie alle in ein Klosett stecken und hinunterspülen, doch das Gesetz verlangt, daß sie unterrichtet werden, also müssen sie hierher kommen.‹ Da habe ich dem Polizisten gesagt: ›Aber das sind Verbrecher, Sie brauchen ihnen nur in die Augen zu sehen, die morden und lachen dabei.‹ Worauf der Polizist gemeint hat: ›Wenn sie morden, stecken wir sie ins Kittchen, aber solange sie nicht morden, bleiben sie hier und lernen. Gesetz ist Gesetz.‹ Und jetzt ist es soweit. Sie haben gemordet, und die Polizei hat sie eingelocht, aber diese arme Lehrerin mußte sterben, weil das Gesetz verlangt, daß unterrichtet wird.«

Bittere Logik. Die Alte mit dem kurzen grauen Haar hatte mit einfachen Worten, aber mit unanfechtbarer Logik ein gravierendes soziales Problem umrissen.

»Aber wie ist es möglich, daß keiner was gehört hat?« fragte Duca, ohne auf ihre Ausführungen weiter einzugehen. »Die waren sternhagelvoll und müssen einen Mordslärm gemacht haben.«

»Sehen Sie, bevor die Lehrerin kam, haben mein Mann oder ich manchmal einen Blick ins Klassenzimmer geworfen, um nachzuschauen, was die Kerle dort treiben. Stellen Sie sich vor, an einem Abend hatten sie ein Mädchen eingeschmuggelt, und sie ließen es erst gehen, als mein Mann die Polizei anrief. Auch deshalb wollte der Direktor das Klassenzimmer A schließen, aber die Sozialarbeiterinnen haben protestiert. Sie sagten, wenn diese jungen Leute nicht in die Schule gingen, kämen sie immer weiter auf die schiefe Bahn, und man müsse Geduld mit ihnen haben, und der Direktor, der kein sehr starker Mann ist, hat nachgegeben.« Die Alte war wütend. »Vor zwei Jahren hatten wir hier eine kleine, hübsche Lehrerin aus Bergamo, die aussah wie eine Nonne und sich auch manchmal so anzog, dunkelblau mit weißem Kragen, Sie wissen schon. Sie hat es hier nur drei Tage ausgehalten. Am dritten Abend kam sie weinend zu mir: ›Sagen Sie dem Herrn Direktor, daß ich es nicht mehr schaffe, ich kann nicht mehr.‹ Weder der Direktor noch ich haben je erfahren, was die Typen ihr angetan haben, obwohl man es sich ja vorstellen kann.«

»Sehr interessant.« Duca dachte darüber nach, warum es niemandem in den Sinn gekommen war, daß für eine solche Schülerbande ein Mann mit einer harten Faust, möglicherweise ein ehemaliger Fremdenlegionär, geeigneter gewesen wäre. Vielleicht fehlte es an Lehrern, die diese unangenehme und schlechtbezahlte Arbeit auf sich genommen hätten, für die sich so viele Frauen opferten – nicht nur aus finanziellen Gründen, sondern, wie die Tote, aus echter Begeisterung für ihre Aufgabe. »Ich möchte aber wissen, weshalb keiner was gehört hat. Sie waren außer Rand und Band, haben Tische umgestürzt. Sie wohnen doch hier direkt daneben –«

»Man hört einfach nichts, Dottore! Sie haben keine Ahnung, wie viele Autos, Trambahnen, Laster den ganzen Tag bis neun Uhr abends durch diese Straße rattern«, unterbrach ihn die Alte scharf. »Mein Mann und ich müssen oft in der Küche schreien, um uns zu verständigen.«

Duca nickte zustimmend. Im Erdgeschoß eines Hauses, wo in drei Meter Entfernung die Trambahn vorbeifuhr, von den Lastern nicht zu reden, da konnte man nichts hören. »Und wie haben Sie entdeckt, was passiert ist?« fragte er weiter.

»Ich ging nach neun Uhr in den Garten hinaus, um den Topf mit Immergrün zu holen, den wir tagsüber draußen lassen, aber nachts wegen der Kälte hereinholen«, antwortete sie, ohne zu zögern. »Mein Mann ging mit, weil der Topf schwer ist, und als wir ihn gemeinsam hereingetragen und neben der Treppe abgestellt hatten, haben wir am Fenster über der Tür gemerkt, daß das Licht im Schulzimmer A aus war.«

»Das Licht war aus?« Mitten in all diesen Greueln sah Duca plötzlich das kleine Gesicht seiner Nichte Sara vor sich. Die Tochter seiner Schwester fragte ständig: »Onkel, Onkel, was hast du mir mitgebracht?« Er mußte der Kleinen das nächste Mal wirklich etwas mitbringen.

»Jawohl, es war aus. Mein Mann hat noch gefragt: ›Lernen sie oder schnarchen sie?‹ Und ich habe gesagt: ›Gefällt mir nicht, sehen wir nach.‹« Die Alte sah zu Boden, um nicht auf die Tafel blicken zu müssen.

»Danke.« Duca entließ sie. Er warf Mascaranti einen Blick zu. »Gehen wir nach Hause«, sagte er und meinte damit das Polizeipräsidium.

3

Dort angekommen, schickte er Mascaranti zum Essen, er selbst ging in sein Büro, wenn man das winzige Zimmer so nennen konnte, und fand auf dem Schreibtisch eine Nachricht: »Deine Schwester hat zweimal angerufen, ruf sofort zurück – Carrua.«

Er wählte Lorenzas Nummer, und als er ihre Stimme hörte, fragte er, was los sei.

»Sara hat fast vierzig Fieber, sie glüht wie ein Bügeleisen.«

»Sieh ihr in den Hals, ob sie weiße Punkte oder Flecken hat.«

»Hab' ich schon gemacht, nichts zu sehen. Aber das hohe Fieber beunruhigt mich. Kannst du nicht kommen, Duca?«

Er starrte auf die dicke graue Akte, die auf seinem Tisch lag. Es waren die Vernehmungsprotokolle der elf jungen Burschen der Fustagni-Abendschule, Zimmer A, und er mußte sie alle lesen. »Keine Angst, ich schick' Livia mit Zäpfchen für die Kleine zu dir, und sobald ich mit der Arbeit fertig bin, komme ich. Mach' ihr inzwischen kalte Umschläge für den Kopf.«

»Kannst du nicht gleich kommen?« Sie weinte fast.

»Ich mach' so schnell ich kann. Kein Grund zur Sorge, es ist bestimmt nur eine Grippe.«

Er rief Livia an. Sie meldete sich sofort mit ihrer eindringlichen, klaren Stimme.

»Hallo, Duca.«

»Hör zu. Sara hat Fieber. Ich kann hier jetzt nicht weg.«

»Bist du im Präsidium?«

»Ja. Bitte fahr du zu Lorenza, geh aber zuerst noch in eine Apotheke und kauf fiebersenkende Zäpfchen, und gib ihr sofort eines davon. Wenn nach einer Stunde das Fieber nicht gesunken ist, gib ihr noch eins. Hör zu, hol auch Halstabletten und gib ihr eine. Sobald ich fertig bin, komme ich nach, und wenn inzwischen was los ist, ruft mich an.«

»Ja, in Ordnung.«

»Danke, Liebling.«

»Doch nichts Schlimmes?« erkundigte sie sich.

»Ich weiß nicht, vermutlich nicht. Geh gleich, Liebling.«

Duca stand auf und öffnete das Fenster, das fast die halbe Wand des winzigen Zimmers einnahm. Sofort strömte eisige Luft herein und fegte die abgestandenen Gerüche von altem Holz, verstaubtem Papier und kaltem Zigarettenrauch hinaus. Er ließ das Fenster offen, setzte sich an seinen Tisch, schlug den Jackettkragen hoch und nahm die Aktenmappe in die Hand.

Er las der Reihe nach, Blatt für Blatt. Die Mappe enthielt elf Akten, eine für jeden Jugendlichen, der an dem Gemetzel teilgenommen hatte: Personalangaben, Lebenslauf, ärztliche und psychiatrische Gutachten und Vernehmungsprotokoll. Duca brauchte ungefähr zwanzig Minuten, um eine Akte eingehend zu studieren und dann das Wesentliche zusammenzufassen.

Er las gerade die dritte Akte, als Mascaranti ins Zimmer trat.

»Dottore, hier ist es so kalt, daß einem die Zähne klappern, merken Sie das nicht?«

»Ich merke es.« Fast klapperte er tatsächlich mit den Zähnen. »Mach ruhig zu.«

Mascaranti schloß das Fenster. »Kann ich Ihnen irgendwie helfen?«

»Ja, geh in Carruas Büro, der ist schon nach Hause gegangen. Mach's dir in einem Sessel bequem und versuch zu schlafen. Ich hol' dich, sobald es was zu tun gibt. Schlaf gut.«

»In Ordnung«, sagte Mascaranti und drehte sich an der Tür noch einmal um. »Zigarette?«

»Nein«, erwiderte Duca, »drei Päckchen, einfache Nazionali, nicht die Esportazione, zwei Schachteln Streichhölzer und zwei Flaschen Anisschnaps.«

»Dottore, wo soll ich so spät noch Anisschnaps auftreiben?« Anisschnaps ist eine sizilianische Spezialität, die nur in wenigen ausgesuchten Geschäften zu finden ist.

»Sizilianischen Anisschnaps«, sagte Duca, während er unter der grellen Neonlampe weiterlas, »kriegst du bei ›Angelina‹, dem besten sizilianischen Restaurant dieser großen Stadt. Zwei Flaschen.«

»In Ordnung, Dottore«, fügte sich Mascaranti, unsicher, aber gehorsam.

Ducas Hände und Gesicht waren blaugefroren, nachdem er länger als eine Stunde neben dem offenen Fenster gesessen hatte. Die Kälte hatte seinem Verstand gutgetan. Er wollte objektiv sein, kalt. Während er die fünfte Akte las, klingelte das Telefon. Es war seine Schwester Lorenza. »Wie geht's?« fragte er.

»Schlecht, das Fieber geht nicht runter. Wir haben ihr zwei Zäpfchen gegeben, aber sie hat immer noch vierzig Grad. Die kalten Umschläge nützen auch nichts. Ich komme fast um vor Angst, Duca! Komm sofort.«

Er spürte, wie unruhig sie war. »Einen Moment, hat sie Stuhlgang?«

»Nein.«

Duca preßte die Lippen zusammen. Er war kein Kinderarzt, und seit fünf Jahren, einschließlich der drei Jahre, die er im Gefängnis verbracht hatte, praktizierte er nicht mehr. Auf alle Fälle konnte er ein Antibiotikum verschreiben. »Ich kann jetzt nicht kommen, Lorenza.« Er hustete nervös und warf einen Blick auf das vergrößerte Foto, das der Mappe beigefügt war und das Matilde Crescenzaghi nach dem Gemetzel zeigte. Fotos sind bisweilen realistischer als die Wirklichkeit; obwohl als Arzt mit Anatomiesälen vertraut, hätte er es vorgezogen, dieses Foto nie gesehen zu haben. »Ich kann nicht kommen, Lorenza, verzeih«, seine Stimme klang rauh, »sag Livia, sie soll ein Antibiotikum holen, Ledermizin, und gib der Kleinen zwanzig Tropfen. Ich kümmere mich inzwischen um einen Kinderarzt.«

»Was soll sie holen?«

»Le-der-mi-zin«, buchstabierte Duca.

»Ledermizin«, wiederholte Lorenza.

»Inzwischen suche ich einen Kinderarzt, ich selbst verstehe nicht viel davon. Aber reg dich nicht auf, es kann nichts Schlimmes sein –«

»Duca«, unterbrach sie ihn, »Livia will mit dir sprechen.«

»Duca«, hörte er Livia sagen, »du mußt kommen, der Kleinen geht's wirklich schlecht.« Sie klang nicht nur besorgt, sondern auch ungehalten. Livia Ussaro kannte keine Nuancen; entweder sie tat, wie ihr geheißen, oder sie sagte anderen, was sie zu tun hatten.

»Livia, ich kann absolut nicht«, entgegnete er trocken; er konnte nicht nachgeben, er mußte bis zum nächsten Morgen zehn Uhr mit seiner Arbeit fertig sein, dann kam der Untersuchungsrichter. »In spätestens einer Stunde schicke ich dir einen Kollegen, einen Kinderarzt, der sehr viel mehr davon versteht als ich.«

»Stell dich nicht so an, Duca!« Sie war unerbittlich. »Es geht nicht nur darum, einen fähigen Arzt zu finden, es geht darum, daß deine Nichte vierzig Grad Fieber hat, daß deine Schwester wahrscheinlich gleich zusammenklappt und daß du wegen irgendeiner schmutzigen Geschichte im Büro bleibst, anstatt nach Hause zu kommen, um wenigstens moralischen Beistand zu leisten.« Livia war wie immer pedantisch.

Und sie hatte recht. Es war tatsächlich eine schmutzige Geschichte. Außerdem hatte sie recht, wenn sie ihm vorwarf, er verweigere seinen moralischen Beistand. Sie hatte Kant studiert und durchschaute ihn. »Genug jetzt, in spätestens einer Stunde ist der Kinderarzt bei euch.« Er legte auf und entspannte sich einen Augenblick. Dann griff er erneut zum Telefon. Nach mehrfachem Klingeln meldete sich eine ärgerliche Frauenstimme. »Entschuldigen Sie, gnädige Frau, wenn ich Sie um diese Zeit störe. Ich bin Lamberti und möchte mit Ihrem Mann sprechen.«

»Mein Mann schläft«, erwiderte die Frau barsch.

»Entschuldigen Sie, gnädige Frau, es ist sehr dringend.«

»Ich werde nachsehen.«

Er wartete ziemlich lange, dann hörte er den gähnenden Gian Luigi: »Ciao, Duca.«

»Entschuldige Gigi. Meine Nichte hat vierzig Grad Fieber, ich bin hier festgenagelt im Polizeipräsidium. Ich habe ihr Ledermizin und zwei fiebersenkende Zäpfchen geben lassen, aber das Fieber geht nicht runter. Tu mir den Gefallen und sieh sie dir an.«

Er hörte ihn wieder gähnen. »Ausgerechnet heute nacht, wo ich es endlich mal geschafft habe, um zehn Uhr ins Bett zu kommen.«

»Es tut mir schrecklich leid, Gigi, aber tu mir den Gefallen.«

Während er die sechste Akte las, kam Mascaranti herein. Er trug zwei Flaschen im Arm, und in der Hand hielt er Zigaretten und Streichhölzer. »Wohin damit?«

»Hier auf den Boden neben mich«, sagte Duca. »Geh jetzt schlafen. Ich rufe dich, wenn es soweit ist.«

»Gut, Dottore.«

Er las die siebte, achte und neunte; jeder Akte waren Fotos des Betreffenden beigefügt, von vorn und im Profil, wie bei gewöhnlichen Verbrechern. Es waren keine sehr vertrauenerweckende Gesichter. Bevor er die zehnte las, machte er das Fenster wieder auf, atmete tief die Nebelschwaden ein, die von der Via Fatebenefratelli hereinzogen, und las bei geöffnetem Fenster die Akten zu Ende, notierte wie zuvor das Wesentliche, und damit war der erste Teil seiner Arbeit erledigt. Dann verglich er seine Aufzeichnungen. Die Burschen mußten beim Betreten der Schule läuten – dies galt nur für abends. Die Hausmeisterin hatte ausgesagt, daß am Abend des Gemetzels elf Kerle gekommen waren. Duca hatte auf einem Blatt Papier Namen und wichtigste Daten jedes einzelnen, beginnend mit dem jüngsten, aufgezeichnet:

13 Jahre, CARLETTO ATTOSO. Vater Alkoholiker; tuberkulös.
14 Jahre, BENITO ROSSI. Unbescholtene Eltern; gewalttätig.
14 Jahre, CAROLINO MARASSI. Waise; kleinere Diebstähle.
16 Jahre, SILVANO MARCELLI. Vater im Gefängnis; Mutter tot; erblich syphilitisch.
16 Jahre, FIORELLO GRASSI. Unbescholtene Eltern; nicht vorbestraft; anständiger Junge.
17 Jahre, ETTORE DOMENICI. Mutter Prostituierte; in Obhut einer Tante; zwei Jahre Jugendgefängnis.
17 Jahre, MICHELE CASTELLO. Unbescholtene Eltern; zwei Jahre Jugendgefängnis; zwei Jahre Sanatorium.
18 Jahre, ETTORE ELLUSIC. Unbescholtene Eltern; Spieler.
18 Jahre, PAOLINO BOVATO. Vater Alkoholiker; Mutter im Gefängnis wegen Kuppelei.
18 Jahre, FEDERICO DELL'ANGELETTO. Unbescholtene Eltern; Alkoholiker; gewalttätig.

20 Jahre, VERO VERINI. Vater im Gefängnis; drei Jahre Jugendgefängnis; krankhaft gesteigerter Sexualtrieb.

Das waren die Akteure des nächtlichen Massakers. Ohne zu zögern, hatte die Hausmeisterin ausgesagt, sie habe sie kurz vor sieben Uhr in die Schule kommen sehen, und anschließend ihre Aussage unterschrieben. Die Jugendlichen waren bereits verhört worden, und ihre gemeinsame Verteidigungstaktik war lächerlich einfach gewesen: Jeder behauptete, er habe nichts getan, die anderen hätten die Lehrerin gefoltert, aber nicht er. Die Spurensicherung hatte von allen Fingerabdrücke genommen, so daß zu hoffen war, bald den Hergang des Verbrechens rekonstruieren zu können. Duca wollte sie jedoch selbst verhören, bevor sie sich der Untersuchungsrichter am nächsten Morgen vornahm, und vor allem wollte er sie von Angesicht zu Angesicht kennenlernen.

Er schauderte und erinnerte sich an das offene Fenster, stand auf, schloß es, verließ das Zimmer und weckte Mascaranti, der in einem bequemen Sessel in Carruas Büro schlief.

»Wie spät ist es?« fragte Mascaranti und stand schlaftrunken auf.

»Fast zwei Uhr, wir müssen anfangen«, drängte Duca.

»Ja, Dottore.«

Sie standen sich im dämmrigen Licht von Carruas kleiner Schreibtischlampe gegenüber. Mascaranti hatte Mühe mit dem Aufwachen.

»Hör zu, Mascaranti«, sagte Duca, »weck mir einen nach dem anderen. Wenn ich einen verhört habe, weckst du den nächsten. Bring sie zu mir ins Büro, aber nicht so, daß sie vor Schlaf noch halb umfallen wie du.«

Mascaranti lächelte. »Ja, Dottore.«

»Fang mit Carletto Attoso an, dem jüngsten.«

»Wird gemacht, Dottore.«

»Schick mir den Burschen in Begleitung zweier Polizisten, die zugleich Zeugen sein sollen, und einen Stenographen.«

»Warum nehmen wir nicht das Tonbandgerät.«

»Das nimmt auch die Ohrfeigen auf. Ich brauche einen Stenographen.«

»Dottore«, warnte Mascaranti, »Dr. Carrua hat angekündigt, Sie hinauszuwerfen, wenn Sie einen von diesen Burschen prügeln.«

»Gut, gut, dann wirft er mich eben hinaus, aber bring mir jetzt den Carletto Attoso.«

Duca kehrte in sein Büro zurück. Gigi war bestimmt zu Lorenza gefahren und hatte die kleine Sara untersucht; wenn sie ihn noch nicht angerufen hatte, dann nur deshalb, weil es ihr besser ging. Aber vielleicht sollte er von sich aus anrufen. Livia meldete sich. »Wie geht's, Livia?«

Ihre sonst warme, gefühlvolle Stimme klang hart, fast feindselig. »Schlecht. Warte, hier ist der Professor, er will dich sprechen.«

In diesem Augenblick ging die Tür auf, und herein kamen zwei Polizisten mit einem hoch aufgeschossenen, schlaksigen Burschen mit Hakennase, der schlaftrunken mit den Augen zwinkerte, weil ihn die Lampe, die Duca vorher eigens eingeschaltet hatte, blendete. Nach ihnen betrat Mascaranti mit einem Stenographen das Zimmer, einem sehr dicken jungen Mann mit Vollbart.

»Hallo? Duca?«

»Ja, Gigi, was ist los?« fragte Duca und sah dabei den jungen Burschen an. Er hatte eine helle Haut, dunkles Haar, vorstehende Augen und blickte sich trotzig und böse um, wie es dreizehnjährige Jungen normalerweise nicht tun.

»Nichts Schlimmes«, sagte der Kinderarzt; doch Duca war etwas unbehaglich zumute. »Eine ziemlich starke Bronchitis. Ich habe ihr eine Spritze gegeben und hoffe, damit eine Lungenentzündung verhindern zu können. Aber deine Schwester macht mir Sorgen. Du solltest kommen und sie trösten.«

Duca zog den Lampenschirm tiefer, damit das Licht dem Jungen nicht ins Gesicht schien. Dann gab er Mascaranti ein Zeichen, daß sich der Junge auf den Stuhl vor dem Schreibtisch setzen solle. Carletto Attoso setzte sich, noch immer böse um sich blickend. Duca sprach weiter mit Gigi. »Gib ihr ein Beruhigungsmittel.« Dann fischte er aus der dicken Aktenmappe das Foto von Matilde Crescenzaghi und reichte es dem Jungen. »Schau dir dieses Foto an«, sagte er und hielt die Hand über den Hörer, »Aber schau es dir genau an! Halt es mit beiden Händen vor die Augen und schau es an, solange ich telefoniere, sonst klebe ich dir eine.« Er sprach mit einem drohenden Unterton, und Attoso gehorchte, nahm das Foto in beide Hände und sah es an. Aber sein Ausdruck blieb unverändert trotzig und feindselig.

»Hallo, hallo, Duca«, sagte Gigi am Telefon. »Hörst du?«

»Ja, ich höre.«

»Duca, in diesem Fall hilft kein Beruhigungsmittel. Deine Schwester ist einfach nicht in der Lage, die Kleine allein zu pflegen. Du solltest wirklich kommen. Wenn deine Nichte in zwei oder drei Stunden Atembeschwerden hat, mußt du ihr eine Spritze geben.«

Duca hörte zu und beobachtete dabei den jungen Burschen, der das Foto mit halb geschlossenen Augen verächtlich betrachtete, was bei einem so jungen Kerl um so schlimmer wirkte.

»Gigi, hör zu, ich kann hier nicht weg. Selbst wenn die Kleine im Sterben läge, könnte ich nicht kommen. Und hier werde ich dringend gebraucht. Ich bin kein Kinderarzt, nicht mal mehr Arzt. Sag Livia, sie soll sofort eine Pflegerin suchen, die im Notfall Spritzen geben kann. Und wegen des moralischen Beistands, sag Lorenza, daß ich mehr darunter leide, nicht zu ihr kommen zu können, als sie unter dem Alleinsein. Tut mir leid, aber ich habe keine Zeit mehr. Danke.« Er legte auf.

Und lange, fast eine Minute, beobachtete er den jungen Burschen, der vor ihm auf dem harten Stuhl saß und vorgab, sich das Foto anzusehen, dessen grausige Einzelheiten ihn aber kalt ließen. Hinter Attoso standen die beiden Polizisten, bereit einzugreifen, wenn es sein mußte. Jugendliche können ebenso kaltblütig reagieren und gefährlich sein wie Erwachsene.

Links vom Tisch stand Mascaranti, und rechts saß der bärtige Stenograph auf einem für seinen breiten Hintern viel zu schmalen Hocker, Papier und Kugelschreiber in der Hand.

Duca begann zu sprechen. »Leg das Foto hier auf den Tisch vor dich hin, und sieh es dir an, während ich dich verhöre.«

Folgsam legte der Junge das Foto auf den Tisch, ohne den Blick davon zu wenden.

»Also gut. Bevor es ans Eingemachte geht, hab' ich dir

noch was zu sagen. Du fühlst dich sicher, nicht nur weil du dreizehn bist, sondern vor allem weil du krank bist, weil du Tuberkulose hast. Die ärztlichen Befunde sind eindeutig, dein Zustand wird sich eher verschlechtern als verbessern.« Welcher Polizist würde es wagen, einem schutzlosen kleinen, dreizehnjährigen Schwindsüchtigen auch nur ein Haar zu krümmen? »Ich kann dir keine runterhauen, wie ich vorhin gesagt habe. Das war zugegebenermaßen eine leere Drohung. Aber ich kann was anderes tun, und ich werd' dir auch sagen, was. Du weißt, daß du ins Jugendgefängnis kommst, egal wie die Sache ausgeht. Also merke dir: Wenn du meine Fragen wahrheitsgemäß beantwortest, werde ich in der Beccaria ein gutes Wort für dich einlegen, und du wirst ein bißchen besser behandelt werden. Aber wenn du lügst, kommst du auf die schwarze Liste. Du bist noch nie in der Beccaria gewesen, aber sicherlich hat dir einer deiner Freunde erzählt, was es heißt, auf der schwarzen Liste zu stehen. In der Beccaria werden sie deine Tuberkulose auskurieren, du wirst dick und fett werden. Aber die, die auf der schwarzen Liste stehen, kommen nicht raus. Sie sind vielleicht zu zwei Jahren verurteilt, aber sie sitzen drei, vier, fünf Jahre ab, wegen Ungehorsam und Aufsässigkeit. Und wenn sie älter sind, kommen sie ins normale Gefängnis, weil sie einen Aufseher angegriffen haben, denn ihr seid nicht nur kriminell, sondern auch dumm.«

Carletto Attoso hob unversehens die Lider und sah ihn selbstsicher und völlig unbeeindruckt an. Diese Selbstsicherheit und Unverschämtheit brachten nur Jugendliche zustande, nicht Erwachsene. »Ich habe nichts getan«, sagte er ruhig. »Ich bin zu jung, hatte Angst, sie haben durchgedreht.« Der unverhohlene Spott war nicht zu überhören.

Was sollte er dagegen tun?

Duca nahm ein Päckchen Zigaretten, riß es auf, zog eine Zigarette heraus und reichte sie ihm. »Rauch.«

Der Junge nahm die Zigarette, und Duca gab ihm Feuer. Dann zündete er sich selbst eine an. »Jetzt geht's los. Denk an die schwarze Liste.«

ZWEITES KAPITEL

Bei einem Verhör ist in der Regel derjenige, der verhört, der Unterlegene, denn der Verhörte – falls man ihn nicht durch physische Gewalt in die Knie zwingt – lügt seelenruhig, und das Gesetz vermag nichts gegen ihn.

1

Duca gab dem Stenographen ein Zeichen und fragte den Burschen: »Wie heißt du?«

»Attoso, Carletto.«

»Und dein Vater?«

»Attoso, Giovanni.«

»Und deine Mutter?«

»Marilena Dovati.«

»Wann bist du geboren?«

»Am vierten Januar 1954.«

Es waren reine Formfragen für den Stenographen. Duca fuhr fort: »Warst du vor drei Tagen abends in der Schule?« Mit dieser Frage wollte er den Jungen zum Lügen verleiten, damit er sich in Widersprüche verwickelte. Aber der Junge war nicht auf den Kopf gefallen; er wußte, daß die Hausmeisterin ausgesagt hatte, er sei an diesem besagten Abend in der Schule gewesen; und er selbst hatte es in seinem ersten Verhör zugegeben.

»Ja, ich war in der Schule, aber ich habe nichts getan.«

Das sagten sie alle, darauf hatten sie sich geeinigt. Duca nahm eine der beiden Flaschen Anisschnaps, schraubte den Verschluß auf und roch an der Flasche. Im Vergleich mit diesem achtundsiebzigprozentigen Schnaps aus Sizilien schmekken Whisky und Gin wie Mineralwasser. Fünf oder sechs Schluck davon und sogar ein starker Trinker verliert die Kontrolle über sich, denn dieses Teufelsgebräu macht nicht schläfrig, sondern regt Nervensystem und erotische Phantasie an. Die jungen Kerle, die für gewöhnlich nur billigen Fusel trinken, hatten keine Erfahrung mit diesem sizilianischen Anisschnaps.

»Ja, ich weiß, daß du nichts getan hast«, sagte Duca ruhig. »Willst du ein bißchen von dem Zeug hier versuchen? Es wird dich wach machen.«

»O nein, das ist zu stark«, wehrte der Junge ab. Er war darauf reingefallen. Schlau waren sie alle, aber nicht schlau genug.

»Woher weißt du, daß es stark ist? Hast du es schon mal probiert?«

»Nein, das nicht. Aber man sieht, daß es starkes Zeug ist.«

»Wirklich? Woran sieht man das?«

»Keine Ahnung, vielleicht an der Flasche. Sieht aus wie eine Grappaflasche.«

»Könnte auch eine Flasche Zitronensirup sein. Los, probier's mal.«

Duca sah den Jungen unverwandt an, und dieser merkte, daß er einen Fehler begangen hatte. Er war verwirrt. »Nein, nein, nein«, protestierte er aufgeregt und verängstigt; er fürchtete, Duca würde ihn zum Trinken zwingen. »Mir wird schlecht davon.«

»Und woher weißt du, daß dir schlecht davon wird? Also, hast du es schon mal getrunken?«

Ertappt ließ der Junge den Kopf sinken, gab sich aber noch nicht geschlagen. »Ja, an dem Abend in der Schule.« Das konnte er zugeben, es würde keine Folgen haben. »Sie haben mich dazu gezwungen.«

»Wir nicht«, sagte Duca ruhig, »wir zwingen dich nicht. Ich will nur, daß du dran riechst.«

Der Junge gehorchte, roch an der offenen Flasche und verzog das Gesicht.

»Ist das der Schnaps, den sie dir neulich gewaltsam eingeflößt haben?«

Blaß vor Ekel stellte der Junge die Flasche auf den Tisch und nickte.

Duca stand auf. »Gut, Kleiner, ab und zu sagst du die Wahrheit.« Er stellte sich hinter den Jungen und legte ihm die Hände auf die Schultern. »Dreh dich nicht um, und sieh das Foto an, das vor dir liegt. Leute, die dich nicht kennen, halten dich für einen armen kleinen Jungen von dreizehn Jahren, den der schlechte Umgang und die Wohlstandsgesellschaft auf die schiefe Bahn gebracht haben. Ich nicht, ich halte dich für einen geborenen Verbrecher. Ein Junge in deinem Alter dürfte von einem Foto wie dem da nicht ungerührt bleiben, ein kleiner Junge wie du müßte schreien und sich übergeben, wenn er seine Lehrerin so zugerichtet sieht. Aber du bist kein kleiner Junge. Du bist ein Krimineller, ein Verbrecher, und wirst es auch bleiben. Hast du mich verstanden?« Duca verstärkte den Druck auf die mageren, tuberkulösen Schultern. »Antworte schon. Und wehe, du drehst dich um!«

»Ja, ich habe verstanden, aber ich habe nichts getan«, sagte der Junge.

»Sicher. Und jetzt paß auf. Ich will nicht, daß du alles gestehst, was du getan hast. Das weiß ich nämlich schon. Ich wette tausend Lire, daß du es warst, der den Strumpf der Lehrerin mit Reißzwecken zwischen zwei Tische gespannt hat, um drüberzuspringen, denn du bist noch jung und springst noch gern übers Seil, vor allem, wenn du hochprozentigen Alkohol getrunken hast.«

»Nein, ich habe nichts getan.«

»Gut, kleiner Carletto«, sagte Duca; seine Stimme wurde härter, unfreundlicher. Er stand unbeweglich hinter dem Jungen und drückte die Hände auf seine Schultern. »Du hast nichts getan. Ich möchte nur, daß du mir einen Gefallen tust, ja?«

Der Junge drehte sich um und sah ihn unsicher an.

»Du sollst dich nicht umdrehen!« brüllte Duca, und sogar Mascaranti, der Stenograph und die beiden Polizisten zuckten bei diesem unerwarteten Ausbruch zusammen. »Sieh das Foto richtig an, sonst bring ich dich ins Leichenschauhaus zu deiner Lehrerin, die dir ein bißchen gutes Benehmen beibringen wollte, und lasse dich bei angeschaltetem Licht die ganze Nacht mir ihr allein.«

»Ich seh' es an, ich seh' es an«, stöhnte der Junge.

»Gut so, und hör mir genau zu, während du's ansiehst.« Duca sprach wieder ruhig und leise: »Ich habe dich um einen Gefallen gebeten. Ich will nur eins von dir wissen: Wer hat die Schnapsflasche in die Schule gebracht? Das ist alles, was ich wissen will. Du kannst sofort weiterschlafen, selbst wenn du es warst, der der Lehrerin den Garaus gemacht hat. Das interessiert mich nicht. Das einzige, was ich von dir wissen will, ist: Wer hat den Anisschnaps mit in die Schule gebracht? Beantworte mir diese Frage, und du kannst gehen.«

»Ich weiß es nicht. Ich habe nichts gesehen. Ich weiß es nicht.« Der Junge wurde immer nervöser; Ducas Hände, die ihm auf die Schultern drückten, ohne ihm weh zu tun – man mißhandelt keine schwindsüchtigen kleinen Jungen – machten ihm gewaltig zu schaffen.

»Hör zu, Dummkopf, und denk nach, bevor du mir mit deinem Blödsinn kommst. Vergiß die schwarze Liste nicht. Ich will kein umfassendes Geständnis von dir. Ich will nur eine winzige Kleinigkeit wissen. Aber wenn du mir nicht mal das sagst, dann wirst du die nächsten zwanzig Jahre keine Ruhe haben. Dann schicke ich dich in die Beccaria mit einem Bericht, der dich für die Hälfte deiner Jugend in eine Strafzelle bringt, und für weitere zehn Jahre in ein normales Gefängnis. Überleg dir's gut, ob es sich lohnt, mich anzulügen. Ich wiederhole: Wer hat die Flasche Schnaps mit in die Schule gebracht?«

Schweigen. Mascaranti, der sich gerade eine Zigarette anzünden wollte, blieb reglos stehen, das Feuerzeug in der Hand. Der Junge starrte noch immer auf das grauenvolle Foto. Dann sagte er: »Fiorello Grassi.« Nichts weiter als diesen Namen: Fiorello Grassi.

Duca setzte sich wieder hinter seinen Schreibtisch und beobachtete den Jungen, der weiterhin das Foto ansah. Duca sah in seinen Notizen nach: FIORELLO GRASSI. *Unbescholtene Eltern; nicht vorbestraft; anständiger Junge*. Unter Aufwendung seiner ganzen Willenskraft riß er sich zusammen und sagte leise: »Ich habe viel Geduld, aber mißbrauch sie nicht, sag mir die Wahrheit.« Fiorello Grassi war der einzig saubere Junge in dieser kriminellen Brut. Zumindest legten die Verhöre diesen Schluß nahe, und Carrua hatte auf dem Protokoll vermerkt: *»anständiger Junge«*. Also war es gut möglich, daß Carletto Attoso die Schuld dem einzigen anständigen Jungen zuschieben wollte, um sich und die anderen zu entlasten.

»Es ist wahr!« schrie der Junge aufgeregt. »Er kam ins Klassenzimmer und sagte, er habe was zu trinken dabei, damit könnten wir uns die Zeit vertreiben, bis die Lehrerin kommt.«

»Ausgerechnet der, Fiorello Grassi. Bist du sicher?«

»Ja, er war es. Ich bin ganz sicher.«

»Und warum hast du das beim ersten Verhör nicht gesagt?«

Der Junge hatte sich wieder gefaßt. »Weil mich niemand danach gefragt hat.«

Duca brüllte so laut er konnte: »Doch! Sie haben dich danach gefragt, hier steht es schwarz auf weiß. Sie haben dich mit genau denselben Worten gefragt: Wer hat die Flasche Schnaps mit in die Schule gebracht? Und du, was hast du geantwortet? Du hast geantwortet, daß du nichts weißt und nichts gesehen hast.«

Ducas Gebrüll hatte den Jungen eingeschüchtert. »Ich wollte niemanden verpfeifen, ich bin kein Verräter.« Er weinte fast.

Duca sprach wieder leise. »Schön, du willst also bei deinen Lügen bleiben. Wie du willst, aber denk daran, daß du deine Jugend im Gefängnis verbringen wirst. Deine Schwindsucht wird ausheilen, da brauchst du dir keine Sorgen zu machen. Du wirst Fett ansetzen, aber bevor du freikommst, bist du mindestens dreißig.« Er gab den Polizisten ein Zeichen. »Schafft mir diesen Dreckhaufen aus dem Zimmer.«

Die beiden Polizisten waren mit dem Jungen noch nicht ganz zur Tür hinaus, als Duca die Nummer seiner Wohnung wählte.

»Wie geht's?« fragte er, nachdem Lorenza sich gemeldet hatte.

»Ein bißchen besser. Sie schläft jetzt, und das Fieber ist gefallen.«

»Und wie atmet sie?«

»Ganz normal, wie mir scheint. Die Pflegerin ist da und paßt auf.«

»Dann geh schlafen, Lorenza.«

»Ja. Warte einen Moment, Livia will mit dir sprechen.«

»Beruhige dich, Duca, der Kleinen geht es besser.«

»Danke, Livia.«

»Wann kommst du?«

»Frag mich nicht, Livia, ich weiß es nicht. Sehr spät. Ich habe hier noch was zu erledigen. Und ich kann erst weg, wenn ich das hinter mir habe.«

»Sei mir nicht böse wegen vorhin, ich war ein bißchen nervös. Weißt du, der Kleinen ging's sehr schlecht«, sagte sie sanft.

»Ach, Liebling, mir tut es auch leid. Ich rufe später noch mal an.« Er legte auf, sah den Stenographen an, der aussah, als falle er gleich vom Stuhl vor Müdigkeit, blickte zu Mascaranti und sagte: »Nach dem Jüngsten nehmen wir uns jetzt den Ältesten vor. Bring mir diesen Vero Verini.« Er holte tief Luft, Sara ging es also besser.

Duca las, was er sich über Vero Verini, den ältesten Schüler, notiert hatte: *Vater im Gefängnis, drei Jahre Jugendgefängnis, krankhaft gesteigerter Sexualtrieb.*

Ein paar Minuten später betraten Mascaranti und Vero Verini, geführt von zwei Polizisten, Ducas Büro.

2

Vero Verini war klein, aufgeschwemmt, hatte langes, schmutziges rötlichbraunes Haar und sah aus wie ein Dreißigjähriger. Sie hatten auch ihn aus dem Schlaf gerissen, und seine kleinen Augen waren völlig verquollen.

»Setz dich«, sagte Duca.

Der ältliche junge Mann setzte sich.

»Näher an den Tisch.«

Verini rückte den Stuhl nach vorn, bis seine Beine fast ganz unter dem Tisch verschwanden. »Du heißt Vero Verini und bist zwanzig Jahre alt. Dein Vater Giuseppe sitzt seit sieben Jahren wegen Raubüberfall im Gefängnis. Du warst mehrere Male im Jugendgefängnis, insgesamt drei Jahre, und immer wegen demselben Vergehen, nämlich unzüchtigen Handlungen in der Öffentlichkeit, das heißt in Gärten, im Park und am Fenster deiner Wohnung. Stimmt das?«

»Nein.« Verini schüttelte den Kopf. »Ich habe nichts dergleichen getan. Das haben die Polizisten behauptet, um mich aufs Kreuz zu legen.«

»Tatsächlich? Und warum hätten Polizisten einen Dreckskerl wie dich aufs Kreuz legen wollen?«

Aufsässig und furchtlos fixierte ihn der Bursche. »Weil sie bösartig sind, weil sie andere reinlegen wollen, auch anständige Leute.«

Duca lächelte; und auch Mascaranti, der Stenograph und die beiden Polizisten mußten lächeln.

Und Vero Verini lächelte ebenfalls, wie ein Schauspieler, der gerade eine Glanzleistung vollbracht hat.

»Selbstverständlich«, sagte Duca. »Du bist ein anständiger junger Mann. Also wirst du mir auch eine einzige Frage beantworten, und ich werde dir keine weiteren stellen. Eine einzige Frage, dann schicke ich dich zurück ins Bett. Ist das klar?«

»Ist klar.«

»Die Frage lautet: Wer hat die Flasche Anisschnaps mit in die Schule gebracht?«

Der Bursche schüttelte den Kopf. »Weiß ich nicht«, antwortete er ohne Zögern.

»So, du weißt es nicht?« Duca machte mit der Hand eine Bewegung, als wolle er nach der Flasche Anisschnaps, die auf dem Tisch stand, greifen, aber er langte absichtlich daneben, die offene Flasche fiel um, und ihr Inhalt ergoß sich fast gänzlich über den Tischrand auf die Knie des Jungen, der instinktiv zur Seite rücken wollte. Aber Duca faßte ihn über den Tisch hinweg beim Arm und hielt ihn fest. »Nein, du rührst dich nicht!« schrie er ihn an. Mascaranti strich sich mit der Hand übers Gesicht; auch er fühlte sich unbehaglich, wenn Duca brüllte.

»In Ordnung«, sagte Vero Verini, während der Rest des scharf riechenden Anisschnapses über seine Hosen in seine Schuhe floß. Er rührte sich nicht. Als die Flasche völlig leer war, stellte Duca sie wieder auf. Das kleine Büro roch unerträglich nach Alkohol, die Augen des Stenographen begannen sich zu röten. Mascaranti putzte sich die Nase, einer der Polizisten mußte niesen, Verini wurde grün im Gesicht. Am Abend des Gemetzels mußte er ziemlich viel von dem milchigen Schnaps getrunken haben, so viel, daß man ihn für einen Tag in der Ausnüchterungszelle untergebracht hatte. Jetzt mußte ihm dieser widerliche Gestank, der ihm von seinen durchweichten Hosen und Schuhen aus in die Nase stieg, von neuem den Magen umdrehen, und tatsächlich tränten ihm die Augen, und er konnte kaum seinen Brechreiz unterdrücken.

»Wir könnten das Fenster aufmachen«, schlug Mascaranti vor, dem auch nicht mehr ganz wohl war.

»Nein, der arme Kerl! Draußen ist es eiskalt«, widersprach Duca. »Und er ist lungenkrank, wußtest du das nicht?« Dann wandte er sich wieder an Verini, der sein aufgedunsenes grünes Gesicht zu einer Grimasse verzog. »Sag mir, wer die Schnapsflasche mit ins Schulzimmer gebracht hat. Wenn du dich nicht mehr genau erinnerst, dann streng dich an und denk nach. Wenn du es mir sagst, schicke ich dich sofort schlafen, und außerdem kriegst du ein Päckchen Zigaretten.« Er legte Zigaretten und Streichhölzer vor ihn hin. »Streng dich an.«

Vero Verini hielt sich krampfhaft die Hand vor den Mund und sagte schließlich: »Ja, ich erinnere mich.«

»Woran erinnerst du dich?«

»Er war es, der die Flasche gebracht hat.«

»Er, wer ist das?«

»Ich habe ihn gesehen, als er mit der Flasche ins Zimmer kam, es war Fiorello Grassi.«

Duca Lamberti rührte sich nicht, starrte auf seine Hände, die er auf den Tisch aufstützte. »Danke, du kannst gehen. Nimm die Zigaretten und die Streichhölzer mit«, sagte er, als Verini in seinen anisgetränkten Hosen aufstand. »Laßt ihn schlafen und behandelt ihn anständig«, wies er die Polizisten an.

Als Mascaranti bat, das Fenster öffnen zu dürfen, lehnte Duca ab, obwohl der Anisgeruch mittlerweile auch ihm den Magen umdrehte.

»Er steckt ihnen noch in den Knochen. Sie waren stockbesoffen, als wir sie festnahmen, und mindestens eine Woche lang wird ihnen von diesem Gestank noch schlecht werden.«

Mascaranti fragte, ob er Fiorello Grassi heraufbringen solle.

»Nein«, sagte Duca, »bring mir einen anderen von diesen Superschlauen, bring mir Ettore Domenici.«

3

»Setz dich«, forderte Duca den Jungen auf. »Setz dich nahe an den Tisch, auch wenn der Boden ein bißchen feucht ist. Uns ist eine Flasche Anisschnaps runtergefallen. Hast du das schon mal getrunken?«

»Ja«, antwortete Ettore Domenici, siebzehnjähriger Sohn einer Prostituierten, der bei seiner Tante lebte, bereits zwei Jahre im Jugendgefängnis verbracht hatte, nachdem er einen älteren Vetter, als dieser ihm kein Geld mehr leihen wollte, mit einem Messer angegriffen hatte. Er war ein feiger, heimtückischer Typ; feige, wenn er sich Polizisten gegenüber wußte, die er durch blinden Gehorsam für sich zu beeinflussen hoffte; heimtückisch, weil es ihm nur darum ging, die eigene Haut zu retten, koste es, was es wolle. Auch ihm fielen vor Müdigkeit die Augen zu.

»Erzähl mir mal ein bißchen, was du neulich abend getan hast«, sagte Duca. Er drehte den Lampenschirm herunter, damit der Junge im Halbdunkel leichter lügen konnte. Duca wollte, daß sie ihn nach Strich und Faden anlogen und sich dem Glauben hingaben, ihn hinters Licht geführt zu haben.

»Ich habe nichts getan, Signore, habe nichts damit zu tun.«

»Ja, ich weiß, daß du nichts getan hast. Aber erzähl mir wenigstens, was die anderen getan haben.«

Angesichts des ruhigen Verlaufs des Verhörs fühlte sich Ettore Domenici zunehmend sicher und begann die Fähigkeiten Ducas zu unterschätzen. »Ich habe überhaupt nicht hingesehen, ich hatte Angst«, heuchelte er mit sanfter Stimme.

»Hör zu, Ettore. Das Fest hat fast zwei Stunden gedauert. Es ist unmöglich, daß du zwei Stunden die Wand angestarrt und nichts gesehen hast. Mach keine krummen Touren, und erzähl mir, was du gesehen hast.«

»Ich habe nichts gesehen«, beteuerte der Junge.

»Ja, ja.« Duca ging um den Tisch herum. Mascaranti hielt den Atem an, weil er glaubte, Duca würde dem Burschen etwas antun, was weder er, Mascaranti, noch sonst jemand versucht hätte zu verhindern. Zugleich war er besorgt, weil er wußte, daß Seine Majestät Carrua Duca in diesem Fall sofort hätte hinauswerfen müssen. Aber Duca tat dem Jungen nichts. Er näherte sich ihm nur, nahm die leere Flasche, die auf dem Tisch stand, goß sich die letzten Tropfen auf die Handfläche und hielt sie Ettore Domenici unter die Nase. »Für den Fall, daß du den Anisgeruch nicht bemerkt hast, der hier die Luft verpestet, versuch das Zeug mal und sag mir, ob du neulich abends davon getrunken hast.« Er drückte ihm die Handfläche auf Mund und Nase, der Junge wehrte sich nicht, begann nur zu husten und sagte: »Ich wollte nicht trinken... aber sie haben mich gezwungen... Sie haben mir die Flasche in den Mund gesteckt und gesagt: ›Trink.‹«

»Wer hat dich zum Trinken gezwungen?«

»Ich weiß es nicht. Es waren so viele, alle...«

Diese Burschen, dachte Duca, besitzen eine unglaubliche Fähigkeit zu lügen. Es war gelogen, daß sie ihn zum Trinken gezwungen hatten, und selbst wenn es so gewesen wäre, war es eine Lüge, daß er seine Kumpel nicht erkannt hätte oder sich nicht an sie erinnerte.

»Und du hast nichts davon gesehen, was deine Freunde mit der Lehrerin gemacht haben?«

»Nein, ich habe so gut wie nichts gesehen...« Er hustete.

»Was soll das heißen: so gut wie nichts? Willst du damit sagen, daß du doch etwas gesehen hast?«

Domenici hustete immer noch, aber diesmal simulierte er. »Ja, Signore, ich habe gesehen, daß sie sie auszogen, und da hatte ich solche Angst, daß ich nicht mehr hinsah.«

»In deinem Alter sieht man normalerweise erst recht hin, wenn ein Mädchen ausgezogen wird.«

»Aber ich hatte Angst. Ich habe gesehen, daß sie ihr ein Taschentuch in den Mund gestopft haben, damit sie nicht schreien konnte. Und da wollte ich nicht mehr hinsehen.«

»Aber wenn du gesehen hast, daß sie ihr ein Taschentuch in den Mund gestopft haben, mußt du auch gesehen haben, *wer* es getan hat.«

»Ich...«

»Weiter, du Halunke.«

»Ich...« Ettore Domenici stand die Angst im Gesicht geschrieben. Er gab sich einen Ruck. »Ja, ich habe gesehen, wer der Lehrerin das Taschentuch in den Mund gestopft hat.«

»Und wer war's?«

»Ich weiß nicht... vielleicht täusche ich mich, aber ich glaube, es war Fiorello.«

»Du meinst Fiorello Grassi, den da?« Duca holte das Foto von Fiorello Grassi aus der Aktenmappe.

»Ja, Signore, der ist es.« Ettore Domenici senkte den Kopf.

Zwei lange Minuten sagte Duca nichts. Auch er hielt den Kopf gesenkt, bis er den Zorn gemeistert hatte, der in ihm hochgestiegen war. »Du weißt natürlich nicht, wer den Anisschnaps mit in die Schule gebracht hat?«

»Nein, ich weiß es nicht.«

Wieder Schweigen. Dann zog Duca aus einer Schublade ein Blatt Papier und einen Kugelschreiber, legte beides vor Domenici auf den Tisch und sagte: »Gut, das Verhör ist zu Ende. Jetzt beginnt die schriftliche Prüfung.«

Der Junge lächelte ungläubig und verständnislos.

»Du machst mir jetzt ein paar Zeichnungen, zum Beispiel von...« Und er gab ihm genaue Anweisung, was er zeichnen sollte.

Ettore Domenici bekam wieder einen ängstlichen Gesichtsausdruck. Ducas Stimme lehrte ihn das Fürchten.

»Erzähl mir nicht, daß du noch nie einen gezeichnet hast.«

Domenici blickte unsicher um sich und zeichnete das Verlangte.

»Jetzt zeichnest du mir das gleiche, aber die weibliche Version. Hast du verstanden, oder muß ich nachhelfen?«

Ettore Domenici zeichnete Hüften und Geschlechtsteil einer Frau.

»Jetzt sage ich dir ein paar Wörter und Sätze, und du schreibst sie hin.« Er diktierte das erste Wort, und obwohl Mascaranti, der Stenograph und die Polizisten an solche Ausdrücke durchaus gewöhnt waren, war ihnen die Situation doch etwas unangenehm. »Schreib.«

»Ich soll schreiben?« fragte der Junge ungläubig.

»Wenn ich dir sage, du sollst schreiben, hast du zu schreiben!« Duca schlug mit der Faust auf den Tisch.

»Ja, Signore.« Er schrieb.

Duca diktierte ein zweites Wort. Domenici nickte und schrieb ohne Zögern.

»Und jetzt schreibst du folgenden Satz.« Er diktierte und beobachtete den Siebzehnjährigen, der ungerührt schrieb.

Das Blatt war übersät mit obszönen Zeichnungen und Ausdrücken. »Schafft ihn weg«, befahl Duca. Als Domenici draußen war, gab Duca das Blatt Mascaranti: »Bring das den Graphologen. Es sind dieselben Ausdrücke und dieselben Zeichnungen wie auf der Tafel in der Schule. Wir brauchen ein graphologisches Gutachten, um diejenigen zu identifizieren, die die Tafel beschmiert haben.«

»In Ordnung. Wen soll ich Ihnen als nächsten bringen? Fiorello Grassi?«

»Nein. Egal welchen, aber nicht Fiorello Grassi.«

»Ja, Dottore. Könnte ich jetzt das Fenster aufmachen? Dieser Anisgeruch...«

»Tut mir leid. Wir werden das Fenster erst öffnen, wenn wir mit den Verhören fertig sind.« Es war kurz vor vier Uhr morgens.

4

Bis um sechs Uhr früh hatte Duca vier weitere Jugendliche verhört: den sechzehnjährigen Syphilitiker Silvano Marcelli, dessen Vater im Gefängnis und dessen Mutter tot war. Dann einen gewissen Paolino Bovato, achtzehn Jahre alt, Sohn eines Alkoholikers und einer Mutter, die wegen Kuppelei im Gefängnis saß. Danach einen weiteren Achtzehnjährigen slawischer Abstammung namens Ettore Ellusic, der unbescholtene Eltern hatte und nicht vorbestraft war, ein Spieler, der schon längst im Jugendgefängnis gelandet wäre, wenn ihn eine Sozialarbeiterin nicht davor bewahrt hätte. Und kurz vor sechs Uhr hatte Duca den vierzehnjährigen Carolino Marassi verhört, der aus einer relativ anständigen Familie stammte, aber verwaist war. Carolino Marassi hatte kleine Diebstähle begangen und war dafür zu einem Jahr Jugendgefängnis verurteilt worden.

Keiner der vier hatte an dem Abend in der Schule weder etwas getan noch etwas gehört oder gesehen. Man hatte sie gezwungen, Anisschnaps zu trinken und dem Gemetzel beizuwohnen. Sie wären gern getürmt, aber die anderen hatten sie daran gehindert. Natürlich wußte keiner, wer den Anisschnaps mitgebracht hatte. Duca hatte sie zeichnen und schreiben lassen. Keiner war aufgrund des Anisgeruchs, der in dem kleinen Büro immer intensiver und ekelerregender wurde, ohnmächtig geworden, aber alle hatten sich vor Widerwillen geschüttelt, und einer hatte sich schließlich erbrochen. Mascaranti ließ aufputzen, aber die Luft im Büro war zum Schneiden.

»Können wir nicht ein bißchen aufmachen?« fragte der Stenograph bescheiden.

Duca öffnete statt des Fensters die zweite Anisflasche, die auf dem Boden stand, und stellte sie auf den Tisch. »Vor drei Tagen haben sich diese Burschen mit fast achtzigprozentigem Anisschnaps besoffen. Sie stehen noch unter einem Alkoholschock, und bei diesem Geruch wird ihnen schlecht.« Er goß die ganze Flasche Anisschnaps über den Stuhl, auf dem der nächste sitzen würde, und auf den Boden. »Da das Gesetz mir nicht erlaubt, diese Verbrecher mit Fußtritten ins Gesicht zu verhören, muß ich zu anderen Mitteln greifen. Niemand wird mir Mißhandlung von Minderjährigen vorwerfen können. Der hohe Alkoholgehalt des Anisschnapses dient zur Desinfizierung, und diese Burschen haben es weiß Gott nötig, daß ihnen mal richtig der Kopf gewaschen wird. Manchen wird es nur schlecht werden, aber einige werden, außer daß es ihnen schlecht wird, schließlich auch nachgeben. Seit vier Stunden sagen mir alle, sie hätten nichts getan und nichts gesehen und wüßten von nichts. Jetzt wollen wir mal sehen, ob alle aus demselben Holz geschnitzt sind.«

»Wer kommt als nächstes dran?« fragte Mascaranti.

»Ich will mich amüsieren. Bring mir Fiorello Grassi.«

Grassi war untersetzt, war das, was man landläufig einen jungen Stier nennt. Er war zwar klein, aber breit und stark, seine Nase war kurz, die Nasenlöcher wirkten größer als die Nase selbst.

»Setz dich«, sagte Duca.

Der Junge sah den Stuhl an und bemerkte den Anisschnaps auf dem Sitz, der einen unerträglichen Gestank verströmte.

»Er ist ganz naß.«

Duca sah ihn scharf an. »Genau, und du setzt dich trotzdem.«

Ducas Ton veranlaßte Grassi, sich mit offensichtlichem Abscheu in die Schnapspfütze zu setzen.

»Und die Füße auf den nassen Boden«, befahl Duca.

Der Junge gehorchte. Ducas Stimme ließ ihm keine andere Möglichkeit.

Duca vergewisserte sich, daß Grassis Füße in dem kleinen Schnapssee neben dem Stuhl standen, und zischte ihn dann scharf, aber leise an: »Du heißt Fiorello Grassi, bist sechzehn, deine Eltern sind anständige Leute, die Sozialfürsorgerin und andere Personen bestätigen, daß du ein guter Kerl bist.« Nach einer kurzen Pause fuhr er fort: »Neulich abend warst du in der Abendschule, wo eine Lehrerin auf widerwärtige Weise umgebracht worden ist. Sieh dir dieses Foto an.« Grassi blinzelte. »Aber natürlich hast du nichts gesehen. Beim ersten Verhör hast du ausgesagt, daß du nichts gesehen hast, daß sie dich gezwungen haben, von dem Schnaps zu trinken, von dem Anisschnaps, in dem du jetzt sitzt, und daß sie dich gehindert haben wegzugehen, aus Angst, daß du sie verpfeifst, und daß du dort bleiben mußtest, bis alle zusammen weggingen. Das hast du ausgesagt, ja oder nein?«

Grassi blickte nicht so aufsässig und widerspenstig wie die anderen, aber er antwortete nicht.

»Ich habe dich was gefragt und warte auf die Antwort.« Auch diesmal überzeugte Ducas Stimme.

»Ich habe nichts gesehen. Sie haben mich verprügelt, weil ich mich nicht aufführen wollte wie sie. Ich habe nichts getan.«

»Schön. Aber ein paar von deinen Freunden behaupten, daß du die Flasche Schnaps mitgebracht und die anderen gezwungen hast, zu trinken und verrückt zu spielen.«

Fiorello Grassi senkte den Kopf und runzelte die Stirn. Obwohl er erst sechzehn war, wirkte er, so wie er jetzt dasaß, um einiges älter. »Ich habe gewußt, daß sie mir die Schuld zuschieben würden«, sagte er bitter. »Ich wußte es.« Er hielt weiterhin den Kopf gesenkt.

Duca stand auf. Die Antwort des Jungen klang aufrichtig.

Lügen klingen anders. Er glaubte dem Jungen. Duca ging zu ihm hin, legte ihm aber nicht die Hände auf die Schultern, wie er es bei Carletto Attoso getan hatte, sondern strich ihm über das struppige schwarze Haar. »Ich will dir helfen. Auch du riskierst, genau wie die anderen, ein Dutzend Jahre Jugendgefängnis und weitere fünf oder sechs Jahre normales Gefängnis. Wenn du mir die Wahrheit sagst, kann ich dir helfen.«

Der Junge saß immer noch mit gesenktem Kopf da und schien nicht zugehört zu haben.

»Du hast vorhin gesagt, du hättest gewußt, daß deine Komplizen den Schnaps dir in die Schuhe schieben und dich bezichtigen würden, du hättest sie zu dem animiert, was sie getan haben. Warum bist du so sicher?« Duca legte dem Jungen die Hand unter das Kinn und zwang ihn, den Kopf zu heben.

»Weil...« sagte Fiorello und öffnete die Augen, in denen Tränen standen, »...weil ich nicht bin wie die anderen.«

»Was heißt, du bist nicht wie die anderen?« fragte Duca, und noch während er die Frage stellte, hatte er begriffen. Er hätte es längst begreifen müssen: Daß er wie ein junger Stier aussah, täuschte. Es lag etwas Weiches in seiner Stimme, seinem Ausdruck, seinen Gesten.

Der Junge weinte jetzt schluchzend. »Ich bin nicht wie sie, und sie nützen das aus, geben immer mir die Schuld. Aber ich habe nichts getan. Sie haben mich gezwungen dazubleiben.« Er litt mittlerweile unter starkem Brechreiz.

»Komm«, sagte Duca, faßte ihn beim Arm, zog ihn hoch, führte ihn ans Fenster und machte es auf. »Atme tief durch.« Er strich ihm über Kopf und Nacken. Durchs Fenster drang kalter Nebel ins Zimmer. Es herrschte noch Nacht, obwohl es schon fast sieben Uhr war. Er wandte sich an die Polizisten. »Bitte machen Sie hier ein bißchen sauber, öffnen Sie die Tür, daß es durchzieht.« Er strich dem Jungen wieder über den Nacken. »Hör jetzt auf zu weinen, es reicht.«

»Möchtest du einen Kaffee trinken?« fragte er den Jungen, der immer noch schluchzte.

»Ja, danke.« Als ihm der Polizist den Kaffee brachte, trank Fiorello gierig; er beruhigte den nervösen Magen. »Mir ist kalt.« Er schauderte.

Duca schloß das Fenster, auch ihm war kalt. »Wärmen wir uns am Heizkörper.« Er ging mit dem Jungen zu dem breiten, altmodischen Heizkörper und ließ ihn sich dagegen lehnen. Er selbst wärmte sich nur die Hände. Der Junge hatte aufgehört zu weinen.

»Erzähl mir, was geschehen ist«, sagte Duca leise, »erzähl mir, was an jenem Abend geschehen ist.«

Der Junge schüttelte den Kopf, der fast auf dem Heizkörper lag, als ob er die Wärme einatmen wolle. Fiorello Grassi antwortete erst nach einer ganzen Weile. »Ich bin kein Verräter.«

5

Auch Mascaranti, der Stenograph und die beiden Polizisten, die viele Stunden stumm und reglos ausgeharrt hatten, horchten bei den Worten: »Ich bin kein Verräter« auf.

Duca strich dem Jungen nochmals über den Kopf. »Du hast recht«, sagte er, »man darf Freunde nicht verraten, auch wenn es falsche Freunde sind. Aber dann mußt du dich auch mit ihnen abfinden und dich verspotten und prügeln lassen. Das heißt, du verzichtest für immer darauf, auf der Seite der ehrlichen und anständigen Menschen zu stehen, zu denen deine Lehrerin gehörte. Du wirst zusehen müssen, wenn sie hingemetzelt werden, wie es deiner Lehrerin geschah, weil es dir nur darauf ankommt, daß sie dich nicht Verräter nennen. Das ist alles. Wenn einer eines Tages deine Mutter oder deine Schwester umbringt, sagst du nichts, weil du kein Verräter bist. Und deine unglückliche Lehrerin war wie deine Mutter oder deine Schwester. Sie wollte dich erziehen und einen aufrechten Menschen aus dir machen, gewiß nicht wegen dem armseligen Gehalt, das sie verdiente, sondern nur aus Sympathie. Aber für dich zählt ja nur, daß sie dich nicht Verräter nennen.«

Fiorello fing wieder an zu weinen, das Gesicht immer noch auf dem Heizkörper.

»Es hat keinen Zweck zu heulen, Fiorello«, fuhr Duca fort

und ging in dem winzigen Büro auf und ab. »Ich weiß, daß du an dem Abend nichts getan hast, daß sie dich gezwungen haben dazubleiben, zu trinken und zuzusehen und daß sie dich verprügelt hätten, wenn du nicht auf sie gehört hättest. Du hast an jenem Abend wirklich nichts angestellt. Aber jetzt begehst du ein Verbrechen in diesem Augenblick. Du kennst die Wahrheit und weigerst dich, sie zu sagen. In diesem Augenblick schützt du die Mörder deiner Lehrerin, und damit bist du ihr eigentlicher Mörder.«

Der Junge weinte nicht mehr. Vom Fenster her drang Tageslicht ins Zimmer, das nach und nach das Licht der einzigen Glühbirne verblassen ließ.

»Sieh mal, Fiorello«, sagte Duca und blieb wieder neben ihm stehen, »du brauchst mir nicht sofort alles zu sagen. Aber du mußt dich entscheiden, auf welcher Seite du stehen willst, auf der Seite der Mörder oder der Ermordeten. Eines kann ich dir versprechen. Ich werde dich nie zwingen, jemanden zu verraten. Hier brauchst du keine Angst zu haben, daß du geprügelt und bedroht wirst, wie bei deinen sogenannten Freunden. Wenn du redest, gut, und wenn du nicht redest, können wir auch nichts machen. Aber du mußt auf dein Gewissen hören und dich dann entscheiden.«

Der Junge schluchzte wieder krampfartig. Ducas Worte hatten ihn beeindruckt. Er hob den Kopf von der Heizung. »Ich bin kein Verräter.«

»Geh jetzt schlafen, du bist sehr müde, und wenn du Lust hast, mit mir zu sprechen, dann kannst du das jederzeit tun. Ich gebe Weisung, daß man mich sofort benachrichtigt, wenn du mich sehen willst.«

»Ich bin kein Verräter«, wiederholte Fiorello Grassi erschöpft.

Duca hörte nicht mehr zu. »Da«, er gab ihm zwei Päckchen Zigaretten und Streichhölzer. »Du bist ein anständiger Kerl, und auch deine Eltern sind rechtschaffene Leute, die jetzt ebenso leiden wie du. Du solltest auch an sie denken, wenn du dir überlegst, auf welcher Seite du stehen willst.«

Der Junge nahm die Zigaretten und ließ sich abführen.

Mascaranti ging zum Fenster. »Die Sonne kommt durch«, sagte er.

Draußen war es taghell, und der Nebel begann sich zu lichten.

»Hol mir einen anderen.« Duca warf einen Blick auf seine Liste, die Sonne nicht beachtend. »Federico dell'Angeletto.«

Aber auch dieser Federico dell'Angeletto sagte nichts, weder wer den Anisschnaps mitgebracht noch wer sich als erster auf die Lehrerin gestürzt hatte. Er hatte nichts gesehen, sie hatten ihn gezwungen, im Klassenzimmer zu bleiben und zu trinken, und schließlich war er eingeschlafen.

»Du hast tatsächlich geschlafen?« fragte Duca sehr leise. Die Unverschämtheit dieses Kerls kannte keine Grenzen. Er wollte glauben machen, er hätte geschlafen, während seine Komplizen die Lehrerin mißbraucht und umgebracht hatten.

»Ja«, sagte Federico dell'Angeletto, »sobald ich nur einen Schluck trinke, fallen mir die Augen zu.«

»Schon gut. Geh in deine Zelle und schlaf weiter.«

Auch das Verhör des elften Jugendlichen, Michele Castello, siebzehn Jahre alt, zwei Jahre Jugendgefängnis, brachte Duca keinen Schritt weiter. Castello wußte nichts, hatte nichts gesehen. Seine Kameraden hatten ihn gezwungen, Schnaps zu trinken und dazubleiben. Auf die Frage, wer ihn dazu gezwungen habe, antwortete er, er hätte damals solche Angst gehabt, daß er sich nicht mehr erinnern könnte.

»Natürlich«, sagte Duca und gab den Polizisten ein Zeichen, ihn abzuführen. »Nach zehn Jahren Knast wirst du ein ausgezeichnetes Gedächtnis haben, glaub mir.«

Es war kurz vor acht Uhr. Der Stenograph kam fast um vor Müdigkeit. Mascaranti hielt sich zwar aufrecht, aber auch er mußte todmüde sein.

»Wir sehen uns heute nachmittag«, sagte Duca, »dann unterzeichne ich die Protokolle.«

»Ja, Dottore«, antwortete der Stenograph.

»Ich komme in zwei Stunden wieder«, kündigte Mascaranti an.

»Nein, bitte, schlaf wenigstens bis zwei.« Duca wartete, bis die anderen gegangen waren, dann wählte er die Nummer seiner Wohnung.

»Wie geht's, Livia?« fragte er, als er ihre Stimme hörte.

»Sie hat wieder Fieber.«

»Wie hoch?«
»Einundvierzig rektal.«
Bedeutet vierzigeinhalb, dachte er. »Der Atem?«
»Nicht sehr gut.« Ihre Stimme klang müde.
»Hat ihr die Krankenschwester eine Spritze gegeben?«
»Ja, um sechs, vor zwei Stunden, ohne Wirkung.«
Duca merkte, daß seine Stirn trotz der Kälte im Zimmer schweißbedeckt war. Er strich mit der Hand darüber; sie war naß, als ob er sich gerade gewaschen hätte. »Wir müssen Gigi holen.«
»Ich habe ihn schon angerufen. Er kommt sofort. Er meint, es sei vielleicht besser, sie in die Klinik zu bringen und unters Sauerstoffzelt zu legen.«
Lungenentzündung im Alter von zwei Jahren; nicht unheilbar, aber auch keine Lappalie. »Gigi soll mich anrufen, sobald er kommt. Ich rühr' mich nicht von der Stelle.«
»Soll das heißen, daß du nicht kommst und nach der Kleinen siehst?«
»Ich kann nicht.«
»Ist gut«, entgegnete sie trocken.
»Warte, ich möchte mit Lorenza sprechen.«
»Sie schläft. Ich mußte ihr ein Schlafmittel geben. Sobald das Fieber wieder anstieg, drehte sie durch. Sie wollte zu dir ins Präsidium kommen. Ich habe ihr zwei Tabletten gegeben.«
»Danke.« Duca legte auf. Erst jetzt fiel ihm auf, daß sein Chef Carrua, sein alter Freund und Freund seines Vaters, im Zimmer stand.

6

»Entschuldige, ich habe dich nicht hereinkommen hören«, sagte Duca. »Guten Morgen.«
»Guten Morgen.« Carrua setzte sich auf den Hocker vor der Schreibmaschine. Er war frisch rasiert und sah ausgeruht aus, was man höchstens einmal pro Woche von ihm sagen konnte. »Ich bin Mascaranti begegnet. Er hat mir erzählt, daß du sie alle verhört hast.«

»Das heißt, Mascaranti hat dir brühwarm berichtet, ich hätte diese jungen Dreckskerle mißhandelt.«

»Könnte sein, aber das ist nicht wichtig. Mascaranti hat die Pflicht, mir alles zu berichten, was du tust.« Duca antwortete nicht, und Carrua fuhr fort: »Er hat mir erzählt, daß du keinem von ihnen ein Haar gekrümmt hast, aber du hast etwas viel Schlimmeres getan, du hast sie moralisch mit Drohungen aller Art unter Druck gesetzt. Du hast ihre Menschenwürde mit Füßen getreten und sie unter anderem mit Anisschnaps begossen.«

Duca lachte trocken auf.

»Lach nicht, ich meine es ernst.« Carrua sprach lauter. »Ich möchte nicht wissen, wie wir beide enden werden, wenn das Gericht erfährt, welchen Gebrauch du bei deinen Verhören von Anisschnaps machst.«

Duca mußte wieder lachen.

»Duca, du bist müde, du hast die ganze Nacht dieses Gesindel verhört, deine Augen sind rot und angeschwollen, du mußt nach Hause und schlafen. In zwei Stunden kommt der Untersuchungsrichter, und wir übergeben ihm diese elf Hurensöhne. Er schickt einen Teil in die Beccaria, den Rest nach San Vittore, und wir haben's hinter uns und vergessen das Ganze.«

»Bequem«, meinte Duca.

»Es kommt immer der Augenblick, da einem die unbequemen Dinge zum Hals heraushängen. In Sardinien, bei mir zu Hause, nehmen sie nicht die Verbrecher fest, sondern die Polizeikommissare und Wachtmeister. Ich will nicht in San Vittore enden, nur weil du bei einem dieser jungen Dreckskerle die Geduld verlierst.«

»Ich habe sie nicht mal mit dem kleinen Finger angerührt.«

»Schön, lassen wir das. Geh nach Hause und schlaf dich aus.«

Duca stand auf und stellte sich vor Carrua. Sie blickten sich in die Augen, Carrua klein, er groß und mager. »Laß mich ein paar Minuten von diesen Jungens reden, ich glaube, ich habe da was entdeckt.«

Carrua schwieg lange, dann lenkte er ein. »Rede, soviel du willst.«

Duca redete, den Blick mal auf seinen Chef, mal auf den Boden gerichtet. Er gestikulierte nicht, hielt Hände und Arme völlig starr. »Wir gingen bislang davon aus, daß diese jungen Kerle, weil einer von ihnen eine Flasche Schnaps mitgebracht hat, unversehens den Kopf verloren und das anstellten, was sie angestellt haben. Wenn dem so ist, kommen sie im schlimmsten Fall mit einem oder zwei Jahren Jugendgefängnis davon, denn sie können zwei mildernde Umstände geltend machen: einmal ihre Minderjährigkeit und zweitens die Unzurechnungsfähigkeit wegen des Alkoholmißbrauchs.«

»Möglich.« Carrua schien sauer. »Was kümmert es dich, wieviel sie kriegen? Das ist Sache des Gerichts, nicht deine. Du möchtest lebenslänglich für alle, was?«

»Nicht für alle. Mir genügt einer.«

Carrua sah ihn an. »Wer?«

»Ich weiß es noch nicht, aber ich werde es rauskriegen. Laß mir Zeit, und ich gebe dir Namen und Beweise.«

Er spricht sehr ernst, dachte Carrua, es mußte etwas dran sein. Trotzdem antwortete er bissig: »Und was hast du entdeckt? Ich habe sie vor dir verhört, und es war nichts zu machen. Es ist eine Bande von Kanaillen, und damit basta. Haben sie dir mehr gesagt als mir?«

Duca schüttelte den Kopf. »Nein, zehn haben mir dasselbe gesagt wie dir, das heißt sie haben alles geleugnet. Aber einer hat mehr gesagt.«

»Wer?«

»Ein Sechzehnjähriger, der keine Vorstrafen hat und der aus einer unbescholtenen Familie stammt. Er heißt Fiorello Grassi.«

»Ach ja, ich glaube, ich erinnere mich an ihn. Und was hat er dir gesagt?«

»Als erstes, daß er homosexuell ist. Das hat er dir nicht erzählt.«

»Nein, davon wußte ich nichts. Aber was nützt dir das?«

»Ich weiß jetzt folgendes: Wenn einer nicht am Massaker an der jungen Lehrerin beteiligt war, dann er. Wenn sie einen mit Drohungen gezwungen haben dazubleiben und zuzusehen, dann ihn.«

Carrua überlegte. »Möglich, aber es ist eine Entdeckung, die uns nicht viel weiterhilft. Sie hilft nur dem Jungen, denn wenn er homosexuell ist, können wir annehmen, daß er nicht an dem Gemetzel teilgenommen hat.«

»Es hilft auch uns weiter. Denn wenn er nicht daran beteiligt war, so heißt das, daß er nicht mit ihnen einverstanden war und daß er uns vielleicht etwas sagen wird.«

»Und warum sollte er dir was sagen? Aus Sympathie?« fragte er ironisch.

Duca lächelte. »Er hat mir gesagt, er sei kein Verräter. Weißt du, was das bedeutet?«

»Das bedeutet, daß er gut daran tut, kein Verräter zu sein. Denn wenn er es wäre und uns sagen würde, wer mit der Schlachterei angefangen hat und dann mit denen, die er verpfiffen hat, in der Beccaria wieder zusammentrifft, dann bringen die ihn um oder tun ihm Schlimmeres an. Und es wäre nicht das erste Mal, daß so etwas geschieht.«

»Dieser Junge wird aber reden, ich fühle es, und wir werden etwas ganz anderes entdecken, als wir glauben.«

»Nämlich?«

»Hör zu, dies ist nicht nur eine Orgie von jungen Spunden, die der Alkohol um den Verstand gebracht hat. Hier ist jemand anderes im Spiel, ein Erwachsener, der hinter dieser ungeheuerlichen Geschichte steckt, der sie, würde ich sagen, organisiert hat.«

Carrua schwieg lange. »Setzen wir uns. Was willst du damit sagen?«

»Genau das.« Duca setzte sich auf den Tisch. »Die Burschen haben nichts damit zu tun, sie sind verdorben und kriminell und noch zu ganz anderem fähig, aber von sich aus wären sie nie in der Lage gewesen, ein solches Blutbad anzurichten.«

»Was für Beweise hast du dafür, daß ein Erwachsener dahintersteckt?«

»Beweise? Keine. Nur Vermutungen. Als erstes ihre Verteidigungstaktik. Die Burschen haben ihre Lehrerin mißbraucht und umgebracht, haben dann die Schule verlassen und sind seelenruhig nach Hause gegangen. Hör gut zu. Wenn sie allein gewesen wären und keinen Anführer gehabt hätten, wären sie nach einem so bestialischen Mord entsetzt weiß Gott wohin geflohen, weil sie sich denken konnten, daß die Polizei sie nach Entdeckung des Mordes als erstes bei ihnen zu Hause suchen würde. Weshalb sind sie dann nach Hause schlafen gegangen? Weil meiner Ansicht nach einer, der davon einiges versteht, sie zuvor instruiert hat. *Ich meine, bevor sie das Verbrechen begingen.*«

Carrua überlegte. Ihm persönlich gefiel an Duca Lamberti nicht, daß er den Dingen zu sehr auf den Grund ging. Aus einem einfachen Taschendiebstahl im Supermarkt war er fähig, eine philosophische Abhandlung zu machen; er, Carrua, zog eine Einteilung in Weiß und Schwarz den psychologischen Feinheiten vor. Aber er akzeptierte die Wahrheit, auch wenn sie voll von diesen Feinheiten war, die er haßte. Er spürte, daß Duca ein Stückchen der Wahrheit gefunden hatte. »Du meinst«, sagte er langsam und bedächtig, »daß es sich nicht um ein unvorbereitetes, von jungen besoffenen Kriminellen begangenes Verbrechen handelt, sondern daß es zielstrebig von jemandem organisiert wurde, der nicht minderjährig und nicht Schüler der Abendschule ist. Meinst du das?«

»Genau das meine ich«, bestätigte Duca. »Es ist alles vor dem Verbrechen, vielleicht Tage, Wochen, Monate zuvor sorgfältig und genau vorbereitet worden. Denk an die Verteidigungstaktik dieser Burschen. Sie fliehen aus der Schule, nachdem sie sternhagelvoll eine unglückliche Lehrerin fast in Stücke gerissen haben. Sie werden nach Mitternacht bei sich zu Hause verhaftet, als sie ihren Rausch ausschlafen, und sie machen alle dieselbe Aussage, nämlich, daß sie nichts getan haben, daß man sie gezwungen hat, in einer Ecke zu stehen und zuzusehen, während die anderen ein Blutbad anrichteten. Also sind sie einer um den anderen unschuldig. Es ist eine absurde, aber unerschütterliche Verteidigungstaktik. Wie können wir beweisen, daß der Kerl, den wir gerade verhören, beteiligt war? Er sagt, die anderen, ja, die sind schuldig, ich nicht. Wir können es nie beweisen. So eine Verteidigungstaktik kann sich ein knappes Dutzend Halunken dieser Art, dazu noch vom Anisschnaps verblödet, auf die Schnelle gar nicht ausgedacht haben. Und in ihrem Rausch hätten sie sich auch noch darauf einigen müssen. Diese Strategie ist *vor* dem Verbrechen von jemand gewissenhaft ersonnen worden, der intelligenter ist als diese Burschen und nicht besoffen war wie sie.«

Carrua nickte zum Zeichen des Einverständnisses. »Und was willst du nun tun?«

»Diese jungen Kerle müssen hier bei uns bleiben. Wenn der Untersuchungsrichter die einen in die Beccaria, die anderen nach San Vittore schickt, werden wir die Wahrheit nie erfahren. Keiner von ihnen wird reden, und der Mörder, der wahre Mörder der Lehrerin, geht straffrei aus. Und das ist genau das, was die Person, die hinter der Sache steckt, bezweckt.«

Diesmal schüttelte Carrua den Kopf. »Und wie könnte ich deiner Ansicht nach den Untersuchungsrichter daran hindern, die Burschen in die Beccaria oder nach San Vittore zu schicken?«

»Ich weiß es nicht. Aber sie müssen hier, im Polizeipräsidium, zu unserer Verfügung bleiben. In zwei oder drei Tagen wird irgendeiner sprechen, ich bin sicher. Was macht es dem Untersuchungsrichter aus, daß die Burschen hier sind anstatt in der Beccaria?«

»Weißt du, es gibt gesetzliche Vorschriften für Strafprozesse. Vielleicht hast du davon gehört.«

Duca lächelte. »Ja, ich habe davon gehört. Aber wichtiger ist, ein Verbrechen aufzuklären.«

»Lassen wir die Diskussionen«, erwiderte Carrua und stand auf. »Ich glaube nicht, daß ich den Untersuchungsrichter überreden kann, aber ich will's versuchen. Ich werde um drei Tage Aufschub bitten, genügt dir das?«

»Ich denke ja.«

»Wenn ich es schaffe, laß ich's dich wissen. Jetzt aber geh nach Hause und schlaf dich aus. Du siehst schlecht aus.«

»Danke.« Als Carrua gegangen war, zog Duca seine Jacke an, ging hinaus auf die Straße, hielt ein Taxi an und fuhr nach Hause. Der Tag war neblig, aber frühlingshaft. Durch den Nebel hindurch schimmerte die Sonne. Auf der Piazza Leonardo da Vinci war der Nebel dichter, aber auch leuchtender. Die Wipfel der Bäume waren kaum zu erkennen.

Er läutete. Niemand antwortete oder machte ihm auf. Er öffnete mit seinem Schlüssel und begriff, sobald er das kleine Vorzimmer betreten hatte, daß niemand in der Wohnung war.

Die unerwartet leere Wohnung erzeugte ein beklemmendes Gefühl in ihm. Er hoffte, er habe sich getäuscht, und ging durch die drei Zimmer und die Küche. Es war niemand da. Noch schlimmer, im Zimmer seiner Schwester Lorenza herrschte eine unglaubliche Unordnung, als ob sie es überstürzt, fast fluchtartig, verlassen habe. Das Bett der kleinen Sara stand quer, Spielsachen und Kleidungsstücke lagen am Boden verstreut, der Telefonhörer hing herunter und gab sein unbarmherziges Tuten von sich. Es war leicht zu erraten, was geschehen war. Der Zustand der Kleinen hatte sich plötzlich verschlechtert, und sie hatten sie unverzüglich in die Klinik gebracht.

Duca legte den Hörer auf die Gabel. Dann überlegte er einen Augenblick. Kein Irrtum möglich. Sie konnten sie nur ins Fatebenefratelli gebracht haben, wo sein Freund Gigi arbeitete. Und noch während er darüber nachdachte, wählte er die Nummer des Fatebenefratelli und verlangte Gigi.

»Jawohl, Dr. Lamberti«, sagte die Telefonistin freundlich, »ich verbinde Sie sofort mit dem Professor.«

»Danke.« Er wartete, und als sich Gigi meldete, fragte er sofort, was passiert sei.

»Hör zu –« sagte Gigi.

»Ich höre!« Duca brüllte fast. »Ich höre sehr gut! Was ist passiert?«

»Wo bist du, im Präsidium?«

»Was kümmert's dich, wo ich bin! Ich habe dich gebeten, mir zu sagen, was los ist!«

»Gut, ich will es dir sagen.« Gigi sprach leise. »Heute früh um acht mußten wir sie hierher ins Krankenhaus bringen, sie hatte einen Kollaps. Sie ist während des Transports gestorben.«

Duca schwieg.

»Das passiert einmal in hunderttausend Fällen, aber es passiert«, und er erklärte die Einzelheiten des Kollapses, und der Arzt Duca hörte sie begierig an und begriff, daß niemand schuld war, daß es wie eine Lawine alle überrollt hatte, daß man nichts hatte voraussehen können, daß heute niemand an Lungenentzündung stirbt, ausgenommen in einem unter hunderttausend Fällen, und daß die kleine Sara, Lorenzas

Tochter, ausgerechnet dieser eine Fall unter hunderttausend war.

»Danke für alles, was du getan hast«, sagte Duca. »Ich komme sofort.« Er legte auf und dachte, daß er einen Begräbnisunternehmer suchen, mit dem Priester sprechen, Blumen besorgen mußte. Dann weigerte sich sein Gehirn, weiter an diese Dinge zu denken, und als er auf den Boden blickte, sah er einen Wollschuh der kleinen Sara. In der Eile des Aufbruchs war ihr der Schuh vom Fuß geglitten. Er bückte sich, um ihn aufzuheben. In diesem Augenblick begann das Telefon zu läuten. Er ließ es klingeln, nahm den Schuh und steckte ihn in die Hosentasche. Das Telefon läutete weiter, er hob ab.

»Dr. Lamberti, hier spricht Mascaranti.«

»Was willst du?«

»Sie haben mir gesagt, ich solle Sie anrufen, sobald es etwas Neues gibt.«

»Beeil dich, was willst du?«

»Der Junge, der nicht ganz in Ordnung ist«, sagte Mascaranti.

»Ja, los, ich hab's begriffen, Fiorello Grassi.« Er merkte, daß er ungehalten reagierte, aber es gelang ihm nicht, sich zu beherrschen.

»Ja, der.« Mascaranti klang eingeschüchtert. »Dieser Junge möchte mit Ihnen sprechen, sofort. Er hat gesagt, sofort. Ich war bei ihm, er hat gesagt, er wolle nur mit Ihnen reden.«

Duca griff nach dem kleinen Wollschuh in seiner Hosentasche und überlegte. Der Junge wollte reden. Der Junge hatte in seiner Zelle nachgedacht über das, was er ihm gesagt hatte, und jetzt wollte er zum Verräter werden. Das bedeutete, er würde die Wahrheit erfahren.

»Gut«, sagte er. »Hol ihn sofort aus der Zelle und bring ihn in mein Büro. Gib ihm was zu essen und zu trinken. Sag ihm, daß ich sofort komme, nur –« Er brach ab. Er hatte zuviel über Psychoanalyse gelesen, um nicht zu wissen, daß starke Emotionen das Denkvermögen blockieren.

Mascaranti, der von Psychoanalyse keine Ahnung hatte, begriff instinktiv und half ihm. »Ja, Dottore, keine Sorge, ich hole ihn sofort aus der Zelle und lasse ihn im Büro warten, bis Sie kommen.«

»Danke.« Er mußte sofort ins Präsidium und mit dem Jungen sprechen. Er brauchte nur eine Viertelstunde, um seine Schwester und die Kleine zu sehen. Nicht mehr.

DRITTES KAPITEL

Kinder erzählen ihren Eltern nie etwas. Sie vertrauen sich ihren Freunden an oder dem erstbesten, dem sie in einer Bar oder auf der Straße begegnen, aber nie ihrem Vater oder ihrer Mutter.

1

Eine Viertelstunde. Zeit genug, um mit einem Taxi ins Fatebenefratelli zu fahren, nach Sara Lamberti zu fragen – sie trug den Namen ihrer unverheirateten Mutter –, in der Kinderabteilung das kleine Zimmer zu suchen, wo die Leiche aufgebahrt wurde. Und da lag sie, die Kleine in ihrem Bettchen, und die ledige Mutter, die nicht einmal mehr weinte, saß halb betäubt von all den Beruhigungsmitteln in einem Sessel und öffnete die Augen nur schwerfällig, als er ihr über die Stirn strich. Livia Ussaro stand neben Lorenza und wandte ihm stumm ihr Gesicht zu, das immer, auch im Winter, sonnenverbrannt wirkte. Der Eindruck der Sonnenbräune entstand durch das Make-up, das die Narben verdeckte, die ihr Gesicht trotz mehrerer kosmetischer Operationen noch entstellten. Ein großer Strauß weißer Rosen stand auf dem Nachttisch neben dem Bett der Kleinen, die für immer schlief. Duca Lamberti beugte sich über Sara und küßte sie auf die Stirn. Sie war noch nicht ganz kalt, wie der Arzt in ihm feststellte. Adieu, Sara, dachte er.

Nicht mehr als eine Viertelstunde. Zeit genug, um Lorenza zu umarmen. Zeit genug, um mit Livia einen Augenblick auf den Gang hinauszugehen und zwischen Krankenschwestern, Ärzten und Besuchern kurz mit ihr zu sprechen.

»Livia, ich muß sofort ins Präsidium zurück. Es geht nicht anders. Bleib du bei Lorenza und veranlasse alles Nötige. Ich werde ab und zu anrufen.«

Sie sah ihn voller Mitleid und Verständnis an. »Geh nur, ich werde mich um Lorenza kümmern.« Sie hob langsam die Hand, streichelte ihm über die rauhe, unrasierte Backe. »Mach dir keine Sorgen, ich werde alles tun, was zu tun ist.«

»Danke.«

Nicht mehr als eine Viertelstunde. Noch drei Minuten, um vom Fatebenefratelli zum Polizeipräsidium zu hasten, atemlos und in Gedanken bei der toten Sara die Treppe zu seinem Büro hinaufzueilen, die Tür aufzustoßen und sein Büro zu betreten, wo ein Wachtmeister, Mascaranti und, in einer Ecke sitzend, Fiorello Grassi, auf ihn warteten, der homosexuelle Junge, der dringend mit ihm sprechen wollte.

2

Grassi saß vor dem Schreibtisch und sah völlig verstört aus; die Augen waren weit aufgerissen, ständig fuhr er sich mit der Zunge über die Lippen; eine zitternde Hand krampfte sich um ein Knie.

Duca nahm einen Stuhl und setzte sich neben den Jungen. »Du bist zu aufgeregt«, sagte er. »Es macht nichts, wenn du jetzt nicht reden willst. Ich zwinge dich zu nichts. Niemand wird dich zu irgend etwas zwingen, weder wir von der Polizei noch die in der Beccaria, noch der Richter. Du kannst reden, wenn du willst, und wenn du nicht willst, dann eben nicht.« Im Grunde konnte er mit Homosexuellen, vor allem mit jungen, nichts anfangen, aber dieser hier erregte sein Mitleid.

»Ich habe nichts getan.« Fiorello Grassi warf sich ihm entgegen, krallte die Hände in Ducas Schultern und wiederholte schluchzend: »Ich habe nichts getan.«

Obgleich ihm der physische Kontakt mit dem Jungen nicht gerade angenehm war, spürte Duca, daß er es ehrlich meinte, und er stieß ihn nicht zurück. »Schön, du hast nichts getan, ich glaube dir. Du wirst sehen, daß dir auch die Richter glauben. Du bist ein guter Junge und hast nichts Böses getan. Ich weiß es.«

»Ich bin unschuldig.« Ducas Worte hatten den Jungen etwas beruhigt. Er machte sich von ihm los. »Aber ich kenne die Schuldige.«

Duca hatte aufmerksam zugehört. Der Junge hatte gesagt, *die* Schuldige. Also handelte es sich um eine Frau, nicht um einen Mann. »Wenn du uns sagst, wer die Schuldige ist, erleichterst du uns die Arbeit sehr.«

»Nein, das sage ich nicht, ich habe schon zuviel gesagt.« Er weinte nicht mehr, aber seine Hände zitterten immer noch. »Eher bring' ich mich um.«

»Du hast gesagt, es war eine Frau.«

»Nein, ich habe nicht gesagt, daß es eine Frau war.« Er fing wieder an zu weinen. »Ich bin ein Schuft, ein Verräter. Ja, es war eine Frau, es war eine Frau, es war eine Frau, aber jetzt sage ich nichts mehr!« Er begann hysterisch zu schreien. Duca packte ihn bei den Schultern.

»Schrei nicht so, beruhige dich.« Er strich ihm über die Backe.

Der Junge spürte diese Liebkosung und senkte sofort die Stimme. »Gut, gut. Ich schreie nicht mehr, aber ich werde auch nichts mehr sagen. Zwingen Sie mich nicht, noch mehr zu sagen, sonst renne ich mit dem Kopf gegen die Wand, sobald ich kann.«

Duca streichelte ihn wieder. Wenn er gewollt hätte, hätte er jetzt aus dem Jungen alles herausholen können. Grassi wußte offensichtlich Bescheid, und er, Duca, kannte gesetzlich zulässige Mittel und Wege, ihn zu einem Geständnis zu zwingen. Und wenn er sich danach umbringen würde, wäre das kein großer Verlust für die Gesellschaft. Doch Duca unterdrückte diese bittere Überlegung und sagte statt dessen mitfühlend: »Beruhige dich, ich werde dich nichts mehr fragen.« Er strich ihm noch mal übers Haar.

»Ich schicke dich auf die Krankenstation, du brauchst Schlaf, Ruhe und ein bißchen Behandlung. Und sei ruhig, niemand wird dich etwas fragen.« Er nahm Grassi ab, daß er sich umbringen würde, wenn man ihn zu einem Geständnis zwänge, und er wollt nicht, daß das passierte.

»Schicken Sie mich nicht zu den anderen«, stöhnte der Junge. »Wenn sie erfahren, daß ich das von der Frau gesagt habe, bringen sie mich um, auf noch bestialischere Weise als die Lehrerin.«

»Wir werden dich schützen, hab keine Angst«, versprach Duca. Grassi glaubte ihm; er trocknete sich die Augen mit den Händen. Er war erschöpft, aber nicht mehr verängstigt.

»Bring ihn ins Revier«, sagte er zu Mascaranti, »aber schick ihn nicht zu den anderen, bevor ich es dir sage.«

»Ja, Dottore.«

Duca blieb allein in seinem kleinen Büro. Der Nebel hatte sich fast ganz gelichtet; durchs Fenster sah man, wenn auch etwas verschwommen, die Bäume der Via dei Giardini. Jetzt hatte er ein wenig Zeit für seine Schwester Lorenza.

Und er ging auf einen Sprung zurück ins Fatebenefratelli.

3

»Es war eine Frau«, sagte Duca zu Carrua.

»Wieso weißt du das?«

»Einer der Jungen hat es mir gesagt.«

»Wer?«

»Fiorello Grassi, der Homosexuelle.«

»Der, den du auf die Krankenstation verfrachtet hast?« fragte Carrua wütend. »Vergiß nicht, das hier ist das Polizeipräsidium von Mailand und nicht ein Krankenhaus.« Leiser, aber immer noch mit verhaltenem Unwillen fuhr er fort: »Es ist mir völlig egal, ob ihn seine Genossen verprügeln, weil sie glauben, er hätte sie verpfiffen. Ich möchte nur dieses Gesindel und die ganze Sache endlich los sein.«

Friedfertig – Müdigkeit macht friedfertig – fragte Duca: »Es interessiert dich also nicht, wer die Burschen zu dem Gemetzel angestiftet hat?«

»Nein, es interessiert mich nicht. Es gibt dringendere Fälle. Jeden Tag wird hier in Mailand geraubt, gemordet, totgeschlagen. Es gibt wichtigere Fälle.«

»Diese Kerle hätten nichts getan, wenn nicht eine Frau alles organisiert hätte. Ich will wissen, wer diese Frau ist.«

»Mir ist das egal«, entgegnete Carrua heftig. »Die Lehrerin ist von dieser Bande mißhandelt und umgebracht worden. Wenn irgend jemand dahintersteckt, wird das spätestens bei der Gerichtsverhandlung aufgeklärt werden. Du brauchst gar nichts zu tun. Bis zum Prozeß werden Monate vergehen. Und in diesen Monaten werden die Kerle reden.«

Ja, das stimmt, dachte Duca. Die Wahrheit würde schon von selbst ans Licht kommen. Wenn sie erst monatelang im Gefängnis oder in der Erziehungsanstalt saßen, würden sie schon reden, Carrua hatte recht. Trotzdem. »Ich hätte gern sofort gewußt, wer diese Frau ist.«

»Ah, Neugier!« spottete Carrua. »Du spielst Polizist, nur weil du neugierig bist, ich begreife.« Er zog die Jacke aus, es war zu warm in seinem Büro. »Ich kann sie nicht mehr länger hier im Präsidium behalten. Das ist gegen die Vorschriften. Der Staatsanwalt hat mich bereits ermahnt.«

»Ich verstehe. Übergib die Burschen dem Gericht, aber weis den Richter darauf hin, daß Fiorello Grassi besonders überwacht werden muß, sonst bringen ihn die anderen um oder er sich selbst.«

Carrua nickte zustimmend. »Warum bist du so sicher, daß es eine Frau war? Das hat dir ein Sechzehnjähriger gesagt, der in seinen sechzehn Jahren mehr Unsinn verbrochen hat als ich in mehr als fünfzig. Du bist zu leichtgläubig.«

»Nicht nur, weil Grassi es mir erzählt hat. Ich habe mir so was Ähnliches schon gedacht.«

»Und wie bist du darauf gekommen?«

»Aufgrund der chaotischen und sinnlosen Hysterie der Tat.«

»Wie bitte? Schau, ich bin nicht sehr intelligent, was soll das heißen, chaotische Hysterie?« Carrua sah ihn spöttisch an. »Gibt es vielleicht eine wohlgeordnete Hysterie?«

»Ich werd's dir erklären. Wenn du, ein ausgeglichener, ruhiger Mensch, eine Person maßlos haßt und sie umbringen willst, gehst du einfach hin und knallst sie ab. Du tust etwas Gesetzwidriges, aber Logisches, nämlich, du haßt und folglich schießt du. Aber eine hysterische Frau handelt anders. Sie haßt, aber versucht, ihren Haß indirekt, ohne Gefahr für sich selbst und so vollständig wie möglich zu befriedigen. Einer hysterischen Frau genügt nicht der einfache Tod der gehaßten Person, sie will einen grausamen, theatralischen Tod, denn die hysterischen Frauen sind immer auch Schauspielerinnen, Histrioninnen. Kennst du den Wortstamm von hysterisch? Natürlich, aber du erinnerst dich nicht. Griechisch *ystérikos* und Sanskrit *ustera*, beides bedeutet Gebärmutter.«

»Ich glaube, ich habe verstanden. Sprich weiter.«

»Ein ausgesprochen weiblicher Körperteil. Und einige Philologen behaupten, daß das Wort Histrione, Schauspieler, denselben Ursprung hat. Wenn eine Frau tötet, begeht sie nicht nur ein Verbrechen, sondern inszeniert auch ein Theaterstück, eine Tragödie. Was in der Abendschule geschah, war ein makaberes und schauerliches Theaterstück, und deshalb kam mir die Idee, daß der Regisseur eine Frau sein könnte. Oder –«

Carrua unterbrach ihn kalt. »Oder?« Ducas Ausführungen behagten ihm immer weniger.

»Oder ein Mann, der kein richtiger Mann ist.«

Sie sahen sich an, dann senkte Carrua den Blick. »Dein Fiorello Grassi würde genau passen. Auch er ist kein richtiger Mann.«

»Daran habe ich auch gedacht. Homosexuelle sind immer für Überraschungen gut. Aber um ihn brauche ich mich nicht zu kümmern, denn er sitzt und steht mir somit jederzeit zur Verfügung. Aber ich will die Frau, bevor sie sich auf und davonmacht.« Ducas Gesicht war bleich vor Wut. »Ich will sie hierherbringen und sie zwingen, ihr Geständnis auf einen langen Bogen Papier zu schreiben. Wenn dieses Ungeheuer nicht gewesen wäre, wäre diese Bande nicht derart außer sich geraten, zumindest nicht in einem Schulzimmer mit einer nicht mal besonders hübschen Lehrerin, wo sie doch vom Piazzale Loreto bis zum Lambro-Park genügend Lokalitäten kennen, um Orgien zu feiern, ohne eine Verhaftung zu riskieren. Laß mich dieses Ungeheuer in Menschengestalt suchen und hierherbringen. Ein derartiges Monster darf nicht frei herumlaufen.«

Carrua betrachtete Ducas Hand, mit der er ständig auf den Tisch klopfte, um das Gesagte zu unterstreichen. Er hatte nie ganz verstanden, warum Duca – und auch Ducas Vater – so sehr an der Gerechtigkeit hingen und sich das Leben, das sowieso schon schwierig genug war, noch schwieriger machten. Eines aber wußte er, er mußte Duca so nehmen, wie er war, ihn zu ändern war nicht möglich.

»Sicher laß ich dich diese Frau suchen«, sagte er müde und sarkastisch. »Vergiß nur nicht, daß du den Arm des Gesetzes und«, er kicherte leise, »der Gerechtigkeit vertrittst. Mach keine Geschichten, die uns unsere Stellung kosten.«

»Danke. Ich brauche einen Wagen.«

»Mascaranti soll dir einen besorgen.«

»Danke. Und ich brauche einen Fahrer.«

»Mascaranti kann fahren, oder? Wie die anderen Male.«

»Diesmal ist Mascaranti nicht der Richtige. Ich suche eine Frau, es ist besser, wenn ich mit einer Frau zusammenarbeite, die mich fährt. Ich hatte an Livia Ussaro gedacht.«

Carrua zog sich die von schmalen roten Hosenträgern gehaltenen Hosen etwas höher. »Deinetwegen hat sie das ganze Gesicht voller Narben. Und jetzt willst du sie wieder in eine deiner Geschichten hineinziehen.«

»Diese Art von Arbeit gefällt ihr. Ich habe mit ihr gesprochen, und sie hat zugesagt.«

»Laß dich fahren, von wem du willst, aber offiziell führst du die Untersuchung allein.«

»Danke.« Duca ging auf die Tür zu, aber Carruas Stimme hielt ihn zurück. Es war eine veränderte Stimme, nicht mehr die des rauhen, polternden Polizisten. »Wie geht's Lorenza?«

»Nicht gut.« Duca drehte sich nur halb um. Seit der Beerdigung der Kleinen waren erst zwei Tage vergangen, es konnte ihr nicht gutgehen.

»Ich möchte sie bald einmal besuchen.«

»Du kannst hingehen, wann du willst, sie ist immer zu Hause.«

»Danke«, sagte Carrua.

4

Mascaranti fand sofort eine große schwarze Fiat-Limousine für ihn. Duca setzte sich hinters Lenkrad und verließ das Präsidium. Der Morgen war kalt, aber sonnig. Er fuhr langsam bis zur Kreuzung Via Giardini und Via Croce Rossa und parkte dort vor einem Waffengeschäft auf dem Gehweg – auf der Windschutzscheibe war deutlich die Aufschrift POLIZEI zu sehen, für den Fall, daß ein übereifriger Polizist den

Wunsch verspüren sollte, ihm einen Strafzettel anzuhängen. Er betrat den Laden, zeigte seinen Ausweis vor und verlangte eine Beretta B 1. Der Verkäufer gab ihm eine kleine, flache Damenpistole und eine Schachtel Munition. Duca stieg wieder in den Wagen und fuhr zur Piazza Leonardo da Vinci. Der Boden um die Bäume war gefroren. Ohne Hut und Mantel war ihm kalt.

»Du siehst ganz durchfroren aus«, sagte Livia, als sie ihm aufmachte. »Setz nächstes Mal wenigstens einen Hut auf.«

»Wo ist Lorenza?«

»In der Küche, wir arbeiten.« Livia sprach leise, damit Lorenza sie nicht hören konnte. »Gestern haben wir die Sachen der Kleinen gewaschen, heute morgen waren sie trocken. Wir bügeln und verpacken sie. Ich habe das Waisenhaus angerufen, sie nehmen alles mit Handkuß.«

Duca ging wortlos in die Küche. Lorenza bügelte; auf einem Stuhl stand ein großer Karton mit den sorgfältig zusammengelegten und gebügelten Sachen, auf dem Tisch lag ein Haufen ungebügelter Kleidungsstücke – die ganze Ausstattung der kleinen Sara.

»Ciao, Duca«, begrüßte ihn Lorenza.

Er legte ihr eine Hand auf die Schulter, zündete sich eine Zigarette an, setzte sich an den Tisch und atmete den warmen Geruch der gebügelten Wäsche ein. Lorenza zog aus dem Haufen einen kleinen gelben Anzug, einen Schlafanzug mit einer Mickymaus auf der Brust.

Er beobachtete die beiden Frauen eine Weile und sagte dann: »Livia und ich wollen einen Spaziergang machen. Sollen wir dir etwas mitbringen?«

»Ja«, antwortete Lorenza, während sie mit gesenktem Kopf weiterbügelte, »süßsauer eingelegtes Obst, möglichst Kirschen und Feigen, die esse ich am liebsten.«

»Ich kenne ein Geschäft, wo es sehr gutes gibt«, sagte Livia. Sie wußte, daß Lorenza seit Tagen nichts gegessen hatte. Jetzt machte sich ihr Überlebenswille bemerkbar, und sie versuchte, ihren Appetit mit etwas anzuregen, das ihr schmeckte.

»Wir holen dir sofort welches«, sagte Duca. Er stand auf, löschte seine Zigarette unter dem Wasserhahn des Spülbekkens und warf sie in den Mülleimer. Im nächsten Augenblick zündete er sich eine neue an.

Lorenza legte den gelben Anzug in den Karton. »Es eilt nicht, macht nur erst euren Spaziergang.« Sie blickte auf, lächelte ihm zu und nahm sich dann ein neues Stück zum Bügeln.

Duca und Livia verließen die Wohnung und gingen zum Auto. Livia setzte sich ans Steuer. »In der Via Vitruvio ist ein sehr gutes Delikatessengeschäft«, sagte sie und fuhr los.

Sie kaufte zweihundert Gramm eingelegtes Obst und eine ofenfrische Terrine gratinierter Makkaroni. »Glaubst du, daß sie das essen wird?« fragte Duca.

»Nach den süßsauren Früchten, ja.«

Sie fuhren zurück zur Piazza Leonardo da Vinci. Duca blieb im Wagen, während Livia mit ihren Päckchen hinaufging. Sie kam sofort zurück und stieg wieder ein. »Wohin fahren wir jetzt?«

»Nimm zuerst das hier«, sagte Duca.

»Ich trage keine Waffen.«

»Ja, habe ich mir gedacht. Dann steig aus und geh, wohin du willst.«

»Das ist Erpressung.«

»Genau. Entweder nimmst du diese Pistole, oder du steigst aus.«

»Ich habe nie eine Waffe getragen. Weshalb sollte ich jetzt damit anfangen?«

»Weil ich es dir sage.«

Livia fixierte ihn verärgert und beleidigt. »Was bleibt mir anderes übrig, als mich roher Gewalt zu beugen. Du behandelst mich wie eine Leibeigene.«

»In Ordnung. Über die philosophischen Aspekte diskutieren wir später. Jetzt zeige ich dir erst mal, wie dieses Ding geladen wird.« Duca zog die Schachtel mit den Magazinen aus der Jackentasche. »Schau, es funktioniert wirklich ganz einfach. Du ziehst an dem kleinen Haken da. Dann nimmst du das hier, das heißt das leere Magazin, heraus, und steckst das hier, nämlich das volle Magazin, hinein. Sieh zu.«

Livia sah aufmerksam zu.

»Jetzt du.«

Sie nahm das volle Magazin heraus, steckte das leere hinein, drückte es fest, zog an dem Haken, holte das leere Magazin wieder heraus. »Gut so?« fragte sie sarkastisch.

»Ja, ausgezeichnet. Jetzt können wir losfahren.«

»Wohin?«

»Steck zuerst die Beretta und die Magazine in deine Handtasche und versprich mir eins, nämlich diese Pistole immer bei dir zu haben und sie auch zu benutzen, wenn du in Gefahr bist.«

Sie sah ihn erstaunt und mit hochgezogenen Brauen an. »Warum sagst du mir das?«

»Weil ich will, daß du dich verteidigen kannst, wenn du mit mir zusammenarbeitest. Wenn du Pazifistin bist, steig aus und laß es bleiben.« Hätte er damals darauf bestanden, daß sie eine Waffe trug, hätte sie sich wehren können und wäre nicht so übel zugerichtet worden. Er wollte nicht, daß es sich wiederholte.

Livia Ussaro steckte die Beretta in ihre Tasche und fragte nochmals: »Wohin fahren wir?«

»In die Via General Fara. Fahr zuerst zum Hauptbahnhof, von dort aus zeige ich dir den Weg.«

Sie ließ den Motor an. »Zu wem gehen wir?«

»Zu einem Vater.«

5

»Ein Vater?« fragte Livia, während sie steuerte.

»Wir besuchen den Vater von einem dieser elf jungen Kerle, die ich vor ein paar Tagen verhört habe«, erklärte Duca. Er dachte nochmals daran, daß der Vater, den er sehen wollte, nämlich der Vater von Federico dell'Angeletto, in den Akten als unbescholten bezeichnet wurde. Aber stimmte das wirklich? Die Nachforschungen hatten nichts Negatives ergeben, also galt Antonio dell'Angeletto als unbescholten.

»Fahr jetzt durch die Via Galvani, die zweite links ist dann die Via General Fara.«

Er erwartete sich nicht viel von der Vernehmung der Eltern dieser Jugendlichen; vermutlich war es Zeitverschwendung. Aber etwas hatte ihn nachdenklich gemacht. Federico dell' Angeletto war Alkoholiker, mit achtzehn Jahren weiß Gott kein erfreuliches Schicksal. Wenn einer in so jungen Jahren schon alkoholabhängig war, dann mußte er die Veranlagung dazu von den Eltern geerbt haben. Doch Federicos Eltern galten als unbescholten, und wenn ein Alkoholiker auch durchaus unbescholten sein kann, so schreibt ein erfahrener Polizist wie Carrua »unbescholtene Eltern« nur dann hin, wenn er falsch oder unvollständig informiert ist; sonst wählte er die Bezeichnung »Vater Alkoholiker«. Hier stimmte irgend etwas nicht.

»Da ist die Via General Fara. Halt an dem Hauseingang neben dem Obstgeschäft und komm mit.«

Sie betraten das Haus, in dem es modrig roch. In dieser Gegend standen nur alte Häuser, die in wenigen Jahren abgerissen würden und die alle äußerst baufällig wirkten. An Reparaturen dachte niemand. Dieses Stadtviertel war alt, arm, aber urwüchsig, und sein Schicksal war im Bebauungsplan der Stadt Mailand schon längst besiegelt. Hier gab es noch zwei echte Kneipen – keine Bars –, die nur die grünen Tischdecken durch Plastikplatten ersetzt hatten, in denen nach wie vor die Säufer, vornüber gesunken, ihren Rausch ausschliefen. Alte Prostituierte erholten sich bei einem Glas von ihrem ewigen Promenieren durch die Via Fabio Filzi oder Vittor Pisani. Und eine müde, freundliche, leicht hinkende Blumenfrau verkaufte unter einem großen Schirm vor der Kirche San Giochimo Blumen. Die Autos, die die Straße der Länge nach vollparkten, konnten dem urwüchsigen Charakter dieses Viertels nichts anhaben.

»Signor dell'Angeletto«, sagte Duca zur Portiersfrau, die in einem kleinen, von beißendem Qualm erfüllten Kämmerchen saß. Die Alte, die zwischen einem Fernsehapparat und einem Kühlschrank kaum auszumachen war, musterte sie argwöhnisch – zweifellos sah sie alle ihre Mitmenschen auf diese Art an – und bequemte sich schließlich doch zu einer Antwort.

»Vierter Stock, rechte Treppe.«

Die große, verlebte Frau, die ihnen im vierten Stock öffnete, musterte sie ebenso argwöhnisch. Die gesellschaftlichen Beziehungen in diesem Viertel schienen nicht von Herzlichkeit geprägt zu sein. Ducas Frage, ob Signor dell'Angeletto zu sprechen sei, verneinte sie barsch.

»Sie sind seine Frau?«

»Ja, warum?« Sie sah Livia böse an und gab sich keine Mühe, ihre Abneigung zu verbergen.

Duca zeigte seinen Ausweis. »Ich muß mit ihm sprechen.«

Der Ausweis schüchterte sie ein, ihre Stimme klang unsicher. »Er ist für einen Augenblick in die Osteria hinuntergegangen.«

»Die Osteria hier unten?«

»Ja.«

»Guten Tag, Signora.«

Die unversehens sanfte und leidende Stimme der Frau hielt ihn zurück. »Mein Sohn, was werden sie mit ihm machen?«

»Man wird ihm den Prozeß machen«, sagte Duca.

»Haben Sie ihn gesehen?«

»Ja.«

»Habt ihr ihn geprügelt?« Die Frau zitterte und weinte fast.

»Nein, wir haben ihn nicht geprügelt. Wir haben ihm Zigaretten gegeben und in die Badewanne gesteckt. Er hatte es nötig.«

Die Frau fing an zu weinen. »Ich weiß, daß er ein Verbrecher ist, aber ihr dürft ihn nicht schlagen.«

»Beruhigen Sie sich, Signora, niemand krümmt ihm ein Haar.«

Die Osteria befand sich direkt neben dem Haus. Es roch nach feuchtem Sägemehl, kein unangenehmer Geruch. An zwei Tischen saßen vier oder fünf Männer und eine Frau mit üppigem Busen. An einem dritten Tisch saß ein einzelner Mann mit einem Glas Rotwein in der Hand und starrte vor sich hin. Es wurde sehr leise gesprochen, und für eine Osteria herrschte hier eine seltsame Ruhe.

»Ist Signor dell'Angeletto hier?«

»Wer?« fragte ein junges, müde aussehendes Mädchen hinter der Theke.

»Signor Antonio dell'Angeletto«, wiederholte Duca.

»Ah, Toni. Der, der da allein sitzt.« Das Mädchen machte eine mitleidige Geste, als ob sie die Anrede »Signore« für unangebracht halte.

»Polizei«, sagte Duca und setzte sich an den Tisch des einsamen Trinkers. Mit einem Blick forderte er Livia auf, sich ebenfalls zu setzen.

Der Mann blickte von einem zum anderen, Duca brauchte ihm den Ausweis nicht zu zeigen. »Wegen meines Sohns?«

»Ja«, sagte Duca. Vielleicht können Sie mir eine einzige Frage beantworten.«

»Mich interessiert mein Sohn nicht mehr«, entgegnete Antonio dell'Angeletto mit Haltung. Wahrscheinlich trank er viel, trotzdem hatte er sich einen Rest Würde bewahrt. Die Untaten seines Sohnes hatten seinen Alkoholkonsum mit Sicherheit noch gesteigert.

»Uns interessiert er«, sagte Duca. »Ich möchte wissen, ob er mit einer Frau befreundet war, nicht mit einem gleichaltrigen Mädchen, sondern mit einer älteren Frau.«

Antonio dell'Angeletto trank einen Schluck Rotwein. »Ich weiß nichts, er hat mir nie etwas gesagt, und ich hatte nie Zeit, ihn etwas zu fragen. Kinder erzählen ihrem Vater oder ihrer Mutter nie etwas, sondern nur ihren Freunden, dem erstbesten, den sie in einer Bar kennenlernen, aber den Eltern nie.« Sein Blick wurde wieder starr.

Duca begriff, warum Carrua »unbescholtene Eltern« geschrieben hatte. Er war wirklich ein unbescholtener Vater, ein rechtschaffener, unglücklicher, verzweifelter Vater, nicht einmal Ströme von Rotwein hätten diese Rechtschaffenheit trüben können. »Da haben Sie recht. Aber vielleicht können Sie mir einen seiner Freunde aus dem Viertel nennen, der mir sagen kann, ob er mit einer älteren Frau befreundet war.«

»Die haben alle eine ältere Freundin, die Frauen sind heute alle Huren.« Erst nachdem er das Wort ausgesprochen hatte, erinnerte er sich an Livia und senkte den Blick. »Entschuldigen Sie, Signorina.«

»Nichts zu entschuldigen.« Livia lächelte ihn an.

»Entschuldigen Sie, Signorina, entschuldigen Sie...« Seine Augen waren feucht.

»Sie müssen mir den Namen von irgendeinem Freund Ihres Sohnes nennen«, sagte Duca. »Wenn wir diese Frau ausfindig machen, so kann das auch für Ihren Jungen sehr wichtig sein.«

Der Alte starrte auf den Tisch. »Zu Hause hat er nichts erzählt. Auch nicht von seinen Freunden. Er kam, aß, klaute ein bißchen Geld oder irgend etwas, das er verkaufen konnte, und verschwand wieder. Aber versuchen Sie es einmal in dem Tabakladen weiter unten. Da kennen sie ihn, auch der Besitzer. Die wissen sicher mehr als ich.«

Seine Aufrichtigkeit war offenkundig, und auch seine Verzweiflung. Sie ließen ihn allein.

6

Der Besitzer des Tabakladens war nicht sehr erfreut über ihren Besuch. Zuerst hatte er sie für ein Pärchen gehalten, das sich nach der Kälte draußen in seinem warmen, gut beleuchteten Laden etwas aufwärmen wollte, aber nachdem er Ducas Ausweis gesehen hatte, wurde er eines Besseren belehrt.

Der Laden schien leer, aber aus dem Nebenraum, wo ein Billardtisch stand, drangen jugendliche Stimmen. Ein Junge spielte Flipper, und ab und zu betrat ein Kunde den Laden, um einen Kaffee zu trinken oder Zigaretten zu kaufen.

»Hierher kam ein junger Bursche«, begann Duca. »Federico dell'Angeletto, Sie kennen ihn vielleicht. Alle Zeitungen haben über ihn berichtet.«

Der junge Mann hinter dem Ladentisch, neben dem eine junge, hochschwangere Frau stand, antwortete nicht, sondern gab einem kleinen Mädchen ein Paket grobes Salz.

»Er kam oft hierher.« Duca sprach jetzt mit einem drohenden Unterton. Mit Höflichkeit erreicht man nichts. »Das hier war sein Café, und die junge Bande, die im Nebenraum spielt, sind seine Freunde, nicht wahr?«

Der Ton überzeugte den jungen Mann. »Ja, er kam hierher. Für mich sind sie alle gute Kunden, wenn sie zahlen, und er hat gezahlt. Was habe ich damit zu tun?«

»Ich habe nicht gesagt, daß Sie was damit zu tun haben«, beschwichtigte Duca. »Ich wollte nur wissen, ob Sie ihn kennen.«

»Natürlich kennen wir ihn«, mischte sich die schwangere Frau ein, »er war der Schlimmste von allen, man hat ja gesehen, was er angestellt hat. Und du versuchst, ihn zu verteidigen«, warf sie ihrem Mann vor.

»Ich will keinen Ärger«, zischte er. »Die sind imstande und nehmen uns unsere Lizenz weg.«

»Sie nehmen sie dir weg, wenn du ihre Fragen nicht beantwortest.« Sie war die Vernünftigere der beiden.

»Vier Briefmarken zu fünfzig«, verlangte ein alter Mann, der eben den Laden betreten hatte. »Einen Kaffee«, bestellte ein anderer Alter, der mit dem ersten gekommen war. Die Frau ging zur Kaffeemaschine, ihr Mann holte die Briefmarken. Danach wandte sich Duca erneut an ihn. »Ich will nur mit Fedricos Freunden sprechen. Wenn er hierherkam, dann weil er Freunde hier hatte. Sie wissen vielleicht, wer diese Freunde sind, und vielleicht auch, mit wem er besonders oft zusammen war.«

Der junge Mann nickte und verzog das Gesicht. »Sicher. Besonders oft zusammen war er mit einer Freundin, Luisella.«

»Und wo finde ich diese Luisella?«

»Sie wohnt hier oben. Sie strickt mit ihrer Strickmaschine Pullover.«

»Wo, hier oben?«

»Hier oben«, wiederholte der Tabakverkäufer. »Eingang rechts, erster Stock.«

Duca und Livia verließen den Laden und gingen in den ersten Stock hinauf. Duca drückte auf den Knopf der alten Klingel, und ein alter Mann, massig und rot im Gesicht, machte die Tür auf.

»Polizei.« Da der Mann keinerlei Anstalten machte, ihn hereinzulassen, obwohl er den Ausweis genau studiert hatte, schob ihn Duca beiseite und hielt die Tür für Livia auf. »Sind sie der Vater von Luisella?«

Der Mann war nicht gewohnt, Fragen zu beantworten. »Warum?« fragte er und sah Duca und Livia giftig an.

»Weil ich mit Luisella sprechen will.« Duca war immer noch friedlich.

»Warum?« wiederholte der Dicke.

Duca verlor die Geduld. »Jetzt reicht's. Wo ist deine Tochter?«

Wieder einmal wirkte Ducas Stimme. »Sie ist dort drin. Sie arbeitet.«

In der Tat waren leise Geräusche einer Maschine zu hören. Duca bedeutete Livia, ihm zu folgen. Sie betraten ein dunkles Zimmer. Ein unscheinbares Mädchen mit hellem Haar, das sie beunruhigt und giftig wie ihr Vater ansah, unterbrach ihre Arbeit an der Strickmaschine.

»Die Polizei. Sie wollen mit dir sprechen«, sagte der massige Kerl.

»Und die ist auch von der Polizei?« fragte das Mädchen Duca boshaft und deutete auf Livia.

»Ja, wenn du nichts dagegen hast. Stell die Maschine ab und beantworte meine Fragen. Kennst du Federico dell'Angeletto?«

»Warum?«

Es schien eine Familienkrankheit, Gegenfragen zu stellen, statt zu antworten. »Ich habe dich gefragt, ob du mit Federico dell'Angeletto befreundet bist, und du hast mir zu antworten ja oder nein und keine Fragen zu stellen.«

Auch das Mädchen ließ sich von Ducas Ton einschüchtern. »Ja, ich kenne ihn.«

»Ich habe dir gesagt, du sollst die Maschine abstellen!« Das Mädchen gehorchte. »Ich will nur eins von dir wissen. Es ist wichtig für deinen Freund, daß du die Wahrheit sagst. Vielleicht kommt er dann mit einem blauen Auge davon. Aber wenn du lügst, um so schlimmer für ihn und auch für dich.«

Sie sah ihn noch giftiger an.

»Ich möchte wissen, ob Federico außer dir noch eine hatte, eine Frau, die ein paar Jahre älter ist als er zum Beispiel.«

Sie verneinte, ohne zu zögern.

»Antworte nicht so schnell. Überleg es dir. Du weißt, die Typen in dem Alter haben eine, zwei, drei, viele.«

»Vielleicht hat er zwanzig gehabt, aber ich weiß nichts davon«, antwortete sie spöttisch.

»Dann hör zu. Du kennst doch sicher den einen oder anderen von Federicos Freunden.«

»Ein paar.«

»Zum Beispiel wen?«

»Ettore. Er kam immer hierher in die Bar und spielte mit Federico.«

»Ettore, und wie weiter?«

»An den Nachnamen erinnere ich mich nicht, aber es ist der, der mit seinem Vater aus Jugoslawien geflohen ist.«

»Heißt er zufällig Ettore Ellusic?« fragte Duca. Ettore Ellusic war einer von den elf, die am Massaker der Lehrerin teilgenommen hatten.

»So ein Name war es«, bestätigte das Mädchen, das zunehmend kooperativer wurde. »Der ja, der hatte eine ältere Freundin.«

»Woher weißt du das?« forschte Duca. Sie standen zu viert in dem dunklen, kalten Zimmer, er, Livia, das Mädchen und sein Vater.

»Er sprach manchmal von ihr. Wenn sie ihm Geld gab, kam er immer hierher in die Bar und verspielte es mit seinen Freunden. Er war ein Spieler.«

»Und was erzählte er über diese Frau?«

»Er nannte sie die Tante.«

»Versuch, dich an alle Einzelheiten zu erinnern.«

»Er nannte sie die Tante.«

»Das hast du schon mal gesagt. Was erzählte er sonst noch von ihr?«

»Er sagte die Tante aus Sarajewo, weil sie Jugoslawin war wie er.«

»Und sonst? Hat er sonst nichts erwähnt, ihren Namen, ihre Arbeit?«

»Den Namen nicht, er sagte immer nur die Tante, die Tante aus Sarajewo, und wir haben gelacht. Aber die Arbeit, ja, er sagte, sie übersetze aus dem Jugoslawischen.«

»Dann ist sie also eine gebildete Frau«

»O ja. Ettore nannte sie auch die Professorin.«

»Kannst du sie beschreiben?«

»Ich hab' sie nie gesehen. Ettore sagte, sie sei lang wie eine Hopfenstange.«

»Weiter. Was noch?«

Das Mädchen blickte auf den Boden und überlegte. Es war ihr deutlich anzumerken, daß sie sich entschlossen hatte, alles zu sagen, was sie wußte, um ihrem Freund zu helfen. Dann hob sie den Kopf und fixierte Duca. »Manchmal hat Ettore erzählt, wie sie sich im Bett benahm, aber das hat nichts damit zu tun.«

»Auch das interessiert mich«, entgegnete Duca.

»Meine Tochter ist nicht verpflichtet, Schweinereien zu erzählen. Jetzt reicht es!« intervenierte der Vater.

»Nein, sie ist nicht dazu verpflichtet«, stimmte ihm Duca freundlich zu, »aber jede Einzelheit kann helfen, der Wahrheit auf die Spur zu kommen.«

»Da gibt es nicht viel zu erzählen«, sagte das Mädchen, »es ist eine seltsame Geschichte. Ettore sagte nur, diese Frau sei Jungfrau und wolle es bleiben, und deshalb liebte sie auf eine Art, daß sie es blieb. Keine Ahnung, warum.«

Duca nickte. »Sonst fällt dir nichts mehr ein?«

»Nein. Aber sie muß viel Geld haben, denn einmal kam Ettore in die Bar und hatte fast dreihunderttausend Lire dabei.«

»Wie alt, glaubst du, daß diese Frau nach den Erzählungen von Ettore ist? Älter als dreißig oder jünger? Oder sogar vierzig?«

»Ettore hat nie gesagt, wie alt sie ist, aber ich vermute, sie ist so um die Vierzig.«

Duca sah auf die Uhr. »Danke. Vielleicht komme ich wieder, aber ich hoffe, es wird nicht nötig sein.«

7

Duca beauftragte Mascaranti, bei allen Mailänder Verlagshäusern nach einer etwa vierzigjährigen jugoslawischen Übersetzerin zu suchen. Innerhalb von zwei Tagen hatte Mascaranti sie gefunden. Sie hieß Listza Kadiéni, war achtunddreißig Jahre alt und stammte aus Sarajewo. Sie wohnte in einer kleinen, spärlich eingerichteten Zweizimmerwohnung. Auf der

Marmorplatte einer altmodischen Kommode stand neben einem Gaskocher, auf dem sie ihre Mahlzeiten zubereitete, eine Schreibmaschine. Sie schrieb ihre Übersetzungen im Stehen wie die öffentlichen Schreiber des Altertums. Sie war wirklich lang wie eine Hopfenstange, genau wie Ettore gesagt hatte.

Sie bot Duca den kleinen Sessel am Fenster an und holte sich einen Stuhl aus dem Nebenzimmer. Listza Kadiéni sprach ein perfektes, fehlerfreies Italienisch, wie es selbst Italiener nur selten sprechen, ausgenommen vielleicht die etwas zu geschlossenen O. Sie war mager und keineswegs hübsch, doch verliehen ihr die sehr großen, ungeschminkten Augen eine besondere Art von Schönheit, die an ein altes Fresco erinnerte. Die Farbe ihres Haares war ein häßliches Strohblond.

»Sie kennen einen Jugendlichen namens Ettore Ellusic?« fragte Duca.

»Ja«, antwortete sie prompt, reglos auf ihrem Stuhl sitzend.

»Sie wissen, daß er einer der elf Jungen ist, die ihre Lehrerin ermordet haben?«

»Ja.«

»Seit wann kennen Sie ihn?«

»Seit fast zwei Jahren.«

»Wie haben Sie ihn kennengelernt?«

»Ich kenne seine Eltern. Ich habe ihnen bei ihrer Einbürgerung in Italien geholfen. Er ist bei Kriegsende mit seiner Familie hierher gekommen, spricht kein Wort Slowenisch und italienisch nur im Mailänder Dialekt.« Sie antwortete ohne Umschweife, aber in ihren Augen standen Furcht und vielleicht auch Scham.

»Was halten Sie von diesem Jungen?«

»Er ist ein ordinärer Schuft.«

Duca wartete etwas, bevor er die nächste Frage stellte. »Warum nennen Sie ihn einen ordinären Schuft? Ich weiß über die Art der Beziehung, die Sie zu ihm unterhielten, Bescheid.« Er war grausam, aber es blieb ihm nichts anderes übrig, wenn er weiterkommen wollte.

Die Schamröte stieg ihr ins Gesicht. »Die Art unserer Beziehung schließt nicht aus, daß ich einen Schuft von einem anständigen Mann unterscheiden kann.«

Eine klare Antwort. Duca überlegte eine Weile. »Hat er Sie vielleicht erpreßt?«

Sie schüttelte energisch den Kopf. »Nein, niemals.«

»Sie brauchen keine Angst zu haben, ihn zusätzlich zu belasten. Er ist angeklagt wegen Mordes, Folter und Vergewaltigung. Erpressung spielt da kaum mehr eine Rolle.«

Sie lächelte traurig. »Ich wollte, ich könnte mein Verhalten damit entschuldigen, daß er mich erpreßte. Ich gab ihm Geld aus freien Stücken, sonst wäre er nie zu mir gekommen.« Sie schonte sich nicht, war grausam gegen sich selbst.

Duca spürte, daß er hier eine falsche Spur verfolgte, daß sie beide nur ihre Zeit verschwendeten und daß er ihr nur weh tat.

»Entschuldigen Sie mich«, sagte er und stand auf.

Auch sie erhob sich. »Ich freue mich, Ihnen helfen zu können. Ich stehe immer zur Verfügung, wenn ich nützlich sein kann.«

Duca ging zum Fenster. »Ich suche eine nicht mehr ganz junge Frau«, sagte er, ohne sie anzusehen, »aber es könnte auch ein Mann sein, ich bin nicht ganz sicher. Ich suche jedenfalls eine erwachsene Person, die mit einem dieser jungen Burschen befreundet ist und von der keiner von ihnen beim Verhör gesprochen hat. Aber sie existiert, ich weiß es, und ist zur Klärung des Falles unerläßlich. Vielleicht hat Ihr junger Freund mit Ihnen über sie gesprochen, vielleicht hat er irgend etwas gesagt, was uns helfen könnte, diese Person ausfindig zu machen. Auch die kleinste Einzelheit, die Ihnen bedeutungslos scheinen mag, könnte uns auf ihre Spur führen.«

Sie stand noch immer steif und aufrecht da. »Ich verstehe«, sagte sie. »Er sprach nicht viel mit mir, ich war ihm nützlich, denn er ist ein Spieler, und wenn ich ihm Geld gegeben hatte, verließ er mich sofort. Aber manchmal kam er, wenn er getrunken hatte, und dann redete er ein bißchen mehr. Ich erinnere mich, daß er mir einmal erzählte, er habe einen Freund, der Rauschgift nehme. Tropfenweise. Ein Zeug, das ihm eine befreundete Ärztin gebe. Ettore sagte, auch er habe diese Tropfen einmal probiert, aber es sei ihm nur schlecht davon geworden.«

»Ettore hat Ihnen nie gesagt, wer dieser süchtige Freund ist?«

»Nein, er hat nur von einem Freund gesprochen.«

»Glauben Sie, daß dieser Freund einer von den elf sein könnte?«

»Ich habe keinerlei Möglichkeit, das festzustellen.«

Eine vage, vielleicht aber wichtige Spur. Duca ließ nicht locker. »Versuchen Sie, sich an alles zu erinnern, was mit dieser Geschichte zusammenhängt. Ein einziges Wort, ein winziges Detail kann entscheidend sein. Als Gedächtnishilfe denken Sie an den Tag, als Ettore gekommen ist und Ihnen von diesem Freund erzählt hat. Denken Sie an den Augenblick, in dem er hereingekommen ist, an alles, was anschließend geschehen ist, bis er Ihnen die Sache von den Tropfen, von seinem Freund und der Ärztin erzählt hat.«

Sie dachte nach. »Vielleicht erinnere ich mich nicht genau, doch wie mir scheint, hat Ettore gesagt, die Frau, die seinem Freund das Rauschgift gab, sei keine wirkliche Frau. Sie verstehen?«

Natürlich verstand er, es war nicht schwierig. »Fällt Ihnen noch was ein?«

Sie versuchte, sich an weitere Einzelheiten zu erinnern, aber erfolglos. »Ich erinnere mich an nichts anderes«, sagte sie bedrückt, als ob sie sich wegen ihres unzureichenden Gedächtnisses entschuldigen wolle.

»Danke. Sie haben mir sehr geholfen. Ich hoffe, ich werde Sie nicht mehr belästigen müssen.«

»Machen Sie sich deswegen keine Gedanken. Ich stehe Ihnen jederzeit zur Verfügung.«

Duca ging hinunter zum Wagen, in dem Livia wartete. Er setzte sich neben sie. »Gibt's was Neues?«

Duca schüttelte den Kopf. »Nicht viel.«

Nicht viel oder fast nichts. Er war auf mehrere Frauen gestoßen, die in Verbindung mit den jugendlichen Mördern standen: ein junges Mädchen, das zu Hause an einer Strickmaschine arbeitete und mit Federico dell'Angeletto befreundet war; eine jugoslawische Intellektuelle, eine Übersetzerin, die Jungfrau bleiben wollte und mit einem anderen der Mörder, Ettore Ellusic, eine Liaison hatte; und jetzt mußte er eine Ärztin finden, die einem noch nicht identifizierten Kerl Rauschgift lieferte, ungefähr vierzig und lesbisch war. Es würde nicht einfach sein, sie aufzutreiben, aber vielleicht lohnte es die Mühe. Jedenfalls waren diese elf Burschen von den verschiedensten Frauen umgeben, und eine mußte die Wahrheit kennen.

»Was, glaubst du, soll ich jetzt tun?« fragte er selbstironisch, während Livia den Wagen vorsichtig durch den Nebel manövrierte. »Jeder der elf hat eine junge und eine ältere Freundin, und vielleicht noch irgendeine andere, und zum Schluß werden wir Dutzende von aufgeregten Frauen auf dem Hals haben.«

»Was ist los mit dir?«

»Ich möchte alles an den Nagel hängen. Die junge Lehrerin ist von diesen Burschen umgebracht worden, daran ist nicht zu rütteln. Die Minderjährigen kommen ins Jugendgefängnis, den Volljährigen wird ein normaler Strafprozeß gemacht. Was suche ich eigentlich? Und was ändert sich schon an der Sache, wenn ich denjenigen finde, der sie zu dem Mord angestiftet hat? Nichts.«

Sie hielt an einer Ampel. »Es ändert die Sache insofern, als du den wahren Schuldigen zur Rechenschaft ziehen kannst. Du hast selbst gesagt, diese jungen Kerle hätten bei all ihrer Verkommenheit nie ein derartiges Blutbad angerichtet, wenn sie nicht von einer berechnenden, sadistischen Person bewußt dazu angestachelt und geführt worden wären.«

»Ja, das habe ich gesagt, und ich glaube es immer noch. Aber das ist nur eine Theorie von mir, die sich ebensogut als falsch erweisen kann. Ich riskiere, wochenlang unnütze Nachforschungen anzustellen, um dann zu entdecken, daß ich mich geirrt habe.« Er brachte es nicht über sich, ihr zu sagen, daß er an diesem Morgen seit dem Aufwachen an die kleine Sara dachte und sich unendlich müde fühlte. Wo war Saras kleiner Wollschuh hingekommen? Er konnte noch in seiner Manteltasche sein, vielleicht hatte ihn auch Lorenza gefunden.

»Sobald du entdeckst, daß du dich geirrt hast, wirst du aufhören«, entgegnete Livia, »vorher nicht. Sonst darfst du nicht Polizist sein, sondern mußt dir einen anderen Beruf suchen.«

Ein unwiderlegbarer Gedankengang, dachte Duca. Die Gedankengänge der Signorina Livia Ussaro waren immer unwiderlegbar. War er Polizist, so mußte er seine Nachforschungen weiterführen, und wenn er sie nicht weiterführen wollte, dann mußte er seinen Beruf wechseln. Er strich sich mit der Hand über die Augen, um das Bild der toten Sara zu verscheuchen, nahm sich zusammen, wurde wieder barsch. »Fahren wir also zu einer der Sozialfürsorgerinnen der Burschen. Bislang sind sie nicht vernommen worden.«

Die Sozialarbeiterin Alberta Romani, 48 Jahre alt, wohnte im Viale Monza. In ihrer kleinen Neubauwohnung dröhnte der Motorenlärm unzähliger Autos, die ständig durch die enge Straße preschten.

»Ja, das habe ich mir gedacht. Polizei«, sagte sie leicht ironisch, als sie Duca und Livia in ihre Wohnung bat. »Ich habe nicht begriffen, warum ihr mich nicht gleich verhört habt. Hab' angefangen, mir Sorgen zu machen.« Ihr altes Gesicht war schmutzigbraun, vielleicht von einem Leberleiden, vielleicht von den Wechseljahren, aber als junges Mädchen mußte sie hübsch gewesen sein. »Aber jetzt seid ihr ja da.«

Weder Duca noch Livia lächelten, Lächeln ist ein Luxus, den sich Polizisten nicht leisten können. »Ich möchte Ihnen ein paar Fragen stellen«, begann Duca.

»Ja, bitte.« Alberta Romani zündete sich eine Zigarette an, obwohl aufgrund ihres Aussehens klar war, daß ihr der Arzt vor Jahren schon das Rauchen verboten hatte.

»Ich möchte vor allem wissen, welche der Jungen dank Ihrer Vermittlung die Fustagni-Abendschule besuchten.«

»Das kann ich leicht beantworten: alle«, sagte sie und zog genießerisch den Rauch ein.

»Alle elf?«

»Alle achtzehn«, erwiderte sie bitter. »Ich habe achtzehn Jugendliche beraten. Sieben haben sie mir gestrichen, und die elf schlimmsten haben sie ausgewählt.«

Duca nickte zustimmend. Wirklich die schlimmsten. »Aber es arbeiten doch noch zwei weitere Fürsorgerinnen in diesem Viertel.«

Alberta Romani zuckte die Schultern. »Die Leiterin bin ich. Die beiden von Ihnen erwähnten Damen sind mir unterstellt. Sie sind nicht befugt, Vorschläge zu machen, sie helfen mir nur bei der Arbeit.«

Klare, präzise Antworten, dachte Duca. »Dann kennen Sie also zweifellos alle die jungen Burschen, die Sie für die Abendschule empfohlen haben?«

»Ich kenne sie nicht sehr genau, mit Sicherheit aber sehr viel besser als ihre Mütter oder ihre Väter.«

Auch jetzt lächelten weder Duca noch Livia. »Ich beginne mit einer sehr vagen und möglicherweise überflüssigen Frage: Welches ist Ihrer Ansicht nach der schlimmste unter diesen elf jungen Kerlen?«

»Das ist eine sehr schwierige Frage«, entgegnete die Romani nachdenklich. »Wie könnte ich sagen, welches der schlimmste ist? Einer ist schlimmer als der andere, und doch sind sie alle besserungsfähig.«

»Einer ist immer noch schlimmer als die anderen«, half Duca nach. »Sie kennen diese Jungens und können es mir sagen.«

Alberta Romani schüttelte den Kopf. Ihr hartes, kränkliches Gesicht entspannte sich, und auch ihre Stimme wurde warm und verlor jeden Spott. »Nein, so ist es nicht. Es gibt nicht *den* schlimmsten. Sie kennen die Jungen nicht, Sie wissen nicht, wie es in ihrem Innern aussieht. Sie sind Polizist und sehen nur, was sie tun. Sie trinken, spielen, haben Geschlechtskrankheiten, lassen sich von älteren und auch von jüngeren Frauen aushalten, sind ständig auf der Jagd nach Nervenkitzel. Sie sehen nur diese Dinge und nicht, was die Burschen sein *möchten*. Und wissen Sie, was die sein möchten? Einer von ihnen, vielleicht der schlimmste nach Ihrer Vorstellung, wissen Sie, um was er mich gebeten hat?«

»Ich will den Namen wissen, bevor Sie mir sagen, um was er Sie gebeten hat«, fuhr Duca barsch dazwischen.

Noch barscher kam die Antwort. »Nein, ich sage es Ihnen nicht. Es gibt keinen schlimmsten unter meinen Jungen. Alle könnten nützlich für die Gesellschaft werden, weit nützlicher als viele Söhne reicher Eltern, die studieren und dann nichts mit ihrem Studium anfangen. Sie kennen sie nicht, wie ich sie kenne, Sie haben nicht so mit ihnen gesprochen wie ich. Sie haben Nachforschungen angestellt und waren dabei nicht ihr Freund. Ein Polizist kann niemandes Freund sein, sonst ist er kein guter Polizist. Ich dagegen habe mit ihnen gesprochen, und sie haben mir erzählt, was wirklich in ihnen vorgeht. Und der Junge, von dem ich sprach, sagte zu mir: ›Signora, ich möchte lernen, wie man die Worte für Lieder schreibt, wissen Sie, es kommen mir oft so viele Worte in den Sinn. Diese Arbeit würde mir gefallen, auch weil man damit viel Geld verdient, nicht wahr, Signora?‹ Und damit er die Worte für Lieder fehlerfrei schreiben kann, habe ich ihn für die Abendschule empfohlen. Ist dieser Junge ein Mörder, der in Wirklichkeit Gedichte schreiben will, auch wenn er sie ›Worte für Lieder‹ nennt?«

Duca hätte gern entgegnet, daß auch die schlimmsten Verbrecher irgendeine zarte Saite haben. Die einen sind Vegetarier und würden nicht einmal unter Folter am Spieß gebratene Vögel essen, aber sie bringen ihre Mutter oder ihre Frau um. Andere lieben Blumen, pflegen sie liebevoll, gewinnen erste Preise in Blumenwettbewerben, aber nachts mißhandeln sie kleine Kinder und schlachten sie ab. Doch er sagte nichts, hielt den Redeschwall der Alberta Romani nicht auf.

»Und ist dieser andere Junge vielleicht ein Mörder«, fuhr sie ungehalten fort, »der kam und mir sein Geld – vielleicht gestohlenes Geld – gebracht und mich gefragt hat: ›Signora, ich möchte mich in den Touring Club einschreiben und eine Zeitschrift abonnieren, die über fremde Länder schreibt, in die ich gerne reisen möchte. Aber ich bin im Jugendgefängnis gewesen und weiß nicht, ob ich sie abonnieren kann. Wenn also Sie sie bestellen und dann geben Sie mir die Zeitschrift, wenn sie kommt…‹ Ist das ein Mörder, dem ich erklären mußte, daß er die Zeitschrift abonnieren könne, auch wenn er im Jugendgefängnis war? Ist er einer der schlimmsten? Und ist jener andere ein Mörder, der Tb hat und sich vor dem Sterben fürchtet, wenn er Blut spuckt, und statt zum Arzt zu mir kommt, weil er, wie er sagt, bei mir keine Angst hat zu sterben?«

Duca hob die Hand, um sie zum Schweigen zu bringen. »Die junge Lehrerin ist von diesen elf Burschen umgebracht worden, daran besteht kein Zweifel, auch wenn alle elf es ableugnen. Und wer tötet, ist ein Mörder. Aber vielleicht können sie mildernde Umstände in Anspruch nehmen. Irgendein Erwachsener, der bei klarem Verstand und für seine Handlungen verantwortlich ist und der die Lehrerin umbringen wollte, hat sie zum Mord verleitet. Das ist meine Idee, und ich bin zu Ihnen gekommen, um über diese Idee zu sprechen, und nicht um Sie zu vernehmen.«

Die Romani drückte ihre Zigarette in der Untertasse aus und blickte Duca hart an. »Erklären Sie mir diese Idee eingehender.«

»Gern.« Es war ein wahres Vergnügen, mit einer Person zu sprechen, die verstehen wollte und auch sofort verstand. »Ich glaube, Ihre Jungen sind kriminell, aber ich halte sie nicht für fähig, ohne Hilfe ein solch schauerliches Massaker bis in alle Einzelheiten zu planen. Dazu sind sie viel zu dumpf. Zudem sind sie nicht klug genug, um sich eine Verteidigungstaktik auszudenken, die den Richtern gestatten wird, aufgrund ihrer Minderjährigkeit und mildernder Umstände wie Armut, Milieuschädigungen, Trunksucht, Krankheiten und so weiter lächerliche Mindeststrafen zu verhängen. In ein paar Jahren sind sie wieder draußen, das versichere ich Ihnen. Und all das kann nicht von diesen Bestien, diesen Analphabeten organisiert worden sein, die Sie so warm verteidigen. Es gibt da jemand anderen«, Duca stand auf und ging ans Fenster, »eine mit einem oder mehreren Jungen befreundete Person, die das Gemetzel geplant und die Kerle bis in jede Einzelheit instruiert hat, wie sie vorgehen und wie sie sich nach Entdeckung der Tat vor der Polizei schützen sollen.« Duca beugte sich zu Alberta Romani hinunter, um ihr direkt ins Ohr zu sprechen. »Und die Jungen müssen große Angst vor dieser Person haben, denn keiner hat sie während des Verhörs erwähnt oder ihren Namen genannt. Aber Sie, die Sie fast alles von diesen Kerlen wissen, können mir vielleicht helfen, diese Person zu finden. Ihre Jungen haben sie nicht nennen wollen, aber vielleicht können Sie es.«

Alberta Romani zog eine Schulter hoch und entgegnete müde: »Meine Jungen haben Ihnen keinen Namen nennen können, weil es eine solche Person nicht gibt.«

9

Duca setzte sich wieder, suchte in der Jackentasche nach Zigaretten, fand keine. Livia reichte ihm ein Päckchen und ein Feuerzeug. »Mir scheint, Sie widersprechen sich, Signora«, sagte er ruhig. »Zuerst haben Sie mir diese Burschen als gefallene Engel beschrieben, die im Innersten gut sind und nur durch ihre Umwelt verdorben wurden. Und jetzt bestreiten Sie, daß es einen verantwortlichen Erwachsenen gibt, der sie zur Ermordung der Lehrerin veranlaßt hat. Das heißt, Sie sind der Meinung, daß diese jungen Kerle alles von sich aus geplant und getan haben, daß es keinen Anstifter gibt, daß sie aus reiner Freude am Foltern und Töten gefoltert und getötet haben. Scheint Ihnen das kein Widerspruch?«

Alberta Romani schüttelte den Kopf. »Nein. Es sind besserungs- und anpassungsfähige Jungen, aber niemand hilft ihnen dabei, sich zu bessern, und sie sind sehr wohl fähig, ein derartiges Blutbad anzurichten, ohne daß jemand sie dazu aufgehetzt hat.«

»Sie sind also überzeugt, daß niemand sie angeleitet hat? Sie wissen nichts von einer erwachsenen Person, die die Jungen zu dem Verbrechen veranlaßt hat?«

Sie wirkte zunehmend müder und schien ihre ganze Begeisterung verloren zu haben. »Ich kann es nicht mit absoluter Gewißheit verneinen, es sind mir nicht alle Einzelheiten ihres Privatlebens und ihrer Freundschaften bekannt. Aber es scheint mir ausgeschlossen, daß sie in diesem Fall einen Anstifter oder Organisator gehabt haben. Warum sollte jemand Interesse daran haben, eine arme Lehrerin auf so grausame

Weise umzubringen? Sie sind sich nicht im klaren darüber, daß bei diesen jungen Burschen, die körperlich und moralisch so verseucht sind, ein bißchen Alkohol wie dieser Anisschnaps genügt, um sie zu wilden Tieren zu machen.«

»Tut mir leid, aber ich muß Ihnen widersprechen, Signora. Ich habe lange über diese Flasche Schnaps nachgedacht. Wir müssen uns an die Tatsachen halten. Die Flasche enthielt etwa dreiviertel Liter Anisschnaps. Es waren elf Jungen. So stark der Anisschnaps auch ist, eine Flasche für elf ist zu wenig, besonders für Typen wie diese, die ans Trinken gewöhnt sind. Also bin ich zu dem Schluß gekommen, daß dem Schnaps in der Flasche ein Halluzinogen, ein Rauschgift beigemischt worden war. Leider können wir das nicht beweisen. Die Flasche war leer, und unser Labor kann mit leeren Flaschen nicht viel anfangen. Außerdem habe ich im ersten Moment nicht daran gedacht, den Urin der Burschen analysieren zu lassen, und jetzt, nach mehreren Tagen, ist es zu spät. Glauben Sie nicht, daß einiges für diese Idee spricht?«

»Durchaus nicht«, erwiderte die Fürsorgerin. »Vielleicht wissen Sie nicht, daß Jugendliche nur ein kleines bißchen Alkohol brauchen, um außer Rand und Band zu geraten. Haben Sie nie kleine Jungen Krieg spielen sehen? Ich ja, und ich habe Angst bekommen. Da war weder Schnaps noch Rauschgift im Spiel.«

Livia sah, wie sich Ducas Gesicht vor Wut verzerrte; sie berührte sein Knie mit ihrem, um ihn zu beruhigen, aber es nützte nichts. »Sie lügen«, schrie er die Frau an.

Alberta Romani zuckte die Schultern. »Die Polizei glaubt immer, daß die anderen lügen.«

»Und das ist hier der Fall. Sie sagen mir nicht die Wahrheit.« Er sprach leiser und ruhiger. »Ich bitte Sie, Signora, ich kann das Gefühl nicht loswerden, daß Sie mir nicht alles sagen, was Sie wissen. Ich kenne Sie erst seit einer knappen halben Stunde, aber ich weiß, daß Sie eine grundehrliche Frau sind und darunter leiden, mir Dinge zu verheimlichen. Bitte sagen Sie mir alles, was Sie wissen. Jede Einzelheit kann wichtig sein. Zum Beispiel habe ich erfahren, daß einer der Jungen mit einer ungefähr vierzigjährigen Ärztin befreundet war, die ihn mit Rauschgift versorgte. Sie kennen diese Burschen zu gut, um nicht zu wissen, wer von ihnen Rauschgift nahm, und vielleicht sogar, wer es ihm lieferte. Ich kann mir nicht vorstellen, daß Sie es nicht wissen, Signora, nachdem Sie mir gesagt haben, daß Sie die Kerle besser kennen als ihre eigenen Eltern.«

Schweigen. Das Schweigen lastete auf ihnen. Alberta Romani lächelte seltsam, während sie Duca anstarrte. Ihre Augen, leicht trübe wie bei allen Leberkranken, füllten sich mit Tränen, obwohl sie noch immer lächelte. »Ich hätte nie gedacht, daß Polizisten so sein können wie Sie. Sie schauen sehr genau hin. Sie sind kein richtiger Polizist, habe ich recht?« Duca gab keine Antwort; sie wartete und wischte mit zwei Fingern die ersten Tränen vom Gesicht. Dann wiederholte sie: »Habe ich recht?«

Gequält antwortete Duca: »Ich war Arzt, bis vor ein paar Jahren.«

»Sehen Sie, Arzt«, sagte sie, und ihr Gesicht spiegelte Schmerz und Bitterkeit wider. »Die Ärzte blicken ins Innere. Sie müssen ein guter Arzt gewesen sein.«

Livia wandte sich ab und bedeckte ihr Gesicht mit der Hand, um die Erregung zu verbergen, die diese Frau durch ihre Worte und die Art, wie sie sie aussprach, in ihr hervorrief. Ja, er war ein guter Arzt, bestätigte sie in Gedanken.

»Ich frage Sie nicht, warum Sie nicht mehr als Arzt arbeiten. Sie werden schon Ihren Grund haben«, sie lächelte müde, »und es steht mir zweifellos nicht zu, einen Polizisten zu befragen. Eine Schwester von mir ist Gynäkologin, ich kenne mich mit Ärzten aus. Auch ich wollte als Mädchen Medizin studieren, aber mein Vater war dagegen. Er sagte, daß hier in Italien das Universitätsstudium den Mädchen nichts nütze, weil sie sowieso früh heiraten, sofort Kinder kriegen und zu Hause zu bleiben haben. Wissen Sie, mein Vater war kein sehr gebildeter Mensch. Er hat als Flickschuster angefangen, hat dann ein Schuhgeschäft aufgemacht und genug Geld verdient, um meine Schwester Ernesta studieren zu lassen, aber mich nicht. Ich mußte mich mit dem Lehrerinnendiplom begnügen. Ich habe viele Jahre unterrichtet, dann habe ich die Ausbildung zur Sozialarbeiterin gemacht. Ich bin auch in Deutschland gewesen, habe zwei Wochen in einem Heim für

Sträflingskinder in Westberlin verbracht. Eine unglaubliche Sache. Dort waren die Kinder der schlimmsten Verbrecher untergebracht. Alle wurden ausführlich über die Vergehen informiert, die ihr Vater oder ihre Mutter begangen hatten, und die Gründe für diese Vergehen wurden ihnen erklärt und auch, warum sie, die Kinder, nicht dieselben Irrtümer begehen, aber auch ihre Eltern weder hassen noch verachten dürften. Ich bin überzeugt, daß keiner dieser Jungen oder Mädchen das Beispiel seiner Eltern nachgeahmt hat. Sie sind alle völlig umerzogen worden und werden heute als normale Menschen arbeiten. Meine Schwester war mit mir dort, und wir waren beide beeindruckt von dem, was wir sahen. Meine Schwester Ernesta ist zwar Gynäkologin, war aber so begeistert, daß sie die Direktorin fragte, ob es nicht möglich sei, dort zu bleiben und mitzuarbeiten...«

Duca und Livia hörten ihr geduldig zu. Die wichtigsten Eigenschaften eines Polizisten, der die Wahrheit ans Tageslicht bringen will, sind Geduld und die Fähigkeit zuzuhören. Wenn einer sprechen will, soll man ihn sprechen lassen. Es finden sich unbeabsichtigt Hinweise, Goldkörner der Wahrheit. Sie warteten darauf, es in dieser Flut von Worten glitzern zu sehen.

»...Und sie sagten ihr, gewiß, ja, vielen Dank, wir können Hilfe gut gebrauchen«, fuhr die Fürsorgerin fort, »sie ließen sie drei oder vier Formulare ausfüllen, wie die Deutschen eben sind, untersuchten sie von Kopf bis Fuß, und alle Antworten waren positiv, ja, ja, ja, und dann machten sie psychosexuelle Tests, und die Antwort war nein, nein, nein.«

»Warum?« Ducas Geduld wurde jetzt vielleicht belohnt.

Alberta Romani bedeckte ihr Gesicht mit der Hand. »Weil meine Schwester lesbisch ist.« Sie ließ die Hand wieder sinken, und man sah, daß sie unter ihrer gelben Haut rot geworden war. »Und man kann natürlich einer solchen Person unmöglich die Erziehung so schwieriger Kinder anvertrauen. Sie werden es mir nicht glauben, aber bis zu jenem Tag hatte ich nichts von dieser Besonderheit meiner Schwester gewußt.«

Duca dachte, daß ihn die Schwester nicht sonderlich interessierte, hörte aber trotzdem weiter zu.

»Das hat sich vor drei Jahren zugetragen. Und so habe ich erst vor drei Jahren verstanden, warum meine Schwester nicht geheiratet hat. Ich habe auch nicht geheiratet – den Grund sieht man in meinem Gesicht –, aber Ernesta ist hübsch, sehr hübsch, und ich habe vorher nie verstanden, warum sie nichts von Männern wissen wollte. Wissen Sie, man erklärte es mir auf deutsche Art, sehr freundlich, aber klar, sprach von einer Veranlagung zur Gleichgeschlechtlichkeit, da sei absolut nichts Schlimmes dabei, aber als Erzieherin schwieriger Kinder sei eine Lesbierin nicht geeignet.«

Duca nickte verständnisvoll.

»Von da an war ich immer ein bißchen besorgt um meine Schwester. Wir leben nicht zusammen, treffen uns aber mindestens einmal die Woche. Vor ein paar Monaten besuchte sie mich hier. Sie war sehr aufgeregt, und ich konnte sie nur mit Mühe zum Sprechen bringen. Es ist eine sehr traurige Geschichte, Dottore, und Sie müssen entschuldigen, wenn ich sie nicht ganz der Reihe nach erzähle, wie es der Polizei am liebsten ist.«

Vielleicht kommt jetzt die Wahrheit zutage, dachte Duca. »Das macht nichts, haben Sie keine Sorge, reden Sie so, wie es Ihnen gerade in den Sinn kommt.«

»Meine Schwester erzählte mir, daß in ihre Praxis, die im selben Viertel liegt wie die Abendschule«, Alberta Romani richtete sich auf und sah sie beide fest an, vielleicht um ihrer Verlegenheit Herr zu werden, »ein zwanzigjähriges Mädchen kam, das ein Kind erwartete. Sie sagte, entweder helfe ihr meine Schwester, das Kind nicht zu bekommen, oder sie bringe sich um. Meine Schwester lehnte ab und schickte sie weg. Aber das Mädchen kam wieder und wieder, weinte, zeigte ihr die Röhrchen mit Schlafmitteln, die sie sich besorgt hatte, tat verzweifelt, so daß meine Schwester schließlich überzeugt war, daß sie sich tatsächlich umbringen würde. Aus diesem Grunde, und auch weil sie das Mädchen mochte, half sie ihr. Und aus dieser Hilfeleistung entstand ihre Freundschaft.« Sie senkte den Blick. »Und gleichzeitig entstand daraus auch die Tragödie meiner Schwester.«

»Was für eine Tragödie?«

»Dieses Mädchen hat einen Bruder, und dieser Bruder erpreßte meine Schwester. Er wollte Geld, und wenn meine Schwester ihm keines geben wollte, drohte er, sie wegen der Abtreibung anzuzeigen. Meine Schwester hat ihm nach und nach alle ihre Ersparnisse geben müssen. Aber damit nicht genug. Dieser Bursche hatte sich in der Folge eines schweren Magengeschwürs an Opiate gewöhnt, und meine Schwester mußte ihm notgedrungen Opiumlösungen besorgen. Als Sie mich fragten, ob ich eine Ärztin kenne, die einem der Burschen der Schule Rauschgift gab, habe ich gelogen. Die Ärztin ist meine Schwester.«

Das Goldkorn der Wahrheit war ans Licht gekommen, es war ziemlich groß und glitzerte hell.

»Dieser Junge, dem Ihre Schwester Opiate gab, war also einer aus der Abendschule?« fragte Duca.

»Ja.«

»Wie heißt er?«

Es kostete sie offensichtlich Überwindung, den Namen preiszugeben. »Es ist Paolino, Paolino Bovato. Vielleicht ist er der schlimmste von allen. Denken Sie dran, wie er meine Schwester erpreßt hat. Aber jetzt im Gefängnis hat er sicher viel zu leiden. Sie sind Arzt und wissen, wie furchtbar Entzugserscheinungen sein können. Die in der Beccaria müssen doch verstehen, daß sie ihn nicht so auf einen Schlag entwöhnen können, er muß noch seine Tropfen haben...«

Sie sorgte sich, daß der Erpresser ihrer Schwester seine Tropfen bekam. Duca stellte seine letzte Frage. »Wie heißt die Schwester dieses Kerls? Und wo kann ich sie finden?«

»Sie heißt Beatrice und wohnt bei meiner Schwester, Viale Brianza 2. Sie arbeitet als Sprechstundenhilfe, empfängt die Patienten und hält die Wohnung in Ordnung.« Sie stand mit einem Ruck auf. »Was Sie auch suchen, meine Schwester trifft keine Schuld, sie ist nur ein Opfer.«

Viale Brianza 2. Während Livia sich wieder hinter das Lenkrad setzte, sagte Duca: »Fahren wir hin.« Dann hielt er sie am Arm zurück. »Nein, es ist spät. Laß uns irgendwo Mittag essen.« Wenn er sich der Wahrheit nahe fühlte, zog er es vor, sich zu besinnen und neue Kräfte zu sammeln. Er hatte Angst, einen Fehler zu begehen. Und das durfte ihm jetzt nicht passieren.

VIERTES KAPITEL

Sie war eine erfahrene Prostituierte, die jeden Polizisten aus hundert Meter Entfernung erkannte; er war vierzehn Jahre alt, mager und viel zu einfältig für dieses Leben.

1

Sie fuhren in eine Pizzeria im Zentrum; Livia aß für ihr Leben gern Pizza, und hier schmeckte sie ausgezeichnet. Die Pizzeria war immer voll, mittags und abends, sonntags und werktags. Von den Tischen aus sah man den Ofen, in dem wie in einem Kamin ein Feuer brannte. Livia aß sehr langsam, damit die unzähligen kleinen Narben in ihrem Gesicht nicht so auffielen.

Sie bestellten die Spezialität des Tages, Rehragout, das sie beide besonders gern aßen. Dazu tranken sie ziemlich viel Weißwein. Das Essen war gut, zweifellos, aber wirklich zu schätzen wußten sie es nicht. Sie aßen gedankenverloren.

»Was hältst du von der Schwester der Sozialarbeiterin?« fragte Livia, während sie auf die Rechnung warteten.

»Ich weiß nicht«, antwortete Duca. »Ich suche die Person im Hintergrund, und ich werde sie finden. Zumindest hoffe ich es.« Er lächelte ihr zu.

»Ich glaube nicht, daß es die Schwester der Romani ist.«

»Wir haben sie noch nicht gesehen, wissen noch nichts, können keine Meinung haben.«

»Ich glaube trotzdem nicht, daß eine Frau wie die der Drahtzieher eines solchen Verbrechens sein kann.«

»Dem Gericht müssen wir einen Schuldigen und Beweise bringen, nicht das, was wir glauben.«

»Gut, fahren wir sofort zu dieser Frau.«

»Nicht sofort«, wehrte Duca ab. »Für heute reicht's. Gehen wir nach Hause und leisten wir Lorenza Gesellschaft.« Der Gedanke, daß Lorenza allein in der Wohnung war, bedrückte ihn. »Wir kaufen Gemüse, und ihr macht mir eine dicke Minestrone. Ich liebe Minestrone. Lorenza auch. Ich helfe euch Gemüse putzen, und bis morgen früh verbiete ich dir, von unserem Fall zu reden.« Er hielt ihr die Faust ans Kinn. »Sonst setzt's was.«

Sie verbrachten den Nachmittag und den Abend so, wie er es geplant hatte. Fast. Sie kauften Gemüse und fuhren zur Piazza Leonardo da Vinci. Lorenza machte ihnen auf und war glücklich und zufrieden, sie zu sehen. »Dr. Carrua ist da«, sagte sie zu Duca. »Er sagt, er habe die Grippe und sei gekommen, um mich anzustecken.«

»Ciao«, rief Carrua aus der Wohnung. Duca grüßte zurück, während er das Gemüse in die Küche trug.

Es wurde ein Abend, wie Duca ihn sich gewünscht hatte, ein Abend, der ihn entspannte. Unter dem Tisch hielt er Livias Hand, was er nur ein einziges Mal in seinem Leben als Student auf einem Karnevalsball getan hatte.

Der Abend verlief nach Plan, bis um neun Uhr das Telefon klingelte, als sie sich gerade dazu entschlossen hatten, im Fernsehen einen Western anzusehen. Lorenza ging ans Telefon, kam zurück und holte Carrua, den man im Präsidium sprechen wollte.

»Entschuldigt mich.« Carrua ging ins Nebenzimmer. Als er zurückkam, verzog er das Gesicht, schnupperte an seinem Kaffee und trank einen Schluck. »Eine Sache, die dich angeht, Duca. Du interessierst dich doch für diesen jungen Burschen. Aber es wird dir den Abend verderben.«

»Was ist passiert?«

»Einer von ihnen hat sich umgebracht. Er war in der Beccaria. Es gelang ihm, aufs Dach zu steigen, und von dort ist er hinuntergesprungen. Mascaranti hat mir's am Telefon gesagt.«

»Welcher von ihnen?«

»Fiorello Grassi. Er war auf der Stelle tot.«

Fiorello Grassi, der Homosexuelle, der vielleicht ausgesagt hätte, wenn er nicht Angst gehabt hätte, vor den anderen als Verräter dazustehen. »Steht fest, daß es sich um Selbstmord handelt?« fragte Duca.

»Ich weiß es nicht.«

Duca stand auf. »Ich will ihn mir anschauen.«

Carrua trank noch einen Schluck Kaffee und stand gleichfalls auf. »Jugendliche Neugier. Ich komme mit.«

»Du bleibst bei Lorenza«, sagte Duca zu Livia.

»In Ordnung.« Sie gab ihm die Autoschlüssel. Duca fuhr bis zur Piazza Filangieri und hielt vor dem Gebäude des Jugendgefängnisses, kurz Beccaria genannt. Es war schon alles vorbei. Fiorello Grassi hatte sich vom Dach gestürzt und war fast genau vor dem Haupteingang aufgeschlagen, neben einem der dort geparkten Autos, an dessen Steuer eine ältere Frau saß, die aufgeschrien hatte und ohnmächtig geworden war. Die Polizei war gekommen, hatte Zeugen vernommen und Fotos gemacht, der Staatsanwalt hatte der Entfernung der Leiche zugestimmt. Alle Spuren waren bereits beseitigt worden; nur noch ein paar Neugierige standen herum und erzählten sich, vom Dach der Beccaria habe sich ein Jugendlicher gestürzt oder sei heruntergefallen, andere behaupteten, er sei heruntergestoßen worden; die einen gaben sein Alter mit sechzehn an, andere mit dreizehn und wieder andere mit achtzehn. Allmählich zerstreuten sie sich.

Duca stieg aus. Er war nervös, weil er nicht gern selbst fuhr. Er warf einen flüchtigen Blick auf die Stelle, wo der sechzehnjährige Jugendliche aufgeschlagen und gestorben war, und betrat mit Carrua das Gebäude.

Der Direktor, ein für seine Freundlichkeit und seinen harten Willen bekannter Mann, begrüßte sie. Er erklärte ihnen, die Jungen seien dabei gewesen, zum Abendessen zu gehen, als einer der Aufseher bemerkt habe, wie Fiorello Grassi, statt zum Eßsaal zu gehen, sich nach hinten entfernte. Er hatte den Jungen zuerst angerufen, aber als dieser nicht stehenblieb, sondern über eine Treppe verschwand, war er hinter ihm hergerannt, jedoch nach unten, während Fiorello Grassi nach oben gelaufen war. Als der Aufseher seinen Irrtum bemerkte, hatte der Junge Zeit genug gehabt, auf die Dachterrasse zu gelangen und über das Gitter zu klettern. Und als er in Fiorellos Nähe gekommen war, hatte Fiorello gedroht, sich hinunterzustürzen, wenn er noch näher käme.

»Und was hat der Aufseher getan?« fragte Duca.

»Er blieb stehen und versuchte, den Jungen zu überreden, zurückzukommen. Aber er hatte nicht viel Zeit zu reden. Der Junge hörte ihn vermutlich gar nicht und stürzte sich hinunter.«

Damit war die Sache klar. Fiorello hatte Selbstmord begangen. Und warum? Duca ahnte es, aber er wollte Sicherheit.

»Ist es möglich, die anderen Jungen zu sehen?« wandte er sich an den Direktor.

»Wenn es unbedingt sein muß, ja, aber ich würde es lieber vermeiden. Alle hier wissen natürlich, was passiert ist, und sind aufgeregt. Wir haben sie ins Bett geschickt und das Licht gelöscht. Es wäre mir lieber, wenn wir sie nicht wecken und verhören würden.«

Bevor Carrua ein Wort sagen konnte, entgegnete Duca: »Ich verstehe, aber es ist nicht zu umgehen.«

Freundlich und müde veranlaßte der Direktor das Nötige. Zehn Minuten später standen in einem Saal neben dem Büro des Direktors acht junge Burschen dem Alter nach in einer Reihe an die lange Wand gelehnt.

Carrua ermahnte Duca, ruhigzubleiben.

Wie ein Offizier der Fremdenlegion, der seine Galgenvögel inspiziert, ging Duca langsam an den Jungen vorbei und sah jedem in die Augen. Am Ende der Reihe machte er kehrt und ging wieder zurück. Er kannte sie alle, ihren Namen, ihr Alter, ihren Lebenslauf und ihre Delikte.

»Wie heißt du?« Er blieb vor dem jüngsten stehen. Er wußte genau, wie er hieß.

»Carletto Attoso.«

Es war der unverschämte, schwindsüchtige Dreizehnjährige, der einzige, in dessen Blick nicht der leiseste Schimmer von Angst oder Scheu zu lesen war und der die drei Aufseher, die sie hereingebracht hatten, den Direktor und auch ihn, Duca, spöttisch ins Auge faßte, blasser und kränklicher als je zuvor in dem bläulichen Neonlicht.

»Wie alt bist du?«

»Vierzehn«, antwortete Carletto.

»Nein, dreizehn«, verbesserte ihn Duca, der sehr gut begriffen hatte, daß der Bursche sich mit falschen Antworten über ihn lustigmachen wollte.

»Ach ja, dreizehn.«

»Du weißt, was mit Fiorello Grassi passiert ist?« Duca blieb ruhig.

»Ja.«

»Was ist mit ihm passiert?«

»Er hat sich von der Terrasse gestürzt.«

»Und weißt du, weshalb er sich hinuntergestürzt hat?« Duca ließ seinen Blick die Reihe entlangwandern. Alle sahen sie verängstigt aus, ausgenommen der kleine Ganove, den er gerade verhörte.

»Nein.«

Duca ging zwei Schritte weiter und blieb vor einem untersetzten Kerl stehen, dessen trübe Augen vor Angst weit aufgerissen waren. »Wie heißt du?«

»Bovato, Paolo.«

»Wie alt?«

»Fast achtzehn.«

»Du weißt, weshalb sich dein Freund Fiorello umgebracht hat?« Ducas Stimme, kalt in dem kalten Saal, der so groß war, daß er trotz der Aufseher und Polizisten leer schien, beeindruckte den Jungen offensichtlich.

»Nein, ich weiß es nicht.«

Es war klar, daß er log, es war klar, daß er es wußte, wie alle anderen auch, und es war klar, daß jemand sie in Angst und Schrecken versetzte und sie zum Lügen trieb. Eine derartige Entschlossenheit, die Wahrheit zu verheimlichen, war nur mit Terror zu erreichen. Duca ging ans andere Ende der Reihe. Der Bursche, der vor ihm stand, fuhr sich mit der Hand über das von einem schmutzigbraunen Flaum bedeckte Kinn und senkte sofort den Blick. »Wie heißt du?«

»Ellusic, Ettore.«

»Warst du mit Fiorello befreundet?«

»Ich bin mit ihm zur Schule gegangen.«

»Und hast du ihn auch außerhalb der Schule gesehen?«

»Nein...« Er hielt den Blick seiner schönen Augen, die die slawische Abstammung verrieten, weiterhin gesenkt.

»Ja oder nein?«

»Ab und zu, rein zufällig.«

»Und wo habt ihr euch getroffen?« Ettore Ellusic schwieg, und Duca half nach. »Vielleicht habt ihr euch in der Bar des Tabakladens in der Via General Fara getroffen, zusammen mit einem anderen Abendschüler, der, wenn ich mich nicht täusche, Federico dell'Angeletto heißt und mit einer gewissen

Luisella befreundet ist, die in seiner Wohnung im selben Haus Strickarbeiten macht. Stimmt's?« Duca drückte dem Burschen die Hand auf die Schulter, bis er das Gesicht verzog und Duca ansah, damit dieser den Druck verminderte.

»Ja, das stimmt.«

»Dann stimmt's auch, daß du in dieses Café gegangen bist, um zu spielen. Und Fiorello war dabei?«

»Ab und zu.« Der Bursche hatte die Gewohnheit, alle Fragen mit »ab und zu« zu beantworten.

»Und was habt ihr da gemacht, im Tabakladen, du und Fiorello?«

»Nichts Besonderes.«

»Was soll das heißen ›nichts Besonderes‹?«

»Nichts. Da war der Flipper.«

»Habt ihr Flipper gespielt?«

»Ja.«

»Nur Flipper? Oder auch Karten?« In seinem Rücken spürte Duca die stumme Anwesenheit Carruas, des Anstaltsdirektors und der drei abgespannten Aufseher und merkte, daß ihm niemand dankbar war für diese langweilige und unsympathische Zurschaustellung von jungen Ganoven, die nur logen oder jedenfalls die Wahrheit entstellten und verdrehten.

»Auch Karten«, antwortete der Junge vorsichtig. »Ab und zu.«

»Um Geld?«

»Wer verlor, zahlte eine Runde.«

»Nur das? Oder auch um mehr?«

»In Lokalen ist es verboten, um Geld zu spielen.«

»Was du nicht sagst. Hast du um Geld gespielt oder nicht?«

»Ab und zu.«

»Hat Fiorello auch gespielt?«

»Nein, er nicht. Er mochte Kartenspiele nicht.«

»Wozu kam er dann in die Bar?«

Plötzlich, noch bevor der Junge antworten konnte, ertönte ein metallisches, hysterisches Gelächter.

»Was gibt's da zu lachen?« fragte Duca und ging zur Mitte der Reihe, zu einem mageren und aufgeschossenen jungen Kerl mit Basedowaugen. Der Junge blickte eingeschüchtert nach allen Seiten.

»Wie heißt du?« Auf seine erste Frage hatte Duca keine Antwort erhalten.

»Marassi, Carolino«, antwortete der Junge betont vorschriftsmäßig.

»Wie alt?«

»Vierzehn.«

»Warum hast du eben gelacht?« Duca wartete. »Warum?«

»Ich weiß nicht.«

Duca ließ nicht locker und sagte sanft: »Doch, du weißt es.«

Vielleicht überraschte Ducas sanfter Ton den Jungen; er lachte wieder und sah Duca mit einem naiv kindlichen Augenaufschlag an. »Weil dem Fiorello der Fric gefiel, deshalb ging er in die Bar, auch wenn er nicht spielte.»

2

Duca behielt seinen sanften Ton bei. »Wer ist Fric?«

»Federico.« Der Junge lachte und sah verschmitzt drein, das Thema schien ihm zu gefallen. Er war ein kleiner schmutziger Kerl, aber vielleicht nicht völlig verrottet und verdorben.

»Federico, wie weiter? Kennst du seinen Nachnamen?«

»Federico dell'Angeletto.«

»Und Fiorello ging in die Bar in der Via General Fara, um mit diesem Federico zusammenzusein?« Duca legte dem Jungen eine Hand auf die Schulter, väterlich, nicht drohend. »Waren sie eng befreundet? In welchem Sinn?«

Hinter Duca hüstelte Carrua; es war ein Zeichen, auf diesem Punkt nicht zu sehr zu bestehen.

Der Junge lachte diesmal nicht; er drehte den Kopf zur Seite. Dann sagte er mit einem Ernst, der unheimlich klang: »Sie waren verlobt.«

Und während Carolino ernst blieb, fingen die anderen sieben Burschen an zu lachen, nicht sehr laut, aber in dem leeren Saal hallte das Lachen von allen Sciten wider. Unter Ducas Blick verging ihnen das Lachen schnell wieder.

»Also«, Duca wandte sich erneut an Carolino, »du, der du so viel von Fiorello weißt, kannst mir vielleicht sagen, warum er sich umgebracht, warum er sich vom Dach heruntergestürzt hat.«

Der Junge gab keine Antwort. Das Schweigen nach dieser klaren Frage schien bedeutsamer als irgendeine Antwort. Duca kehrte dem Jungen und der ganzen Reihe von Jammergestalten den Rücken und ging auf den Direktor der Beccaria zu.

»Ich bin fertig, Sie können die Burschen zurückschicken.« Die Wärter führten die Jugendlichen ab, und der große Saal wirkte noch größer. Duca wandte sich an Carrua. »Wir werden nie etwas erfahren, alles verlorene Zeit.« Er sprach sehr leise. »Jeder von ihnen kennt die Wahrheit, aber sie sagen nichts. Sie sind für das Gemetzel gedrillt und vorbereitet worden. Mit diesen lächerlichen Verhören werden wir nie etwas herauskriegen. Die Kerle wissen, warum Fiorello sich umgebracht hat, werden es aber nicht sagen, solange wir sie vorschriftsmäßig verhören.«

»Und Sie, wie möchten Sie sie verhören?« fragte der Direktor müde.

»Mit der Peitsche?« meinte Carrua bissig.

Duca schüttelte den Kopf und lächelte. »Ich glaube, es gibt jetzt nur noch einen Weg.«

»Nämlich?« fragte Carrua weiterhin bissig.

»Mir einen dieser Jungen anzuvertrauen. Zum Beispiel Carolino Marassi, der scheint noch am wenigsten verdorben.«

»Ihn dir anvertrauen, wie meinst du das?« Carrua wurde neugierig.

»Ihr übergebt ihn mir für ein paar Tage auf meine Verantwortung. Er bleibt bei mir, Tag und Nacht, ich rede mit ihm und hole schließlich die Wahrheit aus ihm raus. Diese Burschen sagen nichts, weil sie Angst haben. Wenn es mir gelingt, einen von ihnen zu überzeugen, daß er keine Angst zu haben braucht, daß er mir im Gegenteil helfen muß, den berüchtigten Drahtzieher zu finden und zu verhaften, dann können wir den Fall zu den Akten legen.«

Niemand sagte etwas. Der Direktor der Beccaria strich sich mit der Hand übers Gesicht, Carrua sah zu Boden. Schließlich meinte er: »Du weißt, daß es Vorschriften gibt. Der Richter hat die Burschen der Direktion dieses Gefängnisses übergeben. Irgendein Polizist wie du oder ich kann sich nicht einfach einen der Jungen holen, um ihn, vielleicht sogar unter Drohungen, zu verhören.«

Der Direktor lachte nervös. Duca verzog keine Miene. »Ich werde ihn nicht mit dem kleinen Finger anrühren.«

»Aber wenn er sich aus dem Staub macht? Oder sich umbringt wie Fiorello Grassi? Was würdest du dann tun?« Carrua war noch nicht ganz überzeugt.

»Ich würde verhindern, daß er türmt oder sich umbringt.«

»Ah, sicher«, spottete Carrua. »Du bist der liebe Gott, der alle Fäden in der Hand hält, und wenn du willst, daß etwas nicht geschieht, dann wird es auch nicht geschehen.«

Der Direktor stand auf und lächelte Duca zu. »Wenn es von mir abhinge, würde ich Ihnen ohne weiteres einen der Burschen überlassen, denn auch ich glaube, daß das der einzige Weg ist, um die Wahrheit ans Licht zu bringen. Aber es wird schwierig sein, die Zustimmung des Richters zu erhalten.«

»Warum nicht probieren? Laßt mir den Jungen nur ein paar Tage, nicht einmal eine Woche, und ich werde den Schuldigen finden.«

Carrua stand auf. »Möglich, daß du ihn finden würdest, aber den Jungen wirst du nicht kriegen, der Richter wird ihn dir nie überlassen.«

»Versuch's doch wenigstens!« Duca war wütend.

»Natürlich werde ich's versuchen.« Auch Carrua war ärgerlich. »Und morgen werde ich dir sagen, mit welcher Begründung er meine Bitte abgelehnt hat.«

3

Viale Brianza Nummer 2. Livia war tags zuvor beim Friseur gewesen, hatte sich die Haare sehr kurz schneiden lassen und trug jetzt eine Perücke mit langen Haaren, die ihr auf die Schultern und in die Stirn fielen und einen Teil ihrer kleinen

Narben verdeckten. »Warum steigst du nicht aus?« fragte sie Duca.

Warum sollte ich aussteigen? dachte er, während er ihr langes Haar betrachtete. Niemand interessierte sich für die Wahrheit. Eine Lehrerin war abgeschlachtet worden. Elf junge Burschen, auch wenn sie es leugneten, hatten sie vergewaltigt, gefoltert und umgebracht, aber wegen ihres Alters würden sie zu lächerlich geringen Strafen verurteilt werden. Daß da jemand dahintersteckte, der eigentlich Verantwortliche für das Blutbad, das war niemandem wichtig; daß eine Ärztin einem der Burschen Rauschgift lieferte und mit seiner Schwester zuammenlebte, das interessierte gleichfalls niemanden; Polizei und Richter waren unter Tonnen von Akten begraben und hatten keine Zeit, sich groß Gedanken zu machen. Was hatte es also für einen Sinn, in den Viale Brianza Nummer 2 zu fahren, um eine Gynäkologin und ihre Sprechstundenhilfe und Freundin zu vernehmen?

»Warum steigst du nicht aus?« wiederholte Livia.

Sie war seltsam hübsch mit dem langen Haar und der großen dunklen Brille. Zärtliche Gefühle überkamen ihn, als er sie ansah. »Steig du auch aus, und geh mit mir hinauf«, bat er. »Und zeig mir die Pistole.«

Sie öffnete ihre Handtasche und zog die kleine Beretta heraus. »Zufrieden?«

Ja, zufrieden. Sie stiegen aus, der Wagen stand im Parkverbot. Die Hausmeisterin sagte ihnen, Frau Professor Romani wohne im dritten Stock und der Fahrstuhl funktioniere nicht. Sie stiegen die drei Treppen hoch, drückten auf die Klingel unter dem Namensschild *Ernesta Romani*, auf dem weder Dr. noch Prof. zu lesen war, und eine junge Frau machte ihnen auf.

Sie brauchten nicht zu fragen, wer sie sei. Man sah, daß es sich um die Schwester von Paolino Bovato handelte. Es schien sogar, als stünde er selbst mit seinen durch Opiate getrübten Augen vor ihnen. Sie wirkte nicht sehr weiblich, ausgenommen vielleicht die roten Lippen und die langen hübschen Beine.

Damit keinerlei Zweifel an der Situation aufkamen, trat Duca mit Livia in das winzige Vorzimmer und zeigte seinen

Ausweis. »Polizei.« Er steckte den Ausweis wieder ein. »Ich möchte Frau Professor Romani sprechen.«

Paolino Bovatos Schwester führte sie in das kleine Wartezimmer. Zerlesene Zeitschriften lagen auf einem unscheinbaren Tisch, und an der Wand hing ein kleines Bild, eine herbstliche Gebirgslandschaft. Frau Professor Romani bat sie kurz darauf in ihr Sprechzimmer. Sie war größer als ihre Schwester Alberta Romani, offensichtlich nervöser, sensibler und reizbarer. Sie trug eine runde, goldgefaßte Brille, die ihrem nicht mehr jungen Gesicht das Aussehen einer amerikanischen Studentin verlieh.

»Bitte«, sagte sie und wies ihnen die Metallstühle vor ihrem Schreibtisch zu, wie eine Lehrerin, die eine Frage gestellt hat und die Antwort ihrer beiden Schüler erwartet.

Duca sagte nichts. Livia blickte auf ihre Knie; vielleicht war ihr Rock ein bißchen kurz; für die Fahrerin eines Polizisten war er vielleicht wirklich zu kurz.

Das Schweigen machte die Ärztin offensichtlich nervös. »Polizei?« fragte sie, und ihre hochmütige Stimme vibrierte vor Unruhe.

Duca nickte und sagte dann langsam und ruhig, während er versuchte, es sich auf dem harten Stuhl etwas bequemer zu machen: »Es geht um die Ermordung der Lehrerin der Fustagni-Abendschule. Ich habe bereits Ihre Schwester vernommen. Sie ist eine sehr vernünftige Frau und hat sehr offen mit mir gesprochen. So habe ich erfahren, daß Sie an dem Mädchen, das hier als Sprechstundenhilfe arbeitet, einen vom Gesetz nicht gestatteten Eingriff vorgenommen haben. Ihre Schwester hat mir auch gesagt, daß Sie dem Bruder des Mädchens Opium oder Opiate liefern oder bis vor ungefähr zehn Tagen geliefert haben und daß er sie erpreßt hat.«

Ernesta Romani wirkte gefaßt, nickte sogar mehrere Male, wie um Duca zu bestätigen. »Abtreibung und unerlaubte Weitergabe von Rauschgift sind Delikte, für die Sie sofort verhaftet werden können. Doch deshalb bin ich nicht gekommen, zumindest vorläufig nicht. Ich möchte Ihnen einige Fragen stellen, die sich auf die Schüler der Abendschule beziehen. Zum Beispiel auf Paolino Bovato. Auch Ihre Sprechstundenhilfe kann uns möglicherweise weiterhelfen.«

»Soll ich sie holen?» fragte Ernesta Romani.

»Das wäre gut.«

Die Ärztin stand auf, ging hinaus und kam kurz darauf mit Beatrice Bovato zurück. Sie setzten sich beide hinter den Schreibtisch und warteten. Sie sahen nicht aus, als ob sie Angst hätten, oder zeigten es jedenfalls nicht.

»Vor fast zwei Wochen ist, wie Sie wissen, eine junge Lehrerin in der Fustagni-Abendschule von einer Gruppe Halbwüchsiger umgebracht worden. Diese jungen Burschen sind de facto die Täter, aber wir haben Grund anzunehmen, daß sie von einer Person, die sie instruiert und organisiert hat, dazu veranlaßt wurden. Einer Person, die die Jungen in Angst und Schrecken versetzt, denn sie sprechen nie von ihr, leugnen ihre Existenz und wissen von nichts.« Duca sprach widerwillig wie ein Professor, der zum tausendsten Mal denselben Stoff vorträgt. »Nun kennen Sie, Frau Doktor, einen dieser Jugendlichen recht gut, nämlich Paolino Bovato. Und auch Sie, Beatrice, kennen ihn sehr gut, weil er Ihr Bruder ist. Vielleicht können Sie mir die Fragen beantworten, die ich Ihnen stellen werde. Wissen Sie, ob Paolino Bovato oder irgendeiner seiner Schulkameraden seit längerem mit einem Erwachsenen befreundet ist? Normalerweise schließen Jugendliche Freundschaft mit Gleichaltrigen, mit Erwachsenen haben sie in der Regel nur kurze Beziehungen aus vorübergehenden Interessen. In diesem Fall handelt es sich um eine echte Freundschaft. Einer dieser Jungen, vielleicht Paolino, kennt einen Erwachsenen, für den er Freundschaft und Respekt empfindet und der ihn aufgestachelt hat, zusammen mit seinen Freunden den Mord an der Lehrerin zu begehen. Dieser Erwachsene ist der wirklich Schuldige. Sie müßten doch Paolinos Umgang kennen. Können Sie mir weiterhelfen?«

Paolinos Schwester schüttelte sofort den Kopf. »Mein Bruder ist ein Schweinehund und ein Verbrecher. Er sagt nie, was er tut, wo er hingeht oder mit wem. Er ist schlimmer als unser Vater. Ich war zehn Jahre alt, als er versuchte, mich zu vergewaltigen. Die Mutter hatte uns allein zu Hause gelassen, und ich habe mich nur gerettet, weil ich ihm einen Stoß gab und er gegen den Kohlenofen fiel und sich den Hintern verbrannte. Ich weiß nicht, was er für Freunde hat. Ich bin mit dreizehn von zu Hause weggelaufen und habe als Zimmermädchen gearbeitet. Ich wollte nicht mehr zurück, sonst hätte meine Mutter mich gezwungen, auf den Strich zu gehen. Ich weiß nichts von Paolino, nur, daß er vor einem Jahr wieder aufgetaucht ist, um mich und die Professorin zu erpressen. Er ist kriminell, und wahrscheinlich war er es, der das Massaker an der Lehrerin organisiert hat. Er ist in der Lage dazu und braucht weder Hilfe noch Ratschläge.«

Es sprach nicht viel schwesterliche Liebe aus ihr. Die Ärztin legte dem Mädchen eine Hand auf die Schulter, eine schöne, fast männliche Hand mit kurzen, gerade geschnittenen Nägeln.

»Also wissen Sie auch nicht viel über Paolinos Freundschaften«, sagte er zu Ernesta Romani.

Sie nahm ihre Hand von der Schulter des Mädchens. »Ich glaube zu verstehen, was Sie wissen wollen, und kann Ihnen vielleicht helfen.«

Duca ballte bei diesen Worten langsam die Faust, und Livia wandte sich wieder ihren Knien zu. Ernesta Romani wartete, bis das Geräusch eines vorüberfahrenden Lasters verklungen war, dann begann sie zu sprechen. »Einmal, als Paolino gekommen war, um seine übliche Ration in Empfang zu nehmen, fühlte er sich so elend, daß er sofort fast ein halbes Glas Laudanum trank und ich ihn eine ganze Weile auf dem Untersuchungstisch liegen lassen mußte, bis er sich etwas besser fühlte.« Sie erzählte klar, deutlich und zusammenhängend, mit etwas unsicherer Stimme. »In diesem Zustand völliger Erschlaffung verlieren viele Menschen die Kontrolle über das, was sie sagen, und Paolino erzählte mir, er sei mit einem Freund für einen Tag in der Schweiz gewesen, und es habe ihm dort sehr gefallen. Er und sein Freund hätten zwei hübsche Italienerinnen kennengelernt, die in einem großen Hotel als Kellnerinnen arbeiteten. Er wolle wieder in die Schweiz zurück, aber für ihn sei das ein bißchen schwierig, so ohne Paß, ohne Ausweis und dazu noch als Minderjähriger. Aber er würde schon hinkommen mit seinem Freund, sie wollten die beiden Mädchen wiedersehen, sie würden so oder so über die Grenze gehen, nur um die beiden Mädchen wiederzusehen. Es gebe da übrigens einen sehr freundlichen Herrn, der sie damals zur Grenze gebracht habe und sie vielleicht noch einmal hinbringen würde. Dann wiederholte er andauernd, daß diese Mädchen sehr hübsch wären, eine blond und eine brünett, ihm gefalle die Brünette. Ich hörte ihm zu, teils mit Abscheu angesichts seines körperlichen und seelischen Zustands, teils mit Vergnügen wegen der idiotischen Dinge, die er über die beiden Mädchen erzählte.«

Duca wartete auf eine Fortsetzung, aber die Ärztin schwieg. »Wann ist das geschehen?«

»Letzten Sommer. Ich glaube Ende Juli oder Anfang August.«

»Hat er Ihnen nichts Genaueres über diesen freundlichen Herrn gesagt, der ihn zur Grenze gebracht hatte?«

»Nein, ich glaube nicht. Aber nach dem, was er erzählte, mußte der Mann die beiden mit dem Auto zur Grenze gebracht haben.«

Das war sehr wahrscheinlich. Mit dem Wagen kommt man leicht überallhin. »Und hat er Ihnen nicht gesagt, in welcher Gegend sie über die Grenze gingen? Bei Cannobbio, Luino, Ponte Tresa?«

Sie dachte nach, schüttelte dann den Kopf. »Nein, das hat er nicht gesagt.«

Duca stand auf. »Vielen Dank.«

»Ich weiß nicht, ob Sie damit etwas anfangen können, ich hoffe, ja.«

»Vielleicht.«

Der Rückweg ins Polizeipräsidium dauerte ewig, obwohl Livia gut fuhr. Der Verkehr war dicht, stockend, irritierend; die Fahrer beschimpften sich gegenseitig, die Ampeln standen immer auf Rot, und Duca hatte Zeit, um nachzudenken. Paolino Bovato. Sein Freund. Beide fuhren in die Schweiz – wie? Sie hatten keine Ausweise – und es gab einen Mann, der sie an die Grenze gebracht hatte, wahrscheinlich im Wagen. Aber auch im Wagen konnten die beiden Burschen ohne Ausweise nicht über die Grenze. Vielleicht hatte Paolino unter dem Einfluß des Opiums phantasiert. Außerdem, gab es einen Zusammenhang zwischen dieser Geschichte und dem Mord an der Lehrerin? Er überlegte mit geschlossenen Augen und machte sie erst auf, als Livia ihn ansprach. »Wir sind da.«

Sie standen im Innenhof des Polizeipräsidiums. »Warte hier auf mich«, sagte er und rannte die Treppe hinauf und durch den Korridor. Irgend etwas hatte sich in seinen Gedanken bewegt. Er spürte, daß er nahe an der richtigen Lösung des Falls war.

Er öffnete die Tür zu seinem Büro. Es roch nach Bohnerwachs. Die alte Putzfrau hatte gründliche Arbeit geleistet, sie hielt das Büro offensichtlich für sehr wichtig. Aus seiner Schreibtischschublade holte er die dicke Aktenmappe und schlug sie auf. Da war zu allererst das Foto, er drehte es rasch um, zog vor, es nicht genau anzusehen; dann kamen die elf Akten, jede mit dem Namen eines Halbwüchsigen beschriftet, alphabetisch geordnet. Er blätterte alle Papiere durch. Er suchte etwas, wußte aber nicht, was. Er wußte nur, daß er Livia gesagt hatte, sie solle warten, er sei sofort zurück; aber nach einer halben Stunde war er bei Akte neun und hatte nichts gefunden. Auch in der zehnten und elften fand er nichts. Es ist zweifellos schwierig, etwas zu finden, wenn man nicht weiß, wonach man sucht.

Ein einziges Blatt war noch übrig, er erinnerte sich nicht einmal mehr, was es war. Als er das Blatt in die Hand nahm, stellte er fest, daß es der »Plan« war, die Aufzählung von allem, was man im Klassenzimmer gefunden hatte. Nummer 1: Lehrerin, Nummer 2: Höschen, Nummer 3: linker Schuh, und so weiter; Nummer 11: Büstenhalter, Nummer 16: Stück Ohr, Nummer 18: fünfzig Schweizer Rappen.

Er las noch einmal Nummer 18: fünfzig Schweizer Rappen. Einer der Burschen hatte während des Gemetzels eine Schweizer Geldmünze verloren. Eine Schweizer Geldmünze, die könnte er geschenkt bekommen haben, oder er war in Chiasso oder Lugano gewesen, um Zigaretten, Schokolade, einen Pullover zu kaufen. Wenn einer von ihnen in der Schweiz gewesen war, dann Paolino Bovato.

Während er die Aktenmappe wieder in der Schublade verschloß, stellte er sich zwei Fragen. Erstens: Wer war dieser Freund, mit dem Paolino in der Schweiz gewesen war? Zweitens: Zu welchem Zweck waren sie in die Schweiz gefahren? Dann, während er zur Tür ging, stellte er sich eine dritte: Der Mann, warum hatte er sie in die Schweiz gebracht?

Er war schon draußen und wollte eben die Tür schließen, als das Telefon klingelte. Er ging zurück und hob ab. Es war Carrua.

»Seit heute früh suche ich dich.«

»Hier bin ich.«

»Komm runter, ich habe eine gute Nachricht für dich.«

Duca ging ruhig und gelassen in Carruas Büro. Einer chinesischen Weisheit zufolge kann man nie wissen, ob eine Nachricht gut ist. Die Nachricht, daß man im Lotto gewonnen hat, scheint gut. Aber wenn man den Gewinn kassieren geht und dabei unter einen Autobus gerät, dann sieht die Sache wieder anders aus.

»Du bist ein bezaubernder Mensch«, begrüßte ihn Carrua. »Du bezauberst alle, Frauen, Männer, alte Beamte wie mich und selbst strenge Gefängnisdirektoren, ich meine den von der Beccaria.«

Duca setzte sich an den Schreibtisch, er hatte bereits verstanden.

»Bist du nicht neugierig, zu erfahren, was los ist?«

»Doch, ich bin neugierig.« Die beste Art zu antworten. Tatsächlich war er mehr müde als neugierig.

»Du wolltest dir doch einen der jungen Häftlinge ausleihen, mit nach Hause nehmen, meine ich, um ihn zu überreden, die Wahrheit zu sagen. Erinnerst du dich?«

»Sicher erinnere ich mich.« Duca fröstelte, dann wurde ihm heiß. Vielleicht Grippe, dachte er. Es rührte ihn, wenn Carrua versuchte, sich über ihn lustig zu machen. Er lächelte, um ihn zufriedenzustellen.

»Gut. Also habe ich den Richter gefragt, ob er damit einverstanden wäre, daß man einen dieser Burschen herausholt und ein paar Tage spazierenführt, und er, der wußte, daß ich ihn dir anvertrauen würde, hat zugesagt. Er kennt dich, hat mir auch gesagt, daß er nie mit deiner Verurteilung wegen Euthanasie einverstanden gewesen war, daß er dich freigesprochen hätte. Und dann hat er mir die entsprechende Erlaubnis unterschrieben. Da ist sie. Aber bevor ich sie dir gebe, muß ich dir ein paar Dinge erklären.«

Duca nickte.

»Wenn dieser Bursche dir entwischt, verlierst du deine

Stellung, und ich werfe dich eigenhändig aus dem Haus«, sagte Carrua ernst. »Wenn ihm irgend etwas passiert, wenn er sich ein Bein bricht, wenn jemand ihn verletzt oder entführt, verlierst du deinen Posten und gehst außerdem noch ins Gefängnis.«

Duca nickte wieder. Es klang logisch.

»Und wenn dem Burschen irgend etwas passiert, das auch mich meine Stellung kostet«, Carrua sprach immer lauter, »weil ich deine Idee, dir einen auszusuchen, damit du ihn in Mailand herumführen kannst, befürwortet habe, dann verlierst du nicht nur deine Stellung und gehst ins Gefängnis, sondern vorher poliere ich dir noch eigenhändig die Visage.«

Das ist nur recht und billig, dachte Duca und nickte wieder.

»Ich hoffe, du hast mich verstanden.«

»Na klar.«

»Dann kannst du mit diesem Stückchen Papier in die Beccaria gehen. Der Direktor, den du auch bezaubert hast, wird dir einen der Burschen, den du dir aussuchen kannst, übergeben. Ich glaube, du dachtest an den mit dem etwas ausgefallenen Namen.«

»Ja, Carolino, Carolino Marassi.«

4

Mißtrauisch folgte der Junge Duca über den Platz. Die Mantelärmel bedeckten nur zur Hälfte seine nackten, schmutzigen Arme; die Haut war blau vor Kälte. Es herrschte dichter Nebel. Er hätte leicht fliehen können. Aber sein Mißtrauen hielt ihn zurück; irgend etwas war ihm nicht geheuer. Vielleicht war es eine Falle, vielleicht hatte die Polizei den Platz umstellt, und er würde ihr wie ein Idiot in die Arme laufen. Es war besser, erst einmal herauszufinden, was hinter dieser Geschichte steckte.

»Steig ein«, sagte Duca. Er hielt ihm die hintere Wagentür auf und setzte sich selbst auf den Beifahrersitz. Eine Frau saß am Steuer. »Zu mir nach Hause.«

Carolino Marassi kannte die Gegend, durch die sie fuhren; er dachte angestrengt nach, aber es gelang ihm nicht, sich zu konzentrieren; seine Gedanken überstürzten sich: Warum hatte ihn der Polizist aus der Beccaria geholt? Warum brachte er ihn in seine Wohnung? Und warum ging er so nachlässig mit ihm um? Auch jetzt im Wagen hatte er ihm den Rücken zugekehrt und nahm keinerlei Notiz von ihm. Wenn er wollte, brauchte Carolino bei diesem Schneckentempo nur die Tür aufzureißen und aus dem Auto zu springen.

»Das ist Carolino«, stellte Duca ihn vor und fügte, ohne sich umzudrehen, hinzu: »Und das ist Livia. Sie ist meine Fahrerin.«

Carolino zuckte die Schultern und rieb sich die Hände, die langsam warm wurden. Was hatte denn das wieder zu bedeuten: das Mädchen sei seine Fahrerin? dachte er verärgert. Ihm war nicht nach Scherzen zumute.

Sie hielten vor einer Metzgerei. »Steigen wir ruhig alle aus«, sagte Duca und betrat, ohne sich umzusehen, als erster den Laden. Carolino folgte ihm; er stellte sich neben Livia, und mit seinen vor Dreck starrenden Haaren war er fast so groß wie sie.

Duca verlangte vier große Koteletts. Der Metzger bediente ihn schmunzelnd; Carolino sah er kurz mit einem abschätzigen Blick an. »Der gehört zu uns«, erklärte Duca und ließ sich noch drei Pfund Suppenfleisch geben. Der Junge starrte mißmutig auf den Boden; er schämte sich wegen seiner abgerissenen Kleidung.

Auf dem Weg zum Wagen bot Duca Carolino eine Zigarette an und gab ihm Feuer. Als nächstes steuerten sie ein Feinkostgeschäft an. »Willst du mit uns einkaufen gehen oder lieber im Auto warten?«

Carolino überlegte. Nein, in diesem Aufzug ging er kein zweites Mal in einen Laden. »Ich bleibe hier«, sagte er und beobachtete, wie der Polizist und seine Fahrerin das Geschäft betraten; es war voll, das würde bestimmt eine Zeitlang dauern. Und dann entdeckte er den Zündschlüssel; der Polizist hatte ihn nicht abgezogen. Jetzt begriff er, was sie vorhatten: Die wollten ihn auf die Probe stellen und sehen, ob er die Gelegenheit zur Flucht nutzte. Ja, er konnte fliehen, sogar mit dem Wagen. Auch wenn er noch nicht achtzehn war und keinen Führerschein besaß. Das Fahren würde schon klappen. Aber wie weit würde er kommen? Mit Sicherheit schnappten sie ihn, noch bevor er einen Gebrauchtwagenhändler gefunden hätte, der ihm die Reifen abkaufte. Und für die Flucht würde er büßen müssen. Außerdem war es idiotisch, sich ohne eine Lira in der Tasche aus dem Staub zu machen. Unter günstigeren Umständen sofort, aber für diesmal ließ er es sein.

»Jetzt geht's aber schnellstens nach Hause«, sagte Duca zu Livia, als sie, ohne sich zu vergewissern, ob der Junge noch da war, einstiegen. Aber er war da, und Duca fragte ihn, ob er hungrig sei.

»Ja.« Die Antwort kam wie aus der Pistole geschossen. Carolino hatte immer Hunger, womöglich seit seiner Geburt, er konnte sich nicht daran erinnern, jemals satt gewesen zu sein.

»Wir sind gleich da.«

Der Nebel war noch dichter geworden. Sie fuhren jetzt durch den Viale Pascoli und hielten schließlich auf der Piazza Leonardo da Vinci.

»Komm mit, Carolino«, forderte Duca den Jungen auf. Lorenza ließ sie herein. »Das ist ein junger Freund von mir. Er ißt mit uns zu Abend«, sagte Duca zu seiner Schwester, führte Carolino unverzüglich ins Bad, schloß die Tür und drehte den Warmwasserhahn an der Badewanne auf. »Zieh dich aus, und leg deine Sachen auf den Boden, dort in die Ecke.« Gehorsam begann der Junge sich auszuziehen, während Duca eine Zigarette anzündete und sie ihm gab. »Läuse?«

Carolino schüttelte den Kopf. »Keine Läuse, aber Wanzen.«

»Natürlich. Im Bettzeug und in den Matratzen.«

»Scharenweise. Aber ein paar bleiben immer am Körper. Sind nicht viele.«

»Um so besser!« Der kleine Raum hatte sich inzwischen mit Dampf gefüllt. Duca ließ kaltes Wasser zulaufen. »Wie heiß magst du das Wasser?«

Wieder schüttelte Carolino den Kopf. »Ich habe noch nie

gebadet. Nur geduscht. In der Beccaria. Das Wasser war immer kalt.«

Er solle zuerst mit dem Fuß die Wassertemperatur prüfen und dann ganz langsam in die Wanne steigen, empfahl ihm Duca. Er musterte den langen Kerl; sein Körper war rot und übersät mit Wanzenbissen. »Streck dich aus. Alles in Ordnung?«

»Ja.«

»Bleib drin, bis ich wieder da bin.« Er packte Carolinos Sachen zusammen einschließlich der Schuhe, ging auf den Küchenbalkon und warf sie Stück für Stück in den Müllschlucker; polternd fielen die Schuhe in die Tiefe.

»Was machst du da?« fragte Lorenza, die ihm von der Küche aus zusah.

»Desinfektion!« erwiderte er lakonisch und ging zurück ins Bad. Der Junge glühte, das Wasser hatte sich dunkel verfärbt. »Also, das hier ist ein Waschhandschuh. Weißt du, was das ist?«

»Nein.«

»Dann paß auf. Du ziehst ihn wie einen Handschuh an, mit der anderen Hand reibst du die Seife drauf, und dann rubbelst du dich damit ab, bis es schäumt.«

Duca sah zu, wie sich Carolino von oben bis unten abschrubbte. Sie wechselten das Wasser und hatten noch eine Weile zu tun, bis Carolino endlich von Kopf bis Fuß sauber war.

»Kann ich die Pasta aufsetzen?« erkundigte sich Lorenza von draußen.

»Wir brauchen noch zehn Minuten.« Duca steckte Carolino in einen seiner Pyjamas, der ihm zwar etwas zu groß war, aber nachdem sie die Jackenärmel und Hosenbeine hochgekrempelt hatten, paßte er gut. Carolino sah darin aus, als sei er auf dem Weg zum Judotraining.

Kurz danach saßen alle vier am Küchentisch und Lorenza verteilte die Nudeln. »Gib ihm noch einen Löffel drauf«, sagte Duca, und der ganze Rest Nudeln ergoß sich aus dem Pastasieb auf Carolinos Teller. Staunend beobachtete Carolino, wie der Nudelberg immer höher wurde, als Lorenza die Fleischsoße darüber schüttete und ihn mit Parmesankäse bestreute. Livia und Lorenza lächelten ihm zu, kümmerten sich aber nicht weiter um ihn. Trotzdem fühlte er sich in seiner Haut nicht wohl. »Iß nur«, munterte Duca ihn auf, nachdem er ihm die Nudeln gemischt und ihm eine Gabel in die Hand gedrückt hatte. »Laß dich durch uns nicht stören.«

Carolino wurde rot und begann zu essen. Er sah stur auf seinen Teller; die Anwesenheit der beiden Frauen war ihm unangenehm und machte ihn noch mißtrauischer. Aber er hatte einen Bärenhunger, und bald war es ihm egal, ob er die Gabel richtig hielt oder ob ihm die Nudeln aus dem Mund hingen und er sie schmatzend hinunterschlang. Weil keiner etwas sagte, schaltete Duca das Radio ein. Das gefiel Carolino, und der Nudelberg war im Nu verschwunden.

»Tu ihm ein Ei aufs Kotelett«, sagte Duca zu Lorenza, die am Herd mit der Pfanne hantierte.

»Das hast du mir schon einmal gesagt.«

Kurz darauf stand das dicke Kotelett mit dem noch brutzelnden Spiegelei obendrauf vor Carolino. Er sah Duca ungläubig an.

»Trink ein bißchen Wein dazu«, forderte ihn Duca auf und goß ihm ein. Fleisch und Ei: der Junge hatte wahrscheinlich noch nie in seinem Leben soviel Fleisch auf einmal gesehen. Er war klapperdürr, und es war ein Wunder, daß er sich bei der Verpflegung im Waisenhaus und in der Besserungsanstalt nicht die Schwindsucht geholt hatte. Er machte sich gierig mit dem Messer über das Fleisch her; dann nahm er den Knochen in die Hand und nagte ihn sorgfältig ab. Darauf aß er mit Hilfe der Gabel und einem Stückchen Brot das Ei.

»Trink«, sagte Duca und schenkte ihm nach. Der Junge leerte das Glas auf einen Zug. »Jetzt aber Schluck für Schluck«, sagte Duca, als er zum zweitenmal nachfüllte.

Carolino bekam wieder einen roten Kopf. Seltsam, einen dieser Burschen erröten zu sehen. Duca schlug mit den Fingern den Takt zur Musik im Radio. Lorenza und Livia unterhielten sich leise. Die kleine Küche war warm, die Luft voll aromatischer Gerüche. Carolino stand der Schweiß auf der Stirn, ab und zu trank er einen Schluck Wein, hielt aber den Blick immer noch gesenkt. »Zigarette?« fragte Livia und reichte ihm das Päckchen über den Tisch.

Duca gab ihm Feuer. Er zog an der Zigarette, sah auf und versuchte ein Lächeln; drei Glas Wein hatten ihn zutraulicher gemacht. Dann wurden seine Lider schwer.

»Bist du müde?« fragte Duca.

Eine Frauenstimme sagte: »Aber sicher ist er müde«, und eine zweite fragte: »Was hast du?« Dann spürte er die Hand des Polizisten auf der Schulter. »Komm, Carolino. Du schläfst ja schon halb.« Und dieselbe Hand führte ihn sanft und väterlich durch den Nebel seiner Müdigkeit, er wußte nicht, wo er hinging und warum er so schläfrig war. Vielleicht war er betrunken. Er hörte den Polizisten sagen: »Leg dich hierhin, ins Bett.« Er nickte, ohne genau zu wissen, wo das Bett stand. Er hörte noch einmal Ducas Stimme: »Du bist müde und mußt schlafen.« Die Kissen und die Matratze waren weich, die Bettücher glatt und nicht rauh wie in der Beccaria. Er erfuhr nie, ob der Polizist das Licht ausgemacht hatte oder ob er plötzlich eingeschlafen war.

Er wachte auf, weil er ausgeschlafen hatte und nicht weil ihn irgendein Geräusch geweckt hätte. Durch die Jalousien drang nur wenig Licht. Draußen mußte es neblig sein. Dann bemerkte er, daß er nicht in der Beccaria war, und schlagartig erinnerte er sich an alles – wie ihn der Polizist abgeholt hatte, an das Abendessen und wie er todmüde eingeschlafen war. Er setzte sich auf, um zu sehen, wo er war. Er befand sich in einem kleinen, spärlich möblierten Zimmer, das ihm aber luxuriös vorkam. Auf dem Nachttisch standen ein gelber Lampenschirm und daneben ein kleiner Wecker, der 11 Uhr 40 zeigte. Er hatte noch nie so lange geschlafen. Er gähnte, aber sein Kopf war klar, und als erstes schoß ihm der Gedanke durch den Kopf, daß der Polizist ihn hereinlegen wollte. Er behandelte ihn so, weil er ihn aufs Glatteis führen wollte. Niemand tut etwas umsonst, und Carolino überlegte sich, was der Polizist mit all seiner Freundlichkeit erreichen wollte: er wollte die Wahrheit erfahren.

Das könnte dem so passen. Er sprang aus dem Bett, machte Fenster und Jalousien auf, schloß das Fenster aber sofort wieder wegen der Kälte. Das Fenster ging auf einen Hof hinaus, doch der Nebel war so dicht, daß er nur die Balkone und Fenster von nebenan erkennen konnte.

»Guten Morgen, Carolino.«

Der Junge fuhr herum. Der Polizist kam herein und legte ein dickes Paket und eine Schachtel aufs Bett.

»Guten Morgen, Signore.«

»Du brauchst nicht Signore zu sagen. Wir sind hier nicht in der Beccaria.«

»Jawohl, Signore.« Er mußte grinsen und folgte dem Polizisten ins Bad. »Wasch dich und spar nicht mit der Seife.« Duca ließ ihn allein und kehrte in die Küche zu Lorenza und Livia zurück. Als er den Jungen aus dem Bad kommen hörte, führte er ihn wieder ins Schlafzimmer und machte das Paket auf. Von Socken bis zur Krawatte enthielt es alles, was Carolino zum Anziehen brauchte. Obenauf lag ein grauer Anzug, und in der Schachtel waren Schuhe.

Er sah den Polizisten an, und der sagte: »Probier mal, ob dir die Sachen passen.« Livia, die ein gutes Auge und Geschmack hatte, hatte sie im Kaufhaus besorgt. Vielleicht würde ihm das Polizeipräsidium seine Ausgaben zurückerstatten – vielleicht auch nicht.

Er half ihm beim Anziehen, denn Carolino hatte sicher noch nie derartige Kleidungsstücke getragen, zog ihm den Gürtel zu und band ihm die Krawatte. Der Junge sah wie ausgewechselt aus. Er schien zu einem jungen Mann aus guter Familie geworden zu sein, nur die Haare waren zu lang und standen nach allen Seiten ab. »Paßt nicht schlecht«, sagte Duca. »Jetzt brauchst du nur noch einen richtigen Haarschnitt, eine Rasur und einen Mantel.«

Und als sich Carolino am Nachmittag nach einem Besuch beim Friseur mit dem neuen hellgrauen Mantel in einem Spiegel unter den Arkaden auf dem Corso Vittorio sah, erkannte er sich fast nicht wieder. Auch seine Hände, die eine hübsche Maniküre bearbeitet hatte, kamen ihm fremd vor. Am Nachmittag gingen sie mit ihm ins Kino, und am nächsten Tag machten sie einen Ausflug zu einem kleinen Landgasthaus. Beide, der Polizist und das Mädchen, waren sehr freundlich zu ihm und belästigten ihn nicht mit Fragen. Sie versorgten ihn mit allem, was er brauchte, und machten nicht den Eindruck, als überwachten sie ihn, obwohl sie möglicherweise jede seiner Bewegungen genau beobachteten. Die Lust zu fliehen juckte ihn schlimmer als das Ungeziefer in der Beccaria, aber er war ein kluger Junge. Er konnte sich nicht vorstellen, daß ihn ein Polizist ohne Hintergedanken aus dem Gefängnis holte, ihn verköstigte und spazierenfuhr. Andererseits hatte dieser Polizist etwas, das ihm gefiel: Er behandelte ihn wie einen ganz normalen Menschen und nicht wie einen Kriminellen. Bei ihm fühlte er sich, als hätte er nie etwas mit der Polizei zu tun gehabt. Gelegenheiten zur Flucht hatte er, soviel er wollte, von morgens bis abends, sogar nachts. Er brauchte nur sein Schlafzimmer zu öffnen, es lag im ersten Stock – er war schon aus ganz anderen Höhen hinuntergesprungen.

Es war auf einer Spazierfahrt am fünften Tag, nachmittags, das Mädchen war ausgestiegen und in ein Geschäft gegangen, als ihm der Polizist zum erstenmal Fragen stellte. »Bist du schon mal in der Schweiz gewesen?«

»Nein.«

»Weißt du, ob einer deiner Freunde dort gewesen ist?«

»Keine Ahnung.«

»An dem Abend, als ihr eure Lehrerin umgebracht habt, hat einer von euch eine Münze von einem halben Schweizer Franken verloren. Hast du das gewußt?«

»Nein.«

Duca hatte gehofft, den Jungen überrumpeln zu können. Doch seine Antworten hatten gezeigt, daß diese Burschen ständig mit allem rechneten. »Na gut«, sagte er geduldig, »du weißt also nichts. Vielleicht kann ich dir auf die Sprünge helfen. Du bist jetzt seit fünf Tagen bei mir, läufst praktisch frei rum, bist gut angezogen und bekommst gut zu essen. Es fehlt dir an nichts. In weiteren fünf Tagen mußt du zurück in die Beccaria. Wirklich schade. Es liegt bei dir, das zu verhindern, wenn du uns hilfst. Ich kenne nämlich Leute, die dich aufnehmen und dir Arbeit verschaffen könnten. Überleg dir's in Ruhe, du hast ja noch Zeit. Im allgemeinen gebe ich keine Ratschläge, nicht einmal so jungen Burschen wie dir, aber diesmal will ich eine Ausnahme machen. Hilf uns, das Schwein zu schnappen, das das Gemetzel in der Abendschule organisiert hat, und du wirst ein anständiger Mensch und kein Knastbruder. Du brauchst jetzt nicht zu antworten. Denk drüber nach.«

Carolino sah aus dem Nebel Livias Gesicht auftauchen. Als sie die Wagentür aufmachte, fuhr ein kalter Windstoß herein. Lächelnd setzte sie sich hinters Steuer. »Ganz schön anstrengend, zwei Bücher zu kaufen«, sagte sie und legte das Päckchen neben Carolino auf den Rücksitz. »Was machst du denn für ein Gesicht?« fragte sie Duca, während sie den Motor anließ.

»Wir haben uns ein bißchen gestritten, unser Freund und ich.« Er deutete mit dem Kopf auf Carolino. »Er will uns nicht helfen. Ich hätte ihn für intelligenter gehalten. Aber was soll's.«

Noch nie hatte Carolino einen Polizisten in diesem spöttischen und zugleich freundschaftlichen Ton sprechen gehört. Aber er wurde nur noch argwöhnischer: Die wollten ihn ausquetschen wie eine Zitrone, alles aus ihm herausholen, und anschließend würden sie ihn in die Beccaria zurückschicken. Darauf fiel er nicht rein, wie sehr sie sich auch anstrengen mochten. Er nicht! Aber was war der Grund dafür, daß sie ihn wie den letzten Touristen durch ganz Mailand kutschierten und beinahe jeden Nachmittag mit ihm ins Kino gingen? Carolino wurde von Tag zu Tag unruhiger, und nachts schlief er schlecht.

Die Tage vergingen im Flug. Der sechste, siebente, achte. In zwei Tagen würde er wieder in der Beccaria sein.

Es war am achten Tag. Sie aßen zu Mittag, als Duca sagte: »Ich hab' keine Zigaretten mehr.«

»Na und«, meinte Livia, »beim Essen wird sowieso nicht geraucht.«

»Weiß ich, weiß ich«, brummte Duca, zog einen Zehntausendlireschein aus der Jackentasche und gab ihn Carolino. Er bat ihn, ihm ein Päckchen Zigaretten zu holen, sobald er mit der Minestrone fertig sei.

»Ich bin fertig.« Carolino stand auf, nahm das Geld und steckte es umständlich in die Innentasche seiner Jacke.

»Aber beeil dich. Sonst wird das Fleisch kalt«, ermahnte ihn Lorenza.

»Bin gleich wieder da.«

Er trat auf die Straße. Es war ein sonniger, wenn auch etwas dunstiger Tag. Die kahlen Bäume im Viale Pascoli schimmerten im Sonnenlicht. Carolino, dessen Vorfahren alle Bauern gewesen waren, witterte den Frühling in der Luft. Er wäre jetzt gern auf dem Land gewesen, hätte mit anderen Bauernjungen Nester gesucht oder am eiskalten Bach gespielt, wie früher, als sein Vater noch lebte. Aber sein Vater war tot, und es war besser, nicht daran zu denken.

»Zwei Päckchen Esportazione«, sagte er zu der Alten hinter dem Ladentisch, »und eine Cola.« Er trank einen Schluck und dachte an das, woran er während dieser Tage ständig dachte.

An Flucht. Er hielt es nicht mehr aus. Er ahnte, daß es ein Fehler war, wahrscheinlich würden sie ihn sofort schnappen, und dann steckte er endgültig in der Klemme. Außerdem wußte er nicht genau, wohin er gehen wollte. Er hatte nur zwei Orte zur Auswahl. Er konnte zurück in sein Dorf gehen und sich von seinen Freunden verstecken lassen; dort gab es auch ein Mädchen, das ihm helfen würde. Aber wie lange konnte das gutgehen? Die Polizei würde ihn bestimmt dort suchen, und auch wenn sie ihn nicht fände, könnte er sich nicht jahrelang auf Feldern oder in Heuschobern verbergen.

Das andere Versteck war sicherer, gefiel ihm aber nicht. Er trank Cola und überlegte weiter. Natürlich spielte er auch mit dem Gedanken, zu dem Polizisten zurückzukehren. Er wußte, daß dies die bessere Lösung wäre. Aber das bedeutete auch, in die Beccaria zurückzumüssen, mindestens bis er achtzehn wäre. Und dann ins Jugendgefängnis. Was für eine Aussicht! Bis einundzwanzig zumindest würde er im Knast sitzen. Sieben lange Jahre. Für ihn waren sieben Jahre gleichbedeutend mit lebenslänglich.

Seine Hand zitterte, als er der Tabakverkäuferin den Geldschein gab. Er nahm das Wechselgeld entgegen und ging.

Draußen blieb er einen Augenblick unentschlossen stehen. Die Wohnung des Polizisten lag keine hundert Meter entfernt; er brauchte nur um die Ecke zu biegen, und schon war er an der Piazza Leonardo da Vinci, und seine Hand würde nicht mehr so zittern, sein Herz nicht mehr so klopfen wie jetzt. Aber dann sah er die Fassade der Beccaria vor sich, die

Schlafsäle und Korridore, roch den ätzenden Geruch der Desinfektionsmittel, und instinktiv ergriff er die Flucht und schlug die entgegengesetzte Richtung ein.

Auf der anderen Seite des Gehwegs stand ein schwarzer Fiat 1100. Der Junge war keine zwanzig Meter gegangen, als Mascaranti aus dem Auto stieg. »Ich folge ihm zu Fuß, und du fährst mit deiner Luxuskutsche hinterher«, forderte er den stämmigen Polizisten hinter dem Steuer auf.

»Zu Befehl«, erwiderte der junge Mann gutgelaunt.

Carolino ging schnell, ohne sich umzusehen. Er hätte nicht im Traum daran gedacht, daß er verfolgt würde, er wäre nie auf die Idee gekommen, daß Mascaranti ihn und Duca seit acht Tagen beschattete, daß er rund um die Uhr beobachtet worden war. Nachts parkte der Fiat vor Ducas Wohnung, und einer von Mascarantis Kollegen übernahm die Nachtschicht, bis ihn Mascaranti bei Tagesanbruch ablöste. Der Junge hatte sich vollkommen frei gefühlt. Er ging jetzt langsamer den Viale Pascoli entlang, auf der Sonnenseite, um sich aufzuwärmen. So wie er aussah, fiel er niemandem außer Mascaranti und dem anderen Polizisten auf, der das Auto fuhr. Auf der Piazza Isaia Ascoli wurde er noch langsamer und blieb schließlich vor einem Tabakladen stehen.

Carolino zündete sich eine Zigarette an, seine Hände zitterten immer noch. Vielleicht hatte er sich doch für die falsche Lösung entschieden? Wäre es nicht doch besser, zu dem Polizisten zurückzugehen und ihm die Wahrheit zu sagen? Was würde dann geschehen? Er überlegte einen Moment. Der Polizist würde ihn anhören und ihn, sobald er alles aus ihm rausgeholt hatte, in die Beccaria zurückschicken. Andererseits hatte der Polizist gesagt, wenn er redete, müßte er nicht mehr in die Beccaria zurück, er würde zu Leuten gebracht, die für ihn bürgten, würde Arbeit finden, würde anfangen, ein normales Leben zu führen, statt hinter Gittern zu sitzen. Und dieser Polizist gefiel ihm, sie sahen anständig aus, er und seine Schwester und das Mädchen. Alle drei schienen ihm wirklich helfen zu wollen. Es war besser, wenn er zu ihnen zurückkehrte.

Dann wurde plötzlich die Angst vor der Besserungsanstalt wieder stärker. Auf die Bullen war kein Verlaß. Er ging weiter, die ganze Via Nino Bixio entlang, überquerte den Ring, die Bastionen und erreichte schließlich die Piazza Eleonora Duse. Er ging an der Haustür vorbei, ohne sich etwas anmerken zu lassen. Er befolgte die Taktik, die man ihm beigebracht hatte: Möglichst nicht von der Hausmeisterin gesehen zu werden. Die Sache war nicht sehr schwierig, denn die Frau war fast immer in ihrer kleinen Wohnung und kam nur an die Treppe, um nachzusehen, wenn es an der Gittertür im Hauseingang klingelte. Man brauchte nur die Glocke mit der Hand festzuhalten, damit sie nicht anschlug. Carolino handelte schnell und geschickt; die Tür öffnete sich, die Hausmeisterin war nicht zu sehen.

Er mußte bis ins oberste Stockwerk gehen, die Treppe war sicherer, weil man weniger Leuten begegnete als im Fahrstuhl. Und dann stieg er noch höher – es gab noch eine Dachwohnung; auf dem Treppenabsatz war eine einzige Tür, und auf dem Namensschild stand *Domenici*. Er klingelte.

Nichts rührte sich. Vielleicht war niemand da. Er klingelte nochmals. Dann sagte eine warme, ein bißchen heisere Frauenstimme: »Wer ist da?«

»Ich bin's, Carolino.«

Wieder rührte sich nichts. Er wiederholte: »Ich bin's, Carolino«, und jetzt wurde die Tür aufgemacht.

Die Frau war wahrscheinlich noch nicht vierzig, sah aber wesentlich älter aus: ihr Gesicht war von tiefen Falten durchzogen, die auch das Make-up nicht zu verdecken vermochte. Sie trug eine große Sonnenbrille, die die tiefen Falten noch mehr hervorhob. Ihre Beine dagegen, die der Minirock voll zur Geltung brachte, waren hübsch und jung in den silberfarbenen, gestreiften Strümpfen.

»Komm rein.«

Carolino ging hinein. Ein starker Duft nach allerlei Parfüms und sonstigen Kosmetika, der in der von einem Petroleumofen geheizten Wohnung schwebte, stach Carolino in die Nase. Und im Zimmer, das er nach dem kleinen dunklen Flur betrat, hingen dicke Rauchschwaden. Marisella rauchte eine nach der anderen, und überall lag Asche verstreut.

»Warst du nicht in der Beccaria?« Marisella zündete sich

eine Zigarette an und betrachtete Carolino aufmerksam, als ob sie Mühe habe, ihn mit kurzgeschnittenem Haar, in weißem Hemd und blankgeputzten Schuhen zu erkennen. Sie konnte sich sein verändertes Aussehen nicht erklären. Einer aus der Beccaria hatte dort zu bleiben und nicht frei herumzulaufen.

»Sie haben mich rausgeholt«, sagte Carolino. Seine Hände zitterten nicht mehr. Gut oder schlecht, er war jetzt hier, und Marisella würde etwas tun, damit er nicht in die Beccaria zurückmußte.

»Erzähl schon«, forderte ihn Marisella auf. Das Mansardenzimmer hatte eine Wand ganz aus Glas, die auf eine Dachterrasse voll Blumentöpfe führte. Der Dachgarten machte einen freundlichen, heiteren Eindruck.

»...Und dann hat er mich zu sich nach Hause mitgenommen, hat mir neue Sachen zum Anziehen gekauft...« erzählte Carolino, der auf der Armlehne eines Sessels saß, während Marisella vor ihm stand, den Rücken zum Fenster, damit sie das grelle Licht nicht blendete. Und je mehr Carolino erzählte, desto starrer vor Schreck wurde sie, und ihr verging sogar die Lust zu rauchen.

»Der Polizist wollte alles wissen«, beendete Carolino seinen Bericht, »deshalb hat er mich aus der Beccaria geholt, aber ich habe ihm kein Wörtchen gesagt.« Er sah sie erwartungsvoll an, selbstzufrieden, daß er den Verlockungen des Polizisten widerstanden hatte.

»Bravo«, sagte sie tonlos. Ihr ausdrucksloses, von der Sonnenbrille halb verborgenes Gesicht machte ihm angst.

»...Er hätte mich noch zwei Tage bei sich behalten und dann wieder eingesperrt, und in die Beccaria will ich nicht zurück...«

Sie sah ihn haßerfüllt an – der Junge konnte ja ihre Augen nicht sehen. Und zu ihr war er gekommen, ausgerechnet zu ihr, dachte sie.

»Ist es dir nicht in den Sinn gekommen, daß sie dich beschatten könnten?« Ihre Frage klang nicht vorwurfsvoll.

»Warum denn?« fragte Carolino erstaunt. Schließlich war er in der Wohnung eines Polizisten gewesen, weshalb sollten noch andere Bullen hinter ihm her sein?

»Weil sie dich nicht so leicht entwischen lassen«, erklärte Marisella geduldig. Sie hatte sich wieder in der Hand, spielte perfekt Theater. Sie wußte, wie gefährlich die Lage war. »Die sind nicht blöde, die verstehen ihr Handwerk. Du bist getürmt, und sie folgen dir, weil sie wissen wollen, wo du hingehst.« Und dieser Idiot war ausgerechnet zu ihr gekommen.

»Aber ich hätte jeden Tag abhauen können –«

»Eben, und darauf haben sie nur gewartet.«

Carolino schwieg eine Weile. An diesem Brocken hatte er zu kauen. »Bist du sicher?« fragte er ungläubig.

»Das bin ich«, antwortete sie. Sie machte die Glastür auf ging mit Carolino zum Geländer neben einem kleinen Schornstein und sah, ohne sich vorzubeugen, auf die Piazza Eleonora Duse hinunter. Eine erfahrene Prostituierte erkennt einen Polizisten auch aus dreißig Metern Höhe. »Da hast du sie, die beiden neben dem Fiat 1100.«

Carolino sah hinunter. Mit seinen vierzehn Jahren war er kein Profi, aber ein Jahr in schlechter Gesellschaft hatte ihn gelehrt, einen gewöhnlichen Sterblichen von einem Polizisten zu unterscheiden. Und er bekam Angst, als er die beiden neben dem Fiat sah. Carolino trat instinktiv vom Geländer zurück. Er träumte nicht, und Marisella hatte ihm nichts eingeredet. »Und jetzt?« fragte er, um etwas zu sagen, und sah die Prostituierte flehentlich an.

Marisella Domenici gab keine Antwort, ging ins Zimmer zurück und sah auf die Armbanduhr: fast zwei Uhr. »Laß mich nachdenken«, sagte sie zu dem Jungen, der ihr gefolgt war. »Wenn du etwas essen willst, geh in die Küche.«

»Ich hab' keinen Hunger«, entgegnete Carolino. Er sah sie mit vor Schreck geweiteten Augen an. Die beiden Polizisten lagen ihm schwer im Magen.

Er zündete sich eine Zigarette an.

»Ich bin gleich wieder zurück«, sagte sie und verschwand in ihrem Schlafzimmer. Wie immer kurz nach dem Aufstehen, sie war gegen ein Uhr aufgewacht, fühlte sie sich müde und zerschlagen, und das unerwartete Auftauchen des Jungen zerrte an ihren Nerven. Sie setzte sich aufs Bett und zog eine Nachttischschublade auf, die von Beruhigungs- und Aufputschmitteln überquoll. Sie wählte ein Fläschchen, nahm eine

Pille heraus, trank einen Schluck von dem abgestandenen Wasser auf dem Nachttisch und schluckte sie mit einer Grimasse hinunter. Dann legte sie sich aufs Bett, ohne die Brille abzunehmen, und wartete auf die anregende Wirkung des Medikaments.

Maledetto. Carolino, dieses Miststück, hatte also die Polizei auf ihre Spur gebracht. Nie wären die von allein draufgekommen. Sie war verloren. Sie würden schnell herausfinden, daß sie, Marisella Domenici, hier wohnte, schließlich – sie lachte bitter auf – hing ihr Namensschild an der Haustür. Man würde sie abholen und, da ihre Nerven angegriffen waren, beim Verhör alles aus ihr herausquetschen. Die Pille begann zu wirken. Leichte Wellen von Energie und Wohlbehagen stiegen in ihr hoch, ihr Herz schlug kräftiger, der Puls beschleunigte sich, und das Gesicht prickelte angenehm. Vielleicht konnte sie wider Erwarten ihren Kopf doch noch aus der Schlinge ziehen. Sie schwang sich aus dem Bett, machte die Kommodenschublade auf, in der die Schachtel mit dem Springmesser lag, und riß den Deckel herunter.

Früher war in der Schachtel noch ein Revolver gewesen, ein Geschenk von ihr an Francone; doch die Polizei hatte ihn kassiert, als er im Gefängnis gestorben war. Jetzt war sie auf sich selbst gestellt, und die Erinnerung an Francone tat ihr weh. Das einzige Andenken an ihn war das Messer. Ein richtiger Draufgänger war er gewesen, ihr Francone: er drückte auf die Feder und hatte bereits zugestoßen, wenn die Klinge heraussprang.

Sie probierte es aus. Sie hatte Glück, denn aus Unerfahrenheit hielt sie das Messer gegen sich selbst gerichtet, und die Klinge streifte sie am Arm. Sie lachte nervös auf und versuchte es noch mal – so, wie Francone es ihr gezeigt hatte: Im gleichen Augenblick, in dem das Messer heraussprang, mußte man zustoßen, »so daß...« – hatte er ruhig erklärt – »so daß der Schwung deines Stoßes mit dem Schwung der herausspringenden Klinge zusammentrifft. Auf diese Weise dringt die Klinge ein bis zum Heft, selbst in einen Stier.«

Sie lächelte bei der Erinnerung an Francones Erklärungen und übte mit dem Messer. Die Pille beflügelte sie, sie fühlte sich glücklich und hellwach. Zugleich wußte sie, daß sie sich nicht zu lange auf dieses Glücksgefühl verlassen durfte. Sie steckte das Messer in ihre Handtasche und holte ihren Mantel aus dunkelrotem Webpelz aus dem Schrank, ein Kleidungsstück, das ihre Erscheinung noch auffälliger machte.

»Reg dich nicht auf, ich helf' dir aus der Klemme«, sagte sie zu Carolino, als sie wieder ins Zimmer kam. Sie ging in die Küche und goß sich ein halbes Glas Cognac ein. »Willst du auch einen?« fragte sie den Jungen, der ihr nachgekommen war. Carolino lehnte ab, sie hustete und nahm noch einen Schluck. »Du verschwindest am besten sofort von hier über die Dächer. Das hast du schon mal getan, erinnerst du dich?«

Carolino nickte. Von der Terrasse konnte man mühelos auf die darunterliegende springen, und von dort auf die nächste: dann mußte man eine aus den Angeln gehobene Tür aufstemmen, eine Treppe hinuntersteigen, und unten war ein Hof, über den man auf der Rückseite des Hauses in die Via Borghetto gelangte. »Aber damals war es dunkel, jetzt ist es Tag, man kann mich von den Fenstern aus sehen«, gab er zu bedenken.

»Möglich. Aber wenn sie dich sehen, fang ja nicht an zu rennen. Sag einfach, du wohnst in der Via Borghetto und hast mit einem Freund gewettet, daß du den Rundgang über die Dachterrasse schaffst. Du bist ein kleiner Junge, sie werden dir glauben.«

Wirklich, das war eine gute Erklärung, dachte Carolino. Marisella war schlau, sie würde ihn in Sicherheit bringen.

»So erwarten dich diese Totengräber auf der Piazza Duse, während du längst auf der anderen Seite, in der Via Borghetto, bist.«

Sie lächelten beide, sie unter dem Einfluß der Pille, er aus Naivität. »Ich gehe inzwischen ganz normal zur Haustür hinaus und nehme den Wagen, die beiden Bullen werden mich zwar sehen, aber in diesem Haus gehen viele Leute aus und ein. Sie ahnen nicht mal, daß du zu mir gekommen bist, denn sie wissen ja nicht, daß wir uns kennen.« Es schmeichelte ihr, daß der Junge nickte, ihr Plan mußte perfekt sein. »Ich warte mit dem Wagen an der Ecke Viale Majno, du steigst ein, sobald du in der Via Borghetto herauskommst, und wir hauen ab.«

Carolino nickte wieder, hatte aber immer noch Angst.

»Los jetzt, mach dich auf den Weg«, drängte sie. Sie gingen zurück ins Zimmer, Marisella öffnete die Glastür. »Los!«

Carolino zögerte. »Wartest du wirklich auf mich?«

»Natürlich werde ich auf dich warten«, sagte sie. »Wenn sie dich schnappen, schnappen sie auch mich, kapiert?«

Als sie ihn von der darunterliegenden Terrasse auf die nächste steigen sah, wußte sie, daß sie ihn überzeugt hatte. Es war nicht schwer gewesen. Jetzt mußte sie gehen. Sie schloß die Läden, machte den Ofen aus, kontrollierte, daß sie nichts Verdächtiges zurückließ, sperrte die Wohnungstür ab und stieg die Treppe zum Fahrstuhl hinunter. Wenige Augenblicke später trat sie auf die Straße. Sie spürte, wie sie die Blicke der Polizisten neben dem Fiat verfolgten, und ahnte, daß sie sich ihr Gesicht einprägten. Gelassen ging sie zu ihrem Auto, das in der Via Salvini geparkt war, machte die Tür auf, stieg ein, ließ den Motor an, reihte sich in den Verkehr ein und bog rechts in den Viale Majno ein.

Hinter der Via Borghetto hielt sie an der Ecke des neuen Gebäudes. Sie sah auf die Uhr, zündete sich eine Zigarette an, vergewisserte sich, daß das Messer in ihrer Tasche war, sah wieder auf die Uhr. Die Zeit verstrich. Sie begann sich Sorgen zu machen, als Carolino nach zehn Minuten endlich aus der Via Borghetto auf sie zukam. Er ging schnell, lief fast, als ob er alle Leute darauf aufmerksam machen wollte, daß er auf der Flucht war. Idiot, dachte sie. Sie machte ihm auf, er ließ sich keuchend auf den Beifahrersitz fallen.

»Ist was passiert? Wieso hast du so lange gebraucht?«

»Ich weiß nicht...« Carolino atmete heftig. »Eine Alte hat mich gesehen, als ich über ihre Terrasse ging. Sie hat das Fenster aufgemacht und laut um Hilfe geschrien. Da bin ich gerannt.«

Idiot, dachte sie. Viel zu dämlich für dieses Leben. Nervös ließ sie den Motor an.

FÜNFTES KAPITEL

Was nützt es, ein Ungeheuer festzunehmen und es zu bestrafen? Was nützt es, es umzubringen? Und was nützt es, wenn man es am Leben läßt?

1

Livia sah auf ihre Armbanduhr. Fast zwei. Dann blickte sie auf das kleine Schachbrett, das zwischen ihr und Duca stand. Sie mußten sich die Zeit vertreiben, während sie darauf warteten, daß Carolino mit den Zigaretten zurückkam.

»Du bist dran«, sagte Duca. Sie zog und dachte dabei an Carolino. Er war jetzt eine Stunde weg. Sie spielte sehr gern Schach mit Duca, aber heute sah sie ständig Carolino vor sich, mager, knochig, lange Hakennase, helle vorstehende Augen, in denen sich Furcht und Mißtrauen spiegelten.

»Eine merkwürdige Verteidigung. Deine Erfindung?« fragte Duca lächelnd, nachdem sie gezogen hatte.

»Mach dich nicht lustig über mich. Es ist die Benoni-Verteidigung, du –«

Das Telefon klingelte. Lorenza kam einen Augenblick später in die Küche. »Es ist Mascaranti.«

Duca stand auf und ging ins Nebenzimmer. Als er zurück in die Küche kam, sah er Livia bedrückt an. »Carolino ist geflohen. Mascaranti ist ihm gefolgt und hat gesehen, wie er in ein Wohnhaus an der Piazza Duse ging. Er überwacht den Eingang. Der Bursche ist noch nicht wieder rausgekommen. Wir müssen sofort hin.« Inzwischen hatte er die Schachfiguren ins Kästchen gelegt. »Du hast deine Wette verloren.« Er streckte die Hand aus.

Sie holte ihre Tasche und gab ihm tausend Lire.

»Ich hätte nicht gedacht, daß Carolino fliehen würde.« Sie klang enttäuscht. »Er schien mir ein guter Kerl.«

»Er ist es«, sagte Duca. »Aber du bist noch nie in einem Jugendgefängnis oder einer Besserungsanstalt oder einem Waisenhaus gewesen und kannst dir nicht vorstellen, was für einen solchen Jungen die Freiheit bedeutet. Die sind imstande, jemanden umzubringen, nur um nicht wieder zurückzumüssen.«

In wenigen Minuten waren sie auf der Piazza Duse. Es war kurz nach zwei. Mascaranti informierte sie, daß Carolino noch nicht aufgetaucht sei.

»Dann müssen wir eben warten«, meinte Duca, »zumindest bis die Haustür geschlossen wird.« Das hieß bis neun Uhr. »Ich gehe zur Hausmeisterin. Er bedeutete Livia, sie solle auf ihn warten, und betrat denselben Eingang, durch den vor weniger als einer Stunde Carolino gegangen war. Die Hausmeisterin öffnete, Duca stieg die drei Stufen hinauf und zeigte seinen Ausweis. Die Frau war jung, gesprächig und gerade mit Hausarbeiten beschäftigt, denn sie trug Gummihandschuhe und Schürze.

»Die Liste der Hausbewohner, bitte«, sagte Duca.

Die Hausmeisterin ging sie holen. Als sie zurückkam, hatte sie Handschuhe und Schürze ausgezogen und ihr kurvenreicher Körper war in dem hautengen Pullover, den sie trug, deutlich erkennbar. Während Duca die Liste durchsah, fragte er leise: »Haben Sie vor ungefähr einer Stunde einen großen, mageren Jungen mit einer langen Hakennase hereinkommen sehen?«

Die junge Frau tat, als dächte sie angestrengt nach. »Nein, ich war beim Essen, wissen Sie, auch Hausmeister müssen essen. Ich lasse zwar die Tür auf, aber er könnte hereingekommen sein, ohne daß ich ihn gesehen hätte, obwohl ich die Klingel hätte hören müssen – dieses Geklingel habe ich ständig in den Ohren, selbst nachts träume ich davon.«

Duca las weiter und hörte ihr nicht mehr zu. Die Frau hatte den Jungen nicht gesehen, konnte also auch nicht wissen, zu welchem Mieter er gegangen war. »Sind es alles ruhige Mieter?« Es war eine sehr vage Frage.

Die Antwort kam prompt. »Leider ja. Sehr ruhig. Im ersten und zweiten Stock sind Büros, und da ist um sieben Uhr abends nichts mehr los. Die anderen Mieter sind alles ältere Leute. Die jüngste ist die in der Mansarde, aber die ist auch schon ungefähr fünfzig. Nur die Dienstmädchen sind jünger, aber mit denen redet man besser nicht.«

Duca war ans Ende der Liste gelangt, und von den vielen Namen, die auf den abgegriffenen Seiten standen, kam ihm einer bekannt vor: Domenici. Er kannte zwar keine Maria Domenici, Beruf Hausfrau, aber dem Namen war er erst kürzlich irgendwo begegnet.

»Hören Sie«, sagte er zu der jungen Frau, »wenn Sie den großen mageren Jungen mit der langen Nase vorbeigehen sehen, sagen Sie ihm nicht, daß die Polizei nach ihm gefragt hat. Verstanden?«

»In Ordnung. Sie können sich auf mich verlassen. Ich weiß, wann ich meinen Mund zu halten habe.«

»Danke.« Duca überquerte den kleinen Platz und setzte sich nach einem kurzen Gruß an Mascaranti neben Livia in den Wagen. »Nach Hause«, sagte er und meinte das Polizeipräsidium.

Dort angekommen, ging er hinauf in sein Büro, zog die Schreibtischschublade auf, öffnete die Aktenmappe und fand sofort, was er suchte: Ettore Domenici, 17 Jahre alt, Mutter Prostituierte; in Obhut einer Tante; zwei Jahre Jugendgefängnis. Maria Domenici konnte die Mutter dieses Ettore Domenici sein, sofern die Namensgleichheit kein Zufall war. Aber es konnte kein Zufall sein, dachte Duca, daß Carolino in dieses Haus an der Piazza Duse gegangen war, wo eine Frau wohnte, die wie die Mutter eines seiner Freunde hieß. Aber wenn die Domenici von der Piazza Duse die Mutter des Halbwüchsigen im Jugendgefängnis war, dann war sie auch Prostituierte, und in diesem Falle mußte im Archiv ein Dossier über sie zu finden sein.

Er machte sich auf den Weg ins Archiv. Natürlich war das Archiv der düsterste Ort des Präsidiums, und die wenigen Lampen an der Decke gaben nur fahles Licht. Der Archivar war ein nervöser Mann, der es nicht gern sah, wenn die Polizisten ihn aufsuchten. Er war der Meinung, Diebe und Mörder seien überall, nur nicht im Archiv zu finden.

»Guten Tag, Dr. Lamberti«, sagte der Archivar, ohne den Blick von seiner Schreibmaschine zu wenden.

»Maria Domenici, Prostituierte.« Duca wußte, daß es der Alte kurz und bündig liebte. Er war ein alter, magerer Eigenbrötler, der gern seine Ruhe hatte.

»Entschuldigung, Dr. Lamberti«, sagte er und stand auf. »Sie wissen natürlich von dieser Frau weder Namen des Vaters noch Geburtsort noch Alter. Wenn wir also in unserer Kartei siebenundzwanzig Prostituierte namens Maria Domenici haben, was machen Sie dann?« Er führte ihn durch die langen, dunklen Aktenreihen des Archivs.

Duca wußte nicht, was er tun würde, wenn es tatsächlich siebenundzwanzig Maria Domenicis gäbe. Er hoffte, daß es weniger wären.

»Sie haben Glück, Dr. Lamberti.« Der Archivar reichte ihm eine Karteikarte. »Wir haben nur zwei Prostituierte namens Domenici, und nur eine davon heißt Maria.«

Duca las die Karte gierig. Maria Domenicis Künstlername war Marisella, ihr Mädchenname Faluggi. Der Mann, der sie geheiratet und ihren Sohn, der von einem anderen, dem Standesamt unbekannten Vater stammte, adoptiert hatte, hieß Oreste Domenici, genannt Francone (siehe auch Francone, hatte der Archivar pedantisch genau notiert). Zudem waren alle ihre Festnahmen vermerkt, außerdem ihre vier Verurteilungen, die ihr sieben Jahre Gefängnis eingebracht hatten, wegen verschiedener Delikte, Diebstahl, tätlicher Angriff mit einem Messer auf eine Kollegin, Besitz und Handel mit Rauschgift.

Aber trotzdem war der Karte nicht viel zu entnehmen. Er nahm seinen Mut zusammen und bat den Archivar um die Karte von Domenici, Oreste, genannt Francone. Sobald er sie in Händen hielt, rannte er in sein Büro, um sie genau zu studieren. Er las sie dreimal durch und machte sich Notizen; da stand alles, aber die Dinge wurden dadurch nicht klarer. Oreste Domenici hatte sein Brot seit seiner Jugend als Zuhälter verdient. Er hatte mit sechsundzwanzig Jahren zum erstenmal geheiratet, hatte offensichtlich seine Frau zur Prostitution gezwungen, wofür er verurteilt worden war – und sie vor dem Krieg für zweitausend Lire an einen Kollegen verkauft. Im Alter von vierzig Jahren hatte er sein Tätigkeitsfeld um Rauschgifthandel erweitert; auch hierfür hatte er mehrere Jahre Gefängnis abgesessen. Am 27. September 1960 hatte er Maria Faluggi geheiratet und ihren neunjährigen unehelichen Sohn Ettore adoptiert. 1964 war ihm das Vaterrecht wegen seiner Verstöße gegen das Gesetz wieder abgesprochen worden, und der ungebärdige Junge war einer Tante, der Witwe Novarca, geborene Faluggi, der Schwester seiner Mutter, übergeben worden.

Als letztes fand sich die Notiz, daß Oreste Domenici vor einem Jahr wegen Handels mit Rauschgift, das aus der Schweiz stammte, verurteilt worden und am 30. Januar 1968 im Gefängnis San Vittore in Mailand an Lungenentzündung gestorben war.

Die Karteikarten enthielten unzählige Informationen, aber alles zusammen sagte nicht viel, sagte nur, daß Oreste Domenici ein übler Zeitgenosse gewesen war. Und Frau Marisella eine Prostituierte. Diese Karteikarten waren wie Firmenbilanzen, in denen alles bis zum letzten Centesimo aufgeführt, aber nur weniger bekannt ist, daß in dem Posten »Geschäftsunkosten« die monatlichen dreihunderttausend Lire für eine gewisse Frau X inbegriffen sind, von der keiner weiß, daß sie die Freundin eines Generaldirektors ist.

Duca machte sich Notizen, rief einen Polizisten und gab ihm die Karteikarten, damit er sie ins Archiv zurückbrachte. Er stand auf. Er konnte Oreste Domenici nicht vernehmen, weil er tot war. Er konnte Marisella nicht vernehmen, weil es besser war, zu warten, bis sie zusammen mit Carolino etwas unternehmen würde; denn daß Carolino sich zu Marisella geflüchtet hatte, daran gab es keinen Zweifel.

Es hätte auch gar nichts genützt, in die Beccaria zu fahren und Marisellas Sohn Ettore nochmals zu verhören. Von ihm hätte er nichts erfahren. Duca überlegte, was er als nächstes tun sollte.

Nach einer Weile wußte er es. Er hatte sich eine Adresse notiert. »Fahren wir in die Via Padova 96«, sagte er zu Livia, als er sich neben sie setzte. Er legte ihr die Hand aufs Knie und drückte es leicht. Einen Augenblick lang hatte er sie zur Kenntnis genommen.

»Laß das«, sagte sie. »Ich begehre dich zu sehr und kann das nicht ertragen. Schon seit Tagen. Du aber wirst solange nicht wirklich an mich denken, bis du diesen Fall abgeschlossen hast.« Sie nahm kein Blatt vor den Mund, die Signorina Livia Ussaro.

»Verzeih«, sagte er und zog beschämt die Hand zurück.

2

In der Via Padova wohnte die Witwe Novarca, geborene Faluggi, Marisellas Schwester, eine kleine vertrocknete Frau mit leicht angegrautem Haar, untadelig in ihrem weißgetupften Kleid und mit ihrem Medaillon auf der Brust, das ohne jeden Zweifel ein Bild ihres verstorbenen Mannes enthielt.

»Ich habe mich längst an die Besuche der Polizei gewöhnt. Seit mir das Gericht vor Jahren Ettorino anvertraut hat, kommen ständig Polizisten zu mir. Ich habe den kleinen Halunken nie gewollt. Sollen sich andere um diese Burschen kümmern. Gut, ich bin sein Tante, die Schwester seiner Mutter, die einzige und letzte Verwandte, die er noch hat, aber was hat das schon zu sagen?« Duca saß auf einem harten kleinen Sessel in der guten Stube der Witwe Novarca und hörte ihr zu, während sie mit weichem Mailänder Akzent erzählte. »Ich bin die Schwester dieser Unglückseligen, aber wir sind verschiedener als Hund und Katze. Doch diese Frauen vom Sozialamt haben darauf bestanden. ›Übernehmen Sie den armen Kerl, Sie leben allein, sind Witwe, Sie brauchen Gesellschaft, Sie können ihn erziehen und einen guten Menschen aus ihm machen...‹ Und ich alter Kindskopf habe mich überreden lassen und den Jungen aufgenommen. Mein Gott! Von da an hatte ich immer die Polizei im Haus. Entweder holten sie ihn ab und brachten ihn in die Beccaria, weil er irgend etwas ausgefressen hatte, oder sie lieferten ihn hier ab, weil die Ferien in der Besserungsanstalt zu Ende waren. Dann wieder kamen sie und fragten mich, wo Ettorino sei, weil sie ihn wieder mal suchten, aber ich wußte es nie, da ich ihn seit zwei oder drei Tagen nicht gesehen hatte. Und Sie, Herr Kommissar, was wollen Sie wissen? Fragen Sie ungeniert, ich stehe mit der Polizei auf du und du. Ich scherze, obwohl mir nicht nach Scherzen zumute ist. Wenn Sie wüßten, welche Scherereien ich wegen diesem Burschen und seiner unglückseligen Mutter schon ausgestanden habe. Ich habe alles getan, um den jungen Gauner wieder auf die rechte Bahn zu bringen, aber es ging mir wie dem, der aus Essig Öl machen wollte und der es nicht schaffte.«

Duca hörte sich ihren reichlich konfusen Bericht geduldig

an, aber als sie endlich müde und erschöpft schwieg, wußte er nicht viel mehr als vorher.

»Der Junge wohnte hier bei Ihnen?« fing er an sie zu befragen.

»Ja, sicher, nach dem Gerichtsbeschluß mußte er hier wohnen. Er sollte nach neun Uhr abends nicht ausgehen, tagsüber als Laufbursche in dem Feinkostgeschäft hier auf dem Piazzale, einem der besten in ganz Mailand, arbeiten, und abends sollte er in die Abendschule gehen. Aber wer hält sich schon an Gerichtsbeschlüsse?

Niemand, beantwortete Duca in Gedanken die rhetorische Frage der Witwe Novarca.

»Ab und zu benahm sich mein Neffe anständig«, fuhr sie verbittert fort, »führte die Aufträge im Geschäft aus, half tagsüber ein bißchen im Haushalt und ging abends in die Schule. Und ich glaubte, er hätte sich gebessert, und sagte ihm, daß ich mich darüber freute. Aber das hätte ich mir sparen können.«

»Warum?«

»Weil es dann wieder von vorn losging. Er verschwand von zu Hause, blieb auch nachts weg, ging nicht in die Abendschule, und ich benachrichtigte die Polizei – dazu bin ich verpflichtet –, und ein Polizist sagte mir am Telefon: ›Jawohl, Signora, wir nehmen es zur Kenntnis‹, und legte auf. Sie müssen sich mit zu vielen Verbrechern befassen. Kein Wunder, daß Sie für einen Minderjährigen keine Zeit haben. Ab und zu kam ein Polizist vorbei und erkundigte sich, ob er wieder aufgetaucht sei. Oder es kam die Sozialfürsorgerin –«

»Alberta Romani?«

»Ja, Alberta Romani, die zuständig ist für diesen Bezirk, und fragte mich, ob mein Neffe zurückgekommen sei, und ich sagte nein, und sie sagte: ›Melden Sie es nicht der Polizei, sonst schicken sie ihn in die Besserungsanstalt‹. So gutherzig, diese Frau, aber bei diesen Halunken ist Gutherzigkeit fehl am Platz. Einmal kam sogar die Lehrerin der Abendschule.«

»Signorina Crescenzaghi?«

»Ja, die Signorina Matilde.«

»Die tot im Schulzimmer gefunden wurde?« Duca wollte sich vergewissern, daß es sich tatsächlich um dieselbe Lehrerin handelte.

Die Augen der kleinen Alten glühten vor Wut. »Die von dieser Verbrecherbande umgebracht worden ist, ja«, bestätigte sie.

»Und was sagte sie Ihnen?«

»Was sollte sie mir schon sagen? Daß mein Neffe seit zwei Wochen nicht mehr zur Schule gekommen war. Sie wollte sich erkundigen, ob er krank sei. Es war eine gewissenhafte Lehrerin, gut wie ein Engel. Sie interessierte sich für alle ihre Schüler, und die Unglückliche mußte so jämmerlich umkommen.«

Vielleicht erfuhr er jetzt die Wahrheit. Duca spürte, daß die mitteilsame Witwe dabei war, ihm etwas Wesentliches zu enthüllen.

»Und was haben Sie der Signorina Crescenzaghi geantwortet?« fragte er.

»Die Wahrheit«, sagte sie, ohne zu zögern. »Daß auch ich meinen Neffen seit mehr als zwei Wochen nicht gesehen habe. Und sie fragte mich, ob ich wisse, wo er hingegangen sein könnte, und ich sagte ihr, er gehe immer an denselben Ort, nämlich zu seiner Mutter und zu seinem Stiefvater.«

Duca wollte sichergehen. »Das heißt, Ihr Neffe ging zu seiner Mutter, Maria Domenici, Ihrer Schwester?«

»Ja, zu meiner Schwester und zu ihrem Mann.«

»Und was machte er dort?«

»Bei so einer Mutter und einem noch schlimmeren Stiefvater, was sollte er da schon tun? Etwas Sinnvolles auf keinen Fall.«

»Wissen Sie, ob Ihr Neffe einmal in der Schweiz war?«

»Woher wissen Sie das?« fragte die kleine Alte.

»Ich weiß es nicht, ich frage.«

»Einmal kam er mit mehreren Päckchen Zigaretten hier an und sagte mir, er habe sie in der Schweiz gekauft.«

»Aber Sie wissen doch, daß Ihr Neffe keinen Paß hat und daß er deshalb, wenn er in der Schweiz war, nur illegal über die Grenze gegangen sein kann?« Duca gefiel die kleine Frau immer besser.

»Gewiß weiß ich das, aber mit solchen Eltern ist es nicht schwierig, sich über Gesetze hinwegzusetzen, egal welche.«

»Zum Beispiel Rauschgifthandel?«

»Ich habe gesagt, egal welche. Mein Neffe hat sich gehütet, darüber zu sprechen.«

»Auf alle Fälle wußten oder ahnten Sie etwas. Warum haben Sie die Polizei nicht benachrichtigt? Sie erfahren, daß dieser Bursche, der Ihrer Obhut anvertraut wurde, illegal in die Schweiz geht, um irgendeine Schweinerei anzustellen, und Sie sagen nichts?«

Sie schwieg lange Zeit. Als sie endlich antwortete, konnte sie ihre Wut kaum verhehlen. »Die Lehrerin hat mich dasselbe gefragt.«

»Signorina Matilde Crescenzaghi?«

»Ja, sie, die Lehrerin. Sie hat mir gesagt: ›Aber Sie müssen diese Dinge anzeigen.‹ Und ich habe ihr geantwortet, das sei mir völlig schnuppe. Mein Neffe sei ein Verbrecher, er würde es immer bleiben, und auch wenn ihn mir der Richter in Obhut gegeben habe, wolle ich nichts davon wissen.«

»Und was hat sie Ihnen geantwortet?«

Sie lächelte. »Oh, die Arme! Sie war so deprimiert. Sie sagte, kein Junge sei schuldig, man müsse sie nur richtig erziehen, und deshalb müsse man sie bestrafen, wenn es nötig sei. Und ich solle ihn jetzt anzeigen, damit er nicht mehr zu seiner Mutter und zu seinem Stiefvater gehe. Und gerade zwei Tage vorher hatte mir die Sozialfürsorgerin den Rat gegeben, ihn nicht anzuzeigen, weil er in der Besserungsanstalt nur schlimmer werde. Ich wußte nicht, ob ich lachen oder weinen sollte. Die wissen selbst nicht, was sie wollen. Damals wurde ich böse auf die Lehrerin, die darauf bestand, daß ich Ettorino anzeigte. Die Ärmste, ich habe mir hinterher solche Vorwürfe gemacht. Ich wurde wütend und habe ihr gesagt, diese Geschichte interessiere mich nicht, und mit Ettorino vergeude man nur seine Zeit, und wenn sie ihn anzeigen wolle, so solle sie es selbst tun. Die Ärmste, ich sehe sie noch vor mir mit ihrem erschreckten Gesichtchen, weil ich sie angeschrien hatte. Aber sie hatte noch den Mut, mir zu sagen, dann werde sie eben selbst zur Polizei gehen. Und das hat sie tatsächlich getan.«

Duca Lamberti saß aufrecht auf seinem harten Stuhl, ohne sich zu rühren. Wenn man der Wahrheit nahe ist, bleibt man still und unbeweglich. Diese Frau würde ihm die Wahrheit sagen, ohne es zu wissen. Er ahnte es. »Und was geschah dann?«

»Sie sind von der Polizei und wissen besser als ich, was in solchen Fällen geschieht. Die Lehrerin informierte die Polizei, daß mein Neffe seit vierzehn Tagen nicht mehr in die Abendschule komme und daß sie befürchte, er sei bei seiner Mutter und bei seinem Stiefvater und stecke mit ihnen in irgendeiner schmutzigen Sache. Es war eine regelrechte Anzeige. Wenn die Lehrerin etwas machte, dann machte sie es richtig. Sie wollte meinen Neffen vor dem Einfluß seiner Mutter und ihres Mannes beschützen. Vier Tage später saßen sie alle im Kittchen, mein Neffe, meine Schwester und ihr Mann. Um ein Haar hätten sie auch mich einkassiert, weil ich keine Anzeige erstattet hatte. Aber, wie gesagt, ich stehe mit der Polizei auf du und du. Es stellte sich raus, daß sie Rauschgift aus der Schweiz nach Italien schmuggelten – diese Rauschgiftgeschichte ist so lang, daß ich mich gar nicht mehr an alles erinnere. Der Mann meiner Schwester brachte meinen Neffen und einen Schulkameraden bis in die Nähe der Schweizer Grenze. Er sorgte dafür, daß sie hinüberkamen. Sie gingen in die Bar eines Hotels und trafen dort zwei Kellnerinnen, die ihnen das Rauschgift übergaben, das sie nach Italien brachten, und an der Grenze wartete der Mann meiner Schwester auf sie. Stellen Sie sich vor, sie hatten die beiden dazu gebracht, selbst Rauschgift zu nehmen. Ettorino kam mir manchmal etwas konfus vor, aber ich hätte nie gedacht, daß er Rauschgift nahm.«

Obwohl Duca Lamberti die Wahrheit längst kannte, wartete er, bis sie zu Ende gesprochen hatte, dann dankte er ihr und ging. Zehn Minuten später standen er und Livia im Polizeipräsidium vor Carruas Schreibtisch.

3

Es war sechs Uhr nachmittags und noch nicht ganz dunkel. Trotz Kälte und Nebel war der Frühling zu spüren.

»Jetzt wissen wir, warum die Lehrerin Matilde Crescenzaghi umgebracht worden ist.« Mit Carrua sprach Duca wie immer leise. »Es war ein Racheakt. Matilde Crescenzaghi, die an der Fustagni-Abendschule, Klasse A, unterrichtet, sieht, daß einer ihrer Schüler, der siebzehnjährige Ettore Domenici, mehrere Tage hintereinander nicht zum Unterricht kommt, und sorgt sich um ihn, genauso wie um alle ihre Schüler. Sie geht zu seiner Tante, der er per Gerichtsbeschluß anvertraut ist, und die Tante enthüllt ihr Dinge, derentwegen die junge Lehrerin sich verpflichtet fühlt, Anzeige zu erstatten. Auf diese Anzeige hin wird der Junge Ettore Domenici ins Jugendgefängnis gebracht, seine Mutter und deren Mann, Oreste Domenici, werden wegen Rauschgiftschmuggels und Rauschgifthandels verhaftet, wobei erschwerend hinzukommt, daß sie sich dabei eines Minderjährigen bedient haben. Während wenige Monate darauf Ettore Domenicis Mutter wieder entlassen wird, stirbt ihr Mann Oreste Domenici, alias Francone, im Januar dieses Jahres im Gefängnis.«

Es war heiß im Büro. Carrua schob Livia das Zigarettenpäckchen hin, aber sie winkte ab. Auch Duca wollte nicht rauchen. Carrua zündete sich eine Zigarette an. »Deiner Ansicht nach hat Marisella Domenici sich an der Lehrerin rächen wollen, weil sie sie und ihren Mann angezeigt hatte... Und wie hat sie sich gerächt?« Er sah die beiden argwöhnisch an. Er haßte Leute, die ihm Probleme oder Arbeit aufhalsten, wo die Dinge ebensogut reibungslos über die Bühne hätten gehen können.

»Indem sie die Burschen aufwiegelte, ihre Lehrerin umzubringen«, antwortete Duca dumpf, der Carruas Skepsis nicht überhörte.

»Und wie willst du beweisen, daß sie elf Halbwüchsige aufgewiegelt hat?« Carrua schwankte zwischen Haß und Sympathie. »Elf Personen aufwiegeln ist ein schönes Stück Arbeit, schon recht mühevoll bei einem.«

Duca hatte den Kopf gesenkt und hielt die Hände im Schoß gefaltet. Neben sich sah er Livias hübsche Beine; in diesem Augenblick gefielen sie ihm mehr denn je. Der Anblick von Livias makellosen Beinen konnte seine Wut jedoch nur kurzfristig dämpfen. Er mußte sich Mühe geben, nicht laut zu werden. »Meiner Ansicht nach ist es Ettore Domenicis Mutter sehr nahegegangen, daß ihr Mann verhaftet wurde und im Gefängnis starb, und zwar durch die Schuld der Lehrerin, die die Anzeige erstattet hatte. Dieser Francone hatte sie geheiratet, hatte ihrem Sohn, dessen Vater er nicht war, einen Namen gegeben, hatte sie zwar als Prostituierte ausgenützt, aber alles war in der Familie geblieben. Später hatte Francone begonnen, Rauschgift zu schmuggeln, und sie verdienten nicht schlecht dabei. Mit Francones Tod war sie wieder allein und ohne Beschützer, zu alt, um noch einen anderen zu finden, und ohne das viele schöne Geld, das mit dem Rauschgifthandel ins Haus gekommen war. In ihrer Einsamkeit, Elend und Alter vor sich, muß Marisella oft daran gedacht haben, sich an der Lehrerin zu rächen, die sie mit ihre Anzeige ruiniert hatte. Die Prostituierten sind rachsüchtig.«

»Woher willst du das wissen?«

Duca sah immer noch auf Livias Beine und riß sich zusammen. »Ich habe sechs Monate in einer Klinik, Abteilung Geschlechtskrankheiten, gearbeitet und täglich Dutzende von Prostituierten untersucht. Sie waren wütend, wenn sie sich eine Gonorrhöe eingefangen hatten, und schrien, sie wollten den Hundesohn finden, der sie angesteckt hatte, um ihn in Stücke zu reißen. Und sie meinten es ernst.«

»Gut, gut!« wehrte Carrua nervös ab. »Du weißt alles über alles, auch über die Rachsucht der Nutten, aber wenn wir diese Frau festnehmen, wessen klagen wir sie an? Daß sie zu elf jugendlichen Kriminellen gesagt hat: ›Bringt eure Lehrerin um?‹ Und welche Beweise legen wir dem Richter vor, daß sie die elf auch wirklich aufgestachelt hat? Deine subtilen Intuitionen? Schön, ich glaube, was du sagst. Marisella hat sich an der Lehrerin rächen wollen und hat sie durch die jungen Kerle ermorden lassen. Aber vor Gericht hat das, was wir glauben, keinerlei Gewicht. Das Gericht will Beweise, und Beweise für deine Theorie gibt es nicht, es gibt nur Vermutungen, Schlüsse, Überlegungen, die alle in einem Prozeß nichts nützen.«

Duca hob den Kopf und sah Carrua unendlich geduldig an. »Wenn ich eine Arbeit mache, dann gründlich. Laß mich auch diese Arbeit gründlich machen, ich bitte dich.«

Carrua stand auf und ging in seinem Büro auf und ab. Ducas »Ich bitte dich« rührte ihn. Es geschah nicht oft, daß Duca um etwas bat. Er blieb hinter Livia stehen. »Was willst du tun?« fragte er Duca freundlich.

»Danke«, sagte Duca; der Dank galt dem freundlichen Ton. »Marisella festnehmen und sie zum Sprechen bringen.«

»Sie wird nicht sprechen. Die Prostituierten sprechen nicht. Ich war nie in einer Klinik für Geschlechtskranke, aber ich weiß, daß sie nicht sprechen und nichts gestehen.«

»Spotte nicht. Ich spreche im Ernst. Laß mich diese Frau festnehmen. Ich will der Sache auf den Grund gehen.«

Carrua legte seine Hand auf Livias Schulter. »Glauben Sie, daß Duca recht hat?«

»Ich weiß es nicht«, antwortete sie, ohne zu zögern. »Aber ich würde es ihm erlauben.«

Carrua drückte Livias Schulter ein bißchen stärker. »Sicher erlaube ich es«, sagte er, setzte sich in seinen Sessel und sah die beiden an. »Sicher, ich laß ihn immer alles tun, auch diesmal. Aber denk nicht nur daran, diese Frau festzunehmen, sondern auch den jungen Burschen wiederzufinden, den du aus der Beccaria geholt hast. Wo ist dieser Bursche jetzt? In der Wohnung der Frau an der Piazza Eleonora Duse? Sehr gut. Er ist um ein Uhr nachmittags zu ihr gegangen, und jetzt ist es sechs Uhr abends, und der Junge hat sich bisher nicht blicken lassen. Mascaranti hält immer noch Wache. Find mir den Jungen, sag mir nicht, daß du ihn verloren hast, finde ihn, das ist das Wichtigste, und wenn du ihn nicht findest, werde ich dir das nie verzeihen.«

4

Carolino mußte in dem Haus an der Piazza Eleonora Duse in Marisella Domenicis Mansardenwohnung sein. »Beeil dich«, sagte Duca zu Livia, die am Steuer saß. Aber gegen sieben Uhr abends wird der Verkehr immer dichter, und sie brauchten für die kurze Strecke vom Polizeipräsidium zur Piazza Duse, für die normalerweise fünf Minuten genügen, zwanzig Minuten.

Mascaranti und sein Kollege standen immer noch auf dem kleinen Platz. Carolino war nicht herausgekommen. Die Straßenlampen brannten schon. Die gesprächige Hausmeisterin sagte Duca, sie habe keinen graugekleideten, aufgeschossenen Jungen mit langer Nase herauskommen sehen, dagegen sei die Signora Domenici ausgegangen.

»Die ist nicht zu übersehen in ihrem roten Pelzmantel«, erklärte sie.

Es dauerte fast eine Stunde, bis ein Schlosser kam, die Tür der Mansarde öffnete und Duca, Mascaranti und Livia hereinkonnten. Sie durchsuchten die Wohnung, fanden aber nur eine Menge Zigarettenstummel und Schubladen voll Schlaf-, Beruhigungs- und Anregungsmittel, alle gesetzlich zugelassen. Nichts Ungesetzliches.

Duca machte die Tür auf, die auf die Terrasse führte. Er trat an das Geländer und sah zwischen den Terracottakaminen auf die nächste Mansarde hinüber. Eines war sicher: Carolino war in diese Wohnung gekommen, um mit Marisella zu sprechen. Hier wohnte sonst niemand, den er kannte. Er war hineingegangen, aber nicht wieder herausgekommen. Carolino mußte also auf anderem Weg verschwunden sein. Und die einzige Möglichkeit war der Weg über die Terrassen und Mansarden, die untereinander nur mit Stacheldraht abgegrenzt waren.

Gegen acht Uhr erfuhr Duca von einer alten Frau, die zusammen mit fünf Katzen die Mansarde neben der von Marisella bewohnte, daß ein Bursche in grauem Mantel über ihre Terrasse gegangen war und daß er, als sie um Hilfe rief, davongerannt sei. Das konnte Carolino gewesen sein. Duca stieg über die Terrassen und gelangte in die Via Borghetto.

Jetzt war die Sache klar, dachte er, als er wieder neben Livia im Wagen saß. Carolino war zu Marisella Domenici gegangen. Marisella hatte sofort gesehen, daß Carolino von der Polizei beschattet wurde, und hatte ihn über die Terrassen in die Via Borghetto entkommen lassen. Sie selbst hatte dann das Haus seelenruhig durch den Vordereingang verlassen, denn die Polizei, das heißt Mascaranti, wußte nicht, daß Marisella Domenici verdächtig war. Und danach? Wo war Carolino hingegangen? Wohin Marisella? Waren sie zusammen oder getrennt verschwunden?

Man konnte es unmöglich feststellen. Er hatte Carolino verloren – den Jungen, für den er sich verbürgt hatte. Und Carrua und der Direktor der Beccaria und ein Richter hatten ihn unterstützt und ihm vertraut. Der Junge war verschwunden, und keiner wußte wohin.

»Gehen wir ins Kino«, schlug Duca vor.

Sie aßen belegte Brötchen in der Bar neben dem Kino und sahen sich dann einen Kriminalfilm an. Zwei junge Kerle brachten eine ganze Familie um und erbeuteten dabei nur wenige Dollar, wurden von der Polizei geschnappt und nach ein paar Jahren Gefängnis aufgehängt.

»Nein«, sagte Duca zu Livia, als sie das Kino verließen, »ich habe keine Lust, mit dir über die Todesstrafe zu diskutieren.« Sie dagegen hatte große Lust dazu, nachdem sie den Film gesehen hatte.

Sie gingen über den Corso Vittorio bis zu der Piazzetta San Carlo, wo sie den Wagen geparkt hatten. »Ich wollte nicht diskutieren. Ich habe nur gesagt, daß ich nicht verstehe, wieso ein so zivilisiertes Land wie die Vereinigten Staaten die Todesstrafe noch nicht abgeschafft hat.«

Ihm lag weder etwas an den Vereinigten Staaten noch an der Todesstrafe. Er gab dem Parkwächter zweihundert Lire und stieg ein. »Wir fahren nicht nach Hause.« Er meinte seine Wohnung in der Piazza Leonardo da Vinci. »Wir fahren ein bißchen herum, wohin du willst, nur laß mich nicht allein.«

Er hörte, wie sie tief Luft holte. »Warum willst du nicht nach Hause und schlafen?«

»Das kannst du dir denken. Wegen Carolino.«

Livia fuhr los in Richtung Corso Vittorio. »Du wirst ihn wiederfinden.«

»Sicher«, sagte Duca spöttisch. »Sag mir nur noch, wo, und ich bin beruhigt.« Vor einer kleinen Bar ließ er sie anhalten. Auf die Theke gestützt, trank er ein starkes dunkles Bier und beobachtete voller Unmut im Spiegel, wie alle, die hereinkamen, dreist und unverhohlen Livias Gesicht betrachteten. Bei einigen hatte er den Eindruck, daß es sich nicht nur um Neugier handelte, sondern um ein sadistisches Vergnügen, wie um der angestarrten Person mitzuteilen, daß mit ihr etwas grundlegend nicht in Ordnung sei, daß ihr ein gravierender Mangel anhafte.

Betroffen beobachtete er, wie Livia diesen unverschämten Blicken standhielt, ein verächtliches Lächeln auf den Lippen, als ob sie die Gaffer noch aufmuntern wollte, da, sieh dir's nur an, es sind echte Narben, interessant, was?

Er berührte ihren Arm. »Hier nebenan ist ein Hotel.«

Ich habe es gesehen«, sagte sie ruhig. Sie antwortete genau so, wie er es von ihr erwartet hatte. »Sieht angenehm aus. Gehen wir.«

Sie waren zum erstenmal zusammen in einem Hotel. Das Zimmer war ordentlich, richtig gemütlich. Nachdem der Portier Ducas Polizeiausweis gesehen hatte, hatte er ihnen das beste Zimmer gegeben. Der Kellner brachte dunkles Bier für ihn und Eis für sie. Sie setzte sich auf das kleine Sofa, er machte es sich auf einem Stuhl in der Zimmerecke bequem.

Trotz des geschlossenen Fensters konnte man vom Corso Buenos Aires her Verkehrsgeräusche hören.

»Du hast mich nur hierher gebracht, weil du heute nacht nicht schlafen kannst, nicht wahr?« fragte sie unvermittelt.

»Ja«, gab er zu und machte ein finsteres Gesicht. »Das erste Mal mit dir in einem Hotel habe ich mir ganz anders vorgestellt.«

»Wie denn?«

»Nicht hier am Corso Buenos Aires in Mailand.«

»Es ist nichts Schlimmes dabei, in einem Hotel am Corso Buenos Aires in Mailand abzusteigen.«

Sinnlos, mit einer Schachspielerin zu diskutieren. »Vielleicht hast du recht. Man kann sich auch hier wohl fühlen.«

Livia aß ihr Eis schweigend zu Ende. Er hielt sein Glas in der Hand, ohne zu trinken. »Ich habe den Jungen nicht nur verloren, sondern ich kann auch nichts tun, um ihn wiederzufinden.« Carolino beschäftigte ihn unablässig.

»Es gibt keine Situation, in der man nichts tun kann«, erwiderte die Schachspielerin.

Ach ja, wieder einmal hatte er vergessen, daß er es mit einer dialektisch versierten Frau zu tun hatte.

»Und wo soll ich ihn suchen?« fragte er. Sollte er durch Mailand laufen und rufen: Carolino, wo bist du? Sollte er Carrua gestehen, daß er den Jungen verloren hatte, und ihn bitten, alle Abteilungen zu alarmieren, damit sie ihn suchten? Dann würde die Presse Wind von der Geschichte bekommen, und nicht nur er, sondern auch Carrua würde seine Stellung verlieren.

»Ich weiß nicht, wo du ihn suchen sollst«, sagte Livia. »Ich weiß nur, daß du ihn suchen mußt.«

Sie hatte recht. Er stand auf, stellte sein Glas vor Livia auf den Tisch und setzte sich neben sie aufs Sofa. Einen Jungen in einer Stadt mit zwei Millionen Einwohnern zu suchen, ohne irgendwelche Anhaltspunkte, wo er stecken könnte, falls er überhaupt noch in Mailand war, glich der Suche nach der Stecknadel im Heuhaufen.

»Du hast recht«, sagte er. »Stellen wir uns zuerst mal vor, was diese Frau, Marisella, gedacht haben könnte, als Carolino zu ihr ins Haus kam und sie merkte, daß die Polizei hinter ihm her war.«

Es mußte ihr sehr mißfallen haben. Sie mußte sofort Gefahr gewittert haben. Dafür sprach die Tatsache, daß sie Carolino veranlaßt hatte, über die Dachterrassen zu fliehen. Carolino hatte sich an Marisella gewandt, um sie um Hilfe zu bitten, und die einzige Art ihm zu helfen, war, ihn vor der Polizei zu verstecken.

»Jetzt hör zu«, sagte er. Sie saßen gespannt und reglos nebeneinander. »Einen Minderjährigen verstecken ist nicht leicht. Niemand will diese Verantwortung übernehmen. Minderjährige sind heiße Ware. Marisella hat sicher viele Freunde, aber wir wollen mal annehmen, daß keiner so eng mit ihr befreundet ist, um einen Minderjährigen aufzunehmen, und daß sie ihrerseits keinem ihrer Freunde genügend vertraut, um ihm einen so heißen Minderjährigen wie Carolino anzuvertrauen.«

»Klingt einleuchtend.«

»Wenn dem so ist, dann hat diese Frau den Jungen in ein abgelegenes Versteck gebracht, ohne irgendwelche Zeugen, die sie beobachten und herumschnüffeln könnten, das heißt ohne Pförtner, Nachbarn, Tankwarte... Und ein derartiges Versteck gibt es nicht in einer Stadt, höchstens in den Außenbezirken, am ehesten aber auf dem Land. Andererseits bestimmt nicht in einem Dorf. Ein kleines Dorf ist der gefährlichste Ort, um sich zu verstecken. Dort fällt ein Fremder mit Sicherheit sofort auf. Also sind diese Frau und Carolino nicht in Mailand, nicht in einem benachbarten Dorf, aber auch nicht weit von Mailand.«

»Warum sind sie nicht weit von Mailand?« fragte Livia. Sie legte den Kopf auf seine Knie und zog die Beine an.

»Weil«, sagte Duca und begann ihr Gesicht zu streicheln, »weil sie als intelligente Frau, die die Polizei kennt, Angst vor den Straßensperren gehabt hat. Ich habe Carrua nicht gebeten, die Straßen zu sperren, aber das weiß sie nicht. Also muß sie geglaubt haben, die Straßen würden überwacht, und hat sich nicht weit von Mailand entfernt. Sie hat die großen Straßen gemieden und ist über Seitengassen und Landstraßen gefahren.« Duca streichelte ihr Haar. »Sie will an einen bestimmten Ort, den sie kennt und an dem sie Carolino unbemerkt für mehrere Tage verstecken kann.«

»Demnach müssen wir nach einem Ort nahe bei Mailand, aber auf freiem Feld suchen, der sich als Versteck auch für längere Zeit eignet.«

Nichts einfacher als das, dachte er. Er griff ihr, ohne es zu merken, fester ins Haar. »Mit Überlegungen dieser Art ist noch nie jemand gefunden worden. Ich hab's versucht, um dich zu unterhalten, aber es bringt uns nicht einen Schritt weiter. Ich kann nichts tun. Ich habe den Jungen verloren, und damit muß ich mich abfinden. Nur keine Illusionen. Ich habe keinerlei Spur, die ich verfolgen könnte.«

»Zieh mich nicht an den Haaren«, bat sie.

»Entschuldige«, sagte Duca. Er legte ihr wieder sacht die

Hand aufs Gesicht. »Morgen früh muß ich zu Carrua gehen und ihm sagen, was los ist. Und dann werde ich ihm meinen Ausweis zurückgeben und bin somit nicht nur Ex-Arzt, sondern auch Ex-Polizist. Und je früher ich gehe, desto besser.«

»Warum?«

»Weil es noch schlimmer kommen könnte. Weil ich nicht sicher bin, auf welche Weise diese Frau Carolino helfen will. Es könnte genausogut sein, daß sie ihn endgültig aus dem Weg schafft.«

Livia setzte sich wieder auf. Obwohl Duca wußte, daß sie verstanden hatte, was er meinte, erklärte er ihr seinen Gedankengang ausführlich: »Diese Frau würde, wenn sie könnte, vielleicht alle elf Burschen umbringen, die die Wahrheit kennen, auch wenn sie bis jetzt geschwiegen haben. Sie tut es nicht, weil sie nicht kann. Aber Carolino ist in ihrer Hand, sie befürchtet, daß er als erster reden wird. Und wenn sie ihn umbringt, dann hat sie nicht nur Carolino vom Hals, sondern liefert den anderen, die Carolinos Tod schnell genug erfahren werden, einen weiteren Grund, dichtzuhalten.« Er schüttelte den Kopf. Er hatte verloren, er spürte es, und wenn einer verliert, muß er sich damit abfinden. Er fror, obgleich das Zimmer gut geheizt war. Er sah Carolinos schmales Gesicht vor sich, seine lange krumme Nase, seine Basedowaugen, sein leicht tuberkulöses Aussehen... und er hatte ihn entkommen lassen. Er sah auf die Uhr, fast zwei. Lebte Carolino noch?

»Nimm eine Schlaftablette«, sagte Livia, »ich habe welche dabei. Auch ich kann manchmal nicht schlafen. Und es nützt gar nichts, mit offenen Augen dazusitzen und nachzudenken.«

Um vier Uhr lagen sie auf dem Bett, eng umschlungen, aber angezogen. Nicht einmal die Schuhe hatte Duca ausgezogen. Vier Uhr. Wo mochte Carolino jetzt sein? Ob er noch lebte?

Livia machte sich los und stand auf. »Ich friere hier auf den Decken.« Sie zog Pullover und Rock aus, und dabei fiel etwas zu Boden. Duca fuhr auf. »Was war das?«

»Die Pistole. Du hast mir gesagt, ich solle sie am Körper tragen, und da trage ich sie auch.«

Er lächelte und atmete schwer; es war ein zynisches Lächeln, das schließlich in lautstarkes Lachen überging. Ich habe ihr gesagt, dachte er, während er sich auszog, sie soll die Pistole am Körper tragen, und sie hat es brav getan. Er zog erleichtert die Schuhe aus, löste sich erleichtert den Knoten der Krawatte, zog Hemd und Unterhemd aus, aber sein Atem ging immer noch schwer, während ihn das hysterische Lachen schüttelte.

»Hör auf zu lachen!« Livia Ussaro fröstelte unter der Bettdecke. »Lach nicht so.«

»Ich lache so, wie ich will.«

»Hör auf, sonst steh' ich auf und geh'.«

Ihre Stimme klang flehend. Er hörte auf zu lachen und flüchtete zu ihr. »Verzeih mir.«

»Schlaf«, sagte sie, »und wärme mich.« Sie würden sich ein andermal lieben, das wußte sie. Er umarmte sie, schlief aber nicht ein; sein unrasiertes Gesicht kitzelte sie am Hals und hinderte auch sie am Einschlafen.

5

An einem Ort nicht weit von Mailand, der aber auch kein Dorf war – Dörfer sind zu gefährlich –, hielt sie an, stieg aus und sagte zu Carolino mit einem nervösen Lächeln auf den verbrauchten, grell geschminkten Lippen: »Hier sind wir in Sicherheit.«

Es war kurz nach drei; über die Felder zogen Nebelschwaden. Das Land lag brach, es wuchsen keine Bäume, keine Sträucher; von einem Horizont zum anderen reihten sich Hochspannungsmasten. Kein Dorf weit und breit. Erst weiter drüben begannen die Reisfelder; Carolino wußte nicht, daß sich unter den Nebelschwaden Reisfelder verbargen, und auch wenn er es gewußt hätte, wäre es ihm gleichgültig gewesen. Mit größerem Interesse betrachtete er eine langgestreckte Holzbaracke mit verbarrikadierten Fenstern und Türen und entzifferte die vom Regen verwaschene Aufschrift: ENEL – *Hochspannungsleitung Magenta – Sektor 44 – kein Zutritt für Unbefugte – Vorsicht Lebensgefahr.*

Carolino ließ seinen Blick von einer Nebelschwade, die sich an einen nahen Mast hängte, zu dem blechernen Schornstein wandern, der aus dem Dach der Holzbaracke hervorragte, in der vor langer Zeit die Arbeiter, die die Hochspannungsleitung errichtet hatten, untergebracht gewesen waren. Und schließlich sah er Marisella Domenici an.

»Komm«, forderte sie ihn auf, »hier ist kein Mensch.«

Und genauso war es, hier – wenige Kilometer von Mailand entfernt – gab es nichts, weder Häuser noch Straßen. Sie selbst waren auf einem von Traktoren ausgefahrenen Feldweg hierhergelangt. Sie blieb vor einer der verbarrikadierten Türen stehen und lächelte ihm zu. Die Tür war seit langem nicht mehr geöffnet worden, denn dicke Spinnweben hatten sich um die Rahmen gelegt. Sie stieß die Tür mit dem Fuß auf. »Geh rein«, sagte sie freundlich und machte ihre Handtasche auf. Sie suchte nach ihren Zigaretten, spürte aber mit Vergnügen das lange kalte Messer. »Diese Baracke hat Francone voriges Jahr gefunden«, erklärte sie, als sie hinter ihm eintrat. Sie ließ die Tür einen Spalt offen, damit etwas Licht hereinkam. Alle haben sie vergessen, vielleicht weiß niemand mehr, daß sie existiert. Hier haben die Arbeiter gehaust, die die Hochspannungsleitung gebaut haben. Als sie mit der Arbeit fertig waren, haben sie alles liegenlassen, die Öfen, die Petroleumlampen und das Petroleum, schau mal nach, auf dem Tisch dort muß eine Lampe stehen.« Sie zündete sich eine Zigarette an. Im Dunkel der muffig riechenden Baracke ließ das kurze Aufleuchten des Feuerzeugs zwei lange Tische und ein paar umgestürzte Stühle erkennen. Während sie das Feuerzeug wieder in die Tasche steckte, dachte sie an Francone. Mit seinem Tod hatte auch ihr Leben seinen Sinn verloren; aber sie würde nicht in einem stinkenden Gefängnis enden, sie würde sich nicht schnappen lassen. Und sie faßte das Messer, denn sie mußte jetzt einen Zeugen ihrer Rache aus der Welt schaffen; das Aufputschmittel, das sie während der Fahrt genommen hatte, gab ihr genügend Kraft, um ihm das Messer in den Rücken zu stoßen; zudem haßte sie ihn, weil er jung und gesund war, sie dagegen alt und verbraucht. Sie stieß mit aller Kraft zu, und Carolino, der den staubigen Tisch nach der Petroleumlampe abtastete, wandte sich mit einem Ruck um, ohne einen Laut von sich zu geben, ohne Schmerz zu empfinden und ohne zu begreifen, wie ihm geschah. Reflexartig langte seine Hand nach der Stelle, wo das Messer Mantel, Jacke, Pullover, Hemd und Unterhemd durchbohrt hatte; er griff nach dem Messer und zog es, ohne zu wissen, was er tat, aus seinem Körper.

Als er das blutige Messer in der Hand hielt, schrie er auf, spürte plötzlich außer Schmerzen auch die Wärme des Blutes, das an ihm hinunterrann.

»Aber ich...« röchelte er und sah sie verständnislos an, »was willst du?«

Sie stürzte sich auf ihn, um ihm das Messer zu entreißen, und da endlich begriff er: Diese Frau wollte ihn umbringen. Er dachte an nichts, überlegte nicht, sah nichts in der Dunkelheit der staubigen Baracke; Angst, Schwäche und Schmerz machten ihn blind. Dann stieß er mit dem Fuß nach ihr. Er traf sie am Kinn, während sie »Dreckige Wanze, dreckige Wanze!« schrie. Sie verletzte sich die Zunge, fiel zu Boden, winselte kurz und wurde ohmächtig. Aus ihrem Mund lief Blut.

Carolino blieb einen Augenblick vor ihr stehen, führte unwillkürlich die Hand zur Hüfte, und obwohl die Wunde nicht stark blutete, war die Hand sofort naß. Er schleppte sich keuchend aus der Baracke; am liebsten hätte er um Hilfe geschrien, aber sein Verstand setzte wieder ein, und er begriff, daß er das nicht tun durfte, sondern sich in Sicherheit bringen mußte.

Ein Sonnenstrahl, der durch den Nebel drang, traf auf Marisellas Wagen. Carolino blinzelte und überlegte, wie er sich retten könnte. Er fragte sich nicht, weshalb Marisella ihn hatte umbringen wollen, er dachte nur, daß er weit weg von ihr mußte, zu irgend jemandem, der ihm helfen könnte, er war verwundet, und die Schmerzen in der Nierengegend wurden immer stärker.

Er stieg in den Wagen und ließ den Motor an; er hatte weder einen Führerschein noch war er volljährig, aber er konnte sehr gut fahren. Aber wohin? Er überlegte, während er fuhr; ab und zu nahmen ihm heftige Schwindelanfälle die Sicht. Ins nächste Dorf? Sicher. Und dann? Zum Arzt? Ins Krankenhaus? Sie würden ihn sofort festnehmen und in die Krankenstation der Beccaria bringen.

Er bog von dem steinigen Feldweg auf die Landstraße ein, Magenta-Mailand, Richtung Mailand, fuhr nicht schneller als zwanzig Stundenkilometer, lenkte mit einer Hand und preßte die andere auf die blutende Wunde; bisweilen verspürte er nicht nur Schmerz, sondern glaubte, Bewußtsein und Leben zu verlieren.

Autos überholten ihn laut hupend, weil er zu langsam fuhr. Die Fahrer warfen ihm Blicke zu, und irgendeiner würde schließlich bemerken, daß er ein Junge war, würde ihn zum Anhalten zwingen und dann entdecken, daß er außerdem noch verletzt und fast ohnmächtig war, würde ihn in ein Krankenhaus bringen und die Polizei alarmieren.

Was immer er täte, um sich zu retten, er würde schließlich auf einer Polizeiwache enden, und Polizei bedeutete Beccaria, und in die Beccaria wollte er nie und nimmer, und wenn's ihn das Leben kostete. Lieber verblutete er hier auf der Landstraße.

Während er langsam dahinfuhr und nachdachte, tauchte aus dem Nebel ein Parkplatz auf. Er fuhr auf den verdreckten steinigen Platz, auf dem kein einziges Auto stand. Das machte ihn glücklich, und glücklich machte ihn auch der dichte Nebel, den die Sonne nicht mehr zu durchdringen vermochte und in dem er sich sicher und geborgen fühlte.

Die Hand auf der Wunde, glitt er unter dem Lenkrad auf den Beifahrersitz. Es war für einen Minderjährigen nicht ratsam, am Steuer entdeckt zu werden. Auf dem Beifahrersitz sah es so aus, als wartete er auf seinen Vater. Und noch während er sich dazu beglückwünschte, auf diesem verlassenen Parkplatz, den vermutlich nie jemand benützte, im Schutz des Nebels eine Zuflucht gefunden zu haben, überkam ihn infolge des Blutverlustes und der andauernden Schmerzen das heftige Bedürfnis zu schlafen.

Ab und zu wachte er auf, wenn auf der Landstraße ein Omnibus unter lautem Hupen vorbeifuhr oder wenn auf den Gleisen rechts von ihm ein Zug vorüberratterte. Jedesmal, wenn er aufwachte, spürte er den Schmerz und stöhnte, und wenn er die Augen öffnete, versuchte er sich zu erinnern, in welcher Welt er sich befand und wie spät es war. Mühsam konnte er sich daran erinnern, daß er auf einem Parkplatz an der Straße nach Mailand stand, daß er durch einen Messerstich verwundet worden war und daß es für ihn keine Hoffnung mehr gab. Er fürchtete sich nicht vor dem Sterben; mit vierzehn Jahren ist der Tod ein leerer Begriff, etwas, was nur die anderen und nicht einen selbst betrifft. Er hatte nur Angst, in die Beccaria zurückzumüssen.

Er wurde immer öfter wach, tauchte immer häufiger aus wirren Träumen auf, und es begann eine neue Qual. Er hatte seit Stunden nichts getrunken; zudem hatte sein Körper mit dem Blut Wasser verloren. Lippen und Zunge waren trocken, er mußte etwas trinken, aber er konnte nicht in ein Lokal gehen, denn dort würde man seine Verletzung bemerken, und das wäre das Ende.

Er kämpfte gegen den Durst; es war jetzt dunkel. Er hielt aus, bis der Durst unerträglich wurde, bis er seine Zunge anschwellen spürte und nicht mehr richtig atmen konnte. Er röchelte, ohne es selbst wahrzunehmen, und inmitten der Phantasien von Wasser, das von allen Seiten, aus Röhren, Kaskaden, Brunnen um ihn her floß, tauchte das Bild des Polizisten vor ihm auf.

Er konnte Polizisten nicht ausstehen, aber der war ihm vernünftig und vertrauenswürdig vorgekommen. Zudem war es ein Polizist, bei dem er mehrere Tage gewohnt hatte, ein Polizist mit einer Schwester und einer Freundin, ein Polizist, der ihn, von den Socken bis zur Krawatte, vom Hemd bis zu den Schuhen, neu eingekleidet hatte. Normalerweise taten Polizisten das nicht.

Wenn ihm irgendeiner zu trinken geben konnte, dachte er fiebernd, dann dieser Polizist. Röchelnd schob er sich wieder hinter das Steuer, ließ den Motor an und fuhr im Schneckentempo aus dem Parkplatz. Er schaltete das Standlicht ein. Zur Piazza Leonardo da Vinci, dort muß ich hin, dort bekomme ich zu trinken, dort wohnt der einzige Polizist, vor dem ich keine Angst zu haben brauche. Piazza Leonardo da Vinci, hämmerte es in seinem Kopf, während er fuhr, Mailand, Piazza Leonardo da Vinci. Er mußte ohne Unfall hinkommen, zu jenem Polizisten, auch wenn er gestern durchgebrannt war, er war der einzige Mensch auf der Welt, dem er sich ohne Furcht anvertrauen, den er um Hilfe bitten konnte.

6

Er kam bis Mailand, bis auf die Piazza Leonardo da Vinci, bis vor den Hauseingang. Der Morgen dämmerte. Er hatte nicht daran gedacht, daß bei Tagesanbruch die Haustore geschlossen sind und die Hausmeister schlafen.

Er konnte telefonieren; er kannte den Namen des Polizisten. Aber dazu mußte er in irgendein Lokal gehen, das um diese Zeit geöffnet war, und eine Telefonmarke kaufen, alles Dinge, die über seine Kräfte gingen. Er wurde ohnmächtig, glitt langsam auf den Beifahrersitz und stöhnte, denn durch die Bewegung hatte die Stichwunde angefangen, wieder stärker zu bluten.

Er rührte sich erst, als er die Stimme hörte, die Stimme des Polizisten, der ihn aus der Beccaria geholt, ihn gewaschen und eingekleidet hatte. »Ich habe Durst, ich habe solchen Durst« stammelte er nur. Sein Durst war so groß, daß er seine Wunde zu erwähnen vergaß.

Duca war vor seiner Haustür angekommen, hatte das Auto stehen sehen, einen Blick hineingeworfen und Carolino auf dem Beifahrersitz liegend entdeckt; er schien zu schlafen, aber Duca hatte die Situation sofort erfaßt. Er hatte ihn geschüttelt und dabei den dunklen Fleck auf seiner Jacke unten am Rücken bemerkt. Blut, hatte er gedacht.

»Setz dich ans Steuer, wir fahren zum Fatebenefratelli«, sagte er zu Livia.

Ohne Carolinos Lage zu verändern, zwängte sich Livia hinters Lenkrad, Duca setzte sich auf den Rücksitz und sie erreichten das Fatebenefratelli, als die Sonne über den Dächern von Mailand aufging. Duca begleitete Carolino in den Operationssaal, wo ihn sofort zwei junge Ärzte und zwei Krankenschwestern unter Ducas wachsamen Augen auszogen, wuschen, anästhesierten, die Wunde vernähten, ihm die

Venen mit Plasma füllten, bis seine Lippen, die infolge des Wasserverlustes ganz brüchig geworden waren, wieder weich, feucht und rot wurden.

»Einen Millimeter tiefer, und der Stich hätte ihm eine Niere abgetrennt«, sagte einer der Ärzte. Der bewußtlose Carolino schwebte in Lebensgefahr, aber er lebte. Die beiden Schwestern brachten ihn in ein Zimmer und ließen Duca und Livia mit ihm allein.

Durch die herabgelassenen Jalousien drangen nur schmale Streifen von Licht ins Zimmer.

»Welche Chancen hat er?« fragte Livia.

»Ich weiß es nicht«, antwortete Duca.

»Wann wird er aufwachen?«

»In ungefähr zwei Stunden.«

»Wann wird er sprechen können?« Sie ließ nicht locker. Dieser verwundete junge Kerl hatte vieles zu sagen, das Duca helfen würde, die Wahrheit aufzudecken, und die Wahrheit war das einzige, was Duca und sie interessierte, auch wenn es vielleicht zu spät war.

»Wir dürfen nichts erzwingen. Nicht vor heute abend.«

Es vergingen viele Stunden; Livia und Duca verließen bisweilen abwechselnd das Zimmer, um zu rauchen. Um neun Uhr kam Carrua, den Duca benachrichtigt hatte. Er blickte auf den bewußtlosen Carolino und sah dann Duca fragend an.

»Jemand hat ihm einen Messerstich versetzt«, sagte Duca. »Ich weiß nicht, wer, habe noch nicht mit ihm reden können.«

»Schwebt er in Lebensgefahr?«

»Ich fürchte, ja, aber wir müssen mindestens vierundzwanzig Stunden warten.«

»Und wenn er stirbt?«

Duca schwieg.

»Ich habe dich gefragt, was wir tun, wenn der Bursche stirbt«, drängte Carrua.

Duca antwortete nicht. Wenn einer stirbt, gibt's nichts weiter zu tun, als ihn zu begraben.

»Wir sind verantwortlich dafür, einen Minderjährigen in Lebensgefahr gebracht zu haben.« Carrua flüsterte fast.

Ja, das wußte er. Duca gab auch diesmal keine Antwort.

»Sieh zu, daß er nicht stirbt.« Carruas Augen blitzten, als ob er sagen wolle: Sonst erwürge ich dich eigenhändig.

Duca nickte. Ja, er würde zusehen, daß Carolino am Leben blieb.

Kurz vor zehn öffnete Carolino die Augen, aber kam nicht richtig zu Bewußtsein. Er schlief wieder ein; ab und zu drehte er sich, seufzte und streckte seine langen Beine aus. Kurz nach half elf öffnete er wieder die Augen, sah Livia an und lächelte ihr zu.

»Wie fühlst du dich, Carolino?« fragte Livia und näherte ihr Gesicht dem des Jungen, damit er sich nicht anstrengen mußte, um sie zu hören. Aber die Augen fielen ihm wieder zu, und Duca, der ihn beobachtete, wußte, daß er nicht eingeschlafen, sondern ohnmächtig geworden war. Er kontrollierte den Puls des Jungen.

»Hol Parrelli«, wandte er sich an Livia, »er kollabiert.«

Carolino hielt durch, bis der junge Arzt kam. Er gab ihm eine Spritze, und gemeinsam legten sie ihn unter ein Sauerstoffzelt.

Gegen Mittag atmete Carolino leichter, und der Herzschlag normalisierte sich. Um ein Uhr öffnete er die Augen und sah jenseits des Zeltes Livias Gesicht, das ihm freundlich zulächelte; nicht ahnend, daß er noch immer nicht über den Berg war.

Zwei Tage lag er unter dem Sauerstoffzelt, und zwei Tage blieben Duca und Livia in seiner Nähe, ohne daß er es wußte, fragten sich, wer ihn hatte erstechen wollen, und dachten die ganze Zeit, daß Carolino nicht sterben durfte. Am Nachmittag des zweiten Tages kam er endgültig zu Bewußtsein.

»Ist das die Krankenstation der Beccaria?« fragte er.

Duca schüttelte den Kopf. »Siehst du nicht, daß es ein Krankenhauszimmer ist?«

»Ich habe Durst.«

Sie gaben ihm zu trinken, und es verging noch ein Tag, bis der Junge so weit war, sprechen zu können. Aber zuerst wollte er rauchen.

»Darfst du nicht, Carolino«, sagte Duca. »Du hast genug Mühe mit dem Atmen, auch ohne zu rauchen. Morgen.«

Er wollte wenigstens eine Zigarette in der Hand halten, sie unangezündet zwischen die Lippen stecken; er tat, als rauche er, und sprach. Sie hatten Mascaranti geholt, als Stenograph und Zeuge.

»Wer hat versucht, dich zu erstechen?«

In den wenigen Tagen war Carolinos Gesicht erschreckend blaß und mager geworden. Er hielt die unangezündete Zigarette zwischen den Lippen und sagte: »Sie.«

»Wer, sie?« fragte Duca leise.

»Marisella.«

»Marisella Domenici?«

»Ja.«

»Die Mutter Ettore Domenicis, deines Schulkameraden?«

»Ja.«

»Und warum?«

Carolino nahm die Zigarette aus dem Mund, das Ende war feucht und dunkel.

»Ich weiß es nicht«, antwortete er wahrheitsgemäß.

»Aber wir wissen es. Sie hatte Angst, du würdest alles der Polizei erzählen.«

»Aber ich habe ihr doch gesagt, daß ich der Polizei nichts erzählt habe.«

»Sie hat dir nicht geglaubt. Sie dachte, irgendwann mal würdest du alles ausplaudern.«

»Aber ich bin doch zu ihr gegangen. Wenn ich die Geschichte der Polizei hätte erzählen wollen, wäre ich doch nicht abgehauen.« Er konnte es immer noch nicht fassen, daß Marisella ihm nicht vertraut hatte. Warum hatte sie ihm nicht vertraut? Warum hatte sie versucht, ihn umzubringen?

»Jetzt mußt du mir aber alles sagen, was du weißt«, sagte Duca.

Carolino nickte und steckte sich die verkrumpelte Zigarette wieder in den Mund.

»Wer hat eure Lehrerin als erster angegriffen?« Duca beobachtete Carolinos Gesicht, damit ihm nicht die ersten Anzeichen von Anstrengung und Erschöpfung entgingen. Ab und zu fühlte er ihm den Puls. »Wer war es?« wiederholte er und dachte, Carolino wolle aus falsch verstandenem Ehrgefühl nichts sagen.

Carolino zögerte jedoch aus einem anderen Grund; er sah nacheinander Duca, Livia und Mascaranti an, der seinen Stift gezückt hatte, und sagte nichts, weil er sich nicht an diesen Abend erinnern wollte.

»Wer war der erste, der sie angegriffen hat?«

Carolino nickte. »Sie.«

Duca wartete auf den Namen eines Jungen, eines der elf Burschen, die die Lehrerin umgebracht hatten. Er überlegte nicht weiter bei dem Wort »sie«. »Sie, wer?« fragte er, aber in dem Moment wußte er bereits, wer diese »sie« war, und er hatte recht.

»Marisella«, sagte Carolino.

Kaum zu glauben. Auch Mascaranti hatte das Gefühl, etwas Falsches zu schreiben.

»Willst du damit sagen, daß die Mutter deines Schulkameraden Ettore mit dabei war an jenem Abend?« fragte Duca. Er hatte an eine Frau als Anstifterin des Verbrechens gedacht, aber niemals daran, daß sie während des Gemetzels im Klassenzimmer gewesen sein könnte.

7

Aber Marisella war dabei. Carolino berichtete ausführlich. Sie trug einen alten blauen Mantel, mit dem sie weniger auffiel und eher wie die Mutter eines der Abendschüler aussah. Unter dem Mantel hatte sie die Flasche mit dem sizilianischen Anisschnaps versteckt, dem sie ein paar Tropfen eines Aufputschmittels beigemischt hatte, um seine Wirkung noch zu steigern.

Ohne von der Hausmeisterin gesehen zu werden, hatte sie die Schule betreten. Die Hausmeisterin hatte zwar das Tor gleich nach Beginn des Unterrichts abgeschlossen, damit kein Unbefugter hereinkommen konnte, aber das Schnappschloß konnte nicht nur sie, sondern jeder von innen öffnen.

Die Lehrerin Matilde Crescenzaghi hatte ihre Geographiestunde über Nordirland, die Republik Irland und die historischen und religiösen Ursachen der Trennung der beiden

Staaten begonnen, als Marisellas Sohn Ettore darum bat, auf die Toilette gehen zu dürfen.

Wie immer setzte bei dem Wort »Toilette« nervöses Gekicher ein; alles, was physiologische Funktionen betrifft, erregt bei Kindern und pubertären Jugendlichen höchstes Interesse. Die Lehrerin war machtlos gegen dieses neurotische Lachen. Die Toiletten befanden sich im ersten Stock, und die Burschen benützten jede Gelegenheit, um dort zu rauchen.

Aber Ettore Domenici war nicht zur Toilette gegangen, sondern hatte seine Mutter unbemerkt in die Schule gelassen und sie zum Klassenzimmer A geführt.

»Signorina«, hatte er gesagt, hier ist meine Mutter, sie will mit Ihnen sprechen.«

Matilde Crescenzaghi hatte sofort ihre Ausführungen über Irland unterbrochen. Besuche von Eltern oder Verwandten der Schüler waren sehr selten und nicht während der Unterrichtszeit vorgesehen. Andererseits stand diese Mutter bereits im Schulzimmer und wollte mit ihr über ihren Sohn sprechen, also mußte sie sie anhören. Es war stets wichtig und interessant, mit den Eltern der Schüler, und vor allem mit den Müttern, zu sprechen. »Guten Abend, Signora«, hatte die junge Lehrerin gesagt und war ihr mit ausgestreckter Hand entgegengegangen.

Marisella hatte den Gruß nicht erwidert, hatte die ausgestreckte Hand ignoriert und schweigend die Flasche Anisschnaps unter ihrem blauen Mantel hervorgeholt und sie auf den Tisch neben die Schulhefte, das Klassenbuch und die Schachtel mit Kugelschreibern und Bleistiften gestellt.

Endlich stand sie der Frau gegenüber, die den Tod Francones, ihres Mannes, verschuldet hatte. Sie hatte die Lehrerin noch nie zuvor gesehen, sie war nicht der Typ von Mutter, die sich über die Fortschritte ihres Sohnes informierte. Sie wußte nur eins: Diese Frau hatte sie und Francone angezeigt und ins Gefängnis gebracht, und Francone war im Gefängnis gestorben, während sie ihn, wäre er in Freiheit gewesen, von den besten Ärzten hätte behandeln lassen und er nicht hätte sterben müssen. Und sie wäre im Alter nicht allein und ihr Leben wäre nicht ruiniert.

Unter dem drückenden Schweigen der ganzen Klasse, die

die Szene beobachtete, spuckte sie der Lehrerin ins Gesicht, und während der Verkehr draußen vorbeirauschte, war die Stille im Zimmer so groß, daß die elf Schüler den Zischlaut beim Spucken hören konnten. Keiner rührte sich.

Die Signorina Matilde Crescenzaghi starrte einen Moment lang auf die Frau mit der großen schwarzen Brille und bedeckte erst dann das Gesicht mit dem Arm, stumm, sprachlos vor Überraschung.

»Du hast meinen Mann und mich ins Gefängnis gebracht, du dreckiges, stinkendes Schwein!« fauchte Marisella und konnte endlich die Erbitterung, in der sie seit Francones Tod lebte, an jemandem auslassen. Die junge Lehrerin begriff nicht, worum es ging, war sich keiner Schuld bewußt, denn sie hatte niemandem etwas Böses antun wollen, als sie der Polizei gemeldet hatte, ihr Schüler Ettore Domenici komme seit einiger Zeit nicht mehr zum Unterricht. Aber die Polizei hatte herausgefunden, daß dieser kleine Gauner statt zur Schule zu gehen, in die Schweiz fuhr und zusammen mit seinem Adoptivvater Oreste Domenici und seiner Mutter Marisella, Prostituierte von Beruf, Rauschgift schmuggelte. Allein dieser Umstand hatte die Polizei bewogen, Francone und Marisella festzunehmen. Es war nie die Absicht der Lehrerin gewesen, die beiden anzuzeigen und hinter Gitter zu bringen. Sie wollte nur, daß ihr Schüler im Unterricht erschien, statt sich in irgendwelche kriminelle Machenschaften zu verstrikken.

»Signora! Sie dürfen das nicht tun! Nicht vor den Schülern!« Matilde Crescenzaghi, die sich das Gesicht mit dem Ärmel abwischte, hatte den ersten Schrecken überwunden und ihren Mut wiedergefunden. »Tun Sie's nicht vor den Jungen!« Ihre einzige Sorge galt den Schülern, und die waren aufgesprungen, als ihre Lehrerin angespuckt wurde, und standen jetzt schweigend da, zu allem bereit.

Ettorino hatte ihnen erzählt, seine Mutter würde kommen und der Lehrerin eine Szene machen, um sich an ihr zu rächen, weil sie seinen Vater ins Gefängnis gebracht habe und er dort gestorben sei. Ettorino hatte auf Anweisung seiner Mutter seine Schulkameraden gegen die Lehrerin, diese Polizeispionin, aufgewiegelt. Daß Ettorinos Vater im Gefängnis gestorben war, machte keinem der Jungen etwas aus, aber alle haßten die Lehrerin, die ein Spitzel war, und es befriedigte sie auf dumpfe Weise, daß Marisella gekommen war und ihr ins Gesicht gespuckt hatte.

»Halt die Schnauze, Miststück, Spitzel!« zischte sie und spuckte ihr nochmals ins Gesicht; gleichzeitig packte sie sie mit der linken Hand an den Haaren und gab ihr mit der rechten eine schallende Ohrfeige.

Matilde Crescenzaghi begriff endlich. Sie wußte jetzt, daß es sich nicht um eine Diskussion, um einen Streit handelte, sie spürte, daß diese Frau sie vernichten wollte. Wegen der großen Sonnenbrille konnte sie ihre Augen nicht sehen, aber sie wußte, daß in Marisellas Augen Mordlust und Haß glühten.

Sie versuchte zu schreien, aber kaum hatte sie den Mund geöffnet, als sich Marisella das Halstuch abgerissen und es ihr in den Mund gestopft hatte. Und während sie sie mit der Linken immer noch an den Haaren hielt und sie mit der Rechten ins Gesicht schlug, beschimpfte sie sie mit gedämpfter Stimme, um vom Hausmeisterehepaar nicht gehört zu werden, auf die ordinärste und unflätigste Weise.

Vero Verini, zwanzig Jahre alt und der Polizei wegen seines krankhaft gesteigerten Geschlechtstriebs bekannt, grinste hemmungslos angesichts dieser Raserei. Das Wimmern der jungen Lehrerin, die sich erfolglos gegen eine von Haß und Rauschgift aufgepeitschte Furie verteidigte, erregte ihn so, wie wenn er selbst die Gewalttätigkeiten beginge, und ihm entfuhr ein dumpfes Stöhnen, als er sah, wie Ettorinos Mutter nicht nur auf die junge Lehrerin einschlug, sondern ihr jetzt auch die Kleider vom Leib riß, den dunklen Pullover, den Büstenhalter, und sie mit Kniestößen und Fußtritten traktierte, damit sie sich nicht wehrte. Als sie ihr den Rock abstreifte, kam ihr ihr Sohn Ettorino zu Hilfe und zog der Lehrerin den Strumpfhalter und das Höschen runter. Es schien eine Ewigkeit herzusein, daß diese junge Frau, die sich fast nicht mehr rührte, seine Lehrerin gewesen war, als der Bursche sie zu Boden warf und über sie herfiel.

Marisella stand da und sah zu, den Mund verzerrt vor Erregung und Haß. Das war ihre Rache, seit Francones Tod hatte sie Tag und Nacht davon geträumt, dieses Weibsstück, diesen Spitzel zu demütigen und umzubringen.

Und die ganze Klasse sah genauso gespannt und fasziniert zu wie sie. Carletto Attoso, der mit seinen dreizehn Jahren schon genug nackte Frauen gesehen hatte und der alle sexuellen Praktiken kannte, starrte reglos und unverwandt auf den Boden. In der Stille, in der nur Ettorinos Keuchen und das jämmerliche Wimmern der Lehrerin zu hören waren, bemerkte er kaum, wie ihm Ettorinos Mutter die Flasche reichte und sagte: »Trink.«

Er gehorchte automatisch und hob die Flasche an den Mund, ohne den Blick vom Boden zu wenden. Die Vergewaltigung einer Frau war ein Schauspiel, das er zum erstenmal sah.

»Trink langsam, das Zeug ist stark«, sagte Marisella.

Obwohl er sich an ihren Rat hielt, bekam er sofort einen Hustenanfall, den Blick noch immer gebannt auf den Boden gerichtet.

Vero Verini ging langsam zu der Stelle, wo die Lehrerin mit vor Entsetzen geweiteten, tränenverschleierten Augen lag. Ettorino war aufgestanden, nahm die Flasche, die seine Mutter ihm reichte, und befeuchtete sich die Lippen mit Schnaps; gleichzeitig beobachtete er ernst seinen Klassenkameraden Vero Verini, der sich jetzt brutal über die Lehrerin hermachte.

Und er blickte zu Paolino Bovato, der gebeugt hinter seinem Tisch stand, um die beiden auf dem Boden besser sehen zu können. Ein Zipfel des Halstuchs hing aus dem Mund der Lehrerin; sie drehte den Kopf zur Seite, um nicht von diesem widerlichen Perversen geküßt zu werden, der sie mit sadistischer Lust umarmte, als wolle er sie erwürgen.

»Nein, nicht erwürgen«, mahnte Marisella, doch es war, als spreche sie zu einem Raubtier, das seine Beute zwischen den Zähnen hat. Er erwürgte sie nicht, aber sie wurde ohnmächtig. Als sie nach wenigen Minuten wieder zu Bewußtsein kam, sah sie das Gesicht von Carletto Attoso über sich; er war ihr immer wie ein Kind vorgekommen, aber jetzt war das Gesicht von einem bestialischen Grinsen verzerrt. Sie schloß die Augen.

Wie alle anderen starrte auch Carolino Marassi gebannt auf die Szene. Er war einmal nachts mit der Schwester eines Freundes zusammengewesen, im Auto. Das Mädchen hatte sich nicht ausgezogen, und er hatte mehr gefühlt als gesehen; jetzt war es hell, und die Lehrerin war nackt, ab und zu bewegte sie sich und zeigte dann noch mehr von ihrer Nacktheit. Carolino hatte der Ausdruck auf den Gesichtern von Ettorino, Vero und Carletto erschreckt und gleichzeitig zum Lachen gereizt.

»Los, du bist dran.« Ettorinos Mutter schob ihn auf die Lehrerin zu, die in diesem Moment versuchte, sich langsam aufzurichten, und er zögerte, aber dann spürte er, wie er über die Lehrerin gestoßen wurde. Sie wehrte sich nicht gegen ihn, wie sie es bei den anderen getan hatte, sondern hielt sich an ihm fest und bat ihn stumm, mit verzweifeltem Blick, ihr zu helfen. Carolino, von diesem Blick einer gequälten Kreatur getroffen, wollte schreien, damit die anderen aufhörten, da riß ihn eine schwere Hand hoch und trennte ihn von der Lehrerin, die ihn umarmt hielt. Es war Ettore Ellusic, Sohn unbescholtener Eltern, der vom Falschspielen lebte und sich im übrigen von Frauen, jungen und alten, aushalten ließ.

»Geh schon und nimm deine Milchflasche, Idiot«, sagte Ettore, und Carolino wurde weggestoßen.

»Du wirst schon noch drankommen«, meinte Marisella. »Trink inzwischen.«

Carolino trank, ohne zu husten.

»Du auch.« Sie hielt die Flasche einem anderen Jungen hin, der ruhig auf seiner Bank saß und anders als die anderen zuschaute.

»Mit dem ist nichts zu machen, der ist andersrum«, erklärte Ettorino seiner Mutter. »Er ist der Schönste in unserer Klasse.« Ettorino kicherte leise. Auch er vermochte den Blick nicht von der Szene abzuwenden und redete und lachte, ohne seine Mutter und Fiorello Grassi anzusehen. Er starrte auf die unglückselige Lehrerin und den gewalttätigen Benito Rossi, der in diesem Moment seine Brutalität an ihr austobte.

»Auch ein Schwuler kann trinken.« Marisella reichte Fiorello Grassi die Flasche. Fiorello hatte nichts mit den anderen gemein, nichts, was ihn auch nur im entferntesten mit ihnen verband, seine Eltern waren weder kriminell noch vorbestraft, er selbst hatte sich nichts zuschulden kommen lassen, er war nie im Jugendgefängnis gewesen, sein einziger Fehler war seine Homosexualität. Sie hatte ihm viele Unannehmlichkeiten eingebracht, auch mit der Polizei, aber er war kein Krimineller.

»Eine Dame hat dir was zu trinken angeboten, da kannst du nicht ablehnen.« Ettorino nannte seine Mutter eine Dame, mußte aber über die unangebrachte Bezeichnung selbst lächeln. Er zog Fiorello am Ohr wie einen widerspenstigen Schüler und zwang ihn aufzustehen. »Trink schon, Schwuler.«

Wie viele Homosexuelle hatte Fiorello große Furcht vor körperlicher Gewalt. Er nahm ohne Widerspruch die Flasche, trank und mußte krampfhaft husten. Trotzdem zwang ihn Ettorino, noch mehr zu trinken.

»Los, trinkt, Jungens.« Marisella mit ihrer Sonnenbrille und in ihrem dunkelblauen Mantel stolperte mit der Flasche in der Hand in diesem widerlichen Chaos umher, das sie selbst geschaffen hatte. Sie bot Federico dell'Angeletto zu trinken an, der schon vor dem Unterricht getrunken hatte; dann dem dreizehnjährigen Carletto Attoso, der Alkohol brauchte, um sich mit neuer Energie an das Hinschlachten der Lehrerin zu machen, der er den gleichen Haß entgegenbrachte wie allem, was Autorität, Gesetz, Ordnung verkörperte; und sie gab den anderen zu trinken, Paolino Bovato, dem frühreifen Rauschgiftsüchtigen, und Michele Castello, der die junge Lehrerin schon seit einiger Zeit begehrte und endlich seine schmutzigen Vorstellungen verwirklichen konnte.

Marisella lief mit der Flasche im Schulzimmer herum, stachelte, von ihrem Sohn unterstützt, mit Worten und Alkohol einen nach dem anderen auf, sich an der Lehrerin zu vergehen. Sie zeichnete die ersten Obszönitäten an die Tafel; sie war es, die einen Strumpf der Lehrerin zwischen zwei Bänke spannte und die Jungen aufforderte, darüber zu springen. Als Belohnung gab es für jeden, der es schaffte, einen Schluck Anisschnaps. Sie hielt den sechzehnjährigen Silvano Marcelli auf, auch er aus einer anständigen Familie, der zur Toilette gehen wollte. »Du bist wohl verrückt? Wenn dir jemand begegnet, geht's uns an den Kragen. Mach's hier.« Sie ermahnte die Burschen, keinen Lärm zu machen, dann zog sie der Lehrerin das von Blut und Speichel nasse Halstuch aus dem Mund und steckte es in die Manteltasche, um keine Spuren zu hinterlassen.

Als die Flasche leer war und auch der letzte Wahnsinnige auf dem Boden saß und blöde und dumpf um sich blickte, befahl sie ihnen, nach Hause zu gehen und zu schlafen; und jeder sollte aussagen, daß er nichts getan habe, daß es die anderen gewesen seien; das sei die einzige Methode, mit heiler Haut davonzukommen. Ettorino, die leere Anisflasche in der Hand, drohte, wenn einer seine Mutter verrate, so würde er denjenigen in Stücke reißen. Aber die Drohung war überflüssig; keiner der Burschen hegte freundschaftliche Gefühle für die Polizei, und jeder von ihnen hätte das gemeinste Verbrechen gedeckt, nur um der Polizei eins auszuwischen.

Und Marisella war es, die beim Verlassen des Schulzimmers die Reste des menschlichen Wesens, an dem sie ihre Rache vollzogen hatte, noch einmal ansah. Matilde Crescenzaghi lebte noch, ein Arm strich über den Boden und versuchte, den Körper zu stützen. Marisella triumphierte und besiegelte ihren Triumph mit einem grausamen Fußtritt in den Unterleib, der den tödlichen Bluterguß zur Folge hatte.

Carolino hatte mit der Genauigkeit eines Jugendlichen erzählt, der keine Einzelheit ausläßt.

Duca stand auf und sagte nichts. Auch Livia stand auf, voller Ekel und Entsetzen, während Mascaranti seinen Notizblick schloß und gegen Übelkeit ankämpfte.

»Danke«, sagte Duca. Er legte Carolino eine Hand auf die Stirn.

»Ich will nicht in die Beccaria«, bat Carolino. Deswegen hatte er geredet, vielleicht würde die Polizei, der gutherzige Polizist, der ihm über die Stirn strich, ihn jetzt nicht mehr dorthin zurückschicken.

»Du wirst nicht in die Beccaria zurückmüssen. Ich schwöre es dir.« Duca hatte noch nie in seinem Leben etwas geschworen, nicht einmal sein Ehrenwort gegeben oder etwas versprochen. Aber in diesem Augenblick konnte er nicht anders.

8

»Wir müssen die Frau finden«, sagte Carrua. Auch er fühlte sich schlecht. Mascarantis Niederschrift von Carolinos Aussage hatte ihm stark zugesetzt. Er war in Rußland gewesen und hatte andere, zahlenmäßig viel schlimmere Gemetzel als dieses erlebt. Aber der Geist, der aus dem von Marisella Domenici organisierten Gemetzel sprach, war von einer beispiellosen Ungeheuerlichkeit. Sie war das blutrünstigste Wesen, von dem er je gehört hatte. »Ich gebe dir soviel Leute und Mittel, wie du willst, aber du mußt sie finden.«

In der altmodischen Pracht des Büros war die Atmosphäre warm und gemütlich, und in dem Sessel vor Carruas Schreibtisch saß Duca entspannt, schläfrig und unglücklich.

»Ich spreche mit dir, Duca.« Carrua wurde ungeduldig.

»Ja, ich weiß.«

»Schön, dann antworte gefälligst.«

Duca richtete sich auf. »Warum willst du die Frau suchen? Die brauchen wir nicht zu suchen.«

»Ach ja?« Carrua war nahe daran, die Nerven zu verlieren. »Was soll ich tun? Sie frei herumlaufen lassen? Sie vergessen?«

Duca nickte zustimmend, und Carrua schwieg, bis er sich wieder in der Hand hatte. Sie waren zwar allein in seinem Büro, aber Carrua brüllte nicht gern. »Duca, mach keine Witze. Diese Frau ist ein Ungeheuer. Wir müssen sie so schnell wie möglich festnehmen.«

»Das ist der Unterschied, du willst sie festnehmen, ich nicht.« Duca stand auf und kämpfte gegen die Wut, die ihn plötzlich überkommen hatte. »Ich will sie nicht festnehmen. Ich will den Tod dieser Frau.« Er drehte sich um und sah Carrua an. »Du willst Marisella Domenici festnehmen. Dabei weißt du genau, was geschieht, wenn wir das tun. Erst kommt der Untersuchungsrichter, dann der Verteidiger. Und der Verteidiger hat nur eine Möglichkeit, er muß sie für unzurechnungsfähig erklären lassen. Das wird ihm leichtfallen. Nur eine Wahnsinnige kann ein solches Blutbad anrichten, außerdem ist sie rauschgiftsüchtig und geschlechtskrank. Und Marisella kommt mit einer Einweisung in eine psychiatrische Klinik davon. Auf ein paar Jahre. Die Irrenhäuser sind überfüllt, man muß Platz schaffen. In höchstens sieben oder acht Jahren ist Marisella Domenici wieder frei. Duca setzte sich wieder. Die unglückselige Lehrerin wird niemand wieder zum Leben erwecken, und elf sowieso schon verwahrloste junge Burschen werden nach der schauerlichen Lektion von Sadismus, die ihnen diese Frau erteilt hat, noch verwahrloster und verdorbener werden. Und du möchtest sie bloß festnehmen. Mach nur zu. Dazu brauchst du mich nicht.«

Carrua antwortete ohne Zögern und leidenschaftslos: »Jawohl, ich will sie bloß festnehmen. Ich bin Polizist, mein Beruf ist, Verbrecher festzunehmen, und ich nehme sie fest. Aber auch wenn ich diese Frau umbringen wollte, und genau besehen hätte ich große Lust dazu, so könnte ich die arme Lehrerin damit auch nicht wieder lebendig machen.«

»Bring diese Überlegungen auf einer Versammlung gegen die Todesstrafe vor. Nicht bei mir!« sagte Duca ungehalten.

»Na gut, ich will dir keine Reden halten. Ich bitte dich nur um eins. Sag mir, was du an meiner Stelle tun würdest, anstatt diese Frau zu suchen und sie dem Richter vorzuführen.«

Mit Carrua konnte man immer reden. »Ich werd's dir sagen. Um sie zu suchen, würde ich gar nichts tun, nicht einmal den dümmsten unserer Polizisten in Bewegung setzen, und wenn ich ihr auf der Straße begegnen sollte, würde ich sie nicht verfolgen, sondern in die entgegengesetzte Richtung gehen.«

Carrua sah ihn an. »Ich fürchte, daß du es sein wirst, der im Irrenhaus endet.« Er meinte es scherzhaft; Duca sprach sehr ernst und mußte seine Gründe haben.

»Fassen wir zusammen: Wir haben einen jungen Burschen mit einer Stichwunde gefunden, der uns erzählt hat, wie eine unglückliche Lehrerin niedergemetzelt wurde. Wir müssen die Öffentlichkeit informieren, müssen eine Pressekonferenz veranstalten, erklären, was geschehen ist, den Reportern Marisella Domenicis Foto geben, reißerische Schlagzeilen vorschlagen wie ›Das Monster in der Abendschule‹ und vor allem die ganze Wahrheit, alles, was uns Carolino berichtet hat, mit allen schauerlichen Einzelheiten bekanntmachen. Die Leute müssen wissen, daß es sich nicht nur um ein außergewöhnlich scheußliches Verbrechen handelt, sondern um etwas wirklich Ungeheuerliches und Unheimliches, das schwer bestraft werden muß. Du weißt, wie man heute sagt, nicht? Die öffentliche Meinung muß sensibilisiert werden, das Publikum muß alle Einzelheiten des Blutbades erfahren.«

Carrua nickte. »Dagegen ist nichts zu sagen. Morgen früh um acht Pressekonferenz. Aber was erreichen wir damit? Mit Pressekonferenzen nehmen wir diese Frau nicht fest. Was versprichst du dir also? Die Leute wild zu machen, damit sie diese Frau lynchen?«

Duca lächelte. »Nein, keine Lynchjustiz.«

»Was dann?«

»Ich bin Arzt. Ich bin einer ganzen Reihe drogensüchtiger Frauen mit sadistischen Neigungen begegnet. Stell dir vor, du wärst Marisella Domenici. Was wird in ihr vorgehen, wenn sie in allen Zeitungen liest, daß sie verraten worden ist, daß Carolino alles erzählt hat, was an jenem Abend geschehen ist, daß sie der Lehrerin die Kleider vom Leib gerissen, sie nackt ausgezogen hat und ihr Sohn ihr dabei geholfen hat, daß sie wie eine Irre zwischen den jungen Kerlen herumlief, sie anstachelte und sie mit ihrem infernalischen Gesöff betäubte, daß sie sich Wochen, ja Monate im voraus das Blutbad ausgedacht und zum Schluß dieses arme Mädchen mit einem bestialischen Fußtritt getroffen und damit den ungeheuerlichen Mord vollendet hat... Was, glaubst du, wird in ihr vorgehen, wenn sie das in der Presse liest?«

Carrua schwieg.

»Denk dran, daß sie rauschgiftsüchtig, verbraucht, von der Syphilis zerfressen ist, daß sie sich allein und einsam fühlt, weil ihr letzter Zuhälter, ihr Mann, gestorben ist, und daß sie niemals geglaubt hat, entlarvt zu werden. Du weißt, daß solche Menschen immer hoffen, davonzukommen. Wenn sie aber durch die Presse erfährt, daß die Polizei alles weiß, daß es keinen Ausweg gibt, daß sie sie früher oder später schnappen werden, daß sie sich nicht mehr frei bewegen kann, um sich Rauschgift zu verschaffen, was, glaubst du, wird dann geschehen?«

Carrua hatte verstanden. »Sie wird sich umbringen.«

»Genau. Sie wird irgendwo voll von Schlafmitteln aufgefunden werden, oder sie stürzt sich von einem Dach herunter.

Ohne daß wir sie zu suchen brauchen. Wir brauchen nicht einen Polizisten zu bemühen, um sie festzunehmen. Sie nimmt uns die Arbeit ab.«

Carrua stand auf. »Und wenn sie sich umbringt, bevor es mir gelingt, sie festzunehmen, wärst du dann zufrieden?«

Duca sah ihn an. »Ja.« Wenn Carrua es nicht verstand, wer sollte es dann verstehen? Der Gedanke, daß irgend jemand umkäme, und wäre es auch der schlimmste Verbrecher, war Duca zuwider. Andererseits konnte er nicht zulassen, daß ein Monster wie Marisella Domenici in Freiheit lebte, um weitere Verbrechen zu begehen. »Aber ich bin nicht ganz sicher.«

»Du kannst mir deinen Gedankengang ein andermal ausführlich erklären. Jetzt ruh dich aus«, empfahl Carrua.

9

Sie las die Zeitung im Wagen. Zuerst betrachtete sie ihr Foto, das fast die halbe Seite einnahm; dann las sie die Schlagzeile und anschließend, wenn auch mit Anstrengung, den Text. Ihre erste Reaktion war nicht Furcht, sondern Ärger. Wo sollte sie schlafen, und wo sollte sie sich den Stoff besorgen?

Mit ihrem Namen in den Schlagzeilen aller Zeitungen – sie hatte sich eine nach der anderen an verschiedenen Kiosken gekauft und sich dabei hinter ihrer Brille und in ihrem roten Pelzmantel versteckt; sie sah völlig anders aus als die verkommene Gestalt auf dem Foto –, mit all diesen Schlagzeilen würde keiner ihrer Freunde mehr den Mut haben, ihr zu helfen; und seit Francones Tod hatte sie nur noch wenige Freunde, weil sie ständig pleite war und fürs Anschaffen zu alt.

Es war neun Uhr vorbei und schon dunkel. Sie befand sich in der Gegend von Sesto; nachdem sie die erste Zeitung gekauft hatte, war sie von der Hauptstraße heruntergefahren. Nach dem Ärger kam die Angst. Zweifellos suchte sie die Polizei; und alle, die die Zeitung gelesen und ihr Bild gesehen hatten, mußten sie hassen, waren bereit, sie anzuzeigen, wenn sie sie erkannten, sie der Polizei zu übergeben, sie vielleicht zu lynchen.

Aber die Angst legte sich rasch. Sie überlegte scharf; sie wußte, daß sie von der Polizei und von den Richtern nichts zu befürchten hatte. Man würde sie festnehmen, dann wahrscheinlich in ein Irrenhaus einweisen und sie ebenso wahrscheinlich bald wieder entlassen. Was das betraf, brauchte sie sich keine Sorgen zu machen.

Viel schlimmer war, daß sie in ihrer Tasche nur noch wenige Gramm von ihrem weißen Pulver hatte und daß dies ihr letztes war. Im Gefängnis und im Irrenhaus würden sie ihr nichts geben. Sie würden sie entwöhnen. Monat um Monat würde sie ohne Rauschgift höllische Qualen leiden, und wenn sie entwöhnt war, dann war sie ein Wrack.

Ihre Überlegungen waren so klar wie eh und je, und sie wußte, daß es mit ihr aus war; seit Francones Tod hatte sie sich dahingeschleppt; nun war ihr Lebenswille gebrochen, und sie hatte auch nicht mehr die Kraft, vor der Polizei zu fliehen und wie aufgespürtes Wild gejagt zu werden.

Sie dachte nicht gleich an den Tod. Zuerst wollte sie ihr letztes Pulver nehmen und, wenn sie aufgewacht und aus der wohligen Wärme ihrer Halluzinationen aufgetaucht wäre, darüber nachdenken, was sie tun sollte. Dann aber dachte sie, es sei besser, ihrem Leben sofort ein Ende zu machen; es gab keinen Ausweg mehr, und während sie sich das verbittert vor Augen führte, ließ sie den Motor an und fuhr langsam auf die Landstraße nach Monza. Vorsichtig reihte sie sich in die Schlange von Autos, Omnibussen und Motorrädern ein, die sich auf Monza zubewegte. Der Verkehr wurde allmählich flüssiger, und sie beschleunigte. Sie verlangsamte ihr Tempo nicht, als sie den großen, sperrigen Omnibus sah, der in die entgegengesetzte Richtung fuhr; sie gab Gas und steuerte direkt auf ihn zu, mitten zwischen die Scheinwerfer.

Keine Stunde später war Duca in der Klinik, die Straßenpolizei hatte dem Polizeipräsidium den »Unfall« gemeldet. Marisella Domenici lag noch im Operationssaal, aber ein Assistenzarzt, der herauskam, konnte ihm Auskunft geben. »Der Wagen sieht aus wie eine Ziehharmonika, aber sie hat nur zwei Rippen und ein Handgelenk gebrochen. Unglaublich.«

Als Arzt war sich Duca darüber klar, daß er eine überflüssige Frage stellte, aber er stellte sie trotzdem. »Schwebt sie in Lebensgefahr?«

»Mit zwei gebrochenen Rippen? Sie wird uns noch überleben.«

Duca verließ die Klinik und stieg in den Wagen. »Zu Carrua.«

Livia ließ den Motor an. »Ist sie tot?«

»Nein, sie lebt. Sie hat sich nur zwei Rippen gebrochen.« Er wiederholte dasselbe vor Carrua, als sie im Präsidium angekommen waren. »Sie lebt. Hat sich nur zwei Rippen gebrochen. Jetzt kannst du sie festnehmen.«

Carrua ließ ihn nicht in Ruhe. »Wäre es dir lieber, wenn sie umgekommen wäre?« fragte er unbarmherzig.

Duca nickte. »Ich habe es mir die ganze Zeit gewünscht, seit uns die Straßenpolizei den Unfall gemeldet hat.«

»Und dann?«

»Dann bin ich in die Klinik gefahren und habe gehofft, daß sie durchkommt«, gestand er.

Carrua lachte laut auf. »Und warum wolltest du plötzlich, daß sie am Leben bleibt?«

»Ich weiß es nicht.«

»Und jetzt bist du froh, daß sie noch lebt?«

»Sieht so aus.«

Duca ging hinunter und setzte sich neben Livia in den Wagen. »Fahr, wohin du willst, mir ist es gleich.« Er legte ihr den Arm um die Schulter. Die Frage machte ihn nervös. Warum mußte er froh sein, daß eine grausame Mörderin wie diese Frau noch lebte? Daß sie lebte, anstatt vom Erdboden verschwunden zu sein? Warum?

Er mußte Livia fragen, Livia Ussaro, seine persönliche und private Minerva. »Hör zu...«, begann er. Sie würde sich des Problems mit Leidenschaft annehmen.

Lust an der Spannung

Geschichten für schlaflose Nächte
Herausgegeben von Friedrich Kur.
470 Seiten. Serie Piper 5555

In diesem Lesebuch geht es um Mord und Totschlag, Diebstahl und Raub, Erpressung und Spionage. Die Täter müssen nicht in jedem Fall Schurken sein. Verbrechen können als Kurzschlußhandlung geschehen oder weil eine Situation unübersichtlich war. Oft sind die Opfer sogar selbst schuld, und zuweilen macht auch eine Leiche noch keinen Mord. Manche Täter sind deshalb ebenso Helden wie die Privat- und Polizeidetektive oder die gerechtigkeitsliebenden Amateure, die es mit dem großen Unbekannten, dem internationalen Konzern, dem wahnsinnigen Mörder oder dem alltäglichen Bösen aufnehmen und die ihrerseits in der Wahl ihrer Mittel auch nicht immer ganz zimperlich sind. Nachzulesen bei:
Lawrence Block, Richard Oliver Collin, Frederick Forsyth, Fruttero & Lucentini, Lesley Grant-Adamson, S. T. Haymon, Michael Innes, Hilda Lawrence, Paolo Levi, Arthur Machen, Ulf Miehe, Michael Molsner, Martin Page, Sara Paretsky, Barbara Paul, Julian Rathbone, Dorothy Sayers, Giorgio Scerbanenco, Rex Stout, Carolyn Wheat, Helmut Zenker.

Hanna Dietz

MÄNNER-KRANKHEITEN

Schmutzblindheit, Mitdenkschwäche,
Einkaufsdemenz
und weitere unheilbare Leiden
unserer echten Kerle

Ullstein

Besuchen Sie uns im Internet:
www.ullstein-taschenbuch.de

MIX
Papier aus verantwortungsvollen Quellen
FSC® C006701

Originalausgabe im Ullstein Taschenbuch
1. Auflage März 2012
2. Auflage 2012

Umschlaggestaltung: ZERO Werbeagentur, München
Titelabbildung: FinePic®, München
Alle im Text verwendeten Abbildungen: © Shutterstock
Satz: KompetenzCenter, Mönchengladbach
Gesetzt aus der Fairfield LH
Papier: Pamo Super von Arctic Paper Mochenwangen GmbH
Druck und Bindearbeiten: CPI – Ebner & Spiegel, Ulm
Printed in Germany
ISBN 978-3-548-37412-3

EINLEITUNG

Es gibt sie. Die Männer, die aufmerksam und höflich, zuvorkommend und ordentlich sind. Die der Partnerin an einem schnöden Mittwoch Blumen schenken, jeden Tag Komplimente machen und niemals ihre schmutzigen Socken herumliegen lassen. Die Tangotanzen für selbstverständlich halten, die auch bei bewölktem Himmel spazieren gehen und dabei nicht dauernd mit ihrer Digitalkamera rumspielen. Die beim romantischen Dinner ihr Smartphone ausschalten, ihrer Frau die Fernbedienung überlassen und niemals über weibliche Kochkünste, Fahrstile oder Schuhkäufe nörgeln. Die nicht alles mit Chips vollkrümeln, die neue Frisur der Partnerin bemerken, den Ausschaltknopf am Computer kennen – und ihn sogar benutzen. Die wissen, wie man sich entschuldigt, und dass sie nicht immer recht haben.

Ja, diese Männer gibt es. Sie sind perfekt. Und langweilen uns damit zu Tode! Das Allerschlimmste nämlich, was einem passieren kann, ist ein Mann, der immer alles richtig macht. Wenn man sich über so einen aufregen möchte, muss man sich richtig anstrengen! Und es fehlt einem auch an Gesprächsstoff für das Kaffeetrinken mit den Freundinnen.

Aber zum Glück für alle Mädelsabende, Internetforen

und Telefongesellschaften sind diese perfekten Männer extrem selten. Die meisten haben nämlich haufenweise schlechte Angewohnheiten, pathologische Verhaltensweisen, seltsame Macken, idiotische Ticks und andere obskure Leiden. Sie sind rücksichtslos, faul, unordentlich, schweigsam, vergesslich, langweilig oder hyperaktiv. Aber eigentlich sind es doch die besten Männer, die wir haben.

Über manche ihrer Krankheiten ärgern wir uns natürlich. Einige wenige sind zum Weglaufen. Aber die allermeisten sind einfach nur zum Lachen. Und das ist übrigens auch die beste Medizin gegen jede seltsame Männerkrankheit: Humor. Kann man über sie lachen, tut es gleich nur noch halb so weh!

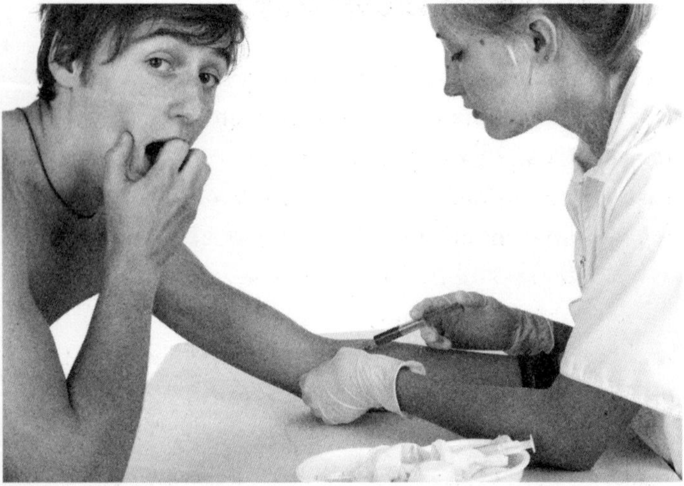

Abdomineller Exhibitionismus, der

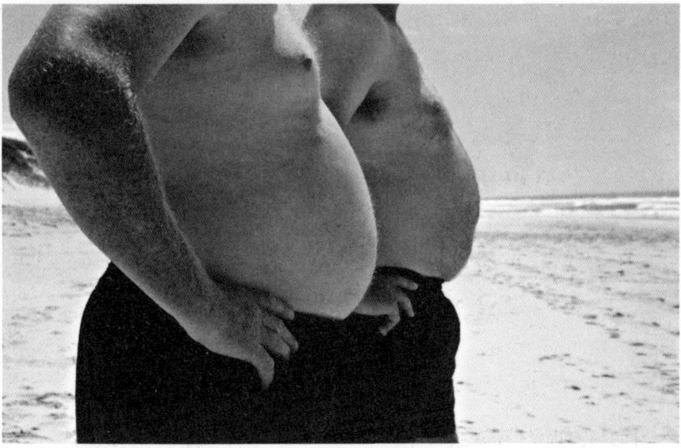

Auch genannt Partieller Exhibitionismus. Der Abdominelle Exhibitionismus (von Abdomen, medizinischer Ausdruck für Bauch) ist der Fachbegriff für das öffentliche Zurschaustellen des unverhüllten männlichen Oberkörpers. Hierbei muss unbedingt unterschieden werden zwischen den verschiedenen Typen des Abdominellen Exhibitionisten: Wenn der knackige Dachdecker oder der durchtrainierte Straßenarbeiter bei der Arbeit das Hemd auszieht, fällt das durchaus unter »gesunder Männerverstand«. Aber warum weniger begünstigte Männer ihre aufgedunsenen Gedärmhüllen außerhalb von Schwimmbädern oder Badestränden unverhüllt präsentieren müssen, ist auch der neueren Verhaltensforschung ein Rätsel. Ob beim Rasenmähen, Fahrradfahren oder Spazierengehen – sobald die Temperaturen es erlauben, werden bleiche Fettwänste, dicke Ranzen und mit Dehnungsstreifen überzogene Bierbäuche samt Schwabbeltitten ohne Scheu und Rücksichtnahme ans Tageslicht gebracht. Die gesundheitlichen Folgen für weibliche Passanten sind erschreckend: Im besten Fall bleibt es bei einer leichten Netzhautreizung, im schlimmsten Fall führt der Anblick von derart aufgeschwemmter Männlichkeit zu spontanen Depressionen oder Schleudertraumata durch zu ruckartiges Abwenden des Kopfes. Ursache des Abdominellen Exhibitionismus ist entweder ein übertriebenes Selbstwertgefühl oder der Mangel an Spiegeln, die groß genug sind, um das gesamte Ausmaß der Katastrophe – Entschuldigung: des Bauches – einzufangen. Findige Forscherinnen entwickeln gerade das Sonnenbrillenmodell »Diva«, dessen Gläser mit einer unsichtbaren Folie überzogen sind, die bei Erkennen eines Bierbauchs diesen auf ein erträgliches Maß retuschiert.

Abfuhr-Aggression, die

Die Abfuhr-Aggression ist definiert als aggressives männliches Verhalten nach Erhalten einer Abfuhr. Es ist äußerst weit verbreitet und kann besonders zu später Stunde in Bars, Clubs und Diskotheken beobachtet werden. Der paarungswillige Mann baggert eine Frau an, macht ihr im besten Fall schleimige Komplimente und gibt ihr einen Drink aus. Solange der Ausgang seines Werbungsversuchs noch in der Schwebe ist, bleibt er freundlich und nett. Bekommen er und seine Schnapsfahne aber einen Korb, ändert sich sein Verhalten abrupt. Jetzt wird er versuchen, sein angekratztes Ego mittels Demütigung des begehrten Objekts wieder aufzupäppeln. Oder anders gesagt: Er wird streitsüchtig, fies und gemein. Seine Beleidigungen reichen von Diffamierungen, die gerne die Wörter »prüde«, »frigide« oder »verklemmt« beinhalten, bis hin zu krassen Verbalattacken aus der Abteilung F… dich! Die wichtigste Gegenmaßnahme in diesem Fall ist die Gleichgültigkeit. Selbst die härteste Beleidigung sollte man nie-

mals persönlich nehmen. Und vor allem: Nicht drauf eingehen! Nicht anfangen, sich zu rechtfertigen! Denn dadurch gewinnt der Vollspacko wieder die Oberhand.

Adelsmimikry, die

Als Adelsmimikry bezeichnet man das Nachahmen eines Adeligen zum Zwecke der Täuschung seiner Mitmenschen. Mit blauem Zweireiher, Einstecktuch, Fliege und blasiertem Gesichtsausdruck versucht der Mann namens Krethi oder Plethi, einen auf blaublütig zu machen. Im besten Fall wirkt er dabei so echt wie der Graf in einer schmierigen Telenovela, im schlechtesten Fall wie Ernst August von Hannover. Sein Ziel, sein Gegenüber allein durch seine Erscheinung zu Respekt, Gehorsam und Speichelleckerei zu bewegen, verfolgt er, indem er sich bei eBay einen Adelstitel ersteigert oder eine finanzschwache Baronin als Adoptivmutter einkauft. Abhilfe schafft nur, den von Adelsmimikry befallenen Mann zu meiden – oder sich selbst ein »von und zu« zuzulegen.

Adrenalinsucht, die

Die Adrenalinsucht äußert sich im stetigen Drang zu waghalsigen Unternehmungen, die den Betroffenen häufig großen Fliehkräften oder anderen Naturgewalten aussetzen. Der Adrenalinsüchtige sucht stets den Nervenkitzel der besonderen Art, was sich auf die Partnerin ähnlich enervierend auswirkt wie die ausgeprägte → *Faulheit*. Gemeinsame Wellnessurlaube oder gemütliche Wochenenden auf der Couch kann sie vergessen. Der Adrenalinjunkie drängt seine Partnerin häufig dazu, ebenfalls die Mörder-Achterbahn zu besteigen, mit Haien zu tauchen oder das Kugelfisch-Menü zu wählen. Falls sie es nicht tut, hält er sie für langweilig. Falls sie es doch tut, schlägt ihm das Herz bis zum Hals, während es ihr in die Hose rutscht.

Bei der Adrenalinsucht gilt: Nach dem Kick ist vor dem Kick. Er wird keine Ruhe geben, bis er von jeder verfügbaren Brücke gesprungen ist, die Stromschnellen per Styroporbrett erkundet oder die alpine Höhengratwanderung bewältigt hat. Verweigert die Partnerin eine solche Aktivität, wird sie damit bestraft, sich während seiner Abwesenheit allein zu Hause schreckliche Sorgen zu machen.

Als einzig wirkungsvolle Therapie gegen die Adrenalinsucht hat sich bisher folgende Maßnahme erwiesen: Die Partnerin legt sich eine große Drehscheibe und einen Satz Westernmesser zu und erlernt die Kunst des Messerwerfens. Dieser beruhigende Zeitvertreib schult nicht nur die Auge-Hand-Koordination, sondern lässt sich auch hervorragend mit den Bedürfnissen des adrenalinsüchtigen Partners kombinieren. Fortan wird er bei Anfällen von Unruhe auf die Drehscheibe geschnallt und darf so lange rotieren, bis die letzte Klinge geschleudert wurde. Entweder, er hat seinen Spaß dabei, oder aber das Problem hat sich nach kurzer Zeit von selbst erledigt.

Akustische Inkontinenz, die

Siehe → *Reviermarkierung*.

Alkoholischer Aberglaube, der

Der Alkoholische Aberglaube ist unter männlichen Geschlechtsgenossen weit verbreitet und wird von Generation zu Generation tradiert. Er äußert sich in Sprichwörtern, Parolen und Mythen, die alle eines gemein haben: den Aufforderungscharakter. »Ein Schnäpschen in Ehren kann niemand verwehren«, »Auf einem Bein kann man

nicht stehen«, »Rin in de Kopp, et muss nit schmecke« und »Wir sind hier ja nicht auf einem Kindergeburtstag« sind nur einige Beispiele.

Männer, die dem Alkoholischen Aberglauben verfallen sind, können sich diesen Redensarten nicht mehr entziehen – durch die ständigen Wiederholungen im Kollektiv haben diese längst Tatsachencharakter bekommen.

Der Verdauungsschnaps gehört selbstverständlich auch in dieses Reich der Mythen. Neuere Forschungsergebnisse, die belegen, dass der verdauungsfördernde Bestandteil dieses Schnapses die Kräuter sind und ein Kräutertee den gleichen, nur eben keinen berauschenden Nebeneffekt hätte, werden von abergläubischen Männern rundheraus abgelehnt. Spüren die Betroffenen am nächsten Morgen die Nachwirkungen des Aberglaubens, haben sie auch für diesen Zweck eine Reihe von Lebensregeln parat, die sich rund um das »Konter-Bier« drehen. Oder anders gesagt: »Der Hund, der einen gebissen hat, muss einen auch wieder gesund lecken.«

Alkoholunverträglichkeitsstörung, die

Siehe → *Asbach-Syndrom.*

Allgemeines Beifahrer-Syndrom, das

Eine verhängnisvolle Kombination der Symptome von → *Beifahrerkrankheit,* → *Verkehrsinduzierter Fußspastik* und → *Schreihals*, die Männer auf dem Beifahrersitz befällt und zu unerträglichen Fahrzeuggenossen macht. Therapiemöglichkeiten und Heilungschancen siehe → *Beifahrerkrankheit.*

Andeutungs-Resistenz, die

Er muss doch merken, wie es mir geht. Er muss doch spüren, dass ich nicht zufrieden bin. Er wird doch wohl zwischen den Zeilen lesen können, dass er einen Fehler gemacht hat. Nein, nein und nochmals nein! Die Andeutungs-Resistenz ist eine der gängigsten Männerkrankheiten. In breit angelegten Studien konnte festgestellt werden, dass 95 (in Worten fünfundneunzig!) Prozent der Männer für Andeutungen nicht empfänglich sind!

Seufzen, Zähneknirschen, ein schräger Blick, ein Zittern in der Stimme bei der Antwort »Nein, es ist nichts«, plötzliche Appetitlosigkeit oder Fressanfälle – all diese subtilen, aber deutlichen Zeichen, dass sich die Partnerin nicht gut fühlt, können von Männern nicht dekodiert werden. Der Grund ist eine fehlende Vernetzung zwischen rationaler und emotionaler Gehirnregion. Auch eindeutigere Anspielungen sind nutzlos, wie ein gedehntes »*Eigentlich* geht es mir gut«, »Ich finde Männer sehr attraktiv, die im Haushalt mithelfen« oder »Männer, die sich keine Mühe geben, ihre Partnerin zu verstehen, werden oft verlassen«.

Nur direkte, unmissverständliche und eindeutige Ansprachen aus möglichst wenigen Worten können von Männern komplett und meist auch auf Anhieb entschlüsselt werden. Wissenschaftler empfehlen klare Sätze wie: »Lass das!«, »Ich will nicht die *Ludolfs* gucken« und »Bring den Müll raus – JETZT!« Ob sie auch zum Erfolg führen, hängt ganz von der kognitiven Verarbeitungsfähigkeit des Mannes ab.

Anmachspruch-Degeneration, die

Seit es Anmachsprüche zum Runterladen fürs Handy gibt, denkt sich kaum ein Mann mehr mühevoll etwas Eigenes aus, um mit der Frau seines Interesses ins Gespräch zu kommen. Durch die Fülle an Anmachsprüchen im Internet wird jede Kreativität aus dem männlichen Balzritual eliminiert. In nicht seltenen Fällen mündet dies im Krankheitsbild der Anmachspruch-Degeneration. Diese manifestiert sich in einer Blockade der Hirnregion, die die Kontaktaufnahme zwecks Paarung steuert. Normalerweise werden dort Komplimente generiert, die auf das jeweilige Objekt der Begierde zugeschnitten sind. Bei der Anmachspruch-Degeneration werden stattdessen nur noch billige Sprüche abgelassen, die vor mangelnder Originalität, Schleimigkeit und sexuellen Anspielungen nur so strotzen. Eindeutige Symptome einer Anmachspruch-Degeneration sind folgende Anfänge einer Unterhaltung:

- Ich habe meine Telefonnummer verloren, kann ich deine haben?

- Ich hoffe, du hast eine gute Haftpflichtversicherung. Du hast mir nämlich gerade eine Mega-Beule in die Hose gemacht.
- Merk dir meinen Namen, du musst ihn die ganze Nacht schreien.

Vorbei sind die Zeiten, als ein Mann sich mit einem Lächeln im vor Aufregung geröteten Gesicht und einem Strauß Blumen in die Herzen der Damenwelt schlich. Vorbei die Zeiten, als ein paarungsbereiter Mann der Angebeteten diskret einen Drink bringen ließ. Heute paukt jeder Versager, dem es bisher misslang »Von drauß' vom Walde komm ich her …« auswendig zu lernen, einen Einzeiler aus dem Internet und tritt als unwiderstehlicher Frauenheld auf. Wenn er Glück hat und sich im entscheidenden Moment an den Satz erinnert, wird er allerdings merken, dass ihm das wenig nutzt.

Asbach-Syndrom, das

Auch genannt → *Alkoholunverträglichkeitsstörung.*

Als Asbach-Syndrom wird eine Verhaltensstörung unter Alkoholeinfluss bezeichnet, die sich vor allem durch Schwächen in den Bereichen der sozialen Interaktion und Kommunikation auszeichnet. Diese Krankheit ist so alt wie die Entdeckung der Gärung. Ihr Name ist dementsprechend dem ältesten deutschen Weinbrand »Asbach« entlehnt. Männer mit Asbach-Syndrom sind im nüchternen Zustand meist unauffällige Zeitgenossen, manche gar schüchtern, nett und zurückhaltend. Doch sobald sie einen bestimmten, individuell unterschiedlichen Promillewert erreicht haben, verändert sich ihr Kontakt- und Kommunikationsverhalten und sie werden zu aufdringlichen und aggressiven Angebern. Kennzeichnend ist dabei, dass gleichzeitig ihre Fähigkeit, nonverbale und verbale Signale anderer Personen zu erkennen und entsprechend darauf zu reagieren, stark eingeschränkt bis gar nicht mehr vorhanden ist. Das heißt: Sie merken überhaupt nicht, dass sie anderen tierisch auf den Sack gehen. Das Asbach-Syndrom ist nicht heilbar. Einzige effektive Gegenmaßnahme: den Auslöser Alkohol – und hier besonders Spirituosen – zu meiden.

Attrappenlektüre, die

Männer, die im beigefarbenen Leinenanzug im Straßencafé sitzen, am Espresso nippen und dabei die *Financial Times* so halten, das jeder Passant sie sofort identifizieren kann, sollte man mit Vorsicht genießen. Auch die sind verdächtig, die Bücher über Nietzsche, Jenseitskontakte oder Marquis de Sade so mit sich herumtragen, dass jeder auf Anhieb den Titel lesen kann. Bei derartig demonstrativ eingesetzten Schriftstücken handelt es sich nämlich nicht selten um Attrappenlektüre, die allein der Täuschung des Betrachters dient. Sie soll den Lektürehalter besonders gebildet, elitär, sensibel, interessant oder sexuell bewandert erscheinen lassen. Die Attrappenlektüre wird nicht nur ambulant eingesetzt, sondern auch innerhalb der eigenen vier Wände. Regale voller intellektueller, hochwertiger Bücher, aber auch an strategisch günstigen Punkten der Wohnung drapierte Zeitungen und Fachzeitschriften sollen der Besucherin ein besonders belesenes Bild vom Hausherren vermitteln. Stößt das »Opfer« schon beim ersten Mal auf das aufgeschlagene Kamasutra, hilft nur noch eines: die Flucht.

Aufgaben-Amnesie, die

Siehe → *Ich-mach-das-gleich-Krankheit.*

Augenkrampf, der

Der Augenkrampf tritt bei einem Mann dann auf, wenn im Beisein seiner Partnerin eine attraktive Frau auftaucht. Der Mann wird nämlich versuchen, seine Partnerin nicht aus den Augen zu lassen, gleichzeitig aber unbemerkt die andere Tussi zu begaffen. Diese gegenläufige Bewegung stellt eine besondere Anstrengung für die Augenmuskulatur dar, die häufig im sogenannten »Augenkrampf« mündet. Als wirkungsvollstes Mittel hat sich in der Vergangenheit eine Ohrfeige erwiesen, die die schmerzhafte Kontraktion in kürzester Zeit löst.

Autosymbiose, die

Die Autosymbiose bezeichnet das krankhaft enge Verhältnis des Mannes zu seinem Auto. Dabei ist es egal, ob es sich um ein nach objektiven Maßstäben besonders wertvolles Auto handelt oder um eine alte Schleuder. Das Auto des Autosymbiotikers ist sein bester Freund, sein Haus und seine Frau. Oft verleiht er ihm einen absurden Kosenamen, der voller Zuneigung ausgesprochen wird. Nur wenn er mit seinem Auto zusammen sein kann, fühlt der Kranke sich richtig wohl, weil ihm das Gefährt Freiheit verleiht, Verständnis entgegenbringt und vor allem nicht dauernd an seiner eintönigen Freizeitgestaltung herumnörgelt.

Die Pflege des Fahrzeugs beansprucht dabei den größten Teil der Freizeit des Autosymbiotikers. Ob zerquetschte Fliege, Vogel-Aa oder kleine Fluse – all das kann er auf dem Lack seines Lieblings nicht ertragen. Der Mann, der unter Autosymbiose leidet, hat zwar keinen Schimmer von häuslicher Hygiene, kann aber die Marken von achtunddreißig verschiedenen Autopflegetüchern am Geruch erkennen und weiß genau, mit welchem Tuch Lack-, Chrom- oder Glasflächen optimal abgeledert werden können.

Die Pflege seines Autos nimmt beim Betroffenen sogar einen größeren Stellenwert ein als Sex. Zur eindeutigen Diagnostizierung wird eine leicht bekleidete Hostess auf die Motorhaube drapiert. Die Reaktion auf diesen Anblick beweist endgültig, ob er ein Mann oder ein Autosymbiotiker ist. Bei normalen Männern wird durch eine halbnackte Frau sofort die Paarungsbereitschaft aktiviert. Der Autosymbiotiker hingegen verschwendet keinen Gedanken an eine Begattung. Er sorgt sich nur um eines: Kratzer auf seiner Karosserie. Unter verbalen Attacken wird er umgehend die Hostess entfernen und seine Motorhaube auf Dellen, Fettflecken und andere Absonderungen hin untersuchen, die den Lack korrodieren lassen könnten. Diese Reaktion ist ein Hinweis auf die unwiderrufliche Schädigung seines Gehirns. Selbstverständlich geht der Autosymbiotiker auch keinen Meter zu Fuß.

Axt-im-Haus-Komplex, der

Der Axt-im-Haus-Komplex ist bei Männern festzustellen, die alle Arten von handwerklichen Arbeiten selbst in Angriff nehmen und dabei eine kindliche Risikofreude an den Tag legen, die in der Fachwelt dem autoaggressiven Verhalten zugeordnet wird. Bei entsprechender genetischer Disposition geht bei Männern mit Axt-im-Haus-Komplex das Anbringen von Rauchmeldern und das Befestigen von Fliegengittern nahtlos über in das Entmoosen von Dachpfannen und die eigenhändige Montage von Feuerleitern. Elektrische Maschinen flößen Betroffenen nicht den geringsten Respekt ein. Im Gegenteil. Beim Benutzen von Schlagbohrern, Schleifmaschinen, Elektrohobeln und Kreissägen verzichten sie bewusst auf jegliche Schutzkleidung, da eine solche unmännlich sowie Zeit- und Geldverschwendung sei. Suizidale Tendenzen sind dort zu vermuten, wo selbst Arbeiten am Stromnetz in Eigenregie durchgeführt werden oder auf der obersten Leitersprosse balancierend einhändig an der Regenrinne rumgeflext wird. In solchen Fällen empfiehlt sich die sofortige Einweisung in eine psychiatrische Anstalt. Dem Axt-im-Haus-Komplex fallen viele Männer zum Opfer. Laut Aktion »Das sichere Haus« verletzen sich jährlich 300 000 Heimwerker bei Arbeiten im Haus.

Bartstoppel-Seuche, die

Die Bartstoppel-Seuche ist eine weit verbreitete Krankheit bei Männern, die vom Betroffenen unbemerkt und demzufolge ohne jeglichen Leidensdruck bleibt. Sie ist definiert als das seuchenartige Auftreten von Bartstoppeln, die im Zuge der Rasur entfernt wurden und danach nicht mehr das Gesicht des Partners, sondern das Waschbecken zieren. Während der Mann sich über sein glattrasiertes Spiegelbild freut, vergisst er die entfernte Gesichtsbehaarung, ganz nach dem Motto: aus den Augen, aus dem Sinn. Leidtragende der Bartstoppel-Seuche ist die Partnerin. Besonders dann, wenn sie erst abends den erneuten Ausbruch der Seuche bemerkt, nämlich wenn die Stoppeln mit Resten von Rasierschaum im Waschbecken festkleben und nur noch durch minutenlanges Scheuern entfernt werden können.

Abhilfe schafft nur das Umhängen des Spiegels vom Platz über dem Waschbecken in die Dusche, so dass der anfällige Mann gezwungen ist, sich während des Duschens zu rasieren. So ist es wahrscheinlicher, dass die Bartstoppeln mit dem Wasserschwall aus dem Brausekopf sofort in den Abfluss geleitet werden.

Beifahrerkrankheit, die

Die Beifahrerkrankheit befällt viele Männer auf dem rechten Frontsitz. Sie äußert sich in manischen Verhaltensweisen wie dem Festklammern am Seitengriff, hektischen Schulterblicken, Hand-vor-Augen-Halten und/oder einem unablässigen Stöhnen oder Zischen. Die Beifahrerkrankheit kann auch in Kombination mit der → *Verkehrsinduzierten Fußspastik* und dem → *Schreihals* auftreten und wird dann zum → *Allgemeinen Beifahrer-Syndrom*.

Die Symptome der Beifahrerkrankheit treten dabei unabhängig vom Fahrstil der Fahrzeugführerin auf. Es ist also egal, ob die Fahrerin sich an sämtliche Verkehrsregeln hält oder wie eine Geisteskranke durch die Gegend heizt – Betroffenen ist es einfach nicht möglich, sich in ihre Rolle als Beifahrer hineinzufinden. In ganz schlimmen Fällen kommt es sogar zu Übergriffen, in denen der Beifahrer eigenmächtig die Hupe betätigt oder sogar das Steuer herumreißt.

Bei derart schweren Verläufen der Krankheit hat sich das extra für diesen Zweck konzipierte XXL-Maxi-Cosi-Modell »Nervenkuckuck« bewährt, das auf dem Rücksitz befestigt wird und den Mann komplett fixiert. Seine unkontrollierten Laute müssen dann nur noch mittels ordentlicher Beschallung übertönt werden. Es empfiehlt sich, in diesen Fällen die Musik aufzulegen, die der Betroffene normalerweise selbstherrlich abdreht. Ist man gewillt, selbst Schreie zu ignorieren, kann man als äußerst wirkungsvolle begleitende Therapiemaßnahme die Platten von Xavier Naidoo, Jan Delay oder Hansi Hinterseer rauf und runter nudeln. Dies hat sich als bisher einzige definitive Heilmethode bei der Beifahrerkrankheit bewährt. Nach zwei Stunden Naidoo/Delay/Hinterseer ist der Patient vermutlich für alle Zeiten kuriert.

Was Männer zur Beifahrerkrankheit sagen:
Thomas S., 28 Jahre
»Frauen können nun mal nicht Auto fahren, das wissen 92 Prozent aller Männer. Somit ist das statistisch erwiesen. Ich versuche nur, meine Umwelt zu schützen.«

Berufskrankheit, die

Der berufskranke Mann ist nicht einfach nur ein Workaholic, der den Großteil seiner Zeit im Büro verbringt, nein, auch nach Feierabend kennt er nur ein Thema: seinen Job. Besonders gerne brüstet er sich dabei mit errungenen Siegen über Konkurrenten, erläutert haarklein die Produktion von Leiterplatten oder referiert Wort für Wort den kurzen Smalltalk im Aufzug mit dem Aufsichtsratsvorsitzenden, den er zum Lachen gebracht hat, und der jetzt ganz genau weiß, wer er ist, und das wird sich irgendwann auszahlen, du wirst schon sehen!

Egal, wie enthusiastisch sein Vortrag ist, lässt der berufskranke Mann dabei zu keinem Zeitpunkt sein Smartphone aus den Augen. Das Handy ist die Quelle seiner Energie, und nichts freut ihn mehr, als wenn er bei einem romantischen Dinner von seinem Chef angerufen wird, denn das beweist ja nun wirklich, wie wichtig er ist. Egal zu welcher Tageszeit man den berufskranken Mann erreicht, er tut immer so, als sei er gerade in einer äußerst wichtigen Besprechung und hätte eigentlich gar keine

Zeit. In schweren Fällen hilft nur die Einweisung in die Betty-Sport-Klinik, die sich mit Berufsentzugskursen durch Leibesübungen und Meditation einen Namen gemacht hat.

Besserwisserei, die

Auch genannt *Schlauberger-Syndrom*.

Die Besserwisserei ist unter Männern weit verbreitet. Zu erkennen ist sie an dem automatischen Ablassen von altklugen Kommentaren, arroganten Antworten und ausschweifenden Ausführungen bei gleichzeitiger Aberkennung der Kompetenz anderer Anwesender. Der Besserwisser lenkt die Unterhaltung dabei gezielt auf Themenbereiche, in denen er sich besonders bewandert fühlt. Gerne stellt er zu Beginn des Gesprächs eine Frage, die niemand beantworten kann, was er dann mit unerträglicher Selbstgefälligkeit übernimmt. Ob juristische Ratschläge (»Natürlich gewinnst du diesen Fall auch ohne Zeugen«), medizinische Diagnosen bei der Partnerin (»Das ist nichts«), sportwissenschaftliche Erkenntnisse (»Der neue Trainer vom FC taugt überhaupt nichts«) oder einfach nur eine Anhäufung unnützen Wissens (»Wowereit heißt auf Litauisch Eichhörnchen«) – der Besserwisser gibt überall seinen Senf dazu, gefragt und besonders gerne ungefragt. Als Ursache für dieses Verhalten sehen Forscher eine berufliche und/oder körperliche Durchschnittlichkeit, die der Mann mit angelesenem Wissen zu kompensieren versucht, um doch noch irgendwie an eine Alphaposition heranzukommen. Bei chronischer Besserwisserei sind die Heilungschancen äußerst gering, da bislang keine wirkungsvolle Therapie bekannt ist. Die Konfrontation eines Besserwissers mit einem anderen Klugscheißer ist ebenso erfolglos, weil das dem Besserwisser nur neue Motivation zum Besserwissen verleiht. Tritt die Besserwisserei in Kombination mit totaler Ahnungslosigkeit auf, handelt es sich übrigens um das Krankheitsbild der → *Dummschwätzerei*.

Bierbauch, der

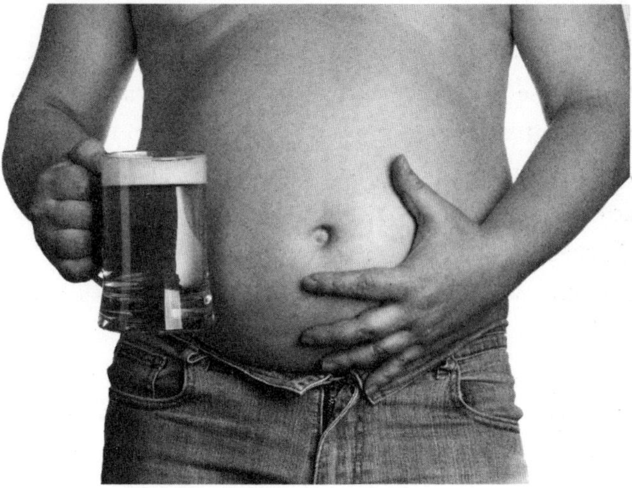

Der Bierbauch, der meistens keiner ist, sondern ein Bier-Kotelett-Knödel-fette-Soße-null-Bewegung-Bauch, gilt bei so manchem Träger noch als Statussymbol, ganz nach dem Motto: Das habe ich alles selbst bezahlt. Wird der Bierbauch ohne jede Scheu gerne nackt präsentiert, liegt gleichzeitig → *Abdomineller Exhibitionismus* vor.

Bindungsangst, die

Die Bindungsangst kann sich in einer Vielzahl verschiedenster Symptome äußern. Hier nur eine Auswahl: Er sagt ihr nie, dass er sie liebt. Er spricht nie von ihr als »meine Freundin«. Er scheut sich, sie seinen Eltern oder Freunden vorzustellen. Er scheut sich, ihre Eltern oder Freunde kennenzulernen. Er hat eine Phobie vor dem Wort »Heiraten«. Er hält vier Wochen für eine Langzeitbeziehung. Er macht mit ihr Schluss, weil er »noch nicht so weit ist«.

Der Vollständigkeit halber sei erwähnt, dass die Meinungen der Mediziner über die Bindungsangst weit auseinandergehen. Während die meisten Wissenschaftler die Bindungsangst für eine weit verbreitete männliche Krankheit halten, gibt es eine zweite Gruppe, die behauptet, Bindungsangst sei nur eine Erfindung verschmähter Frauen, die dem Mann lieber ein Gebrechen andichten, als einzusehen, dass er einfach nicht auf sie steht. So ein Blödsinn!

Blasen- und Darmschwächeanfälle, die

Blasen- und Darmschwächeanfälle treten beim Mann verstärkt auf, wenn es Zeit ist, den Tisch abzuräumen oder Geschirr zu spülen. Dann muss er sich mit der Zeitung aufs Stille Örtchen zurückziehen, um sich ganz in Ruhe auszukurieren. Blasen- und Darmschwächeanfällen ist nur mit Aussetzen der Aufräumtätigkeiten durch die Partnerin zu begegnen.
Siehe auch → *Fluchtverhalten*.

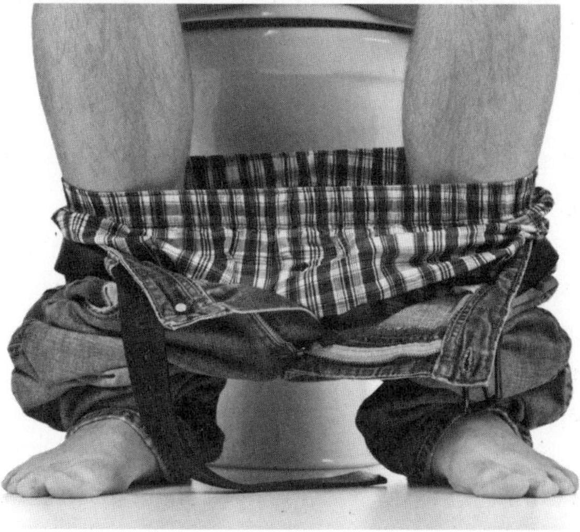

Bleifuß, der

Der Bleifuß beruht auf einer gestörten Augen-Fuß-Koordination und offenbart sich in der fehlenden Feinmotorik der rechten unteren Extremität des Mannes. Denn Männer mit Bleifuß drücken das jeweils zu bedienende Pedal stets mit ganzer Kraft. Daraus resultieren zwei Mobilitätsstufen: Vollgas oder Vollbremsung. Auch wenn die hundert Meter entfernte Ampel auf Rot umspringt, wird der Bleifuß nicht vom Gas genommen, nur um kurz darauf voll in die Eisen zu steigen.

Quietschende Bremsen, durchdrehende Räder, extremer Verschleiß und Benzinverbrauch – alles kein Problem für den Bleifuß. Denn seine geistigen Fähigkeiten sind nicht so weit entwickelt, dass er diesen Kinkerlitzchen Aufmerksamkeit schenken könnte. Männer mit Bleifuß sind also eine ständige Belastungsprobe für das Auto, andere Verkehrsteilnehmer und die Nerven der Partnerin.

Bloßstell-Krankheit, die

Auch genannt *Degradierungs-Sucht*.

Die Bloßstell-Krankheit ist ein ganz besonders fieses Gebrechen, da der Betroffene in seinem Drang, andere in der Öffentlichkeit fertigzumachen, oft keinerlei Grenzen kennt. Besonders gerne sucht er sich Leute aus, die sich nicht wehren. Das favorisierte Objekt für seine Gemeinheiten ist sehr häufig die eigene Partnerin.

In ihrer leichtesten Form ist die Bloßstell-Krankheit noch eine mit Humor getarnte Art, Fehler abzuwälzen. Beispiel: Kommt ein Betroffener mit seiner Partnerin zu spät zu einer Verabredung, lässt er beiläufig fallen, die

Verspätung liege daran, dass sie nichts zum Anziehen gefunden habe. So weit noch erträglich, weil Klischee.

In der schweren Form der Bloßstell-Krankheit wird es aber nicht bei dieser Bemerkung bleiben, sondern der Betroffene etwas anfügen wie: »Ihr passt ja nichts mehr. Ist alles zu eng geworden. Nicht wahr, Moppelchen?«

Gerne sind seine Bemerkungen, die die Partnerin degradieren, auch sexuellen Charakters. Beispiel: »Angelina Jolie hat tolle Brüste. Im Gegensatz zu dir, mein Schatz. Wenn ich in deine Bluse gucke, denke ich, ich bin in der Knabenabteilung gelandet.«

Für die Bloßstell-Krankheit gibt es nur zwei Gegenmittel: Mit gleichen Waffen zurückschlagen – oder abhauen.

Blumenallergie, die

Sehr viele Männer leiden unter einer Blumenallergie, die sie dazu bringt, der Partnerin nie, nie, nie auch nur ein einziges Gänseblümchen zu schenken. Der Mann mit Blumenallergie macht um jeden Floristen einen großen Bogen und vermeidet auch den Kauf von Blumen im Supermarkt/auf Wochenmärkten.

Untersuchungen von Wissenschaftlern, die die Hirnströme von Männern beim Anblick von käuflich zu erwerbenden Blumen gemessen haben, haben ergeben, dass diese die Blumen überhaupt nicht wahrnehmen. Da könnte genauso gut Waschmittel oder Bohnerwachs stehen, im Bewusstsein des Betroffenen macht das keinen Unterschied. Auch Zimmerpflanzen bemerkt der Blumenallergiker Messungen zufolge nicht, weswegen er auch nicht in der Lage ist, diese zu gießen. Wenn er im Garten arbeitet, sollte die Partnerin ihm genaue Instruktionen erteilen, denn für den Betroffenen gibt es keinen Unterschied zwischen einer Hyazinthe und einer Brennnessel, beides würde er gnadenlos ausrupfen.

Im absoluten Notfall, wie einem vergessenen Geschenk zum Hochzeitstag/Geburtstag, scheinen die einzigen Blumen, gegen die der Betroffene nicht allergisch ist, die verkrüppelten Sträuße von der Tankstelle zu sein, die in Plastik verpackt schon einen Großteil ihrer Frische und Standhaftigkeit eingebüßt haben, aber wegen des vertrauten Benzinmiefs dem Mann nicht ganz so unerträglich sind. Die Blumenallergie ist auch Symptom des → *Romantik-Syndroms.*

Brummeritis, die

Ob kreischende Formel-1-Motoren oder Harley-David-son-Geknatter in tiefstem Bass – der Mann mit Brummeritis ist süchtig nach Motorgeräuschen jeglicher Art. In der Regel hat er eine Karriere hinter sich, die mit dem Frisieren seines ersten Mofas begann und zum Erwerb einer Rennmaschine mit 84 PS geführt hat, die er gerne nur so zum Spaß aufbockt, um wie ein Bescheuerter am Gashebel zu drehen. Seine Freizeit verbringt er auf der Autobahnbrücke, in der Nähe einer Boxengasse oder zu Hause, wo er sich den WM-Lauf von Monaco im Dolby-Surround-System um die Ohren brausen lässt. Den Geruch von Abgasen, verbranntem Gummi und strapazierten Bremsbelägen empfindet der Mann mit Brummeritis als anregend. Die Ursachenforschung für diese Krankheit steht noch ganz am Anfang.

Casanova-Syndrom

Das Casanova-Syndrom ist eine Verhaltensauffälligkeit, die sich bei sexuellen Handlungen offenbart und in dem übersteigerten Drang des Betroffenen äußert, als Super-Liebhaber in die Geschichte einzugehen. Der Mann mit Casanova-Syndrom will alles, aber auch wirklich alles, richtig machen und versucht deswegen stets das komplette Vorspiel-Repertoire an die Frau zu bringen. Er schenkt jedem Zentimeter des weiblichen Körpers gleichermaßen seine Aufmerksamkeit. Er knutscht Kinn und Kniekehle, knetet Knorpelgewebe, massiert Magengrube und Meniskus. In der Hoffnung, als Entdecker bislang unbekannter erogener Zonen zu Ruhm zu gelangen, widmet er sich Zehenzwischenräumen, Ellenbogen und Schienbein, genauso wie Achillessehne und Kopfhaut. Erkundungsgänge mit feuchter Zunge in der eustachischen Röhre hält er für prickelnde Erotik, genau wie pfundweise Schlagsahne auf der Haut, die erst mal abgeschleckt werden muss, bevor es weitergeht. Gegenmaßnahmen, die zum Ziele haben, ihn zu verwöhnen, wird er nicht akzeptieren, denn er besteht darauf, die Frau in Ekstase zu versetzen. Und das kann dauern.

Aber nicht verzagen! Der Mann mit Casanova-Syndrom bietet durchaus Vorteile. Bis er endlich dorthin vorstößt, wo er wirklich etwas bewirkt, hat man Zeit, *Krieg und Frieden* zu Ende zu lesen oder die 34 CDs der Hörbuch-Ausgabe von *Vom Winde verweht* zu genießen.

Chronische Amouröse Insuffizienz, die

Hinter der Krankheit mit diesem wohlklingenden Namen steckt ein schlichtes Symptom mit allerdings weitreichenden Folgen: Der Betroffene ist schlecht im Bett. Die Chronische Amouröse Insuffizienz hat dabei viele Gesichter, vom monotonen Rammeln bis zu akrobatischen Kamasutra-Verrenkungen. Siehe → SPEZIAL *Liebhaber-Krankheit*.

Chronische Frageverweigerung, die

Auch genannt *Nicht-nach-dem-Weg-fragen-Krankheit*.

Die Chronische Frageverweigerung ist im speziellen Fall der geografischen Orientierung vom Aussterben bedroht, da immer mehr Männer ein Navigationsgerät besitzen. Dieses wurde im Übrigen nur erfunden, damit Männer sich nicht mehr anhören müssen: Frag doch besser nach dem Weg, anstatt hier völlig planlos durch die Gegend zu gurken.

Die Chronische Frageverweigerung tritt allerdings auch heute noch auf, zum Beispiel bei der → *Supermarkt-Desorientierung*, aber auch wenn es darum geht, jemanden um Hilfe zu bitten. Denn mancher Mann riskiert lieber einen Hexenschuss, als den Nachbarn oder einen Freund zu bitten, beim Aufstellen eines Schranks mit anzufassen.

Computersucht, die

Diese Krankheit erklärt sich von selbst: Er hockt immer und ewig vor dem Computer. Regelmäßiges Mausklicken hält der Computersüchtige für ausreichende sportliche Betätigung, Twittern für Sozialverhalten und Facebook-Freunde für echt. Wenn er verreist, dann mit Google Earth, Shoppen wird bei Amazon erledigt, und Unterhaltung holt er sich bei YouTube. Wiederholte Versuche, ihn von dem Ding wegzulocken, zeigen meistens nur kurzfristigen Erfolg. Irgendwas gibt es immer zu recherchieren (neue Software), zu besprechen (Sportforen), zu gucken (Internet-Fernsehen), zu daddeln (*World of Warcraft*) oder runterzuladen (*The Big Bang Theory*).

Ganz besonders schlimm ist dieses Krankheitsbild ausgeprägt bei gleichzeitigem Auftreten von → *Megapixel-*

manie, → *Monitorose* und → *Photoshopitis*. In jedem dieser Stadien lässt sich der Mann nicht einmal mehr mit Strapsen vom Computer weglocken. Vom Verteilen von Cola oder anderen klebrigen Substanzen auf der Tastatur als Therapiemaßnahme ist abzuraten, ebenso vom Zerstören des WLANs, des Monitors oder des ganzen verdammten Scheißdings. Denn der Computersüchtige verfügt in der Regel über eine ganze Armada von weiteren digitalen Geräten, die ihm die Befriedigung seiner Sucht ermöglichen.

Creme-Parasiten, die

Creme-Parasiten sind Männer, die den Eigenerwerb einer Gesichtscreme aus verschiedensten Gründen ablehnen, sich aber nicht scheuen, tief ins Chanel-Tiegelchen der Partnerin zu greifen. Bei direkter Ansprache, warum er sich denn nicht selbst eine Creme gönne, bringt der Creme-Parasit Einwände vor von »Brauche ich eh nur ganz selten« bis »Das ist doch albern«. Selbst vor der Ausrede »So was ist mir viel zu teuer« schreckt der Creme-Parasit nicht zurück, vermutlich, weil er keine Ahnung hat, wie viel Geld er sich gerade tatsächlich in seine Visage geschmiert hat. Ist der Partner ein hartnäckiger Creme-Parasit, empfiehlt sich die Investition in einen Spiegelschranksafe.

SPEZIAL

Angeberei, die

Die Angeberei, auch *Geltungssucht* oder *Profilneurose* genannt, ist ein vielfältiges Forschungsgebiet im Bereich der psychologischen Verhaltensauffälligkeiten des Mannes. Sie ist wichtiger Bestandteil des männlichen Imponierverhaltens, das rivalisierende Geschlechtsgenossen einschüchtern und gleichzeitig Weibchen anlocken und beeindrucken soll. Das funktioniert natürlich nicht immer. Sollte der Angeber mit seiner großspurigen Masche nicht landen können, wird er das nicht ohne weiteres hinnehmen. Denn es passt überhaupt nicht in sein Weltbild, wenn eine Frau null Interesse an ihm und seinen Storys zeigt. Das übersteigt schlichtweg die Vorstellungskraft des Angebers. Deswegen wird er jedwede Art von Ablehnung stets als Ansporn sehen, um mit immer dolleren

Geschichten doch noch ihre Bewunderung hervorzurufen.
Besonders schlimm für alle Anwesenden ist das Zusammentreffen zweier Angeber, die sich im Kampf um die Alphaposition gegenseitig zu übertreffen suchen. In Ermangelung gesellschaftlich akzeptierter körperlicher Auseinandersetzungen wird die Angeberei dabei meist auf verbaler oder materieller Ebene ausgeübt – und zwar unabhängig von Bildung und Milieu. Denn die Ausprägungen der Geltungssucht sind äußerst vielfältig – da ist für jeden IQ was dabei. Meist ist der Angeber besonders auf ein Themengebiet spezialisiert. Allerdings gibt es auch den Multiplen Angeber, der sich immer und überall hervortun muss, ob mit seinem Wissen, seinen Erfolgen, seiner Kraft oder zur Not mit seiner Schwanzlänge. Diese Exemplare sind verständlicherweise am unerträglichsten. Der Forschung sind bislang folgende Unterarten der männlichen Angeberei bekannt:

Abenteuer-Angeberei, die

Auch genannt *Odysseus-Komplex* (nach dem Held der griechischen Mythologie, der zehn Jahre bis nach Hause brauchte und dabei mit Stürmen, Zyklopen und Menschenfressern kämpfte und schließlich als einziger Überlebender seine Heimat erreichte). Der Abenteuer-Angeber sieht sich selbst als eine Art Indiana Jones und zeichnet sich durch ein unendliches Repertoire an Storys aus fernen Ländern aus, die sämtliche Reiseerlebnisse aller Anwesenden an Gefährlichkeit, Waghalsigkeit und Heldentum weit übertreffen. Bazillenverseuchte Falafel in Marrakesch, schuhkartongroße Kakerlaken in Bolivien, Penisfische im Amazonas, Gipfelstürme im Himalaya, Durchfall in Rajasthan und das Antlitz des Tigers in Borneo – stets hat der Abenteuer-Angeber eine Geschichte in der Hinterhand, die noch einen draufsetzt und beweist, was für ein Teufelskerl er ist. Selbst friedliche Überfahrten in karibischen Fähren, nicht stattgefundene Faustkämpfe mit senegalesischen Viehhirten oder ausgebliebene Überfälle durch thailändische Junkies werden zu Höhepunkten tollkühner Trips hochstilisiert. Denn der Abenteuer-Angeber versäumt nie, dem Unkundigen selbst harmlose Reiseländer als brodelnde Krisenherde zu verkaufen, damit nur ja keiner seiner Bekannten dorthin fährt und feststellt, dass seine Geschichten ein klitzekleines bisschen übertrieben sind.

Auto-Protzerei, die

Der Auto-Protzer definiert sich ganz allein über seine Karre. Er hat einen Großteil seines Ersparten investiert, um sich eine PS-starke Schleuder zuzulegen, die bei vielen männlichen Konkurrenten akute Neidanfälle hervorruft und manchen Frauen feuchte Höschen beschert. Besonders begehrt sind dabei bekannte Testosteronvehikel wie Porsche, Ferrari, Maserati, Lamborghini, Bugatti oder Jaguar – bevorzugt als Cabrio. Steht der Auto-Protzer nicht neben seinem Wagen, wo er

sich selbstverständlich am liebsten aufhält, schlenkert er auffällig mit dem Autoschlüssel herum oder legt ihn (samt Anhänger mit Markenemblem) für alle gut sichtbar auf den Tisch. Seine bevorzugten Themen sind Tempolimits, maximale Beschleunigung und die Unerträglichkeit von Schnarchnasen, die sich erdreisten, mit 140 die linke Spur zu blockieren, was er selbstverständlich als persönlichen Racheakt des kleinen Mannes wertet. Denn jeder, der ihm und seinem Wagen nicht sofort Platz macht, wird als Neidhammel abgestempelt.
Stets versucht er, Bekannte oder Freunde unter fadenscheinigen Vorwänden zu seinem Parkplatz zu locken. Er schlägt immer Straßencafés als Treffpunkt vor, damit er dort mit seinem Wagen vorfahren kann. Selbstverständlich richtet er es so ein, dass er als Letzter eintrifft, damit jeder sieht, in welchem Fahrzeug er sitzt. Sollten sich seine Freunde verspäten, fährt er solange um den Block, bis alle da sind.
Auto-Protzer ohne das nötige Eigenkapital werden als Weekend-Auto-Protzer bezeichnet. Sie mieten sich einfach einen Angeberwagen und gondeln damit im Schritttempo die Flaniermeilen rauf und runter, in der Hoffnung, das weibliche Geschlecht auf sich aufmerksam zu machen. Das klappt auch mitunter. Da es aber noch keinem Auto-Protzer gelungen ist, seinen Schlitten mit ins Bett zu nehmen, wird sein Jagdopfer spätestens dort merken, dass der Auto-Protzer ohne sein Auto auch nur ein ganz normales Würstchen ist.

Demonstratives Gutmenschentum, das
Profilneurotische Männer, die sich materielle Angeberei nicht leisten können, sich als Bildungsbürger bezeichnen oder curryfarbene Fleecejacken zu braunen Cordhosen tragen, beackern das umfangreiche und einträgliche Feld der Political Correctness. Bei jeder sich bietenden Gelegenheit betonen sie ihr Engagement für die Armen, Schwachen und Gebeutelten. Ob Mitarbeit bei der örtlichen Amnesty-Gruppe, Spendensammeln für UNICEF, Plakate malen für Windenergie oder Veganertum aus Tierliebe: der Demonstrative Gutmensch sichert sich die Aufmerksamkeit der Anwesenden allein durch die Wahl seiner Themen.
Wer über Kinder referiert, die in Bangladesh Leoparden-Leggings für Textil-Multis zusammentackern, oder über Legehennen, die in briefmarkengroßen Käfigen hausen, dem muss man natürlich Gehör schenken, sonst outet man sich selbst sofort als Schwein. So gelingt es dem Gutmenschen-Angeber nicht selten, seinen Zuhörer*innen* mit seinem Gelaber ein dermaßen schlechtes Gewissen zu machen, dass sie mit ihm ins Bett gehen, nur um auch ihren Teil zur Rettung des Planeten beizutragen. In den Fällen, in denen seine moralinsauren Missionierungsversuche auf taube Ohren stoßen, neigt der Gutmensch dazu, die betreffende Dame als selbstsüchtige Schlampe zu diffamieren, die sein Weltverbesserer-Sperma sowieso gar nicht verdient habe.

Das Demonstrative Gutmenschentum ist eine besonders bösartige Form der Angeberei, da die Nächstenliebe nur aus niederen Beweggründen betrieben wird, nämlich um Bewunderung zu ernten. Bekommen Gutmenschen-Angeber diese nicht, reagieren sie meist extrem inhuman. Mit beharrlichen Einwänden und anderen Meinungen kann der Gutmensch nämlich überhaupt nicht umgehen, da diese an seinem Image des unfehlbaren Gurus kratzen.

Lukullische Angeberei, die

Auch genannt *Affektive Gourmetose*. Beim Lukullischen Angeber ist Prahlhans Küchenmeister. Denn er nimmt nur Dinge mit

a) unaussprechlichem Namen,
b) einem Kilopreis von über dreißig Euro oder
c) handgemachte Importware aus speziellen Regionen zu sich.

Der Lukullische Angeber kennt die Qualitätsunterschiede von Austern, Kaviar und Trüffeln verschiedener Anbieter. Alles andere als einen Perlmuttlöffel für das Frühstücksei wird er verpönen, er nippt selbstverständlich nur an Jamaica-Blue-Mountain-Kaffee und schmiert gerne Elchkäse auf seine Pumpernickel. Vor allem aber ist er davon überzeugt, dass sein Geschmack das Maß aller Dinge ist, weswegen er auf alle, die sich normal ernähren, herabschaut.

»Wie kann man so was nur essen?« ist einer seiner Lieblingssprüche, wenn er Tiefkühlpizza oder Nudelpackungen für 49 Cent sieht. Beim Delikatessen-Laden begrüßt man ihn mit Namen, den Discounter kennt er meist nur aus dem Fernsehen.
Es sei denn, es handelt sich um die besondere Form des Lukullischen Angebers mit Ich-lass-mich-herab-Attitüde. Diese speziellen Angeber machen aus ihrem Einkauf bei Aldi keinen Hehl. Im Gegenteil: Sie verkünden lautstark, welche Produkte aus dem Billigregal ihrem hohen Anspruch genügen. »Das kann man *wirklich* essen«, sagen sie dann gerne, als ob es besonders überrascht, dass man in einem Lebensmittelgeschäft Essbares kaufen kann. Um dem Ganzen noch die Krone aufzusetzen, schieben sie Sätze nach wie: »Zusammen mit dem Steinofenbrot aus der französischen Bäckerei und einer Flasche Champagner ist das wirklich genießbar.« Eine besondere Form der Lukullischen Angeberei ist das → *Weinkennertum*.

Maulheldentum, das

Der Maulheld neigt dazu, sein eigenes Verhalten völlig anders darzustellen, als es tatsächlich der Fall gewesen ist. Besonders gerne übertreibt er seine Rolle in Konfliktsituationen. Sprüche wie »Dem habe ich es aber gezeigt«, »Der war so klein mit Hut« oder »Der hat gezittert vor Angst« lassen ihn als Helden dastehen – auch wenn er sich in echt fast in die Hosen gemacht hat. Die Partnerin weiß das natürlich und kann ihn eventuell dezent darauf hinweisen, muss aber mit einer aggressiven Retourkutsche rechnen, falls sie ihn als Waschlappen bloßstellen sollte.

Muskuläre Angeberei, die
Die Muskuläre Angeberei äußert sich im Blankziehen von möglichst definierten Muskelpaketen der unterschiedlichsten Körperregionen. Der Muskuläre Angeber bevorzugt dabei

a) eine Körperhaltung, die ihn noch breiter erscheinen lässt, als er sowieso schon ist (der sogenannte »Rasierklingen-unter-den-Armen-Gang«),
b) Outfits, die seine gestählte Figur betonen (Ringerhemden, Muscle-Shirts, Radlerhosen),
c) Bewegungen, bei denen er wie zufällig die Muskeln anspannen kann (und wenn es nur Nasekratzen ist),
d) Situationen, in denen er beiläufig das Sixpack entblößen kann (»Oh, ist mir heiß!«, »So macht 50 Cent in seinem neuen Video« oder »Hab ich am Bauch etwa einen Mückenstich?«),
e) Situationen zur Messung körperlicher Kräfte mit anderen Männern (Armdrücken, Rangeleien).

Die Muskuläre Angeberei ist in dezenter Form durchaus ansprechend. Werden die Muskeln aber so stolz und ausdauernd präsentiert wie ein wuscheliger Hundewelpe, ist das selbst bei gutem Aussehen irgendwann nur noch erbärmlich. Handelt es sich um die besondere Gattung der Mister-Universum-Wannabes mit aufgepumpten Anabolika-Muckis, die ihre dicken Arme nicht mal mehr an den Körper anlegen könnten, wenn sie es wollten, dann ist die Schmerzgrenze eindeutig überschritten. Unter Muskuläre Angeberei fällt auch

das Prahlen mit tatsächlich errungenen oder mit vermutlich im Fall eines Kampfes zu erringenden Siegen über andere Männer.

Mutproben-Manie, die
Unter Angeberei fällt auch das extreme Zurschaustellen jeglichen Fehlens von Risikobewusstsein. Seit auf

MTV die Sendung *Autoaggressive Vollidioten ohne einen Funken Verstand* (Originaltitel: *Jackass*) läuft, hat sich die männliche Angeberei auf diesem Feld noch verstärkt. Insgesamt lässt sich feststellen, dass Mutproben eindeutig ein Männerding sind. Nein, halt, das stimmt nicht! Ein Männerding sind die Mutproben, die extrem schwachsinnig sind. Darunter fallen Sachen wie irgendwo runterspringen, irgendwo raufklettern oder irgendwo gegenpinkeln (Elektrozaun). Auch der gesundheitsgefährdende Konsum von Alkoholika (Wettsaufen) oder ekliger Dinge (lebende Tiere) ist oftmals fest in männlicher Hand. Bloß nie zugeben, dass man Schiss hat. Bloß keine Schwäche zeigen. Besonders schlimm wird die Mutproben-Manie im Zusammenhang mit Alkohol und Drogen – hier sind jedes Jahr zahlreiche Todesopfer zu beklagen. Ob beim Balkonspringen auf Mallorca, S-Bahn-Surfen in Berlin oder Schiffsrumpftauchen in russischen Seen.

Namedropping, das

Unter Namedropping versteht man, die Namen von berühmten oder reichen Personen, zu denen man direkt oder indirekt Kontakt pflegt, fallen zu lassen, um sich selbst aufzuwerten. Hartnäckige Namedropper schrecken dabei auch nicht davor zurück, Bekanntschaften vom Schwager der Nachbarin seiner Kollegin als die eigenen auszugeben, solange die Person nur populär genug ist. Namedropping ist eine der erbärmlichsten Formen der Angeberei.

Numerologische Angeberei, die

Auch bekannt als *Morbus Fibonacci*, nach dem mittelalterlichen Rechenmeister Fibonacci, auf den die Entdeckung der unendlichen Folge von Zahlen zurückgeht, die »Fibonacci-Folge« genannt wird. Den Numerologischen Angeber erkennt man daran, dass er möglichst viele Zahlen in einem Satz unterbringen kann, in dem Versuch, andere zu beeindrucken. Ob seine Aktiendepotwerte, die PS-Zahl seines Zweitwagens, die Menge an Geschäftsabschlüssen, die Höhe seines Jahresbonus, den Preis seines Jacketts, die Bestzeit für zehn Laufkilometer oder die Körpermaße seiner Ehefrau – der Numerologische Angeber hat für alles eine messbare Größe parat, denn alles, woran er glaubt, lässt sich mit Zahlen belegen. Gähn!

Eine Variante des Numerologischen Angebers ist der Mega-Numerologe, der auf alle Zahlen noch mal das Doppelte aufschlägt. Der Fisch, den der Mega-Numerologe angelt, wird in seiner Geschichte einen Meter lang, auch wenn er in Wahrheit gerade mal die Größe eines Rettichs hatte. Die Schneeschicht, die der Mega-Numerologe morgens von der Garageneinfahrt wegschippt, geht ihm in der Nacherzählung bis zum Knie, auch wenn in echt nur eine Lage Pulverschnee wegzufegen war. Der Mega-Numerologe hat stets doppelt so viel gearbeitet, dreimal mehr Liegestütze gemacht und viermal so viele Biere getrunken wie in Wirklichkeit. Es sei denn, er wird von der Polizei angehalten und nach seinem Alkoholkonsum gefragt. Da lässt der Mega-

Numerologe die Zahl der Pils auf seinem Deckel schon mal schnell auf null schrumpfen.

Sexprotzerei, die

Die Sexprotzerei ist eine weit verbreitete Männerkrankheit. Die Zahl der Geschlechtspartnerinnen (»Julio Iglesias ist ein Messdiener gegen mich«), die Koitus-Dauer (»Man nennt mich den Marathon-Mann«), der Grad der Befriedigung seiner Partnerinnen (»Bei mir hat sich noch Keine beschwert, höhö«) und natürlich und vor allem die Länge des eigenen Geschlechtsteils (»Such dir im Gemüseladen die größte Gurke aus, dann bekommst du eine Ahnung«) – der Sexprotzer prahlt und prahlt und prahlt. Am liebsten natürlich vor seinen Kumpels. Und das aus gutem Grund.

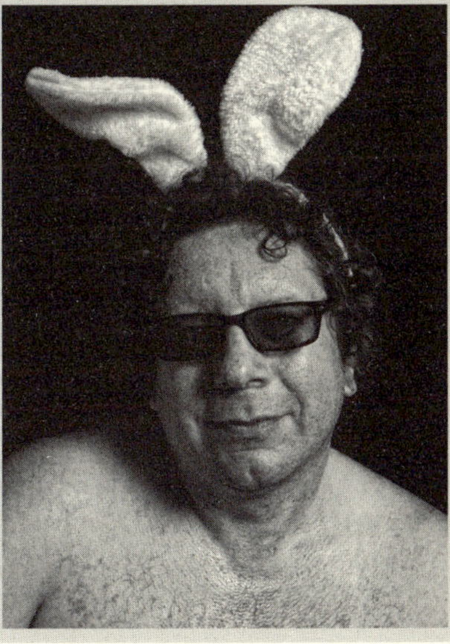

WARNHINWEIS an Sexprotze
ACHTUNG, ACHTUNG!!!
Fragt niemals – und wirklich niemals! –, wie ihr im Bett wart. Es könnte sein, dass die Frau ehrlich antwortet. Was wiederum zu einem ernsthaften Trauma eurerseits führen könnte!

Terminologische Angeberei, die

Auch genannt *Professorose*.

Der Terminologische Angeber kann nicht anders, als jeden Satz mit Fachbegriffen zu würzen, um sich wichtigzumachen. Dabei ist es egal, ob sein Fachchinesisch aus einem beruflichen oder privaten Kontext herrührt. Angeln, Computer, Drechseln, Golf, Motorsport, Aktiengeschäfte, Segelfliegen, Juristerei, ja selbst das Basteln von Fensterbildern kann dem Laien als komplizierte Angelegenheit verkauft werden. Dem Terminologischen Angeber ist es egal, wenn sein Gegenüber nicht die Bohne versteht, ja eigentlich beabsichtig er genau das, zumindest unbewusst. Denn so fühlt er sich überlegen wie ein Professor, der dummen Studenten die Welt erklärt. Hier hilft nur: Labern lassen und sich schnellstmöglich aus dem Staub machen.

Weinkennertum, das

Der selbsternannte Weinkenner (lateinisch: Vino Angeberitas) zeichnet sich vor allem dadurch aus, dass er einem mit seinem Riechen und Schlürfen und Wichtigtun jeden Spaß am Saufen nimmt. Der Vino Angeberitas geht zum Lachen in den Weinkeller, wo er seine Grand-Cru-Schätze bunkert. Am liebsten trinkt er bei sich zu Hause, weil er dann weiß, welchen Wein er vor sich hat und was die Experten darüber sagen. Mit dem angelesenen Wissen ausgestattet, fällt es ihm leicht, den Macker zu mimen. Ergreift er das Glas, heißt es für seine Gäste, Geduld aufbringen. Denn natürlich trinkt der Weinkenner nicht einfach drauflos. Er schwenkt das Glas, hält es gegen das Licht und fängt nach einem angemessenen Moment des Prüfens das Schwadronieren an, indem er Farbe, Traube und Jahrgang interpretiert. Dann steckt er seinen Riechkolben tief in das Glas und atmet so heftig ein, als sei er zur Heilung asthmatischer Bronchien in einem Seebad. Bis er einen Schluck nimmt, sind andere schon halb besoffen. Trinkt er dann endlich, behält er den Wein im Rachen und gurgelt damit, als sei er eine antibakterielle Spülung. Anschließend beurteilt er wortreich Blume, Körper und Abgang und lässt selbstverständlich nicht unerwähnt, dass der Wein

a) teuer,
b) nur über besondere Beziehungen zum Weinhändler seines Vertrauens zu bekommen war und
c) bei Kennern dieser Welt als Geheimtipp gehandelt wird.

Wenn er dann anfängt, den kleinen Johnson zu loben, sei erwähnt, dass er damit nicht seinen Johannes meint, sondern das Buch eines englischen Weinkritikers namens Johnson. Seine Gastgeberfreuden hören da auf, wo seine Gäste den Wein einfach in sich hineinschütten. Dann wird er mürrisch, als sei ihm eine Reblaus über die Leber gelaufen. Die größte Schmach für ihn aber ist, unwissentlich einen Discounter-Wein zu loben. Obwohl es auch im Weinkennertum, ähnlich wie beim Lukullischen Angeber, den Ich-lass-mich-herab-Typen gibt, der hin und wieder Weine aus dem Supermarkt trinkt und sich dabei selbst wie der große Johnson aufführt, indem er diesen speziellen Wein für »durchaus trinkbar« erklärt.

Dackelblick, der

Irgendwann hat ihm mal jemand gesagt, er könne sooo süß gucken! Seitdem kennt er nur noch einen Ausdruck: den treu-doofen Augenaufschlag bei leicht geneigtem Kopf. Hat er mal wieder vergessen, die Blumen zu gießen, vor dem Besuch seiner Mutter zu warnen oder die Kinder vom Kindergarten abzuholen – mit dem Dackelblick versucht er, sich aus der Sache rauszulavieren. Oft funktioniert das auch, weil der Dackelblick bei der Partnerin eine Ausschüttung des Hormons Oxytocin bewirkt, von dem sie sich einlullen lässt. Das birgt die Gefahr, dass er, den Erfolg auf seiner Seite, den Dackelblick als Freibrief für jeden Mist, den er verzapft, benutzt. Spätestens wenn er glaubt, damit seine Affäre mit der Sekretärin entschuldigen zu können, wird klar: Man hätte früher gegensteuern sollen.

Daddelzwang, der

Siehe → *Computersucht.*

Daumen-Staccato, der

Der Daumen-Staccato äußert sich im äußerst schnellen wiederholten Drücken des Umschaltknopfes der Fernbedienung und kann mit zum Entstehen eines → *Fernbedienungskrampfes* beitragen. Die Umschaltgeschwindigkeit liegt dabei weit über der visuell-emotionalen Aufnahmefähigkeit der Partnerin und wird von dieser als äußerst unangenehm empfunden. Beim Daumen-Staccato handelt es sich in der Regel um eine angewöhnte Krankheit, die man dem Mann auch wieder abgewöhnen kann, indem man unter Androhung des Fernbedienungsentzugs eine individuelle Fristenregel vereinbart, die die Umschaltgeschwindigkeit auf ein erträgliches Maß reduziert.

Dekorationsdefizit, das

Ob ein Mann an einem Dekorationsdefizit leidet, lässt sich bei einem Blick in seine Wohnung feststellen: Hat er Ungemütlichkeit zum Einrichtungsstil erhoben, ist er eindeutig betroffen. Das Fehlen von Sofakissen, Teelichthaltern, Zimmerpflanzen, Kerzen, Urlaubsmitbringseln wie Miniatur-Leuchttürmen und Schneekugeln sind klassische Symptome. Wenn ihm ein gigantischer Flatscreen und ein kaltes, schwarzes Ledersofa als Mobiliar ausreichen und er Zahnpastaspritzer auf dem Badezimmerspiegel schon als Ornament wertet, gehört er eindeutig zur großen Gruppe der Dekorations-Patienten. Meistens reagieren diese allergisch auf jede Art der Umdekorierung, weil sie allen Ernstes davon überzeugt sind, ihre Wohnung sei gut so, wie sie ist. Hier sollte die Partnerin möglichst subtil vorgehen und die Sensibilisierung mit einer sich langsam steigernden Dosis an hübschen Accessoires angehen. Das Ziel ist, ihm doch noch guten Geschmack anzugewöhnen.

Deo-Schocker, der

Seit die Werbung die Legende vom Axe-Effekt in Umlauf gebracht hat, laut der attraktive Frauen auch die Spackos dieser Welt bespringen, sobald sie nach maskuliner Chemie riechen, sieht so mancher Mann seine letzte Chance darin, sich mit krankhaften Mengen an Deodorant oder Aftershave einzunebeln. Der penetrante Duft versetzt Frauen angeblich in einen Deo-Schock, der Paarungsbereitschaft nach sich ziehen soll. Nicht selten wird aber nur der Fluchtinstinkt aktiviert.

Destruktives Ehrlichkeits-Syndrom, das

Das Destruktive Ehrlichkeits-Syndrom führt zu einem Übermaß an unangebrachter Aufrichtigkeit der Partnerin oder anderen Frauen gegenüber. Die Diagnose ist einfach: Er sagt was, sie ist eingeschnappt (siehe auch → *Sichere Anzeichen für Destruktives Ehrlichkeits-Syndrom*). Das Schlimmste ist, dass er sich mit seiner absurden Ansicht von Ehrlichkeit auch noch für moralisch überlegen hält und jedwede Kritik an seinem Verhalten abwehren wird. Wenn er sich nicht bessert, gibt es nur eine Chance auf Heilung durch Schocktherapie: Die Partnerin sollte ihm drohen, beim Finanzamt mal *wirklich ehrlich* zu sein.

Sichere Anzeichen für Destruktives Ehrlichkeits-Syndrom:
Wenn er einen der folgenden Sätze sagt, ist eine Infizierung sicher:
»Ja, darin siehst du tatsächlich etwas fett aus.«
»Warst du mit dieser Frisur wirklich bei der Arbeit?«
»Hast du wieder die ganze Schokolade gegessen, oder warum bekommst du so viele Pickel?«
»Du wirst deiner Mutter jeden Tag ähnlicher.«
»Deine Beine sind viel zu dick für so einen Rock.«
»Das Kleid sieht nuttig aus.«
»Wenn du in die Hocke gehst, kann ich deine Cellulite sehen.«
»Deine Schwester hat wirklich Glück gehabt mit ihren Genen.«
»Ich kenne keine Frau, die wirklich schön ist.«

Distanzlosigkeit, die

In der Verhaltensforschung hat man herausgefunden, dass es einen bestimmten körperlichen Abstand gibt, den man als angenehm empfindet. Dieser liegt zwischen Freunden und Liebespaaren bei etwa fünfzig Zentimetern, bei fremden Personen bei etwa einem Meter. Fast alle Menschen halten sich unbewusst daran. Nur einige Männer tun das nicht. Sie verwechseln Einfühlungsvermögen mit kontinuierlichem Verringern der körperlichen Distanz. Mit an-

deren Worten: Sie rücken Frauen penetrant auf die Pelle. Damit verletzen sie deren persönliche Wohlfühldistanz, was von Frauen als sehr unangenehm empfunden wird. Für Männer mit Distanzlosigkeit gibt es nur eine Entfernung, die von Frauen als angemessen empfunden wird: nämlich gaaaaaanz weit weg.

Do-it-yourself-Syndrom, das

Das Do-it-yourself-Syndrom ist gekennzeichnet durch einen starken Drang zum Heimwerken trotz zweier linker Hände bei gleichzeitigem Verkennen der Realität, was das fertige Objekt betrifft. Männer mit Do-it-yourself-Syndrom treiben sich mit Vorliebe stundenlang in Baumärkten herum, wo sie sich alles aufschwatzen lassen, was nicht niet- und nagelfest ist. Zu Hause hämmern und bohren und sägen sie mit Begeisterung, aber ohne Erfolg. Der Bettkasten hält der ersten Belastungsprobe nicht stand, das Regal hängt schief, und in das Vogelhäuschen möchte nicht mal eine flügellahme Krähe einziehen. Doch die getrübte Selbstwahrnehmung verhindert das Erkennen des eigenen Unvermögens, so dass die Partnerin in die Zwickmühle gerät, entweder das Selbstbild ihres Mannes zerstören oder mit den Produkten seiner Stümperei leben zu müssen.

Drink-and-Drive-Disease

Auch genannt *Natürlich-kann-ich-noch-fahren-Krankheit*.

Diese Krankheit besteht darin, auch im beschwipsten bis total besoffenen Zustand noch Auto fahren zu wollen, weil der Betroffene eine oder mehrere der folgenden Meinungen vertritt:

a) dass er höchstens zwei Bier getrunken hat (obwohl es in Wirklichkeit fast ein ganzer Kasten war, er aber nach der fünften Flasche den Überblick verloren hat),
b) dass ein Kaffee reicht, um ihn wieder nüchtern zu machen,
c) dass ein Wein (als Maßeinheit dient auch hier die *Flasche*) mehr oder weniger auch keinen Unterschied macht,

d) dass er in seiner Männlichkeit so männlich ist, dass die allgemeinen körperlichen Folgen des Alkoholkonsums wie verlangsamte Reaktionsfähigkeit für ihn natürlich nicht gelten,
e) dass er die Promillegrenze trotz Schnapsfahne noch lange nicht erreicht hat,
f) dass er betrunken noch besser fährt als nüchtern,
g) dass das Einhalten von Straßenverkehrsregeln eh nur was für Weicheier ist,
h) dass das Auto den Weg schon alleine findet,
i) dass er so schnell fahren kann, dass ihn sowieso keine Polizeistreife erwischen wird.

Ursache für die *Natürlich-kann-ich-noch-fahren-Krankheit* ist also eine allgemeine Überschätzung der eigenen Fähigkeiten, verbunden mit der Faulheit, am nächsten Tag den Wagen abholen zu müssen, und mit dem Geiz, das Geld für ein Taxi auszugeben. Selbstüberschätzung, Faulheit und Geiz sind in nüchternem Zustand schon zweifelhafte Charaktereigenschaften, können unter Alkoholeinfluss auf einige Männer aber lebensgefährliche Auswirkungen haben. Gegen die Drink-and-Drive-Disease gibt es nur ein Mittel: den eiskalten Entzug des Autoschlüssels.

Dummschwätzerei, die

Dummschwätzerei ist definiert als die wortreiche Beschreibung der Ahnung, die man hat: nämlich keine. Der männlichen Dummschwätzerei begegnet frau in vielen Bereichen des täglichen Lebens. Ob sie sich in Konferenzen, Weiterbildungsseminaren, auf Gruppenreisen oder in der Kneipe schwindelig reden lassen muss – die Erfahrung zeigt: Wo Männer sind, sind auch Dummschwätzer. Obwohl ahnungslos wie ein Baby, tun Dummschwätzer immer so, als wüssten sie über alles bestens Bescheid. Ob Weltwirtschaft, Geografie oder Lebensweise der Beutelratten – sie labern einfach drauflos, auch wenn fachlich völlig am Thema vorbei, und schaffen es nicht selten, andere damit zu beeindrucken. Der Dummschwätzer scheut sich auch nicht, von anderen bereits Gesagtes in seinen eigenen Worten zu wiederholen und dabei so zu tun, als hätte er gerade das Rad neu erfunden. Denn in der Überzeugungskraft, die tief aus dem Innersten des Dummschwätzers kommt, liegt der Erfolg seiner Darbietung. Selbstkritische Reflexion fehlt dem Dummschwätzer völlig, weswegen er auch niemals auf die Idee käme, dass er mit seinen Ausführungen zur Molekulargenetik oder der Firmenstrategie falschliegen könnte – und wenn doch, was sollte daran schon so schlimm sein? Selbst wenn er mal des Dummgeschwätzes überführt werden sollte, tut er das lediglich mit einem Achselzucken ab.

Besonders wohl fühlt sich der Dummschwätzer in Anwesenheit von Frauen, die den Fehler begehen, ihre Wortbeiträge einzuleiten mit »Ich habe ja nicht wirklich Ahnung davon« oder »Ich weiß nicht, ob das wichtig sein könnte«. Je kleiner sich sein Gegenüber macht, desto mehr trumpft der Dummschwätzer auf. Gegen diese Krankheit hilft nur dreiste Schlagfertigkeit.

Echte-Männer-Syndrom, das

Wenn der Marlboro-Mann nicht längst an Lungenkrebs krepiert wäre, wäre er das Synonym eines Echten Mannes. Der, der alleine in der Prärie rumhängt, ein paar Rinder brandmarkt, literweise abgestandenen Kaffee trinkt und mit sich und der Welt im Reinen ist. Heute gibt es natürlich eine Vielzahl von Symptomen, die zum Echte-Männer-Syndrom zählen. Ein paar von ihnen sind ganz süß, wie zum Beispiel Ritterlichkeit, Verteidigung der Dame gegen blöde Anmache und auch bei minus achtzehn

Grad niemals Kälte spüren. Aber testosteronstrotzende Angeber, deren einziger Freund ihr Ego ist, die sich dauernd prügeln, sich von niemandem belehren lassen und keine Kompromisse eingehen, schon gar nicht für eine Frau, die sind in der Regel leider kaum noch zu retten. Absolut unheilbar hat es Typen erwischt, die es als Echte-Kerle-Pflicht ansehen, sich aufzuwerten, indem sie Frauen generell abwerten und von diesen nur als »Weiber« (altmodisch) beziehungsweise Hu…, Fo… oder Schl… sprechen.

Egomanie, die

Mit dem Egomanen kann man wunderbar über alle möglichen Themen reden, solange sie von ihm selbst handeln. Stets lenkt er das Gespräch zurück auf seine Erlebnisse, Taten oder Gefühle. Was andere zu berichten haben, interessiert ihn nicht. Der Egomane muss überall im Mittelpunkt stehen und bezieht alles, was andere tun oder nicht tun, auf sich. Gegen Egomanie ist kein Kraut gewachsen. Hier bleibt nur die Flucht.

Eierschaukeln, das

Siehe → *Faulheit*.

Eifersucht, die

Der Grad der Eifersucht definiert sich aus dem Ausmaß des Besitzanspruchs, kombiniert mit gleichzeitiger Verlustangst. Bei der Eifersucht gilt der Spruch des alten Paracelsus: Die Dosis macht das Gift. Ein bisschen Eifersucht ist sexy. Zu viel Eifersucht ist tödlich für die Beziehung. Wenn er noch nicht einmal registriert, dass sie mit einem heißen Latino Tango tanzt, dann findet die Partnerin das genauso wenig prickelnd, wie wenn er sie keine Sekunde aus den Augen lässt und argwöhnisch jeden potentiellen Gesprächspartner beäugt. Pathologisch wird es dann, wenn er ihr Untreue unterstellt, nur weil sie ein neues Kleid trägt, oder wenn er ihr nachspioniert und heimlich Handy und E-Mails checkt. Dann wird die Eifersucht zur ernsten Belastungsprobe.

Eigenbrötlerei, die

Die Eigenbrötlerei ist eine schleichende Krankheit, die mit harmlosen Symptomen beginnt und sich bei Nichtbehandlung zu einer ausgewachsenen Verhaltensstörung mit schlechter Prognose entwickelt. Am Anfang steht das Bedürfnis des Mannes, auch mal etwas alleine zu machen. Dagegen ist nichts einzuwenden. Doch die Partnerin sollte aufmerksam werden, sobald sich der Mann ein zeitaufwendiges Hobby zulegt, das er mit Vorliebe in Isolation ausübt. Eine elektrische Eisenbahn alleine ist noch kein Grund zur Besorgnis. Wenn diese aber in einem verriegelten Kämmerlein aufgebaut wird, an dessen Tür er ein Betreten-verboten-Schild nagelt, ist das ein ernstzunehmendes Alarmsignal.

Auch stundenlanges Angeln oder die Suche nach historischen Relikten mit einem Metalldetektor begünstigen die Eigenbrötlerei. Wenn der Angler nach einem Tag am See oder der Sondengänger nach dem Umpflügen von Äckern und Waldstücken mit leeren Händen nach Hause kommt, besteht die große Gefahr, dass er über seinen Misserfolg nicht reden möchte und sich zurückzieht, um seine Niederlage zu analysieren. Von jetzt an wird es nicht lange dauern, bis er die Partnerin gänzlich aus seiner Freizeit ausgeschlossen hat. Bei schwerem Krankheitsverlauf kann es sein, dass der Eigenbrötler dazu übergeht, auch ansonsten kaum noch mit der Partnerin zu reden und überrascht zusammenzuzucken, wenn sie ihn anspricht. Das einzig Positive an der Eigenbrötlerei ist, dass der Betroffene es gar nicht bemerkt, wenn seine Partnerin sich auch ein hübsches Hobby zulegt, wie zum Beispiel einen Kurs in Aktmalerei mit hübschen männlichen Modellen.

Einfaches Strickmuster, das

Diese Krankheit ist unabhängig von Bildungsniveau und Berufsposition. Auch der Herr Professor, der Onkel Doktor und der Mister President können unter Einfachem Strickmuster leiden. Zu erkennen ist es daran, dass sich beim Betroffenen der gesunde Menschenverstand sowie die allgemeinen Regeln des Anstands verabschieden, sobald eine Dame tief in ihr Dekolleté blicken lässt. Oder mit anderen Worten: Taucht eine Tussi mit dicken Titten auf, stoppen sämtliche schlaue Gedankengänge, der Sabber rinnt aus den Mundwinkeln und jedwede Rücksichts- und Vorsichtsmaßnahmen werden über Bord geworfen. Die Betroffenen sind nicht mehr in der Lage, vorausschauend zu handeln und sich zu überlegen, mit wem sie sich alles Ärger einhandeln, wenn sie jetzt und auf der Stelle ihren niederen Instinkten nachgeben. Der Krankheit Einfaches Strickmuster sind schon viele hochrangige Männer von Bill Clinton bis Silvio Berlusconi, aber auch Hinz und Kunz zum Opfer gefallen.

Einfühlungsvermögens-Insuffizienz, die

Auch bekannt als *Elefant-im-Porzellanladen-Syndrom*.

Den Mann mit Einfühlungsvermögens-Insuffizienz erkennt man daran, dass er sich kein bisschen in die Partnerin hineinversetzen kann. Egal, ob sie nach einem Tag mit quengelnden Kindern, einem stressigen Job oder der Pflege von Angehörigen am Ende ihrer Kräfte ist, der Mann mit Einfühlungsvermögens-Insuffizienz wird es nicht bemerken und seine eigene Befindlichkeit immer höher bewerten als ihre. Denn seine Arbeit ist selbstverständlich die anstrengendste, sein Chef am nervigsten, seine Kollegen sind die blödesten, sein Hühnerauge ist das schmerzhafteste der Welt und so weiter und so fort. Und deswegen ist es auch nur recht und billig, dass sie ihm jetzt schnell Rinderrouladen kocht, während er ein Nickerchen macht, und sie ihm anschließend die Schultern massiert und dabei seiner ausführlichen Jammerei über sein hartes Los lauscht. Bewegt sich seine Empathie dauerhaft auf der Nulllinie, droht der Beziehungsinfarkt.

Einkaufs-Blackout, der

Siehe → *Supermarkt-Desorientierung*.

Einkaufs-Demenz, die

Die Einkaufs-Demenz äußert sich im Vergessen von lebenserhaltenden Besorgungen wie Milch, Eiern und Brot trotz mehrfacher Aufforderung durch die Partnerin. Der Mann mit Einkaufs-Demenz hat das einfach nicht mehr auf dem Schirm, selbst wenn er sich daran erinnert, dass er einkaufen gehen sollte. Dann besorgt er eine Familienpackung Gebäck, fünf Tüten Orangensaftkonzentrat und die Sonderedition der BBC-Reihe *Die Planeten*, weil sie an der Kasse auslag. Einzige Abhilfe ist ein Einkaufszettel, der in der Reihenfolge der Warengruppen im Supermarkt die benötigten Lebensmittel auflistet, so dass der Einkaufsdemente den logischen Kurs nicht verlassen muss und die Liste Regal für Regal abarbeiten kann. Ständiger Handy-Kontakt mit der Partnerin ist bei Betroffenen ebenfalls von großem Nutzen, damit er nicht kurz vor dem Ziel doch noch vom Weg abkommt und am Ende sogar vergisst, dass er einen Zettel bei sich hatte.

Einkaufs-Insuffizienz, die

Die Einkaufs-Insuffizienz ist eine ebenfalls weit verbreitete Krankheit. Hierbei schafft es der Mann immerhin, alle gewünschten Lebensmittel zu besorgen, aber nicht in der Qualität, die sie haben sollten. Bei Einkaufs-Insuffizienz ist es dem Mann aufgrund einer auditiven und visuellen Wahrnehmungsstörung nicht möglich, gute von schlechten Lebensmitteln zu unterscheiden. Ob den optimalen Reifegrad von Avocados, eine hervorragende Sorte Mangos oder die Frische von Salat – der Mann mit Einkaufs-Insuffizienz wird die Kennzeichen für gute Qualität niemals raffen und kauft auch betonharte Früchte und labberiges Grünzeug.

Er vergisst beharrlich, auf das Haltbarkeitsdatum zu achten, und greift selbstverständlich ausgerechnet zu dem Joghurt, der morgen abläuft. Auch die versteckten Hinweise auf ungesunde Zusatzstoffe, die vom Kauf abhalten sollten, sind ihm nicht einzubläuen. Die Einkaufs-Insuffizienz kann jeden Mann, unabhängig von Intelligenzquotient und Bildungsgrad, treffen. Der größte Fehler, den die Partnerin begehen kann, ist, den Mann von seiner

Einkaufspflicht zu entbinden. Dies würde in kürzester Zeit die Einkaufs-Insuffizienz manifestieren, ähnlich wie es bei der → *Erworbenen Haushaltsschwäche* der Fall ist. Als Therapiemöglichkeit hat sich nur ein eisernes Einkaufstraining erwiesen, bei dem die Partnerin ihn immer und immer wieder auf dieselben Fehler hinweist. Bei frühzeitig einsetzender Behandlung besteht tatsächlich die Chance auf eine Heilung.

Einkaufswagen-Sprinterkrankheit, die

Die Einkaufswagen-Sprinterkrankheit ist mit der allgemeinen männlichen Vorliebe für fahrbare Untersätze zu erklären. Besser macht es sie dadurch aber nicht. Denn für die Partnerin ist diese Krankheit nur mit großer Geduld und Geschicklichkeit zu ertragen. Sie bricht immer dann aus, wenn er sich bereit erklärt, mit einkaufen zu gehen. Erstes Symptom ist das minutenlange Prüfen verschiedener Einkaufswagen auf Straßenlage, Bremsverhalten und Lenkfähigkeit. Hat endlich ein Einkaufswagen den improvisierten Elchtest bestanden, kann der Einkauf beginnen. In der ersten Regalreihe beschränken sich Betroffene manchmal noch auf rhythmisches Auf-der-Stelle-Hin-und-Herschieben, sobald sich die Partnerin aber zu lange vor einem Regal aufhält (die Toleranzgrenze liegt bei etwa drei Sekunden) und sich dem sorgfältigen Auswählen von Obst oder Joghurt widmet, vergisst der Mann die eigentliche Funktion des Einkaufswagens und sprintet los. Seiner Partnerin bleibt dann nichts anderes übrig, als mit Kartoffeln, Milchpackungen und Olivenölflasche bepackt hinter ihm her zu eilen, um ihn irgendwo im Discounter-Labyrinth zu finden, ohne dass sie die Konsumgegenstände fallen lässt.

Das einzig Positive an dieser Krankheit ist, dass sie Gelegenheit zu sportlicher Betätigung im Alltag bietet. Die Partnerin eines Betroffenen sollte die Verfolgungsjagd also als Herausforderung nehmen und zur Belohnung die anschließende Pilates-Stunde ausfallen lassen.

Was Männer zur Einkaufswagen-Sprinterkrankheit sagen:
Momo U., 37 Jahre
»Wenn ich schon mit einkaufen gehe, muss ich doch wenigstens Spaß haben!«

Einkaufszettel-Leseschwäche, die

Es steht Ricotta auf dem Einkaufszettel, und er bringt Mozzarella mit. Die Partnerin braucht Muskatnüsse, und er kauft Nelken. Speisestärke wird eigenmächtig in Paniermehl verwandelt, Ahornsirup in Kondensmilch und Frühlingszwiebeln in Sellerie.

Wenn die Partnerin zu Hause dann die fehlenden Frühlingszwiebeln beklagt, gibt er fast anklagend als Entschuldigung an: »Ich wusste ja nicht, wie Frühlingszwiebeln aussehen.«

»Aber auf der Tüte steht doch Sellerie drauf«, wundert sie sich.

»Echt? Habe ich nicht gesehen«, behauptet er, um anzuschließen: »Ist doch auch nicht so schlimm.«

»Nein, ist es auch nicht. Nur können wir den Fisch mit Frühlingszwiebel-Soße dann eben nicht machen.«

Die abstrusen Vorgänge im Gehirn des Mannes, die zu dieser Art von Verhalten führen, sind noch nicht erforscht, da die Betroffenen grundsätzlich nämlich des Lesens mächtig sind.

Einsamer-Wolf-Syndrom, das

Das Einsamer-Wolf-Syndrom ist nicht nur auf Männer beschränkt, die sich alleine auf dem Motorrad am wohlsten fühlen und bevorzugt über einsame Gebirgsstraßen brettern. Es ist auch bei denjenigen zu diagnostizieren, die selbst mitten im Partygetümmel keine Anstalten machen, sich sozial zu betätigen, sondern einfach nur stumm dasitzen, wobei sie sich um eine besonders unnahbare Miene bemühen. Selbst wenn man sie anspricht, antworten sie nur einsilbig, um jedem zu demonstrieren, dass sie niemanden brauchen. Manche protzen auch mit ihrer Krankheit, indem sie sich Wölfe, Tiger oder Adler auf Rücken, Arme oder Waden tätowieren lassen. Männer mit Einsamer-Wolf-Syndrom sind in den seltensten Fällen beziehungstauglich. Der Vorteil ist aber: Nie war Schlussmachen so leicht! Einfach an einer Raststätte ausgesetzt, wird der Betroffene seiner Partnerin keine Träne nachweinen, sondern im Gegenteil froh darüber sein, wieder einsam durch die Welt zu streifen.

Einsichtsresistenz, die

Auch genannt *Pathologische Fehlerverleugnung* oder *Schuldabschiebungssucht*.

Die Einsichtsresistenz ist eine weltweit auftretende, angeborene Männerkrankheit mit geringen Heilungschancen, die in der Regel chronisch und besonders für die Partnerin extrem nervtötend verläuft. Die Krankheit besteht darin, keinen Fehler einzusehen und schon gar nicht zugeben zu können. Egal wie sehr er im Unrecht ist, der Betroffene wird immer neue Gründe dafür finden, warum die anderen an allem schuld sind. Ob Kollegen, Chef, Verwandte, Freunde, die Regierung, das System, die Gesetze, das Wetter, Gott, die Welt und natürlich nicht zuletzt die Partnerin – jeder und alle machen haufenweise Fehler außer er selbst. Bei einer leichten Einsichtsresistenz besteht die Hoffnung, dass der Kranke durch Vorlage von Beweisen für sein Fehlverhalten doch noch zur Vernunft kommt. Bei gleichzeitig auftretendem → *Entschuldigungs-Abwehrmechanismus* hat man allerdings nicht viel davon. Bei fortgeschrittener Einsichtsresistenz erkennt der Betroffene selbst Beweise, die schwarz auf weiß vorliegen, nicht an. Er wird diese verleugnen und versuchen, unter allen Umständen die Quelle der Beweise zu diskreditieren. Bei einer manifesten, über die Jahre verhärteten Einsichtsresistenz sind die Prognosen äußerst schlecht. Zumal ab einem gewissen Lebensalter begleitend der Altersstarrsinn auftritt. In diesem Fall ist der Betroffene nicht mehr zu retten. Trotz umfangreicher Studien über verschiedenste Therapiemaßnahmen gibt es für die Einsichtsresistenz im Endstadium null (in Worten: NULL) Heilungschancen.

Entschuldigungs-Abwehrmechanismus, der

Selbst wenn er nicht oder nur unter abgeschwächter → *Einsichtsresistenz* leidet, kann dennoch auch singulär das Krankheitsbild des Entschuldigungs-Abwehrmechanismus auftreten. Dies definiert sich als hartnäckige Verweigerung einer Entschuldigung auch bei geklärter Schuldfrage. Egal, wie eindeutig sein Fehler ist, lehnt es der Betroffene kategorisch ab, sich zu entschuldigen. Das bedeutet nicht automatisch, dass er sein Verhalten nicht ehrlich bereut. Paradoxerweise bekommt er dennoch die Wörter »Es tut mir leid« oder »Entschuldige bitte« nicht über die Lippen, obwohl damit der Streit in Nullkommanix vom Tisch wäre. Der Grund für die weit verbreitete Krankheit des Entschuldigungs-Abwehrmechanismus in der Männerwelt ist die Angst der Betroffenen, ihre Position zu schwächen. Dabei wird von Frauen kaum einer mehr geschätzt als der Mann, der sich nach einem Fehler freiwillig entschuldigt.

Erworbene Haushaltsschwäche, die

Die Erworbene Haushaltsschwäche umfasst einen breiten Symptomkomplex, der sich als chronisch fehlende Mithilfe des Mannes bei jeder Art von Haushaltstätigkeit äußert. Bei der Erworbenen Haushaltsschwäche handelt es sich im Gegensatz zur angeborenen → *Schmutzblindheit* um eine Folge des dauerhaften Verwöhnens durch

Mütter, Schwiegermütter und Partnerinnen, die es zu gegebener Zeit versäumt haben, den Mann zum Kochen, Waschen, Spülen, Staubsaugen und so weiter zu zwingen, Entschuldigung …: bringen. Je länger der Zeitraum, in dem der Mann von Haushaltstätigkeiten verschont geblieben ist, umso schwerer die Heilung. Bei Langzeitbewohnern des Hotels Mama kann sich die Erworbene Haushaltsschwäche zu einer unheilbaren Krankheit entwickelt haben, was die zukünftige Partnerin immer bedenken sollte. Unterformen der Erworbenen Haushaltsschwäche sind die → *Vorgeschobene Hilflosigkeit*, die → *Häusliche Orientierungslosigkeit* und die → *Männliche Mitdenkschwäche*.

Espressology, die

Auch genannt *Kaffeezubereitungskrampf, Baristamanie, Espressowahnsinn, Kaffee-Hirn-Defekt*.

Espressology hat sich in der medizinischen Fachwelt als Synonym für völlig übertriebene Kaffeekultur eingebürgert, die besonders Männer befällt. Die Nähe zum Namen einer großen amerikanischen Sekte kommt nicht von ungefähr: Denn die Zubereitung von Kaffee und Espresso mutet unter Männern nicht selten sektenartig an. In Internetforen wird stundenlang und leidenschaftlich über optimale Bohnensorten, Röstungen, Mahlgrade und Brühzeiten, Wassertemperatur und -druck, unverzichtbares Zubehör und die richtige Technik zum Pressen und

Verteilen des Espressopulvers im Siebträger diskutiert. Hitzige Wortgefechte über die perfekte Crema, das Schaumhäubchen auf dem fertigen Espresso, gehören ebenfalls zum Symptomkatalog dazu. Der Kauf einer Espressomaschine hat bei Betroffenen an Bedeutung schon lange den Erwerb eines Autos übertrumpft. Der Besuch einer Nespresso-Boutique wirkt sich bei besonders empfänglichen Männern wie eine Gehirnwäsche aus, die ihnen nur ein Ziel lässt: Besitzer einer solchen raumschiffgleichen Maschine zu werden und fortan ein Heidengeld für die kleinen Espressopulver-Kapseln auszugeben. Einmal Espressology verfallen, ist die Wiedereingliederung in die normale Kaffeetrinkergesellschaft schwer. Geeignete Therapiemaßnahmen sind derzeit noch unbekannt.

Ess-Defekt, der

Der Ess-Defekt bei Männern tritt deutlich zu Tage bei der Nahrungsaufnahme, nur unter der kindlichen Prämisse: »Hauptsache, es schmeckt und macht keine Arbeit«. Die Folge: Der Mann mit Ess-Defekt isst ungeachtet aller gesundheitlichen Empfehlungen nur das, was er als lecker empfindet und schnell verfügbar ist. Fastfood und Fertiggerichte dominieren den Speiseplan. Die Liste der Inhaltsstoffe kann dabei so lang sein wie Schillers *Glocke* und siebzehn E-Nummern und fünfunddreißig unaussprechliche Zusatzstoffe enthalten – der Mann mit Ess-Defekt wird das einfach ignorieren. Auch ein maßloser

Fleischkonsum bei gleichzeitiger Verweigerung der Aufnahme von Gemüse- oder Obstbeilagen ist weit verbreitet. Abhilfe schafft in manchen Fällen eine Partnerin, die Kochen zum Hobby hat und ihrem Mann Abend für Abend eine selbst zubereitete Mahlzeit aus frischen Zutaten vorsetzt. Siehe auch → *Gemüseintoleranz*.

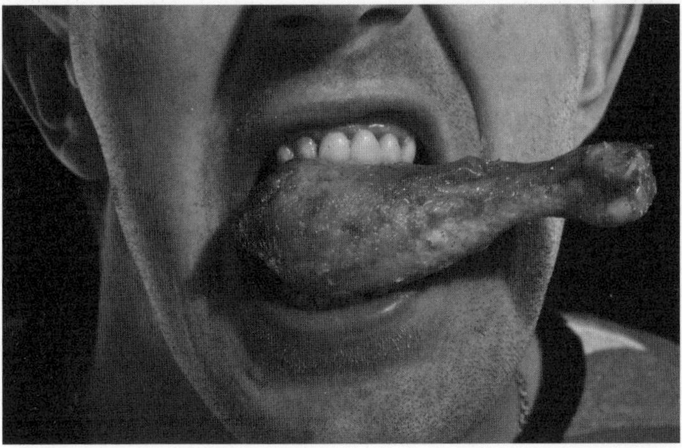

Fassadenmachismo, der

Der Fassadenmacho mimt vor anderen den harten Kerl, flucht wie ein Bierkutscher, trinkt Schnaps und haut frauenverachtende Sprüche raus. Doch in seinen eigenen vier Wänden dreht sich sein Verhalten um 180 Grad. Er poliert die Duschkabine mit dem Fensterleder, summt Schmusesongs von Alicia Keys, flennt bei *Grey's Anatomy* und hält Baileys für den besten aller Digestifs. Zugrunde liegt eine verunsicherte, gespaltene Persönlichkeit, hervorgerufen durch das nach wie vor geltende Klischee, männlich sein zu müssen sowie die damit zusammenhängende Angst davor, sich als Warmduscher zu outen.

Faulenzer-Motzeritis, die

Den Betroffenen der Faulenzer-Motzeritis erkennt man daran, dass er ständig jede Menge Vorschläge für das Beschleunigen oder Bessermachen von irgendwas auf Lager hat, aber niemals auf die Idee käme, selbst mit anzupacken. Er sitzt beispielsweise im Sessel und mosert herum, dass seine Partnerin das Kaminholz nicht exakt gleichmäßig aufstapelt. Oder er hängt vor dem Computer und motzt über den zu starken Kaffee, den seine Partnerin ihm gemacht hat. Oder er liegt noch im Bett, ist aber schon wach genug, seine Partnerin herumzukommandieren, die Kinder doch schneller anzuziehen und dabei um Himmels willen nicht so einen Lärm zu machen. Immer und überall hat er schlaue Sprüche auf Lager, aber jeglichem Mitanpacken geht er aus dem Weg.

Die einzige Therapieform ist die Arbeitsverweigerung von Seiten der oben erwähnten Partnerin. Denn vor die Wahl gestellt, mit dem Motzen aufzuhören oder es selbst zu machen, ziehen 74 Prozent der Männer es vor, sich fortan lieber insgeheim über die Unfähigkeit ihrer Partnerin aufzuregen.

Faulheit, die

Auch genannt *Fauler-Sack-Syndrom* oder *Chronisches Eierschaukeln.*

Dieses Krankheitsbild ist so simpel wie weit verbreitet und äußert sich in der Vermeidung jeglicher körperlicher Aktivität. Man könnte diesem Verhalten wohlklingende Namen geben: Ausruhen, Entspannen, Chillen, Abhängen – das Endprodukt ist dasselbe: ein fauler Sack. Vorbilder aus den Medien sind Homer Simpson und Jeff »The Dude« Lebowski.

Es gibt faule Säcke, die noch in der Lage sind, Ausreden zu erfinden, die ihnen selbst bei strahlendem Sonnenschein den Verbleib auf dem Sofa erlauben, andere verzichten selbst auf diese Anstrengung und vegetieren nur noch stumpf vor sich hin. Selbst Einladungen zu Abendessen oder Geburtstagen werden mit dürftigen Entschuldigungen abgelehnt, ganz nach dem Motto des *King of Queens*: »Freunde halten einen nur vom Fernsehen ab.«

Dabei sind der Fachwelt unterschiedliche Stadien der Faulheit bekannt:

FAULER-SACK-STADIUM I

Der Betroffene macht nichts von allein. Keinen einzigen Handschlag. Er kauft weder Getränke, noch putzt er die Toilette, spült oder saugt Staub. Wird er aber von der Partnerin mit einer Aufgabe beauftragt, erledigt er sie in einer tolerierbaren Frist, wenn auch unter Murren und einer demonstrativ zur Schau gestellten Lustlosigkeit.

FAULER-SACK-STADIUM II

Der Betroffene schiebt den Zeitpunkt, zu dem etwas erledigt werden soll, mit Hilfe mehr oder weniger origineller Ausflüchte immer weiter nach hinten. Von »Ich muss gerade die Bundesliga-Ergebnisse sehen« über »Ich muss erst den Computer neu konfigurieren« bis »Ich muss kacken«. Seine Hoffnung ist, dass sich bis dahin das Problem von selbst gelöst hat – sprich, dass die Partnerin selbst den Karton in den Keller gebracht, den Rasen gemäht oder die Spülmaschine ausgeräumt hat. In diesem Stadium helfen in der Regel nur Beharrlichkeit und Ausdauer auf Seiten der Partnerin, die nicht lockerlässt und den Betroffenen immer wieder an seine Aufgaben erinnert. Gelegentlich ist auch die Androhung von drastischen Strafen hilfreich.

FAULER-SACK-STADIUM III

Seine Ausreden sind einfach lächerlich, aber von der Sorte »Totschlagargument«, denn der Partnerin wird vor

Ungläubigkeit keine Erwiderung einfallen. Um nicht mithelfen zu müssen, äußert der Betroffene Sätze wie:

»Ich kann nicht, ich habe die Hände in den Taschen.«

»Ich kann nicht, ich liege gerade so gemütlich.«

»Ich kann nicht. Siehst du nicht, dass ich mehr als genug zu tun habe? Ich verdaue gerade eine Tüte Chips! Und atmen muss ich auch ständig!«

In diesem Stadium ist Hopfen und Malz verloren.

Was Männer zum Thema Faulheit sagen:
Thorsten M., 54 Jahre
»Männer sind nicht faul. Sie ruhen sich nur effizienter aus.«

Feminismus, der

Feminismus bei Männern kommt ungefähr so häufig vor wie ein Skorpion, der sich selbst sticht. Er äußert sich darin, dass der Mann den Kampf gegen sein eigenes Geschlecht aufgenommen hat und sich dabei feministischer gebärdet als Alice Schwarzer. Er kritisiert andauernd die männliche Dominanz, nörgelt über Machos und die Unterschätzung von Frauen- gegenüber Männerfußball und sähe sich zu gerne in einer matriarchalen Gesellschaft. Feministische Männer sind eindeutig falsch gepolt, darüber hinaus auch unzeitgemäß, unsexy und nervtötend. Zum Glück ist der Feminismus bei Männern eine sehr seltene Krankheit.

Fernbedienungskrampf, der

Der Fernbedienungskrampf wird definiert als die Verkrampfung der männlichen Handmuskulatur beim Festhalten der Fernbedienung. Ein Lösen des Fernbedienungskrampfes ist meist nur durch Anwendung von Gewalt möglich, zieht aber unter Umständen aggressives Verhalten nach sich und sollte nur im Notfall angewendet werden. Gute Erfolge konnten Wissenschaftler mit der Placebo-Fernbedienung erzielen, die zwar nicht umschaltet, aber das Bedürfnis nach Macht durch Beschäftigung der taktilen Rezeptoren zumindest teilweise befriedigt.

Flatulenz-Euphorie, die

Die Flatulenz-Euphorie äußert sich in der ungehaltenen Begeisterung des männlichen Geschlechts über eigene oder fremde Körperwinde. Dabei steigt die Euphorie überproportional mit der Intensität der Flatulenz an. Gradmesser hierfür sind Lautstärke, Dauer und Geruchsintensivität. Das Hemmsystem des weiblichen Geschlechts, das in der Regel Körperausdünstungen zu vermeiden sucht, ist bei Männern völlig außer Kraft gesetzt. Die Flatulenz-Euphorie wird sogar bevorzugt im Kollektiv ausgeübt. Sind die Anwesenden gerade nicht in der Lage, sich mit eigenen Gasproduktionen zu erheitern, wird auch gerne auf Anschauungsmaterial verschiedener Internet-Seiten zurückgegriffen. Für Betroffene der Flatulenz-

Euphorie im fortgeschrittenen Stadium gibt es sogar diverse Furz-Apps für das Smartphone, mit denen zum Beispiel die eigene Blähung nach internationalen Standards bewertet werden kann. Die Ursache der Flatulenz-Euphorie ist ein Mysterium. Es gibt Wissenschaftler, die das ausgiebige Trompeten aus dem Anus als Imponiergehabe interpretieren, andere Wissenschaftler bevorzugen die Theorie der urzeitlichen nonverbalen Kommunikation.

ACHTUNG! Gefahr einer Furz-Pandemie

Angefeuert wird die Flatulenz-Euphorie durch den zu erstaunlicher Popularität gelangten US-Amerikaner Will the Farter, der regelmäßiger Talkshow-Gast ist und seine unmenschliche Körpergas-Produktion im großen Stil international vermarktet. Diesem Vorbild eifern Männer zu Tausenden nach. Durch den in Reichweite gerückten Traum vom Sesselpupser zum Millionär droht eine Flatulenz-Euphorie von pandemischem Ausmaß!

Was Männer zur Flatulenz-Euphorie sagen:

Gerd W., 51 Jahre

»Es gibt nun mal Druckverhältnisse, die lassen einem einfach keine andere Wahl.«

Michael O., 34 Jahre

»Es ist total unmännlich, vom Pupsen zu sprechen.«

Karl S., 31 Jahre

»Nicht furzen zu können, ist eine Form der Impotenz.«

Holger S., 29 Jahre
»Wenn ich nur wüsste, wie die Arschatmung von Will the Farter funktioniert! Dann wäre ich reich!«

Fluchtverhalten, das

Männer mit ausgeprägtem Fluchtverhalten erkennt man daran, dass sie nie da sind, wenn man sie braucht. Ob gerade das Telefon läutet, wenn die Partnerin bis zum Ellenbogen in Frikadellenmatsche steckt, ob eine Windel gewechselt oder der Sperrmüll an die Straße gestellt werden muss – der flüchtige Mann ahnt, dass er mit anpacken müsste, und bringt sich in Sicherheit. Wenn er nicht gerade ein dringendes Geschäft verrichten muss (siehe → *Blasen- und Darmschwächeanfälle*), dann können andere, unaufschiebbare Dinge seine Anwesenheit

verhindert haben. Zum Beispiel die Kundgabe der aktuellen Bundesliga-Ergebnisse, eine auslaufende eBay-Auktion oder ein Mückenstich, der just in diesem Moment eine intensivmedizinische Behandlung erfordert. Das Fluchtverhalten ist in der Regel angeboren, kann aber durch klassische Konditionierung geheilt werden. Eine von britischen Wissenschaftlerinnen entwickelte Punish-Panty (Bestrafungs-Unterhose) wirkt hier Wunder. Mittels drahtloser Fernbedienung werden leichte Stromstöße durch die Unterhose geleitet, die den Mann daran erinnern, dass er gebraucht wird, und zwar jetzt! Eine Unterform des Fluchtverhaltens ist die → *Wenn-du-nichts-für-mich-zu-tun-hast-dann-bin-ich-mal-unten-Krankheit*.

Frauenversteherei, die

Es gibt zwei Arten von Frauenversteherei: echte und falsche. Bei der *Echten Frauenversteherei* handelt es sich um die Anteilnahme an allerlei Frauenproblemen durch Menschen männlichen Geschlechts. Dieses Einfühlungsvermögen kann zu einem Vertrauensverhältnis führen, wie es normalerweise nur Freundinnen vorbehalten ist, oder dazu, dass man mit dem nervigen Laberhannes nichts mehr zu tun haben möchte. Da normale Männer null Interesse an Problemgesprächen mit Frauen haben, handelt es sich bei der Echten Frauenversteherei um ein atypisches Verhalten des Mannes, das seiner erotischen

Ausstrahlung diametral gegenübersteht. Das heißt: Echte Frauenversteher sind für den Paarungsakt unattraktiv, was für den Betroffenen in der Regel nicht so schlimm ist, denn die verkopften Kumpeltypen oder verhätschelten Muttersöhnchen sind sowieso nicht am Koitus interessiert.

Im Gegensatz dazu handelt es sich bei *Falscher Frauenversteherei* um eine Lockmimikry, die alleine der Tarnung des Schürzenjägers dient. Männer, die von dieser Krankheit befallen sind, möchten sich Vertrauen erschleichen, um sich einen Selektionsvorteil bei der Wahl der Geschlechtspartner zu verschaffen. Mit anderen Worten: Falsche Frauenversteher wollen nichts anderes als Sex. Ihre bevorzugten Opfer sind Frauen in Beziehungskrisen, denen sie Verständnis vorgaukeln, um sie dann abzuschleppen. Da sich die Falschen Frauenversteher der Notlage ihrer Opfer bewusst sind, gehört ihre Krankheit zu den perfidesten der Männerwelt.

Fremdgehen, das

Weit verbreitet, oft verschwiegen. Diese Krankheit ist besonders schlimm, weil sie häufig lange Zeit unerkannt bleibt. Falls es bei einem einmaligen Seitensprung bleibt, kann das Nichtwissen der Partnerin beziehungsrettend sein. Wenn die Krankheit aber andauert und ungehindert fortschreiten kann, zerstört sie häufig die Partnerschaft. Ebenfalls besonders schwere, in der Regel unheilbare

Fälle sind notorische Fremdgänger, die das Ausleben ihrer Begierden für total normal halten und außer Sätzen wie »So bin ich eben« nichts zu ihrer Verteidigung oder gar Entschuldigung vorzubringen haben. Ihnen ist einfach nicht zu helfen.

Fünf-Minuten-Krankheit, die

»Ich bin mal gerade fünf Minuten in der Garage/am Computer/im Werkraum«, sagt der Betroffene. Doch bei vielen Patienten werden aus den fünf immer mindestens neunzig Minuten, im Zweifelsfall auch mit Verlängerung. Das liegt daran, dass Männer Zeit nicht einschätzen können. Denn eines haben sie von klein auf gelernt: Das Spiel ist erst vorbei, wenn der Schiedsrichter abpfeift.

Fußballitis, die

Fußballitis ist bei Männern zwar ein Klischee, aber dennoch weit verbreitet. Es gibt Fußballitis in verschiedenen Ausprägungen. Im Stadium I lenkt der Mann im Gespräch mit anderen Männern, besonders denjenigen mit der gleichen Lieblingsmannschaft, das Thema innerhalb weniger Sekunden auf Fußball, um dann den Rest des Abends dabei zu bleiben. In diesem Stadium der Krankheit guckt er die Spiele zwar regelmäßig, geht aber nicht immer ins Stadion. Er ist bei einer Niederlage

seines Vereins schon sauer, lässt aber seine Laune nicht an seinen Mitmenschen aus. Er besitzt ein Trikot in Vereinsfarben, das er aber nur zum Kicken anzieht. Dennoch hält er bereits in diesem frühen Stadium seine Obsession für die Rechtfertigung, zu jeder ihm gewünschten Zeit den Videotext zu konsultieren, um Fußballergebnisse zu checken, auch wenn seine Partnerin gerade das Happy End einer Liebesschmonzette genießt.

Im Stadium II hat der Betroffene selbstverständlich eine Dauerkarte für die Südkurve, wo er sich jedes Wochenende die Seele aus dem Leib schreit. Seine Laune steigt und fällt mit dem Spielstand. Und der Haussegen hängt immer vom Ausgang der Partie ab. Ganz besonders ausgeprägt ist der Zusammenhang zwischen persönlicher Stimmung und Spielergebnis bei Lokalderbys oder sonstigen Aufeinandertreffen von Erzrivalen.

Im Stadium III der Fußballitis verbringt der Betroffene seine gesamte Freizeit mit Fußball und versäumt auch nicht, jederzeit seine Obsession zu offenbaren: Er läuft immer mit einer mit Emblemen bestickten Jacke herum, sein Auto ist mit Stickern und Fähnchen ausgerüstet, sein Wecker spielt das Vereinslied, in etwas anderem als der Bettwäsche seines Clubs würde er nicht schlafen, der Kaffee schmeckt ihm nicht aus einer Tasse, auf der nicht FC Sowieso steht. Er ist selbstverständlich nicht nur bei den Heimspielen, sondern auch bei jedem Auswärtsspiel dabei. Der Jahresurlaub richtet sich streng nach den Terminen von Champions League, UEFA-Cup oder Intertoto Cup und nach EM-, WM- oder Freundschaftsspielen der Nationalmannschaft.

In diesem Stadium muss die Partnerin einsehen, dass ihr Mann eher mit dem Fußball liiert ist als mit ihr. Solange sie nicht selbst von Fußballitis betroffen ist, wird sie immer den Kürzeren ziehen.

Galoppierende Meinungslosigkeit, die

Die Galoppierende Meinungslosigkeit ist eine Krankheit mit nicht ganz einfacher Diagnose. Wenn er bei Themen wie einer Promi-Verlobung, der Modenschau in Mailand oder dem neuen Lied von Lena nur mit den Schultern zuckt, ist das normal. Wenn er sich weder zu dem schäbigen Verhalten einer ihrer Kolleginnen, zu einem gemeinsam angeschauten Film oder zur Verlängerung der Atomkraftwerk-Laufzeiten äußern möchte, ist das zwar echt nervig, aber eventuell auch noch der allgemeinen Kauzigkeit von Männern zuzurechnen. Wenn er aber selbst auf klare Fifty-Fifty-Fragen wie »Sieht das Grüne besser aus oder das Rote?«, »Sollen wir im Urlaub nach Amrum oder Frankreich?« oder »Zum Abendessen Kartoffeln oder Reis?« keine eindeutige Antwort geben kann, leidet er höchstwahrscheinlich an Galoppierender Meinungslosigkeit. Im besten Falle antwortet der betroffene Mann mit »Ich denk drüber nach«, aber vermutlich sind »Wie du willst« und vor allem »Mir egal« die Standardsätze, die seine Partnerin zur Weißglut treiben. Denn eines ist klar: Nur, weil er keine eigene Meinung hat, heißt das nicht, dass er hinterher nicht motzt!

Gebrauchsanweisungsaversion, die

Viele Männer weigern sich von vornherein, eine Gebrauchsanweisung zu lesen. Sie werfen einen kurzen Blick drauf, bevor sie das Faltblatt mit einem verächtlichen Schnauben fallen lassen. Die Gebrauchsanweisungsaversion wird zurückgeführt auf zwei mögliche Ursachen: Erstens auf die Überschätzung der eigenen Fähigkeiten oder zweitens auf eine übersteigerte Entdecker- und Abenteuerlust. Beides ist – so der medizinische Fachterminus –

»bescheuert«. Denn die Gebrauchsanweisungsaversion bleibt nicht ohne Folgen. Zunächst besteht die Gefahr, dass sie in einem Schimpfanfall mündet. Darüber hinaus ist das Risiko groß, dass er durch sein Gemurkse das entsprechende Gerät demoliert und dabei die Garantiebestimmungen verletzt, so dass man es auch nicht mehr umtauschen kann. Ein Ergebnis ist bei Männern mit Gebrauchsanweisungsaversion sicher: Sie bekommen in 98% der Fälle Ärger mit ihrer Partnerin. Denn während der Mann sich selbst sein technisches Geschick beweisen möchte, durchläuft er mehrere Phasen, die in einem dramatischen Showdown enden:

Phase 1: Begeisterung

Er schaut sich glücklich das funkelnagelneue Gerät an und bewundert Design und Farbe. Eine erste Befriedigung stellt sich ein, wenn er es geschafft hat, die elektrische Verbindung mit einer Steckdose herzustellen.

Phase 2: Zuversicht

Die Menüführung ist komplizierter, als er dachte. Immer noch optimistisch nimmt er die Herausforderung an.

Phase 3: Zweifel

Er beginnt Verbesserungsvorschläge für verschiedene technische Details vor sich hin zu murmeln.

Phase 4: Ärger

Er schimpft über die Stümper, die das Ding ohne Sinn und Verstand zusammengeschraubt haben mit dem einzigen Ziel, den Konsumenten zu schikanieren. In diesem Zustand ist es dem Mann schon nicht mehr möglich, Bedienungshinweise von seiner Partnerin anzunehmen, die während seiner Rumbastelei mal eben die Gebrauchsanweisung studiert hat. Jetzt besteht höchste Streitgefahr. Denn da die Stümper, die das Ding zusammengeschraubt haben, vermutlich in China sitzen, wird er sehr schnell seine Wut auf eine anwesende Person konzentrieren.

Hier ist umsichtiges, aber unverzügliches Eingreifen vonnöten, um den Haussegen nicht in Schieflage geraten zu lassen. Die Partnerin sollte umgehend ihren Mann unter einem Vorwand aus dem Zimmer schicken. (Zum Beispiel mit Hinweis auf ein Problem mit einem Gerät, das er wirklich gut beherrscht.) Wenn das gelingt, ist es toll. Wenn nicht, folgt ein hitziges Wortgefecht und die gefährliche Phase fünf.

Phase 5: Wut

Er ist drauf und dran, das neu erworbene Teil zu zertrümmern. Jetzt muss die Partnerin den Mann zur Not mit Gewalt von dem Gerät trennen, bevor er es endgültig kaputtmacht.

Phase 6: Rückzug

Nach seiner Niederlage braucht er erst mal eine gewisse Zeit, um sein angekratztes Ego aufzupäppeln. Die Partnerin sollte ihn in Ruhe lassen und die Gelegenheit nutzen, um das Gerät mit Hilfe der Gebrauchsanweisung zu installieren. Später sollte sie beiläufig fallenlassen, wie schwierig es war und dass sie es ohne seine Vorarbeit unmöglich geschafft hätte.

Die Gebrauchsanweisungsaversion ist eine latente Krankheit, die akut wird, sobald das nächste technische Gerät angeschafft wird. Jetzt wird der Mann nämlich versuchen, unter allen Umständen seine Niederlage auszubügeln und sich und seiner Partnerin zu beweisen, dass er es doch kann. Ähnlich wie bei Allergikern, deren effektivste Maßnahme das Meiden des Allergens ist, hilft auch bei der Gebrauchsanweisungsaversion nur das Fernhalten vom auslösenden Faktor. Am besten ist es also, wenn die Partnerin während seiner Abwesenheit das Gerät einsatzbereit macht.

Gehirnabschaltmodus, der

Umfangreiche Studien haben erwiesen, dass einige Männer tatsächlich in der Lage sind, ihr Gehirn in einen totalen Abschaltmodus zu versetzen, wie es sonst nur tibetanischen Mönchen nach stundenlanger Meditation gelingt. Ursache für diesen Stand-by-Zustand ist eine genetische Disposition, die eine Art Übertragungsblockade auslöst, die unnötige Synapsentätigkeit unterbindet. Auslöser für den Gehirnabschaltmodus ist dabei oftmals eine übereifrige Partnerin. Denn proportional zum Arbeitseifer der Frau schrumpft die Hirnaktivität des Mannes. Nachforschungen konnten belegen, dass die Aufmerksamkeitskapazität des Mannes sich stetig verringert, je häufiger eine Frau seine Aufgaben mit erledigt und seine Fehler ausbügelt. Mit anderen Worten: Je mehr eine Frau mitdenkt, desto weniger tut er es (siehe auch → *Männliche Mitdenkschwäche*). Irgendwann erreicht der Mann das Stadium des dauerhaften Gehirnabschaltmodus, in dem er nicht mehr in der Lage ist, selbst einfachste Tätigkeiten auszuführen. Beispiel: Wenn eine Frau dem Mann dabei hilft, den Koffer für den Urlaub zu packen, weil er sonst womöglich seine Unterhosen vergisst, dauert es nicht mehr lange, bis sie diesen Job ganz alleine erledigt. Auch bei Unterhaltungen ist der Gehirnabschaltmodus bereits beobachtet worden: Je mehr eine Frau redet, desto stummer wird der Mann. Bei dieser Männerkrankheit hilft meist nur noch eine Paartherapie mit dem Ziel, Mann und Frau jeweils auf ein Mittelmaß ihrer geistigen und körperlichen Aktivitäten einzupendeln.

Geiz, der

Geiz macht reich. Zumindest in finanziellen Dingen. Rein sozial gesehen ist Geiz in einer Beziehung aber ungefähr so förderlich wie ein brasilianisches Model als Haushaltshilfe. Denn Geiz hat eine ungeheure Zerstörungskraft. Es handelt sich um eine der Krankheiten, die in ihrer Extremform überhaupt nicht zum Lachen sind – vor allem nicht für die leidtragende Partnerin, die im Winter bei fünfzehn Grad Raumtemperatur und im düsteren Schein eines Teelichts versucht, die Dosenravioli auf dem Campingkocher zu erhitzen, weil er Heizen, elektrisches Licht oder Einschalten des Herdes als Geldverschwendung verteufelt. Der Mann selbst findet das nicht geizig, sondern sparsam.

Es gibt mehrere Formen von Geiz:

Im Anfangsstadium ist er nur geizig, wenn es um das Geld geht, das seine Partnerin ausgibt. Er kontrolliert gerne die Kassenbons und diskutiert mit ihr, warum Butter denn mehr als ein Euro kosten muss, wo es doch pfundweise

Margarine so billig gibt. Er mosert selbstverständlich über jede Ausgabe für Damenkleidung und Kosmetik, ist aber nicht zu geizig, um sich eine Handygürteltasche zu kaufen. Wenn er seine Partnerin mal ausführt, dann ins Schnellrestaurant, weil die Gastronomen allesamt »Abzocker« sind. Natürlich hält ihn das nicht davon ab, sich mit seinen Kumpels außerhäuslich zu besaufen, denn ein »Herrengedeck« hat bekanntermaßen ein super Preis-Leistungs-Verhältnis.

Im weiteren Verlauf der Krankheit wird er mit allem knauserig: Er will gar nicht mehr ausgehen, weil alles etwas kostet. Lebensmittel für über einen Euro pro Kilo hält er für Luxusartikel und Kleider, die nicht aus dem Secondhandladen stammen, für Prasserei. Im Endstadium hockt der Betroffene in einer kalten Bude, mümmelt an trockener Brotrinde und fragt sich, wo die Freunde geblieben sind, denen er bei ihrem letzten Besuch Eintrittsgelder abgeknöpft hatte. Seine Partnerin hat dann hoffentlich schon längst das Weite gesucht.

Eine Unterform von Geiz ist die → *Pekuniäre Vergesslichkeit.*

Gemüseintoleranz, die

Die Gemüseintoleranz ist unter Männern weit verbreitet und hat zur Folge, dass Nahrungsmittel vegetabilen Ursprungs ihnen nur in geringen Dosen verabreicht werden können, da diese ansonsten Überreaktionen wie ausschweifendes Gemecker, Verweigerungsverhalten oder Ausweichmaßnahmen hervorrufen können, wie das fluchtartige Verlassen des Esstisches oder das kompensatorische Aufsuchen von Fast-Food-Einrichtungen. Als therapeutische Maßnahme bei Gemüseintoleranz wird das Untermischen von Speckwürfeln oder das Beigeben von Parmesan oder anderen würzigen Käsesorten empfohlen.

Was Männer zur Gemüseintoleranz sagen:
Simon K., 43 Jahre
»Gemüse wird total überbewertet.«

Geschmacksverkalkung, die

Siehe auch → *Hawaii-Hemd,* → *Mode-Blindheit,* → *Modische Gesichtsfeldverengung,* → *Zauselkrankheit.*

An dieser Stelle soll mit einem weit verbreiteten Mythos aufgeräumt werden. Es heißt immer »Über Geschmack lässt sich nicht streiten«. Das stimmt nicht. Ähnlich wie der Irrtum vom hohen Eisengehalt von Spinat, der auf einen Rechenfehler zurückzuführen ist, liegt auch dieser Redewendung ein Versehen zugrunde. Im achtzehnten Jahrhundert schluderte nämlich bei einer Übersetzung aus dem Lateinischen ein namentlich nicht genannter Geistlicher. Nachfolgende Generationen übernahmen den Fehler. Wie aus sicheren Quellen früheren Datums zu entnehmen ist, lautete die Redewendung ursprünglich

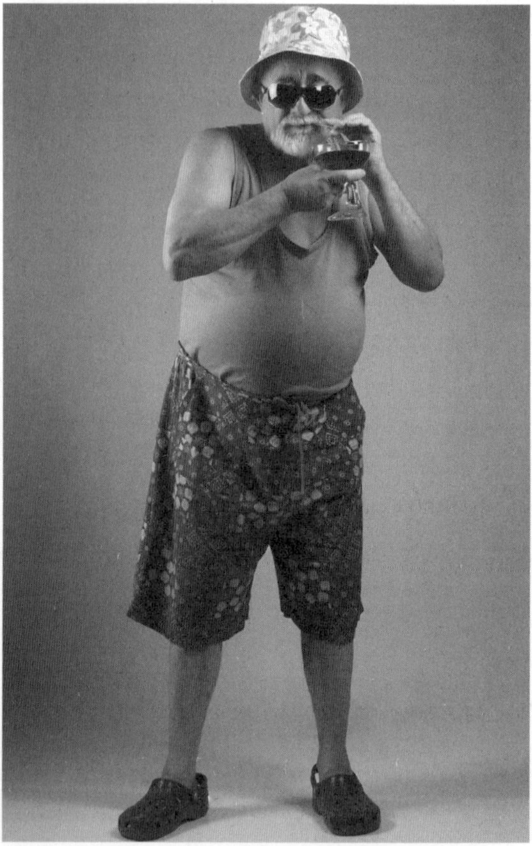

»Über Geschmack lässt sich nicht streiten, außer über den von Männern«.

Mit dieser nun endlich korrigierten Aussage erscheint so manches männliche Modedesaster in neuem Licht. Die Geschmacksverkalkung ist demzufolge eine klassische Männerkrankheit, deren Symptome eindeutig zu identifizieren sind: Krawatten mit Comicfiguren, mehrfarbige Lederjacken, eidottergelbe Jacketts, vergoldete Gürtelschnallen, Socken in Sandalen, Flip-Flops, weiße Mokassins, Cowboystiefel, Bundfaltenjeans, bis über den Bauchnabel gezogene Hosen und Stringtangas. Die Liste ließe sich beliebig fortsetzen.

Falls der eigene Partner hartnäckig behauptet, er würde sich eben nach seinem Geschmack anziehen und über den lasse sich nun mal nicht streiten, sollte er endlich auch in den Genuss des korrigierten Leitsatzes kommen, in der Hoffnung, damit ein für alle Mal kuriert zu werden.

Gespielter Erschöpfungszustand, der

Siehe → *Vorgeschobene Hilflosigkeit.*

Gigantomanie, die

Je größer, desto besser. Diese simple Formel wird schon kleinen Jungs eingetrichtert. Ursprünglich betraf diese Maxime vor allem das eigene Geschlechtsteil. Da aber je nach naturgegebener Voraussetzung dieser Vergleichskampf von Männern gescheut wird, übertragen sie die Gigantomanie gerne auf weniger intime und vor allem mit finanziellen Mitteln zu beeinflussende Statussymbole, wie zum Beispiel den Fernseher. Flatscreens von immenser Größe oder Beamer, die das Bild auf eine gigantische Leinwand projizieren, werden von Männern mit Gigantomanie bevorzugt. Natürlich ist eine Folge dieser Krankheit auch das Einladen von Geschlechtsgenossen zum Fußball-, Formel-1- oder Boxen-Gucken mit der Begründung »Ich habe den Größten«. Damit sichert sich der Mann mit Gigantomanie die Alphaposition in der Gruppe.

Glatzen-Vertuschungs-Zwang, der

Der Glatzen-Vertuschungs-Zwang äußert sich in dem ausgeklügelten Legen von Resthaar auf die nackte Kopfhaut zum Zwecke der Tarnung. Das Resthaar wird hierbei je nach Länge und Beschaffenheit von links nach rechts oder von hinten nach vorne gekämmt und zur besseren Fixierung mit Gel, Haarspray oder Pomade bearbeitet. Betroffene meiden Schwimmbäder, Achterbahnen und den Aufenthalt im Freien bei starkem Wind. Der Glatzen-Vertuschungs-Zwang ist zum Glück aber eine vom Aussterben bedrohte Krankheit, da immer mehr Männer zu ihrer Glatze stehen und sich lieber den verbliebenen Haarrest abrasieren, als sich mit aufwendig drapierten Strähnen lächerlich zu machen.

Gluteus-Maximus-Atrophie, die

Auch genannt: *Popo-Fehlbildung, Fehlender Hintern*, *Kein Arsch in der Hose*, englisch No Arse in Trouser (NAIT).

Die Gluteus-Maximus-Atrophie ist eine Krankheit, die vor allem eine verminderte erotische Ausstrahlung zur Folge hat.

Erstaunlicherweise scheint sie in jüngerer Vergangenheit dennoch den Stellenwert eines modischen Must-Have erreicht zu haben, da durch das Tragen der Hose weit unter Hüftniveau fast jeder Typ den Anschein vermittelt, als litte er unter NAIT.

Greise-Lustmolch-Krankheit, die

Siehe → *Hef-Komplex.*

Grill-Sucht, die

Selbst Männer, die nicht wissen, wie man Nudeln kocht, geschweige denn den Herd einschaltet, machen sich bei der Aussicht aufs Grillen vor Aufregung fast in die Hose. Denn das Grillen deckt drei der elementaren Bedürfnisse des Mannes ab: Feuer, Fleisch und Fusel. Der Barbecueholic liebt den Geruch von kokelnder Holzkohle, das Zischen des in die Glut tropfenden Fetts und die Möglichkeit, mit der Bierflasche aufzüngelnde Flammen im Keim zu ersticken, um dann einen tiefen Schluck daraus zu nehmen. Er verschlingt selbst mit schwarzen Krusten überzogene Koteletts, deren krebserregende Substanzen er anschließend mit Schnaps zu neutralisieren versucht. Grillen ist für den Mann die ideale Nahrungsmittelzubereitung, denn das anschließende Schrubben des Grillrosts ist natürlich überflüssig, da er sich ja von selbst durch Abbrennen reinigt.

Mit ein wenig subtiler Erziehung durch klassische Konditionierung hat die Grill-Sucht des Mannes durchaus ihre guten Seiten. Hat er nämlich erst einmal gelernt und akzeptiert, auch Fischfilets und Gemüsespieße zu grillen, steht dem Familienerlebnis im Garten nichts mehr im Weg.

Hängebrust, die

Die männliche Hängebrust ist zugegebenermaßen ein kosmetisches Problem. Da es aber kaum etwas Unattraktiveres gibt als den Anblick von nackten Männertitten, kann in diesem besonderen Fall der Partnerin ausnahmsweise einmal ganz schön übel werden. Abhilfe schaffen Liegestütze und andere Kräftigungsübungen sowie eine anständige Bekleidung des Oberkörpers.

Häusliche Orientierungslosigkeit, die

Die Häusliche Orientierungslosigkeit äußert sich größtenteils in kompletter Ahnungslosigkeit, was die Aufbewahrungsorte von Gegenständen zur Essenszubereitung oder Tischdekoration oder Kinderversorgung betrifft. Sie ist ein Symptom der → *Erworbenen Haushaltsschwäche*. Die Häusliche Orientierungslosigkeit äußert sich im extrem nervtötenden Wiederholen der Fragen »Wo finde ich das?« oder »Wo gehört das hin?«, was die Partnerin dazu bringen soll, es das nächste Mal doch lieber gleich selbst zu holen oder wegzuräumen. Die Häusliche Orientierungslosigkeit ist in den meisten Fällen eine unbewusste kognitive Störung, der man nur mit klassischer Konditionierung begegnen kann. Auf jedes »Wo finde ich das?« empfiehlt es sich, mit einer ähnlich nervigen Antwort zu kontern wie zum Beispiel a) klassisch-konservativ »Wer suchet, der findet« oder b) zeitgeistig »Gib mal eine

Suchanzeige unter Tischdeckenscout 24 auf« (oder Tortenheberscout 24, Klopapierscout 24, Glühbirnenscout 24 usw.) oder c) witzig – am besten mit Franz-Beckenbauer-Akzent: »Ja, ist denn heut schon Ostern? Dann kann die Suche ja losgehen!«

Was Männer zur Häuslichen Orientierungslosigkeit sagen:
Lorenz W., 63 Jahre
»Kann ich doch nichts dafür, wenn meine Frau dauernd alles umräumt.«

Halbe-Kraft-Putzen, das

Das Halbe-Kraft-Putzen ist eine perfide und sehr gängige Männerkrankheit. Sie besteht darin, dass er zwar im Haushalt mithilft, ihm aber immer hinterhergeputzt werden muss. Wenn er spült, vergisst er die verkrustete Pfanne auf dem Herd. Wenn er den Frühstückstisch abräumt, versäumt er es, die Krümel aufzuwischen, putzt er das Bad, bleiben Schmierstreifen auf dem Spiegel und Pipispritzer im WC, saugt er Staub, übersieht er die Wollmäuse unter dem Bett. Weil die Partnerin aber so froh ist, dass er überhaupt etwas getan hat, sagt sie nichts, um nicht als Nörgeltante dazustehen und damit womöglich seine Arbeitsbereitschaft zu unterminieren. Ein Ausweg aus dieser Krankheit ist dementsprechend schwer zu finden.

Was Männer zum Halbe-Kraft-Putzen sagen:
Guido T., 39 Jahre
»Halb geputzt ist doppelt so viel wie gar nicht. Und welche Frau beschwert sich über einen Mann, der doppelt putzt? *Das* wäre krank!«

Halbgott-in-Weiß-Manie

Die Halbgott-in-Weiß-Manie bezeichnet eine affektive Verhaltensstörung, die unter der männlichen Ärzteschaft auftritt. Männer mit Halbgott-Manie zeichnen sich durch

ein in sexueller Hinsicht völlig übersteigertes Selbstwertgefühl aus, das in dem Bewusstsein mündet: »Ich bin Arzt, und ich kann sie alle haben.«

Siehe auch → *Latino-Manie*, → *Künstler-Manie*, → *Millionärsmanie* und → *Waschbrettbauch-Manie.*

Halsstarre, die

Die Halsstarre tritt bei einem Mann dann auf, wenn es irgendwo ein Dekolleté, halbnackte Beine oder einen Stringtanga samt Arschgeweih zu sehen gibt, er aber vor der Partnerin versucht, sein Gaffen als seltsame Halsverrenkungen zu tarnen. Wenn ein Minirock vorbeiradelt oder Hotpants vorbeijoggen, entsteht die Halsstarre manchmal auch durch das ruckartige Wenden des Kopfes. Abhilfe schafft eine kräftige Faustmassage durch die Partnerin und eine Phase der sexuellen Inaktivität, in der der Mann über sein Verhalten nachdenken kann.

Handtremor, der

Der Handtremor bricht dann aus, wenn die Frau dem Mann am Computer etwas zeigen will, die Maus aber seiner Meinung nach nicht schnell genug bedient. Das führt beim Mann zu zittrigen Händen bis hin zu nervösen Zuckungen mit der möglichen Begleiterscheinung des serienartigen Wiederholens von Ausrufen wie »Soll ich?« oder »Lass mich mal«. Dem Handtremor kann nur durch Gleichgültigkeit seitens der Partnerin begegnet werden.

Handwaschschwäche, die

Siehe → *Klobrillenrunterklappschwäche*.

Hawaii-Hemd, das

Das Hawaii-Hemd ist eine Ausprägung der männlichen → *Geschmacksverkalkung*. Nach dem seuchenartigen Auftreten des Hawaii-Hemds als Folge der Fernsehserie *Magnum* in den 1980ern, gilt das quietschbunte Leibchen heute aber zum Glück weitestgehend als modisch ausgerottet. Denn psychedelische Knallfarben und abgeschmackte Kitsch-Muster führen leicht zu Netzhautverätzungen beim Betrachter. Selbsternannte Stilgurus, die ein Revival des Hawaii-Hemds heraufbeschwören wollen, sollten deshalb dringend einen anderen Job wählen oder sich auf Modeempfehlungen für Karnevalsjecken beschränken.

Hef-Komplex, der

Auch genannt → *Greise-Lustmolch-Krankheit*.

Der Begriff Hef-Komplex stammt aus dem Amerikanischen und ist angelehnt an den *Playboy*-Gründer Hugh Hefner, genannt Hef. Der Hef-Komplex ist als Begleiterscheinung bei einer Sonderlebensform der männlichen Spezies festzustellen. Diese Sonderlebensform zeichnet sich durch ein hohes Lebensalter mit den allgemeinen Kennzeichen der Vergreisung wie faltige Haut und tatterige Hände aus. Betroffene des Hef-Komplexes sind für die Medizin ein Rätsel, da ihr Stoffwechsel normalerweise nicht mehr in der Lage sein sollte, die Vitalfunktionen aufrechtzuerhalten. Ihre Energie führen sie sich alleine durch vollbusige Blondinen zu, die nicht älter sind als 25. Vorzugsweise ernähren sie sich von Viagra. Betroffene des Hef-Komplexes sind unheilbar polygam und promiskuitiv.

Hobby-Doping, das

Männer, die ihre Hobby-Athleten-Körper mit Anabolika, Wachstumshormonen und anderem Schrott füttern, um schneller dicke Arme zu kriegen, sind eindeutig krank. Oder werden es spätestens nach einigen Jahren.

Höflichkeits-Defekt, der

Beim Höflichkeits-Defekt fehlt dem Betroffenen jede Form der Galanterie. Niemals hält er ihr die Tür auf oder hilft ihr in den Mantel. Er bietet selbstverständlich nicht an, ihre Taschen zu tragen, er rückt ihr nicht den Stuhl zurecht, und er gießt auch nicht zuerst ihr Wein ein, sondern bedient nur sich selbst. Zuvorkommenheit, Aufmerksamkeit und Wohlerzogenheit gegenüber einer Dame sind ihm völlig fremd. Hinter dem Höflichkeits-Defekt steckt eine Gen-Mutation auf dem Y-Chromosom, die jede sittsame Rücksichtnahme auf Frauen unterbindet.

Wo man früher noch durch extreme Anstandserziehung mittels Rohrstock den jungen Herren der Schöpfung Benehmen eingebläut hatte, kann die antiautoritäre Pädagogik von heute den genetisch bedingten Mangel an Höflichkeit beim Mann nicht mehr ausgleichen. Diese genetische Veränderung gibt der Wissenschaft Rätsel auf, da Gentlemen, die sich Frauen gegenüber höflich verhalten, einen deutlichen Selektionsvorteil bei der Partnersuche aufweisen.

Hormonelle Stimmschwankung, die

Die Hormonelle Stimmschwankung tritt auf beim Auftauchen einer attraktiven Vertreterin des weiblichen Geschlechts und äußert sich durch Absenken der Stimmlage um eine bis mehrere Oktaven. Beim Anblick einer schönen Frau – selbst wenn sie am anderen Ende des Raumes steht – sprechen Betroffene plötzlich tiefer und meist auch lauter. Da wird der Tenor zum Heldenbariton und der Bariton rutscht in den Bass. Mit der Veränderung der Stimmlage soll die Männlichkeit betont und Paarungsbereitschaft signalisiert werden. Dieser Vorgang ist auf einen Testosteronschub zurückzuführen und geschieht unwillkürlich und in der Regel unbemerkt vom Betroffenen. Der Partnerin entgeht es natürlich nicht, dass ihr Mann plötzlich einen auf Enrico Caruso macht. Ein kräftiger Tritt gegen das Schienbein wirkt dem aber meist unmittelbar entgegen.

Humordrüsenüberfunktion, die

Männer, die sich selbst besonders lustig finden und dies auch bei jeder sich bietenden Gelegenheit beweisen wollen, leiden häufig unter einer Humordrüsenüberfunktion. Besonders seit so Typen wie Mario Barth mit Lachen-zum-Sonderangebot-Auftritten den Aufstieg in den Comedyhimmel geschafft haben, läuft die Humordrüse der Betroffenen auf Hochtouren. Zu jeder Tages- und Nachtzeit und in jeder Situation haben sie einen auswendig gelernten Kalauer auf Lager, den sie dem irritierten Publikum vortragen, um dann selbstverständlich selbst lauthals zu johlen und sich beim Klatschen auf das eigene Bein fast den Oberschenkelhals zu brechen. Besonders gerne bedienen Betroffene sich dabei Witzen, die unter der Gürtellinie angesiedelt sind.

Männer mit Humordrüsenüberfunktion sind davon überzeugt, dass sie eigentlich ins Fernsehen gehören, so dass man sie nicht selten bei Talent-, Casting- und anderen debilen Shows antrifft, wo sie in der Regel grandios scheitern. Aber egal ob massive Ablehnung oder dezenter Hinweis: Jedwede Kritik wird der Betroffene ablehnen und sich einreden, alle anderen hätten einfach keinen Humor. Therapien sind bisher nicht bekannt.

Hygienecheck-Zwangsstörung, die

Den Betroffenen der Hygienecheck-Zwangsstörung erkennt man daran, dass er vor dem Anziehen an seinen Socken schnüffelt, den Geruch abwägt und auf einer Skala zwischen 1 (sehr sauber) bis 10 (Pfuibah!) einordnet. Bei einem Wert bis einschließlich 5 zieht er die Socken selbstverständlich noch mal an. Manchmal drückt er auch ein Nasenloch zu und lässt Stinkstufe 6 durchgehen, weil die Socken ja sowieso von den Schuhen umschlossen sind und der Geruch somit nicht nach außen dringen kann. Umso schöner die olfaktorische Überraschung am Abend, wenn er seine Schweißmauken samt

Müffelsocken aus den Schuhen befreit und mit ihnen eine Wolke tranigen Käsegestanks.

Nach ähnlichem Muster bewertet der Hygienechecker morgens seine Unterhosen, die er vor dem Anziehen nach Bremsspuren untersucht. Krank! Sollte er die braunen Streifen dann nach außen drehen, um die Unterhose noch mal von der anderen Seite zu tragen, ist die Einweisung in eine Hygienepflegeeinrichtung dringend anzuraten. Diese Art von Einrichtung, auch Ekelheim genannt, existiert mittlerweile in vielen Städten. Sie nimmt Männer auf, die noch viel über Hygiene lernen müssen.

Hyper-Selbstmedikation, die

Einige Männer neigen dazu, Packungsbeilagen von Medikamenten schlichtweg zu ignorieren und sich in selbst gewählter fantastischer Dosierung Pillen, Sprays und Salben zuzuführen. Angaben zu Einwirkzeit, Anwendungsart und Höchstmenge pro Tag werden als völlig irrelevant abgetan und nach eigenem Gutdünken abgewandelt. Da Betroffene der Hyper-Selbstmedikation ungeduldig darauf warten, ihre Maschinen (die eigenen Körper) wieder auf Hochtouren zu bringen, muss es natürlich schnell gehen. Deswegen ist dann das Motto »Viel hilft viel«. Mit entsprechenden Risiken und Nebenwirkungen. Da der Mann unangenehme Begleiterscheinungen seiner Überdosierung aber auf keinen Fall auf eigene Anwendungsfehler zurückführt, muss die Partnerin sich darauf gefasst machen, allerhand fadenscheinige und weit hergeholte Erklärungen für Hautausschlag, Durchfall oder Nasenspray-Abhängigkeit geliefert zu bekommen.

Was Männer zur Hyper-Selbstmedikation sagen:
Claudius Z., 32 Jahre
»Ich weiß schon, was gut für mich ist.«

Ich-mach-das-gleich-Krankheit, die

Die Ich-mach-das-gleich-Krankheit ist unter Männern sehr weit verbreitet. Sie äußert sich im ständigen Verschieben von Pflichten auf später. Beispiel:

Sie: »Hol bitte mal die Kartoffeln aus dem Keller.«
Er: »Mach ich gleich.«
Sie: »Warum nicht jetzt?«
Er: »Ich kann jetzt nicht.«

Sie: »Du machst doch gar nichts.«

Er blickt sich um. »Doch.« Er schnappt sich eine Zeitschrift und fängt an, hektisch darin zu blättern.

Egal, ob es ums Spülmaschineausräumen, Rasenmähen oder das Raussuchen von Fotos für ein Geburtstagsgeschenk geht: Niemals ist er bereit, es sofort zu erledigen. Die Verschleppungstaktik verfolgt nicht in allen Fällen das Ziel, lästige Aufgaben der Partnerin zu überlassen, sondern ist vielmehr der langsamen Denkweise des Mannes geschuldet. Er braucht einfach eine ganze Weile, um sich auf bevorstehende körperliche Strapazen wie Hausarbeit einzustellen. Komplikationen ergeben sich dort, wo der Mann neben der Ich-mach-das-gleich-Krankheit noch unter → *Aufgaben-Amnesie* leidet. Dann vergisst er nämlich die ihm auferlegte Aufgabe in der Zeitspanne, die er sich selbst erbeten hat. Die Partnerin muss ihn nicht nur nach Ablauf der Frist an die Aufgabe erinnern, sondern außerdem mit einer erneuten Verschiebung auf später rechnen.

Bei der Ich-mach-das-gleich-Krankheit hilft nur Penetranz in Form von ständigem Wiederholen der gestellten Aufgabe. Das ist anstrengend und birgt enormes Konfliktpotential.

Es gibt aber Hoffnung durch digitale Kommunikationssysteme. Noch im Entwicklungsstadium befindet sich zum Beispiel ein Haushalts-Navigationsgerät für den Mann, das diesen ähnlich sicher durch den Dschungel der Hausarbeit leitet wie bisher den PKW durch den Straßenverkehr. Das Gerät hat die Größe einer Armbanduhr und wird auch wie eine solche am Handgelenk befestigt, ist aber weder abnehm- noch ausschaltbar. Die Programmierung und der Schließmechanismus werden allein durch ein externes Steuerungsgerät vorgenommen, das die Frau bei sich trägt. Sie gibt die anstehenden Aufgaben ein – und das Navigationsgerät übernimmt das Auffordern des Mannes mit gleichgültiger, aber unerbittlicher Stimme: »Bei der nächsten Möglichkeit Spülen«, »Im Flur Schuhe aufräumen«, »Auf dem Weg in den Keller die leeren Flaschen mitnehmen«.

Dieses Navigationsgerät zeigte in einer ersten Humanstudie gute Erfolge bei Betroffenen der Ich-mach-das-gleich-Krankheit. Durch die entpersonalisierte Ansprache und den vertrauten Kontakt mit einem technischen Gerät, das der Betroffene durch seine bisherigen Erfahrungen im Straßenverkehr als positiv bewertet, wurden die Aufgaben schneller erledigt und die häusliche Stimmung signifikant verbessert!

Was Männer zur Ich-mach-das-gleich-Krankheit sagen:
Johann R., 47 Jahre
»Frauen verbreiten einfach immer so eine unglaubliche Hektik.«

Jammern, das

Männer jammern nie. Höchstens zu Hause bei ihren Frauen. Und dies in einer Ausführlichkeit und Beharrlichkeit, dass der Partnerin der Kragen platzt. Gejammert wird dabei nicht nur, wenn er sich einen Schnupfen eingefangen hat, sondern auch über seinen harten Tag, die Kollegen, den Chef, die anderen Autofahrer und das Fernsehprogramm. Anfangs schenkt die Partnerin ihm dabei noch Aufmerksamkeit und Zuwendung, doch spätestens, wenn sie die ewig selbe Leier zum 746. Mal gehört hat, wird sie ihn weder ernst nehmen noch beachten. Was er dann als Affront betrachtet und zum Anlass nimmt, noch mehr zu jammern – nämlich darüber, dass ihn niemand ernst nimmt. Dabei ist das Nichtbeachten nur ein Selbstschutzmechanismus der Partnerin. Denn wenn sie sich sein Gejammer jedes Mal in Gänze reinziehen und ihn vielleicht noch mit mitleidigen Bemerkungen darin bestätigen würde, dann würde er a) nie damit aufhören und b) sie irgendwann durchdrehen.

Jammerstarre, die

Auch genannt *Pathologische Langeweile*.

Die Jammerstarre ist im Gegensatz zur reinen → *Faulheit* eine besonders nervtötende Kombination aus Nichtstun und Jammern. Der Mann weiß nicht, womit er sich beschäftigen soll, und geht seiner Partnerin auf den Zünder mit ausdauerndem Lamentieren darüber, dass er nicht weiß, womit er sich beschäftigen soll. Jedwede Anregung, vom Lesen über Spazierengehen bis zum Gartenzaunstreichen, lehnt er ab wie ein bockiger Vierjähriger. »Keine

Lust«, »Das ist doch öde« oder »Willst du mich verarschen?« sind seine Antworten auf konstruktive Vorschläge der Partnerin. Und so verharrt er in dem von ihm selbst gewählten quälenden Zustand der Langeweile und schikaniert seine Umwelt.

Auch der Erfinder der Spielkonsole litt unbestätigten Gerüchten zufolge unter einer besonders gravierenden Form der Jammerstarre und wurde von seiner Gattin mit vorgehaltener Waffe dazu gezwungen, endlich etwas dagegen zu unternehmen, woraufhin er eben die erste Spielkonsole entwickelte. Deren Vertrieb erfolgte dann auch zunächst im Bereich der therapeutischen Geräte gegen Langeweile. Erst nach den ersten großen Erfolgen wurde das Gerät auch in der Unterhaltungselektronik angewendet.

Junggesellenklo, das

Das Junggesellenklo erkennt man an unschönen, dunklen Verfärbungen an der Unterseite des Klodeckels, an eingetrockneten Pipispritzern auf der Brille, an Bremsspuren im Rohr und natürlich am fehlenden Toilettenpapier. Das Junggesellenklo ist eine Einladung an alle – solange sie aus dem Reich der Mikroorganismen kommen. Fäkalbakterien und andere Keime lassen sich hier besonders gerne häuslich nieder und vermehren sich reichlich. Alle anderen sollten sich einfach nur aus dem Staub machen.

Kachelmann-Syndrom, das

Wenn er ihr ein gemeinsames Leben verspricht, sie aber immer wieder vertröstet, stets nur wenige Termine für sie frei hat, öfter bei Tagungen außerhäusig übernachten muss, und wenn er statt ihres richtigen Namens immer einen Kosenamen benutzt, dann könnte das Kachelmann-Syndrom dahinterstecken. Und das heißt: dass er viele Freundinnen gleichzeitig hat, ohne dass diese etwas davon wissen.

Kamikaze-Raserei, die

Die Kamikaze-Raserei befällt einige Männer meist eher jüngeren Alters auf dem Fahrersitz eines Autos und lässt sie in selbstmörderischer Weise durch den Straßenverkehr rasen. Da wird rechts oder zur Not auch auf dem Mittelstreifen überholt. Die Lichthupe morst allen vor ihm Fahrenden, dass sie endlich Platz machen sollen. Und ein Abstand zum nächsten Fahrzeug von fünfzig Zentimetern ist dem Betroffenen mehr als genug. In einem Anfall von Kamikaze-Raserei ist der Mann auch nicht mehr in der Lage, vernünftigen Argumenten zu lauschen. Das einzige Argument, das auf ihn eine heilende Wirkung hat, ist der Führerscheinentzug.

Karriere-Ellenbogen, der

Durch übertriebenen Ellenbogeneinsatz hervorgerufener degenerativer Gelenkverschleiß, der besonders bei männlichen Karrieristen auftritt. Im Verlauf der Karriere-Ellenbogen-Krankheit ist vor allem eine zunehmende Gefühllosigkeit in diesem Körperteil zu beobachten, die dazu führt, dass Betroffene gar nicht mehr merken, dass sie andere damit aus dem Weg räumen. Bevorzugt sucht sich der Mann mit Karriere-Ellenbogen vermeintlich schwächere Gegner und diskreditiert weibliche Kolleginnen mit Hilfe allerlei Klischees, die ihre Kompetenz unterwandern und ihn im besseren Licht dastehen lassen sollen, wie zum Beispiel »Frau Sowieso ist wirklich hervorragend geeignet, besonders für das Kaffeekochen« oder »Kritisieren Sie Frau Sowieso nicht, die fängt sonst gleich wieder an zu heulen«. Gerne tritt der Karriere-Ellenbogen in Zusammenhang mit anderen Krankheiten auf wie → *Angeberei* oder → *Dummschwätzerei*. Der Betroffene selbst leidet normalerweise nicht unter seiner

Krankheit – wohl aber seine Kolleginnen. Einziges wirksames Gegenmittel: ihn mit eigenen Waffen schlagen.

Klobrillenrunterklappschwäche, die

Die Klobrillenrunterklappschwäche ist eine kognitiv-motorische Störung des Mannes, die direkt nach dem Wasserlassen im Stehen auftritt. Forscherinnen haben herausgefunden, dass Männer nach der Entleerung der Harnblase in aufrechter Haltung für einen Moment nicht mehr Herr über ihr Nervensystem sind. Das liegt daran, dass das Stehpinkeln den Betroffenen in einen Zustand der Entspannung versetzt und ihm gleichzeitig ein archaisches Hochgefühl über die gelungene Reviermarkierung vermittelt. In diesem rauschhaften Moment gelingt es dem Mann nicht, an so profane Dinge wie die Bedürfnisse der Partnerin oder gar an Hygiene zu denken. So schafft er es weder die Klobrille runterzuklappen noch sich die Hände zu waschen (die sogenannte *Handwaschschwäche*).

Abhilfe schafft nur die Erziehung zum Pinkeln im Sitzen. Hat der Mann die Sitzhaltung für die Blasenentleerung akzeptiert, erübrigt sich praktischerweise das Klobrillerunterklappen. Aber es ändert sich auch der Erregungszustand im Hirn. Der Rauschzustand wird stark verkürzt, so dass als positiver Effekt auch das Händewaschen schneller ins Bewusstsein dringen kann.

Knutschflecken-Seuche, die

Siehe → *Hämatomale Reviermarkierung.*

Kochwut, die

Die Kochwut schlägt bevorzugt am Wochenende zu. Nachdem der Mann am Samstagvormittag stundenlang unterwegs war, um auf dem Wochenmarkt und in Feinkostläden zu stöbern, bemächtigt er sich der Küche, um wie besessen die Nahrungszubereitung im High-End-Bereich zu zelebrieren. Um diesen Dienst zum Wohle der Familie angemessen ausführen zu können, braucht der Mann natürlich passende Rahmenbedingungen. Dazu gehören:

a) ein Maschinenpark aus chromblitzenden Geräten zum Hacken, Schneiden, Kneten, Mixen, Pürieren, Pressen, Rühren, Raspeln, Entsaften, Gratinieren und Reiben (siehe auch → *Küchengeräte-Kaufsucht*),
b) eine Sammlung sauscharfer und sauteurer Messer (siehe auch → *Messer-Manie*),
c) ausgefallene Zutaten wie Wildfenchel-Gewürz, patagonisches Lammcarré, Argan-Öl und Hiramasa-Kingfish-Filet,
d) eine schöne Flasche Château Lafite oder ein kaltes Bier, um sich für die gemeinnützige Anstrengung zu belohnen,
e) eine lächerliche Schürze, auf der entweder »Hier kocht der Chef selbst« steht oder der Torso des nackten Adonis abgebildet ist,
f) absolute Ruhe,
und anschließend natürlich
g) frenetisch applaudierendes Publikum.

Die Kochwut geht oft einher mit dem → *Nach-mir-die-Sintflut-Syndrom*, bei dem die Küche anschließend aussieht wie ein Saustall, in den gerade eine Bombe eingeschlagen hat, die bei Hempels unterm Sofa lag. Da natürlich am Wochenende die Regel gilt »Ich koche, du spülst«, bleibt es an der Partnerin hängen, die komplett besudelte Topf- und Pfannenkollektion zu schrubben, Möhrenschnipsel und Knoblauchfetzen vom Boden aufzuklauben und die Fettspritzer von Herd, Arbeitsplatte und Deckenbeleuchtung zu entfernen. Weil seine Partnerin und der Rest der Familie ihm so dankbar sind für seine tolle Leistung, eine Mahlzeit fabriziert zu haben, kann der Mann mit Kochwut sich den Rest der Woche auf seinen Lorbeeren ausruhen und seiner Partnerin das alltägliche Kochen zwischen Beruf, Hausarbeit und Kinderbetreuung überlassen – sowie das anschließende Saubermachen. (Natürlich gilt unter der Woche nicht die

Regel »Ich koche, du spülst«.) Denn nur so kann er auch genug Energie sammeln für den nächsten Anfall von Kochwut am kommenden Wochenende.

Besonderen Pfiff bekommt die Kochwut, wenn der Betroffene gleichzeitig unter notorischem → *Mahlzeiten-Nörgeln* leidet. Dann bringt er es fertig, an einem Mittwoch das Abendessen, das die Partnerin neben all den anderen Jobs und mit quengelnden Kindern am Hosenbein gestemmt hat, mit so hübschen Bemerkungen zu garnieren wie:

»Also, gegen meine handgerollten Gnocchi kommt diese Pampe aber nicht an.«

»An deiner Stelle würde ich die Koteletts vorher anderthalb Stunden in einer Rosmarin-Zitronen-Marinade einlegen.«

»Fertigteig würde ich ja nie verwenden.«

»Ich freue mich schon aufs Wochenende, wenn es endlich mal wieder was Leckeres gibt.«

Komplimentekrampf, der

Das Gegenteil der → *Komplimenteverweigerung*.

So wie es Männer gibt, die Frauen niemals mit einem Kompliment beglücken, gibt es andere, die mit Komplimenten nur so um sich werfen. Die Betroffenen sind meistens Singles und verwenden die Komplimente als Anbaggermasche, wobei der Unterschied zur Schleimerei marginal ist. Sie loben wortreich Lächeln, Augen, Haare, Stimme, Kleidung, Hände, Finger, Ohren, Hals, Haltung, Beine, Schuhe und können immer noch nicht aufhören. Sie preisen Lippen, Handgelenke, Fingernägel, Schmuck, Schlüsselbeine und die Art, wie sie an ihrem Cappuccino nippt. Wenn man den Mann mit Komplimentekrampf nicht stoppt, hört er nicht auf, bis er (oder die Adressatin der Komplimente) kurz vor dem Kollaps steht.

Wichtig zu wissen ist für die Frau nur eines: Je mehr Komplimente auf einem Haufen, desto größer die Wahrscheinlichkeit, dass er die einzelnen Schmeicheleien nicht ernst meint, sondern nur ein Programm abspult, um sie rumzukriegen. Hier sollte die Frau ergebnisorientiert handeln: Wenn der Typ trotz seines schleimigen Gelabers sympathisch sein sollte, dann kann man ihm beizeiten mit einem Kuss die Lippen versiegeln. Steht man nicht auf ihn, sollte man einfach die Biege machen.

Komplimenteverweigerung, die

Viele Männer verfahren nach dem Motto »Nicht gemotzt ist halb gelobt« und verweigern grundsätzlich jegliche Komplimente. Egal, wie aufgehübscht die Partnerin ist, er bemerkt es zwar, aber er wird es auf keinen Fall sagen. Sie kann das ganze Haus aufgeräumt und geputzt haben, aber er wird sie nicht loben. Er ist einfach nicht in der Lage, verbale Anerkennung gegenüber der Partnerin auszudrücken. Die Ursache für diese Krankheit ist eine Störung bei der Neuronenübertragung im männlichen Gehirn: Das Sprachzentrum und der emotionale Bereich sind nicht ausreichend vernetzt. Dieses Defizit wird auch Dachschaden genannt. Ähnliche Symptome, aber eine andere Ursache, hat das → *Maskuline-Aufmerksamkeits-Defizit*, kurz *MADS*.

Sicheres Anzeichen für Komplimente-verweigerung:
Sie: »Guck mal, sieht das nicht gut aus?«
Er: »Hmpf.«
Sie (pampig): »Was denn jetzt? Sieht es gut aus oder nicht?«
Er: »Ey, ich hab doch gar nichts gesagt!«
Sie: »Eben.«

Konsolitis, die

Die Konsolitis bezeichnet eine Infektion, die in der totalen Abhängigkeit von einer Spielkonsole mündet. Die Konsolitis befällt viele Männer, häufiger in jungen und mittleren Jahren, und sorgt dafür, dass sie auch körperliche Aktivitäten nur noch virtuell ausüben – Angeln, Skispringen, Fußball, Bowlen, Golf etc. pp. Für die Partnerin, die frische Luft und Sonnenlicht als unverzichtbar ansieht, wird es immer schwerer, dem Mann klarzumachen, dass es sich bei dieser Art Betätigung um eine vorgetäuschte Realität handelt, die mit der wirklichen Welt nicht viel gemein hat. Hoffnung gibt den betroffenen Angehörigen das Forschungsprojekt einer Gruppe Informatikerinnen. Diese tüftelt nämlich an einer Konsole, die mit Staubsauger, Wischmopp oder Spülbürste kombiniert werden kann, so dass der Mann in seinem Wahn immerhin spielerisch die Hausarbeit erledigt.

Kosenamenwahnsinn, der

Einen schönen Kosenamen zu finden ist wichtig für eine Beziehung. Wenn er seine Partnerin aber Moppelchen, Schnuckipupsi, Stinki, Pipifrosch, Eumel, Mausepopel oder Bumsebiene nennt, und das auch im Beisein von anderen, dann ist er eindeutig vom Kosenamenwahnsinn befallen!

Krümelmonster-Syndrom, das

Ob ein Mann ein Krümelmonster ist, erkennt man ganz leicht an den Bröckchen, die er überall dort hinterlässt, wo er sich aufgehalten hat. Selbstverständlich fordert die Kombination von einem Mann und etwas Essbarem diese Krankheit besonders heraus. Den Platz des Krümelmonsters am Tisch erkennt man immer sofort an den sorgfältig verstreuten Brotkrumen, Brötchenkrümeln und Eierschalenfragmenten um seinen Teller und auf dem

Boden vor und unter seinem Stuhl. Gerne kombiniert das Krümelmonster die trockenen Brocken auch mit Spritzern von Kaffee, Milch oder Orangensaft, die er zur Not auch mit dem noch tropfenden (weil nicht abgeleckten) Löffel auf dem Tisch hinterlässt. So ergibt sich eine verklebte Krümel-Saft-Collage, die das Krümelmonster gerne als »große Kunst« bezeichnet. Deswegen käme er auch nie auf die Idee, sie wegzuwischen. Aber nicht nur auf dem Tisch, sondern auch auf seiner Sofaseite findet sich in den Ritzen stets eine ganze Familienpackung Chips- und Salzstangen-Gebrösel.

Partnerinnen von Krümelmonstern sollten deswegen auf gar keinen Fall jemals das Frühstück im Bett servieren! Auch wenn er noch so sehr darum bettelt. Eine Ausnahme bildet bei den meisten Krümelmonstern das eigene Auto, in dem sie das Essen in der Regel strikt verbieten. Das Krümelmonster-Syndrom gilt als eine Form der → *Reviermarkierung*.

Küchengeräte-Kaufsucht, die

Viele Männer kennen zwar kaum drei Rezepte, lieben es aber, Küchengeräte zu kaufen, die ihnen wegen ihrer vielfältigen Funktionen, der formschönen Edelstahl-Optik und dem Elektrokabel so gut gefallen. Wenn sie nicht selbst von → *Kochwut* befallen sind, dann kaufen sie die Küchengeräte auch gerne für ihre Frau und überraschen sie zu Weihnachten mit einem Bratengabel-Thermometer, einem Halogenofen oder einem alleskönnenden Küchenmaschinen-Monster und freuen sich, dass die Partnerin angesichts dieser Arbeitserleichterung zukünftig noch viel mehr Zeit für die Familie hat.

Küchenverwüstungskrankheit, die

Siehe → *Nach-mir-die-Sintflut-Syndrom.*

Kühlschrankvakuum, das

Siehe → Vorratshaltungsschwäche.

Künstler-Manie, die

Die Künstler-Manie bezeichnet eine affektive Verhaltensstörung, die unter kreativen Männern auftritt. Männer mit Künstler-Manie zeichnen sich durch ein in sexueller Hinsicht völlig übersteigertes Selbstwertgefühl aus, das in dem Bewusstsein mündet: »Ich bin Maler/Musiker/Dichter/Schriftsteller, und ich kann sie alle haben.«

Siehe auch → *Latino-Manie,* → *Waschbrettbauch-Manie,* → *Halbgott-in-Weiß-Manie* und → *Millionärsmanie.*

Kulturphobie, die

Den Mann mit Kulturphobie erkennt man daran, dass er Museen, Opern und Theater meidet wie die Pest. Lyrik, französische Filme und Diskussionen über Expressionismus sind in seinen Augen Zeitverschwendung. Feuilleton hält er für eine japanische Delikatesse und Comics für Literatur. Kulturell wertvoll sind für ihn nur Computerspiele, Oldtimer und Currywurst mit Pommes rot-weiß. Die Kulturphobie lässt sich mindern, indem man ihm Freibier bei der Vernissage verspricht oder ihm von der skandalösen Theaterinszenierung mit vielen Nacktszenen erzählt.

Was Männer zur Kulturphobie sagen:
Julius K., 42 Jahre
»Nacktszenen finde ich gut.«

Latino-Manie, die

Die Latino-Manie bezeichnet eine affektive Verhaltensstörung, die gelegentlich in der männlichen Verwandtschaft von Antonio Banderas & Co. auftritt. Männer mit Latino-Manie zeichnen sich durch ein in sexueller Hinsicht völlig übersteigertes Selbstwertgefühl aus, das in dem Bewusstsein mündet: »Ich bin Latin Lover, und ich kann sie alle haben.«

Siehe auch → *Künstler-Manie,* → *Waschbrettbauch-Manie,* → *Halbgott-in-Weiß-Manie* und → *Millionärsmanie.*

Lernresistenz, die

Die Lernresistenz bei Männern ist ein weites Feld. Sie kennzeichnet das Unvermögen, sich eine Sache trotz mehrmaliger Erklärungen, Demonstrationen und Schulungsmaßnahmen zu merken oder sie umzusetzen. An dieser Stelle dafür Beispiele zu nennen, würde den Rahmen des Buches sprengen. Schließlich sind die allermeisten Macken der Männer eine Folge von Lernresistenz.

Lesben-Lüge, die

Manche Männer glauben ernsthaft, dass Lesben nur Frauen sind, die noch nicht dem richtigen Mann begegnet sind. Ähnlich wie Vegetarier, die nur mal ein gutes

Steak essen müssten, um wieder auf den rechten Weg zu kommen. Diese Männer glauben auch, dass ein heterosexueller Koitus von besonderer Qualität eine Lesbe bekehren könnte. Selbstredend meinen sie damit sich selbst und ihre herausragenden Liebhaberfähigkeiten. Mit anderen Worten: Die Lesben-Lüge wird nur als Vorwand benutzt, um vor anderen mit den eigenen sexuellen Fähigkeiten anzugeben. Äußerst erbärmlich.

Lesescheu, die

Die männliche Lesescheu bezieht sich auf das Lesen von langen, zusammenhängenden Texten. Er kann stundenlang eBay-Angebote studieren, aber das Lesen eines Zeitungsartikels empfindet er als Überanstrengung. Bücher ohne Bilder hält er für eine Zumutung und benutzt sie allenfalls als Unterlage für seine Werkzeugkiste. Die Lesescheu wird verstärkt, je mehr Internetzugänge verfügbar sind. Sie verläuft meistens chronisch und ist in der Regel nicht heilbar. Selbst der Aufenthalt auf einer einsamen Insel mit der Gesamtausgabe von Ernest Hemingway wird ihn nicht kurieren. Sobald er sich wieder in der Zivilisation befindet, wird er lieber bei YouTube lustige Clips anschauen, als ein Buch in die Hand zu nehmen.

Sicheres Anzeichen für Lesescheu:
Sie: »Hast du *Der Name der Rose* gelesen?«
Er: »Gesehen meinst du.«
Sie: »Nein. Gelesen.«
Er: »Wie soll ich denn einen Film *lesen*?«
Sie: »Nein, ich meine doch das Buch.«
Er: »Das gibt es auch als *Buch*?«

Lichtausmach-Defizit, das

Er negiert den Nutzen vom Energiesparen und die Risiken von Atomkraftwerken, nur damit er nicht das Licht ausmachen muss, wenn er den Raum verlässt. Das Lichtausmach-Defizit ist ein klares Symptom einer ausgeprägten → *Umweltschutzmuffelei*.

Lichthupenfinger, der

Der Lichthupenfinger zeichnet sich durch nervöse Zuckungen meist des linken Mittelfingers aus und betrifft häufig Fahrer PS-starker Kraftfahrzeuge. Diese betätigen unwillkürlich die Lichthupe, sobald ein Auto vor ihnen fünf Stundenkilometer langsamer fährt. Nicht selten tritt diese Krankheit im Zusammenhang mit dem → *Bleifuß* und der → *Kamikaze-Raserei* auf.

Liebhaber-Krankheit, die

Bequeme, der

Der Bequeme hat eine ganz spezielle Vorstellung vom Beischlaf. Er denkt nämlich, dass er dabei schlafen könne. Er bevorzugt die Reiterstellung, weil er dabei einfach gemütlich auf dem Rücken liegen kann, während die Partnerin bis zur Erschöpfung alle Tempi durchexerziert bis zum wilden Galopp. Abhilfe schafft hier eine Gerte, die, von Zeit zu Zeit geschwungen, die Lethargie des Bequemen durchbricht.

Egoshooter, der

Der Egoshooter hat nur eines im Sinne: sich. Hauptsache, er kommt. Der Rest ist ihm egal. In seinen Augen hat die Frau sowieso schon den Höhepunkt ihres Lebens erreicht, weil sie in seinem Bett gelandet ist. Der Egoshooter ist sehr stolz auf seine Sammlung an One-Night-Stands, dabei kapiert er nicht, dass sich einfach keine Frau zweimal mit ihm einlassen möchte.

Grunzer, der

Am Anfang denkt die Partnerin, ein rachitisches Meerschweinchen säße unter dem Bett. Dann stellt sie fest, dass er die Quelle der merkwürdigen Geräusche ist.

Kamasutrer, der

Der Kamasutrer zeichnet sich durch seine Neigung zu ungewöhnlichen Liebesstellungen aus, die eine Körperbeherrschung voraussetzen, wie sie sonst nur Akrobaten, Kunstturner oder Schlangenmenschen besitzen. Er verpönt die Missionarsstellung, verachtet die Löffelchenstellung, und selbst Doggy-Style ist ihm zu schnöde. Kreisel, Schaukel, schwebendes Erdbeben, galoppierende Giraffe oder hysterischer Hammel – er kommt mit immer neuen Stellungen und bemerkt nicht, dass allein die Anweisung, wo welches Körperteil hingehört, bei der Partnerin zum Abflauen der Lust führt.

Missionar, der
Der Missionar ist das Gegenteil vom Kamasutrer, weil er jedwede Abwechslung im Bett ablehnt. Der Liebesakt dauert bei ihm inklusive Vorspiel jedes Mal exakt viereinhalb Minuten. Er schaltet immer das Licht aus. Und behält nicht selten die Socken an. Eine spanische Fliege hält er für ein Modeaccessoire und Waldmeisterbrause für ein Aphrodisiakum. Der Missionar ist wie das Wort zum Sonntag: einschläfernd.

Rammler, der
Ihr Kopf schlägt im Rhythmus seiner Bewegungen an den Bettpfosten, aber der Rammler merkt es nicht. Geschwindigkeit ist seine Hexerei. In rasend schneller mechanischer Abfolge bewegt er die Hüfte vor und zurück. Vielleicht bemerkt er sein Fehlverhalten, wenn sie sich vor dem Beischlaf einen Helm aufzieht.

Rücksichtsvolle, der
Der Rücksichtsvolle ist so auf das Wohlbefinden seiner Partnerin bedacht, dass jede Erotik abhandenkommt. Er mustert ihr Gesicht stets sehr aufmerksam. Verzieht sie die Miene, fragt er: »Ist alles in Ordnung?«
Stöhnt sie lustvoll auf, sagt er erschrocken: »Hat das weh getan?«
Nach jeder schnellen Bewegung hält er inne und fragt sie, ob es so gut sei. Ob das Tempo stimme. Ob sie bequem liege. Ob es ihr Spaß mache. Die Partnerin sollte in diesem Fall besser immer mit »Ja« antworten,

da sie sonst noch mehr Fragen über sich ergehen lassen müsste: Wie hättest du es denn gerne? Eher so? Oder eher so? Findest du es so besser oder doch eher so? Beim Rücksichtsvollen hat sich eine Methode aus der SM-Abteilung bewährt: der Knebel.

Schnellfeuerschütze, der

Drei, zwei, eins, meins. Beim Schnellfeuerschützen ist der Höhepunkt schon erreicht, wenn andere sich erst warmlaufen.

Selbstüberschätzer, der

Der Selbstüberschätzer hält sich für den größten und tollsten und besten Liebhaber aller Zeiten, obwohl er allenfalls durchschnittlich agiert. Mit stolz geschwellter Brust scheut er sich im Anschluss nicht, die idiotischste Frage aller Fragen zu stellen: »Na, wie war ich?« (Siehe auch → *Sexprotzerei* im Sonderkapitel *Angeberei*.)

Stumme, der

Mag er es, oder mag er es nicht? Egal, was die Partnerin tut, der Stumme gibt nicht den leisesten Schnauber von sich. Die Partnerin kann nur raten, ob das, was sie tut, auf Begeisterung stößt. Oder sich einfach nur um sich selbst kümmern.

Super-Liebhaber, der

Siehe → *Casanova-Syndrom*.

Lobsucht, die

Die Lobsucht äußert sich darin, dass der Mann für den kleinsten Handgriff Beifall erwartet. Egal wie überfällig es war, die Hecke zu schneiden, seinen Sockenberg wegzusortieren oder den Durchgang zum Heizungskeller freizuräumen, den er mit einer Altholzsammlung zum Basteln blockiert hat, der Lobsuchtsbefallene möchte immer hören, wie toll er etwas gemacht hat. Und zwar am liebsten in aller Ausführlichkeit und mehrfach. Hier ist das Fingerspitzengefühl der Partnerin gefragt: Einerseits sollte sie durchaus ihre Anerkennung für seine Taten ausdrücken und so positives Feedback geben, andererseits aber seine Sucht nach Lob auf gar keinen Fall vollends befriedigen, weil sonst unweigerlich Folgendes passiert: Er ruht sich völlig entspannt auf seinen Lorbeeren aus. Und zwar so lange, bis die Partnerin wieder kurz vor einem hysterischen Kollaps steht, weil er nicht die klitzekleinste Hausarbeit von selbst erledigt.

Machismo, der

Der Begriff Machismo beschreibt ein krankhaftes Zurschaustellen von Männlichkeit, das mit einer gewissen Lächerlichkeit einhergeht: die Hemdknöpfe bis zum Bauchnabel geöffnet, dazu am besten noch ein Goldkettchen auf behaarter Brust. Diese Art von Machismo ist vor allem eine Domäne südeuropäischer Männer. Jüngere Generationen scheinen gegen die Krankheit allerdings zunehmend immun zu sein.

Männliche Mitdenkschwäche, die

Die Männliche Mitdenkschwäche ist eine sehr weit verbreitete Krankheit mit vielfältigen Symptomen, weswegen sie an dieser Stelle ausführlich behandelt wird.

»Was soll ich machen?« oder »Kann ich dir helfen?« fragen viele Männer, wenn die Frau aufräumt, putzt oder in der Küche mit der Zubereitung des Essens beschäftigt ist. Die Fragen werden von der Frau zunächst als positives Zeichen gewertet, signalisieren sie doch Wille zur Unterstützung. Werden die Fragen aber ständig wiederholt, offenbart sich eine klassische Mitdenkschwäche. Diese verlangt der Partnerin ein übernatürlich robustes Nervenkostüm ab.

Vor allem, wenn eine der Fragen in einer Situation gestellt wird, in der die Antwort offensichtlich ist. Zum Beispiel, wenn sie auf dem vollen Tisch einen Platz für die heiße Auflaufform sucht und er nur dämlich glotzt, anstatt mal eben die Schüssel mit den Kartoffeln beiseitezuschieben. Oder wenn sie gerade die Nudeln abgießt, während unter großem Gezische das Fleisch anbrennt, und er nicht von selbst auf die Idee kommt, die Koteletts zu wenden.

Als Ursachen der Mitdenkschwäche konnten Wissenschaftler sowohl physiologische als auch psychologische Defizite ausmachen: Bei einigen Männern mit Mitdenkschwäche sind bestimmte Hirnregionen unterentwickelt. Hier fehlen Synapsenverbindungen, die für Transferleistungen wie »Essenkochen = Tischdecken« oder »Durst = Wasser aus dem Keller holen« zuständig sind.

Bei dem weitaus größeren Prozentsatz der Betroffenen allerdings ist die Mitdenkschwäche eine unbewusste oder bewusste Arbeitsvermeidungstaktik, die wegen ihres großen Erfolgs gehegt und gepflegt wird. Denn oft ist es für die Frau inmitten der einstudierten Arbeitsabläufe wie der Essenszubereitung zu kompliziert, sich eine Tätigkeit auszudenken, die der Mann im erforderlichen Zeitfenster mit zufriedenstellendem Ergebnis managen kann. Mit anderen Worten: Wenn das Öl schon heiß ist, man aber zehn Minuten auf eine gehackte Zwiebel warten muss, dann nutzt sie nichts mehr. Von daher lehnen viele Frauen die »Hilfe« ihres Mannes von vornherein ab, was von beiden Geschlechtern als Erleichterung empfunden wird.

Im weiteren Verlauf der Krankheit treten neben der Mitdenkschwäche weitere Symptome auf wie die → *Häus-*

liche Orientierungslosigkeit und die → *Vorgeschobene Hilflosigkeit*. In diesen Fällen folgt auf die Frage »Was soll ich tun?« direkt die nächste Frage: »Wo ist das?« und/oder »Wie geht das noch mal?«

Diese drei Fragen sind Bestandteil der sogenannten *W-Fragen-Zermürbungsstrategie*, der viele Frauen zum Opfer fallen: Sie entbinden fortan den Mann von jeglicher Mithilfe. Vor dieser Reaktion aber sei gewarnt! Denn damit fördert die Partnerin das komplexe und oft irreversible Krankheitsbild der → *Erworbenen Haushaltsschwäche*. Wissenschaftler empfehlen vielmehr dringend, die äußerst anstrengende Phase durchzuhalten, in der dem Mann Aufgaben mit steigendem Schwierigkeitsgrad zugeteilt werden, vom Kartoffelnholen über Zwiebelschneiden und Tischdecken bis hin zum Zubereiten von einfachen Gerichten.

Sichere Anzeichen für Männliche Mitdenkschwäche:
Der Mann guckt Fernsehen, die Frau nähert sich mit dem Staubsauger und will die Chipskrümel vor dem Sofa wegsaugen, kommt aber nicht voran, weil er seine Quadratlatschen dort geparkt hat. Er fragt freundlich: »Kann ich dir helfen?«
Sie staunt. Klar! Er könnte Staub wischen, das Altpapier rausbringen, den Rasen mähen. Aber zunächst wählt sie das Naheliegendste: »Ja. Du könntest bitte deine Beine anheben.«
Er legt die Füße auf den Tisch, so dass sie auch unter ihm saugen kann, und grinst sie triumphierend an.
Sie: »Was ist los?«
Er: »Da siehst du es.«
Sie: »Was sehe ich?«
Er: »Dass ich dir wohl bei der Hausarbeit helfe!«

Männliche Wortfindungsstörung, die

Männer mit Wortfindungsstörung schaffen es einfach nicht, bestimmte Wörter über die Lippen zu bringen, obwohl sie gerade im Moment zwingend erforderlich wären. Darunter fallen Sätze wie »Es tut mir leid«, »Entschuldigung«, »Ich liebe dich«, »Du siehst toll aus« etc. Die Ursachenforschung steht hier noch ganz am Anfang. Ein Zusammenhang mit der → *Verbalen Dysfunktion* wird vermutet, ist aber noch nicht bewiesen.

Mahlzeiten-Nörgeln, das

Das Mahlzeiten-Nörgeln ist eine nervtötende pathologische Verhaltensweise. Die Partnerin hat sich beim Kochen für ihren Liebsten abgemüht mit dem Erfolg, dass der missmutig im Essen herumstochert und vorwurfsvoll bis angewidert einen oder mehrere der folgenden Sätze von sich gibt:

- »Was?! Schon wieder Kürbissuppe?«
- »Das schmeckt echt total anders als beim letzten Mal.«
- »Um Gottes willen – was ist denn das Grüne da?«
- »Was ist das für ein merkwürdiger Beigeschmack?«
- »Du hast nicht im Ernst Tofu gemacht?«
- »Dieses Zeug da … was ist das? Sonnenblumenkerne? Total überflüssig.«
- »Das schmeckt irgendwie komisch, findest du nicht?«
- »Bist du sicher, dass das noch gut ist?«
- »Sind da etwa Rosinen im Reis?«
- »Ich krieg schon Blähungen, wenn ich das ganze Grünzeug nur ansehe.«
- »Ich bin doch keine Kuh!«
- »Morgen könnten wir mal was Leckeres kochen. Ich frag meine Mutter nach ihrem tollen Gulasch-Rezept!«
- »Willst du mich vergiften?«
- »Ich hab keinen Hunger mehr. Sind noch Chips da?«

Ein Großteil des Erfolgs von Fast-Food-Ketten und Fertigprodukten beruht auf dem männlichen Mahlzeiten-Nörgeln, das Frauen nicht nur den Appetit verdirbt, sondern sie auch vermehrt in einen Koch-Streik treibt.

Maskuline-Aufmerksamkeits-Defizit-Störung, die (MADS)

Die Maskuline-Aufmerksamkeits-Defizit-Störung tritt ausschließlich in Zusammenhang mit dem Erscheinungsbild der Partnerin auf. Männer, die an MADS leiden, sehen zwar den kleinsten Unterschied zwischen der alten und neuen S-Klasse, können aber neue Frisuren, Brillen oder Kleidung der Partnerin gar nicht – oder zumindest nicht auf Anhieb – erkennen. Denn eine besondere Form der MADS ist die zeitverzögerte Bewusstwerdung. Bei einigen Patienten dauert es bis zu einem Jahr, bis zum Beispiel Schuhe als neu bemerkt werden. Männer mit MADS überraschen dann ihre Partnerin mit der Frage:

»Sind die neu?« und wundern sich über Antworten wie: »Ja, seit letztem Sommer …«

Die Ursachen für MADS sind noch ungeklärt, werden aber in der allgemeinen Überlastung des Aufmerksamkeitsareals im männlichen Stammhirn vermutet, die dazu führt, dass nur noch auf Basis sehr starker Reize eine Reaktion herbeigeführt werden kann. Von extremen Maßnahmen zur Aufmerksamkeitssteigerung wie dem Schwarz- oder Platinblondfärben der Haare, dem Tragen von Stubenfliegen-Brillen oder spontanem Facelifting wird aber dennoch abgeraten.

Maulfaulheit, die

Die Maulfaulheit ist eine weit verbreitete Seuche, die dazu führt, dass die Partnerin ihrem Mann jede Information aus der Nase ziehen muss.

Sie: »Wie war es im Büro?«

Er: »Gut.«

Sie: »Was gibt es Neues?«

Er: »Nichts.«

Sie: »Hast du denn mit deinem Kollegen über das Kommunikationsproblem gesprochen?«

Er: »Hmmpf.«

Es ist davon abzuraten, der Maulfaulheit mit einer Überkompensation zu begegnen und die Gesprächspausen mit Wortgeplänkel zu füllen. Die Maulfaulheit ist angeboren und in der Regel nicht therapierbar. Das Einzige, was das Sprachzentrum des Betroffenen gelegentlich auf Trab bringen kann, sind geistige Getränke. Solche Spirituosen wirken aber mitunter so stimulierend auf sein Sprachzentrum, dass man sich wünscht, er würde seine Klappe halten und wäre wieder so schweigsam wie zuvor.

Megapixelmanie, die

Die Megapixelmanie ist eine äußerst weit verbreitete Störung bei Männern, die sich in der übertriebenen Begeisterung für jede Funktion einer digitalen Kamera auszeichnet. Gerne wird die Megapixelmanie in der Gemeinschaft ausgeübt, wo stundenlange Gespräche über ISO-Zahlen, Auflösung, Gesichtsfelderkennung und Histogramme die Folge sind. Ein weiteres Symptom der Megapixelmanie ist das wiederholte Fotografieren von völlig uninteressanten Objekten wie dem Parkettboden, Fettflecken oder Grashalmen sowie von körperlichen Details wie Nasenlöchern, Mundhöhlen und Ohrmuscheln und das anschließende Zwingen der Partnerin, sich diese in riesiger Vergrößerung anzuschauen.

Mel-Gibson-Syndrom, das

Das Mel-Gibson-Syndrom gehört zu den erbärmlichsten Männerkrankheiten. Es ist definiert als die Vertuschung von schlechtesten Angewohnheiten und fiesesten Charaktereigenschaften durch übertriebenes Gläubigkeitsgetue. Bah!

Messer-Manie, die

Es gibt Männer, die ernsthaft glauben, der Besitz eines Messers sei für ihresgleichen obligatorisch. Schon im Jungenalter gleicht das Überreichen des ersten Taschenmessers einem wahren Initiationsritus, später wird das Fahrtenmesser zum Statussymbol für Pfadfinder und andere Outdoor-Freaks; übrigens auch für Männer, die ausschließlich während der Grillsaison einen Garten betreten, um dann unter großem Getue mit dem Bowiemesser einen Ast von einem wehrlosen Strauch abzuhacken und ihn als Stocherhilfe für die heiße Glut zu benutzen. Die aufmerksame Partnerin sollte darum immer einen Erste-

Hilfe-Kasten griffbereit haben, denn spätestens nach dem dritten Bier steigt beim Messer-Maniker das Angeberverhalten bei gleichzeitig nachlassender Feinmotorik. Wenn er jetzt die knusprigen Rippchen in Indianermanier zerlegen möchte, droht höchste Unfallgefahr!

Die Messer-Manie ist auch zu großen Teilen verantwortlich für das neu entdeckte Männerhobby Kochen, für das der Mann sich unter dem Deckmäntelchen der Familienernährung ein Set handgeschmiedeter japanischer Damastmesser mit Sandelholzgriff und Büffelhornzwinge zulegen kann zum Preis der Lebensmitteleinkäufe von einem halben Jahr, wohlgemerkt. Solche Männer sind genauso gestört wie diejenigen, die ihr Fahrtenmesser ständig am Gürtel mit sich tragen wie andere ihr Handy. Und mit Typen, die sich ein Springmesser zulegen, nachdem sie sich »Revenge« auf den Rücken haben tätowieren lassen, sollte man schleunigst Schluss machen, bevor man sie nur noch zu den Besuchszeiten zu sehen bekommt.

Midlife-Crisis, die

Unter Midlife-Crisis versteht man eine Krise, die in der Lebensmitte des Mannes, irgendwann zwischen achtundzwanzig und achtundsiebzig also, auftreten kann. Bisherige Annahmen, die eine sinkende Testosteronproduktion oder allgemeine mentale Probleme mit dem Sinn des Lebens als Ursache für die Entstehung einer Midlife-

Crisis verantwortlich machten, sind nach neueren Erkenntnissen überholt. Mittlerweile hat sich die Ansicht durchgesetzt, die Lebensmittekrise sei ein von der US-amerikanischen Industrie erfundener Mythos, der nur dazu dient, Konsumartikel an den Mann zu bringen, die

a) männlichkeitsbetonend,
b) spätpubertär oder
c) aphrodosierend sind.

Mit dem Hinweis auf die Midlife-Crisis ist der Kauf eines Porsches gerechtfertigt in einem Alter, in dem man beim Einsteigen laute Rockmusik spielen *muss*, um das Knacken der Gelenke zu übertönen. Ein Beachbike mit hochgezogenem Bonanzarad-Lenker, ein Fallschirmsprung oder ein Motorrad-Trip zum Nordkap, zur Not in Begleitung des Malteser-Hilfsdienstes, werden ebenfalls mit der Pauschalausrede »Ich bin in der Midlife-Crisis« abgesegnet. Lederblousons, Ed-Hardy-T-Shirts und Dreiviertel-Trekkinghosen hätten ohne die Erfindung der Midlife-Crisis ebenfalls keinen Absatzmarkt und würden in den Regalen versauern. Der Knüller unter den Midlife-Crisis-Produkten aber ist Viagra.

Die Midlife-Crisis ist übrigens nicht zu verwechseln mit den männlichen → *Wechseljahren*, obwohl beide zeitgleich auftreten können. Die männlichen Wechseljahre sind bekanntermaßen durch das Auswechseln einer alten gegen eine neue, meist blutjunge Frau gekennzeichnet.

Millionärsmanie, die

Die Millionärsmanie bezeichnet eine affektive Verhaltensstörung, die unter vermögenden Männern auftritt. Männer mit Millionärsmanie zeichnen sich durch ein in sexueller Hinsicht völlig übersteigertes Selbstwertgefühl aus, das in dem Bewusstsein mündet: »Ich bin reich, und ich kann sie alle haben.«

Siehe auch → *Halbgott-in-Weiß-Manie,* → *Künstler-Manie,* → *Latino-Manie und* → *Waschbrettbauch-Manie.*

> **Sichere Anzeichen für Millionärsmanie:**
> »Willst du mal sehen, was ich Dickes in der Hose habe? … Hey warte! Ich meine doch mein echt dickes Portemonnaie!«

Mode-Blindheit, die

Eine Form der → *Geschmacksverkalkung* ist die Mode-Blindheit. Die Diagnose ist denkbar einfach, denn die Symptome springen einem förmlich ins Auge: Wer bei offiziellen Anlässen braune Pullunder, Socken in Sandalen, Hochwasserhosen, Gesundheitslatschen oder gestreifte Krawatten zu karierten Hemden trägt, ist eindeutig betroffen. Die Mode-Blindheit wird manchmal auch *Physiker-Krankheit* genannt, denn sehr häufig trifft sie Männer mit überdurchschnittlicher Intelligenz, die mit einem mathematischen Genie oder einem sensationellen

Talent für Teilchenphysik gesegnet sind, bei gleichzeitiger sozialer Retardierung. Die Mode-Blindheit ist angeboren und nicht heilbar, da sich die Betroffenen ihrer Fehlgriffe überhaupt nicht bewusst sind. So können sie Entrüstung oder Abscheu über ihre Kleiderwahl nicht nachvollziehen. Nur wenn die betroffenen Männer über ein bestimmtes Maß an sozialer Kompetenz verfügen, ist es möglich, sie über ihre Krankheit aufzuklären. In solchen Fällen sollte die Partnerin nach der Methode »A-B-V« vorgehen (Aufklären, Bewusstmachen, Vertuschen) und dem Betroffenen die Klamotten kaufen, sie ihm rauslegen und ihn vor dem Ausgang kontrollieren.

Siehe auch → *Radler-Dress-Krankheit*, eine Sonderform der Mode-Blindheit.

Modische Gesichtsfeldverengung, die

Auch genannt *Hut-am-Steuer-Syndrom*.

Die Modische Gesichtsfeldverengung betrifft Männer, die ihren Hut zum Autofahren nicht ablegen und dann wie mit Scheuklappen am Lenkrad sitzen und links und rechts nichts mitkriegen, weil ihnen ihr Borsalino einen Strich durch die Rechnung macht. Manchmal kriegen sie natürlich auch vorne und hinten nichts mehr mit, aber das hat dann zusätzlich noch andere Ursachen. Wie zum Beispiel allgemeine Blödheit.

Monitorose, die

Die Monitorose ist eine degenerative Erkrankung des Mannes, die sich in einer zwanghaften Fixierung auf Monitore aller Art äußert: Computer, Fernseher, Laptops, Smartphones. Sein Blick wandert automatisch zu den elektronisch evozierten, blinkenden Lichtern. Selbst das atemberaubende Bergpanorama oder der Sonnenuntergang über der Südsee kann seinen Blick nicht vom Display seines digitalen Fotoapparats oder seines iPhones lösen. Die Ursachen für die Monitorose liegen derzeit noch im Dunkeln, ebenfalls bisher unbekannt sind geeignete Therapiemaßnahmen.

Monotasking, das

Monotasking ist in der Männerwelt gang und gäbe. Während die Frau Multitasking betreibt und zum Beispiel gleichzeitig kochen und telefonieren und die *Gala* lesen kann, ist der Mann im Allgemeinen nur auf eine Sache konzentriert. Zum Beispiel entweder auf seine Zeitung oder auf seinen Computer oder auf die Arbeitsvermeidung. Sobald er zwei Sachen auf einmal machen soll, setzt bei ihm Reizüberflutung ein, die den Betroffenen in ein hilfloses Bündel verwandelt. Die einzigen beiden Dinge, die er mühelos gleichzeitig bewältigen kann, sind Kacken und Lesen.

Morbus Chronos

Morbus Chronos hat den Mann befallen, der ständig eine Taucheruhr mit dem Durchmesser eines Margarinedeckels und dem Gewicht eines Sacks Kartoffeln am Handgelenk trägt. Weitere Kennzeichen sind das Schlackern mit dem Handgelenk bei umgekrempeltem Jackettärmel, damit auch ja niemand das überdimensionale gute Stück übersieht. Ist die Gesprächspartnerin nicht willens, von selbst auf das blinkende Monsterteil einzugehen, werden beiläufig die Parameter der Uhr in die Unterhaltung eingeflochten. Zum Beispiel, dass sie wasserdicht ist bis zu einer Tiefe von 350 Metern. Die Gegenfrage, wann um alles in der Welt man diese Eigenschaft zu nutzen gedenke, wird der Mann mit Morbus Chronos schlichtweg überhören. Vermutlich rauschen ihm noch die Ohren vom letzten Tauchgang in der heimischen Badewanne.

Morbus Olle Buxe

Wahre Schönheit kommt von innen, denkt der Mann mit Morbus Olle Buxe und scheut sich nicht, in seiner alten Bundeswehrhose auf Omas Geburtstagsfeier aufzukreuzen. Er hält seinem Lieblings-T-Shirt die Treue, selbst wenn es bereits von Motten zerfressen ist, und will auch die Jogginghose nicht wegwerfen, in der er anno dazumal die Windpocken überstanden hat. Dieses Verhalten kann

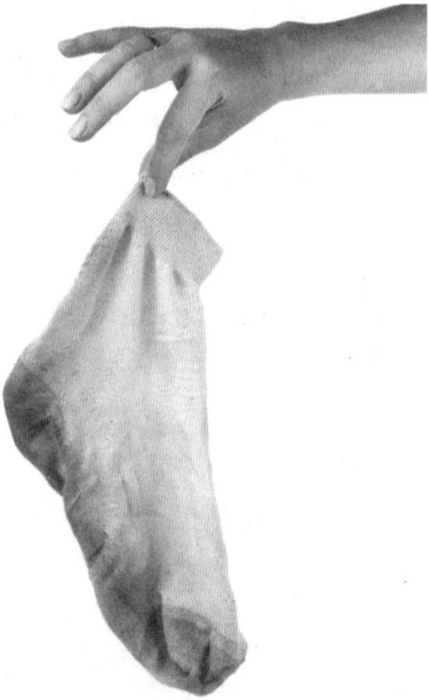

man mit viel gutem Willen als sentimentale Kauzigkeit verklären. Wenn der Mann aber dazu übergeht, ausgelatschte Treter, fadenscheinige Socken und zerschlissene Unterhosen zu Lieblingskleiderstücken zu erklären, ist dringender Handlungsbedarf geboten! Morbus Olle Buxe ist im Zweifelsfall nur mit einem erfrischenden Schock zu heilen. Dazu sammelt die Partnerin heimlich alle untragbaren Klamotten ein und entfernt sie sofort und unwiederbringlich aus dem Einzugsbereich des betroffenen Mannes, indem sie sie dem Altkleidercontainer überantwortet – wenn nicht gar dem Müll. Sie in einem Sack verschnürt in den Keller neben dem Altglas zu deponieren, bis man Zeit hat, sie zu entsorgen, bringt gar nichts. Der

Mann mit Morbus Olle Buxe würde seine Lieblingssachen aufstöbern, sie sofort zurückholen und dazu in dem Sack noch ein paar »neue« alte Kleidungsstücke wieder entdecken, die er eigentlich längst vergessen hatte. Deswegen sofort weg damit!

Sichere Anzeichen für Morbus Olle Buxe:
Sie: »Willst du das etwa anlassen?«
Er: »Warum nicht?«
Sie: »Das ist ein Kapuzenpulli.«
Er: »Ja. Mit dem Autogramm von Pierre Littbarski!«
Sie: »Ich weiß.«
Er: »Was machst du denn wieder für einen Wind?«
Sie: »Wir gehen zu einer Hochzeit!«

Morgen-danach-Phobie, die

Siehe → *Postkoitaler Fluchtreflex.*

Morgenmuffelei, die

Die Natur hat die Morgenlatte erfunden, damit wenigstens ein Teil des Mannes am Morgen zu etwas zu gebrauchen ist. Denn im Gegensatz zu seinem besten Stück ist so mancher Mann morgens total schlapp und muffelig. Eine Spontanheilung ist möglich durch therapeutischen Sex oder eine eiskalte Dusche.

Mülltrennungs-Verweigerung, die

Mülltrennung ist reine Propaganda, meint so mancher Mann und weigert sich beharrlich, leere Joghurtbecher von Bananenschalen zu trennen. Mit vernünftigen Argumenten ist ihm nicht beizukommen, da er für jedes einen passenden Einwand parat hat: »Es wird eh alles verbrannt«, »In der Fabrik gibt es automatische Sortieranlagen« und so weiter. Da der ein oder andere Einwand durchaus einleuchtend klingt, bleibt der Frau nichts anderes übrig, als sein ignorantes Verhalten hinzunehmen. Wenn der Mann aber auch nicht einsieht, dass Flaschen und Altpapier gesondert gesammelt werden müssen, dann nimmt seine Mülltrennungs-Verweigerung durchaus pathologische Züge an. Die Ursache für dieses krankhafte Verhalten haben Forscher längst entdeckt: Und zwar ist es schlicht und einfach → *Faulheit*.

Multiple Stärkenvergleichsmanie, die

Wenn Männer nicht an Sex denken (siehe → *Schwanzsteuerung*), dann denken sie über den Ausgang hypothetischer Kämpfe nach. Wer würde gewinnen? Wer ist stärker? Ein Salzwasser-Krokodil oder ein Weißer Hai? Muhammad Ali oder Vitali Klitschko? Ein Shaolin-Mönch oder ein Krav-Maga-Kämpfer mit seiner Nahkampftechnik der israelischen Armee?

Männer lieben fiktive Gefechte: zwischen Sportlern

verschiedener Jahrzehnte, Kampfstile und Gewichtsklassen, zwischen Raubkatzen und Bestien, aber auch zwischen Mensch und Tier. Stundenlang können sie darüber diskutieren, ob ein Schwergewichtschampion in einem fairen Faustkampf gegen einen Gorilla eine Chance hätte, oder wie viele Männer man bräuchte, um eine Hyäne zu erwürgen. Selbstredend halten sie diese Art Gespräche für Philosophie. Die Multiple Stärkenvergleichsmanie ist eine durchaus erträgliche kleine Marotte. Krankhaft wird sie dann, wenn der Betroffene ständig seine eigene Kampfkraft hypothetisch auf den Prüfstand stellt und dabei zu so unglaublichen Ergebnissen gelangt wie, dass er gegen einen verfetteten Dariusz Michalczewski im Ruhestand »auf jeden Fall eine Chance auf einen Lucky Punch« hätte oder ein Pitbull sich im Infight gegen ihn »warm anziehen soll«. Dann wird es absolut nervtötend.

Die Therapiemethode ist immerhin denkbar einfach. Wenn der Betroffene mal wieder räsoniert, wer mehr draufhat, er oder der Typ da vorne mit dem Hell's-Angels-Aufnäher auf der Jeansjacke, sollte die Partnerin nicht lange zögern und dazu auffordern: »Probier's doch einfach aus!«

Für Forschungszwecke!
Schöne Beispiele für die Multiple Stärkenvergleichsmanie findet man im Boxforum auf Sportforen.de. Dort gibt es ein eigenes Unterforum mit dem Titel »Mythical Matchups« und unter Trash Talk einen Thread zum Thema »Kampfsportler gegen Tiere«.

Muskelmassenwahnsinn, der

Ein paar Muckis sind schon schön und machen attraktiv. Aber wenn ein Mann aussieht wie ein Luftballon kurz vorm Platzen, leidet er offensichtlich unter Muskelmassenwahnsinn. Weitere Symptome sind: Er trainiert drei Stunden pro Tag, ernährt sich nur noch von Eiweißshakes und tischtennisplattengroßen Steaks, und ihm steigen beim Anblick seines eigenen Bizeps die Freudentränen in die Augen. Wenn er außerdem Akne bekommt, seine Hoden nur noch murmelgroß sind und er aggressiver reagiert als ein Staffordshire Bullterrier, dem man sein Futter aus dem Napf klaut, dann ist der Mann mit Muskelmassenwahnsinn wirklich krank, weil er vermutlich Anabolika einnimmt/spritzt. In diesem Fall sollte die Partnerin sich dringend um Hilfe bemühen.

Nach-mir-die-Sintflut-Syndrom, das

Der Betroffene des Nach-mir-die-Sintflut-Syndroms zieht eine regelrechte Spur der Verwüstung hinter sich her. Kein Raum im Haus ist vor ihm sicher. In der Küche bringt er es fertig, für das Zubereiten von Spaghetti Bolognese alle verfügbaren Teller, Schüsseln, Löffel und Topflappen einzusauen und durch gezielt eingesetzte Tomatensoßen-Eruptionen ein Airbrush-Graffiti-Kunstwerk auf Wänden, Fußboden, Kaffeemaschine und Gewürzregal zu hinterlassen – ohne danach aufzuräumen, selbstredend.

Schneidet er die Buchsbäume, fuchtelt er begeistert mit der elektrischen Heckenschere herum, kommt aber nicht auf die Idee, abgeschnittene Äste und Blätter am Ende einzusammeln, so dass der Rasen unter einem Berg von Gestrüpp begraben liegt.

Nach seiner ausgiebigen Dusche steht das Badezimmer unter Wasser, sämtliche Handtücher liegen nass auf dem Boden, und alle Scheiben sind beschlagen – wie sollte es

auch anders sein, bei geschlossenen Fenstern?! Nach ausgiebigen Sitzungen riegelt er die Toilette hermetisch ab und macht sie so wegen beißendem Gestank für Stunden unzugänglich, weil er auch jetzt aus unerfindlichen Gründen nicht lüftet.

Leider sind Betroffene des Nach-mir-die-Sintflut-Syndroms nur schwer therapierbar. Hoffnung gibt hier nur ein technisches Gerät, das aber noch in der Entwicklungsphase zur Behandlung einer anderen Männerkrankheit steckt: das unter → *Ich-mach-das-gleich-Krankheit* bereits vorgestellte Haushalts-Navigationsgerät für den Mann, das er wie eine Uhr am Handgelenk befestigen kann. Lädt man eine zusätzliche Software darauf, erinnert es den Mann ebenfalls an anschließendes Aufräumen/Großreinemachen/Fensteröffnen.

Nackenstarre, die

Die Nackenstarre setzt ein zur Sportschau, bei Fußball-Weltmeisterschaften, Olympischen Spielen und anderen sportlichen Großereignissen, die der Mann gebannt am Fernseher verfolgt, dessen Bildschirm er keine Sekunde aus den Augen lässt. Um dauerhaften Haltungsschäden vorzubeugen, ist eine regelmäßige Lockerung der Hals- und Schultermuskulatur dringend notwendig. Deswegen sollte die Partnerin davon absehen, dem Mann Erfrischungsgetränke und Nahrungsmittel zu servieren, um ihn so zum Aufstehen zu zwingen.

Narzissmus, der

Narzissmus ist Eitelkeit hoch vier. Zu erkennen ist er daran, dass Betroffene ihr Spiegelbild in jedem Schaufenster bewundern, dauernd Fotos von sich selbst machen und bei der Betrachtung derselben verzückt seufzen. Sie verbringen jeden Tag mehr Zeit im Badezimmer als die gesamte Belegschaft der Pussycat Dolls zusammen, und ihre Kollektion an Cremes, Gels, Masken und Peelings lässt an eine Douglas-Filiale denken. Sie überprüfen in jeder freien Minute, ob ihr Waschbrettbauch auch noch an Ort und Stelle ist. Sie laufen immer rum wie aus dem Ei gepellt, gehen regelmäßig zur Maniküre und verbreiten gerne folgende Mär: »Ich wurde ja schon vor Jahren als Model entdeckt, aber der Job ist mir einfach zu oberflächlich.« Vor allem kämen sie niemals auf die Idee, dass eine Frau sie nicht unwiderstehlich finden könnte.

Neuigkeiten-Demenz, die

Die Neuigkeiten-Demenz bezieht sich auf das Vergessen von eminent wichtigen Nachrichten aus dem privaten Bereich, die Männer schon in dem Moment vergessen, in dem sie ihnen erzählt werden. Dann passiert es, dass die Partnerin nach Tagen/Wochen/Monaten aus anderer Quelle erfährt, dass sich ein Bekannter getrennt/verlobt/fortgepflanzt hat. Wenn sie ihrem Mann dann brühwarm die Neuigkeit von der Trennung/Verlobung/

Schwangerschaft überbringt, sagt der: »Ja, weiß ich schon.«

»Waaas? Warum weißt du das schon?«

»XY hat es mir bei unserem letzten Treffen erzählt.«

»Das ist doch schon zwei Wochen her! Warum hast du mir nichts gesagt?«

»Hab ich vergessen.«

Die Ursachen für die Neuigkeiten-Demenz liegen bisher noch komplett im Dunkeln. Wissenschaftler und Psychologen rätseln verzweifelt, wo diese Krankheit herrührt, weil es schlichtweg völlig unmöglich erscheint, so etwas Wichtiges zu vergessen!

Eine Unterform der Neuigkeiten-Demenz ist die *Terminverschlampung*, bei der der Mann eine Einladung entgegennimmt, es aber komplett vergisst, seine Partnerin darüber zu informieren.

Was Männer zur Neuigkeiten-Demenz sagen:
Oliver F., 43 Jahre
»Erzählenswerte Neuigkeiten sind nur die Ergebnisse der Fußball-Bundesliga.«

Nörgelsucht, die

Bei der männlichen Nörgelsucht kommt es zu dem interessanten Phänomen, dass der Betroffene seine ständige Kritik ausschließlich auf seine Partnerin beschränkt. Kumpels, Familienmitglieder oder entfernte Bekannte können machen, was immer sie wollen, da fällt ihm nichts Negatives auf. Über alles, was seine Partnerin macht, sagt, anzieht oder kocht, wird allerdings gemeckert. Je nach Stadium der Krankheit kann man ihm das Nörgeln nicht mehr abgewöhnen. Im Extremfall hilft nur noch die Flucht.

Okkupationszwang, der

Der männliche Okkupationszwang äußert sich überall dort, wo es zwischen zwei Sitzen eine gemeinsame Mittellehne gibt. Ob in der Bahn, im Flugzeug, im Theater oder Programmkino – Männer mit Okkupationszwang werden sich der Mittellehne bemächtigen. Und zwar mit dem Selbstverständnis eines gottgegebenen Besitzrechts. Egal ob klein, groß, dick, dünn: Bei Männern mit Okkupationszwang spielen die Körperausmaße keine Rolle. Für sie ist nur eines klar: Die Mittellehne gehört ihnen! Mit spitzen Ellenbogen oder schwabbelndem Trizeps wird diese verteidigt und kein Zentimeter davon freiwillig aufgegeben.

Ein weiteres Symptom des Okkupationszwangs ist das Erobern des Beinraums: Der Betroffene sitzt so breitbeinig da, als litte er unter einer abnormen Testikelschwellung. Da die meisten Frauen direkten Körperkontakt mit fremden Männern scheuen, machen sie sich automatisch klein. Jedes Zurückweichen aber bietet ihm die Chance zu weiterem Raumgewinn, die er unverzüglich ergreifen wird. Für die Frau auf dem Nebensitz gibt es nur zwei Möglichkeiten: Platz wechseln oder mit gleichen Waffen zurückschlagen.

Organisationsmuffelei, die

Wickeltasche packen, den Urlaub organisieren, einen Wochenendausflug planen, geschweige denn eine Hochzeit: Fehlanzeige. Viele Männer erweisen sich als totale Organisationsmuffel, ob es um das Zusammenstellen eines Picknickkorbs oder die Organisation einer Party geht. Sie sind einfach nicht in der Lage, die erforderlichen Utensilien und sonstigen Dinge, die zum Gelingen der Unternehmung beitragen, zu überblicken. Wenn man einem Organisationsmuffel die Durchführung und Gestaltung zu Trainingszwecken überträgt, muss man damit rechnen, dass elementare Bestandteile fehlen und das Picknick also ohne Getränke, die Wickeltasche ohne Windeln und die Party ohne Gäste auskommen muss.

Derselben Krankheit ist es anzulasten, wenn ihm mal wieder zu spät einfällt, dass seine Mutter Geburtstag und er kein Geschenk hat. (Dies geschieht übrigens unabhängig davon, wie oft seine Partnerin ihn im Vorfeld daran erinnert hat. Siehe auch → *Vergesslichkeit*.) Zur Vermeidung des Super-GAUs rennt die Partnerin also in letzter Sekunde los, um etwas zu besorgen.

Diese und ähnliche ausgleichende Maßnahmen der Partnerin sind zwar einerseits notwendig und richtig, andererseits aber fördert sie damit natürlich seine Krankheit. (Siehe auch → *Gehirnabschaltmodus*.) Die Partnerin befindet sich also in einem klassischen Dilemma. Eine pauschale Lösung gibt es leider nicht.

Paschatum, das

Das Paschatum ist eine besonders fiese Form der → *Faulheit*, getarnt unter dem Deckmäntelchen des männlichen Chauvinismus. Der Betroffene sieht nicht ein, selbst einen Finger krumm zu machen, weil es schließlich Frauen gibt, deren Bestimmung es nun mal ist, den Mann zu bedienen. Pfui!

Pathologische Fehlerverleugnung, die

Siehe → *Einsichtsresistenz.*

Pathologische Gehschwäche, die

Bei der Pathologischen Gehschwäche benutzt der Mann seine gesunden Beine nur noch dazu, um sie hochzulegen. Selbst kürzeste Strecken zu Fuß scheut der Betroffene. Ob Brötchen holen, Brief einschmeißen oder Sonntagsspaziergang – für alles benutzt er sein Auto. Zwei Ursachen für dieses Krankheitsbild sind bekannt: Entweder liegt eine ausgeprägte → *Faulheit* zugrunde oder eine krankhaft innige Beziehung zu einem motorisierten Untersatz (→ *Autosymbiose*).

Sicheres Anzeichen für Pathologische Gehschwäche:
Er: »Ich fahr schnell mit dem Auto.«
Sie: »Zum Zeitungholen?«
Er: »Warum nicht?«
Sie: »Weil wir ein Abonnement haben.«
Er: »Na und?«
Sie: »Na und?! Sie liegt im Briefkasten!«

Pathologische Langeweile, die

Siehe → *Jammerstarre.*

Pekuniäre Vergesslichkeit, die

Männer, die darunter leiden, haben entweder »vergessen«, dass sie nur noch zehn Euro in der Tasche haben, oder »versäumt«, vor der Verabredung zum Bankautomaten zu gehen, oder aber sie haben »aus Versehen« gleich ihr ganzes Portemonnaie zu Hause auf dem Tisch liegengelassen. Das fällt ihnen just in dem Moment ein, in dem der Kellner die Rechnung präsentiert oder man an der Kinokasse steht. Die Partnerin ist also gezwungen, *ihn* einzuladen. Manche Wissenschaftler machen einen Gendefekt für die Pekuniäre Vergesslichkeit verantwortlich, der vorausschauendes Planen verhindert. Andere ordnen sie einer schweren Krankheit zu, dem → *Geiz*.

Penis-Namen-Epidemie, die

Eine über den Erdball verbreitete Männerkrankheit ist das Taufen des eigenen Penis auf einen besonders blödsinnigen Namen. Der Namensgeber verfolgt dabei vor allem das Ziel des Imagegewinns, den er sich durch den neuen Decknamen erhofft. So impliziert der Name immer auch bestimmte Charaktereigenschaften, die entweder lustiger (Free Willy, Mr Jolli Lolli, Big Lebowski) oder erotisch-romantischer Natur sind (Zauberstab, Prince Charming) oder – natürlich besonders beliebt – Rückschlüsse auf die anatomische Größe zulassen (Anakonda, Goliath, Karl der Große). Typen, die ihren Dödel mit martialisch klingenden Namen wie zum Beispiel Thors Hammer, Terminator oder Darth Vader ausstatten, sind dabei mit besonderer Vorsicht zu genießen, da sie nicht selten gleichzeitig auch an einer → *Liebhaber-Krankheit* leiden.

Eine neue Welle der Penis-Namen-Epidemie wird ausgelöst durch das Internet. Dort besteht höchste Ansteckungsgefahr durch Beiträge in diversen Foren und Artikel, in denen die besten Penisnamen diskutiert werden, aber vor allem durch den Penisnamengenerator. Dort werden selbst bisher immun gebliebene Männer infiziert.
http://www.blogthings.com/penisnamegenerator/

Photoshopitis, die

Die Photoshopitis ist eine Weiterentwicklung der → *Megapixelmanie*. Der Betroffene beschränkt sich nicht mehr nur auf das stundenlange Herumgehampel mit seiner Digitalkamera, sondern bearbeitet seine Werke anschließend über Tage im stillen Kämmerlein und verändert Licht, Kontraste und Farbwerte, um sie anschließend voller Stolz seiner Partnerin zu präsentieren. Diese sollte niemals so tun, als würde sie tatsächlich eine Verbesserung bemerken – das fördert seine Krankheit nur.

Pimmelfechten, das

Das Pimmelfechten ist das männliche Äquivalent zur Stutenbissigkeit. Es bezeichnet idiotische Auseinandersetzungen unter Männern zu irgendeinem idiotischen Thema, bei der jeder die Oberhand gewinnen möchte, nur um zu zeigen, dass er der Größte ist (und damit auch – zumindest theoretisch – den Größten hat).

Poesie-Aversion, die

Die Poesie-Aversion gehört zu den Symptomen des → *Romantik-Syndroms* und bezeichnet eine starke Abneigung gegen Poesie im Allgemeinen und Lyrik im Speziellen. Dies führt dazu, dass der Betroffene bei jedem Vortrag, der ein bestimmtes Versmaß oder eine Reimform aufweist, anfängt, rumzuzappeln und lächerliche Gesten und/oder Bemerkungen zu machen. Bei stark Betroffenen reichen manchmal einzelne Schlüsselwörter, um eine kindische Reaktion auszulösen. Dazu gehören: Blätterrauschen, Mondschein, Kerzenschimmer und so weiter. Darüber hinaus verhindert die Poesie-Aversion jegliche romantische Liebeserklärung.

Sichere Anzeichen für Poesie-Aversion:
Wenn er seine Liebe mit einem der folgenden Sätze erklärt, ist er eindeutig betroffen:
»Wenn dich ein Bus platt fahren würde, wäre ich echt scheiße drauf.«
»Ein Blick von dir ist so intensiv! Wie der von diesem Zombie in dem Film letztens, der all diese Typen gefressen hat.«
»Ich liebe dich mehr als mein iPhone, und das will echt was heißen.«
»Du hast so weiche Haut. Wenn du ein Tier wärst, würde ich mir einen Pelzmantel aus dir machen.«
Sie sagt: »Du bist so ein wunderbarer Mann. Ich liebe dich über alles.«
Er antwortet: »Dito.«

Popelzwang, der

Auch genannt *Chronisches Popelfinger-Syndrom* oder *Zwanghaftes Nasebohren*.

Eine bei Männern weit verbreitete Verhaltensstörung ist der Popelzwang. Dieser äußert sich im wiederholten, teils minutenlangen Verharren des Zeigefingers in einem der beiden Nasenlöcher. Leichte Grabbewegungen sind dabei typisch, ebenfalls das regelmäßige Herausziehen des Fingers zur visuellen Überprüfung des Ergebnisses. Da zumindest der weibliche Teil der Gesellschaft dieses Benehmen ächtet, kommt es besonders in den Momenten, in denen der Betroffene sich unbeobachtet fühlt, zu Popel-Exzessen.

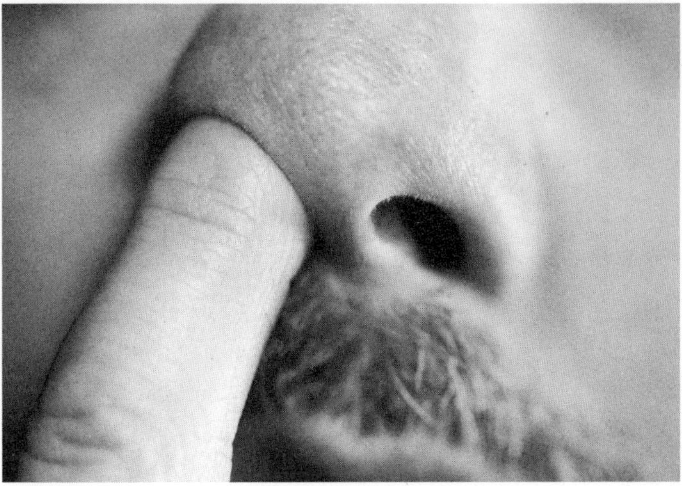

ACHTUNG: WICHTIGER HINWEIS!
An dieser Stelle muss einmal gesagt werden: Autoscheiben bieten keine geeignete Deckung.
Hallo, Männer mit Popelzwang! Natürlich kann euch jeder an der roten Ampel sehen, wenn ihr euren Nasengold-Grabungen nachgeht!

Betroffene mit einer leichten Form des Popelzwangs ziehen, wenn sie ertappt werden, verschämt den Finger aus dem Nasenloch, wenden sich ab oder verlassen den Raum, um unbehelligt ihrer Zwangsstörung nachzugehen. Männer mit ausgeprägtem Popelzwang lassen sich nicht einmal durch irritierte Blicke von Fremden oder der eigenen Partnerin stören. Sie pulen mit stetigem Engagement weiter und schrecken auch nicht davor zurück, bei einem besonders ergreifenden Fund vor Stolz zu lachen oder der Partnerin die Trophäe gar zu zeigen.

Das Thema Popelentsorgung ist dabei ein Fall für sich. Denn begleitend zum Popelzwang tritt häufig eine *Taschentuch-Aversion* auf. Dies führt dazu, dass der Fund nicht etwa ordnungsgemäß und den allgemeinen (sprich weiblichen) Vorstellungen von Hygiene entsprechend in ein Papiertaschentuch oder unter fließendem Wasser entsorgt, sondern einfach weggeschnippt oder auf gerade erreichbare Möbel und Textilien geschmiert wird. Diese Aktion führt der Betroffene meist so unauffällig aus, dass die Partnerin nur das Ergebnis zu Gesicht bekommt: Stalagmiten und Stalaktiten aus getrocknetem Nasensekret auf seinen Hosen oder Schuhen, auf Stuhllehnen, unter der Tischplatte, aber besonders häufig auf dem Bettpfosten oder Bettrand und am Boden seiner Bettseite.

Denn diese heimliche Entledigung von Nasensekret wird am liebsten im Schutze der nächtlichen Dunkelheit getätigt, damit die Partnerin keinen hysterischen Anfall bekommt. Abhilfe schafft hier nur ein Bewegungsmelder, der mit einer Sirene mit hoher Frequenz verbunden ist und jedes Mal Alarm schlägt, wenn der Mann nachts seinen Arm Richtung Bettkante ausstreckt. Den inneren Drang zum Popeln erklären Psychologen mit den männlichen Jagdgelüsten, die seit der Einführung von Supermärkten und Fast-Food-Ketten unbefriedigt bleiben. So bleibt nur die Hatz nach dem getrockneten Nasensekret, um erfolgreich etwas zur Strecke zu bringen. Andere Psychologen sehen die Ursache des Popelzwangs darin, dass Männer einfach gerne irgendwas irgendwo reinstecken.

Postalkoholische Belastungsstörung, die

Die Postalkoholische Belastungsstörung umfasst alle durch übermäßigen Alkoholkonsum hervorgerufenen körperlichen Gebrechen, die am Tag nach dem Saufgelage auftreten. Das können sein: Kopfschmerzen, Hirnreißen, Magenkrämpfe, Erbrechen, Durchfall, Augeninnendruckerhöhung, Zittern und allgemeine Grantigkeit. Dazu zählen auch vokale Ticks, die sich im Wiederholen von Satzfetzen wie »Mann, haben wir gesoffen!« oder auch »Manomanoman, was haben wir gesoffen!« manifestieren.

Weiterhin ist beim Betroffenen ein ins Extrem gesteigertes Schlafbedürfnis zu diagnostizieren, das er, ungeachtet jeder Abmachung, gegen die Partnerin durchsetzen wird. Egal, ob er eigentlich die Kinder hüten, die Schwiegereltern besuchen oder einen Spaziergang machen sollte, die am Abend zuvor geleistete Anstrengung ist für den Betroffenen Rechtfertigung genug, sich aus allem auszuklinken. Nicht selten beansprucht der Betroffene sogar Pflege durch die Partnerin. Um ihr Mitleid und ein ordentliches Katerfrühstück zu ergattern, wird er versuchen zu beweisen, dass er für seinen Zustand überhaupt nichts kann. Zu diesem Zweck schiebt er die Schuld auf andere, zum Beispiel mit einem der folgenden Ausflüchte: »Die anderen haben immer weiter bestellt«, »Der Wirt wollte uns nicht gehen lassen« oder – der Klassiker – »Das letzte Bier war schlecht«. Zur Postalkoholischen Belastungsstörung zählt im Übrigen auch der Schwur, nie, nie, nie wieder etwas zu trinken! Diese Beteuerung ist allerdings dem gestörten Mineralstoffhaushalt zuzuschreiben und beim Abklingen der Symptome sofort wieder vergessen.

Postkoitale Narkolepsie, die

Einen an Postkoitaler Narkolepsie Erkrankten erkennt man daran, dass er nach dem Geschlechtsakt sofort am ganzen Körper erschlafft und in einen komaähnlichen Zustand verfällt, aus dem ihn erst wieder der Duft von frisch gekochtem Kaffee erweckt. Das Risiko, an Postkoitaler Narkolepsie zu erkranken, steigt mit der Anzahl der Ehejahre. Als Gegenmittel hilft nur Sex an weniger bequemen Orten als dem Bett.

Postkoitaler Fluchtreflex, der

Auch genannt *Morgen-danach-Phobie*.

Der Postkoitale Fluchtreflex befällt in der Regel nur Singlemänner. Er ist definiert als Ruhelosigkeit nach dem Beischlaf, die den Mann aus dem Bett seiner Bekanntschaft in die eigene Wohnung flüchten lässt. Seine Entschuldigungen, dass er morgens früh raus müsse, seine Kontaktlinsendose nicht dabeihabe oder seine Katze gerade Junge bekommen habe, sind dabei in der Regel vorgeschoben. Begleitend zu dieser Krankheit tritt häufig die → *Telefonnummern-Amnesie* auf, die dazu führt, dass er entweder ihre Telefonnummer vergisst oder aus Versehen aus seinem Handy löscht. Die wissenschaftliche Erklärung für den Postkoitalen Fluchtreflex ist einfach: Beute erlegt, Jäger befriedigt, auf zum nächsten Opfer. Gegenmittel: keines.

Oft leiden Betroffene gleichzeitig unter → *Präkoitaler Liebenswürdigkeit*.

Potemkinsches Loben, das

Benannt ist diese Krankheit nach dem russischen Marschall Potemkin, der angeblich mit seinen Dorfattrappen die Zarin hereingelegt haben soll, um ihr eine fortgeschrittene Besiedelung auf der Krim vorzugaukeln. Beim Potemkinschen Loben liegt also eine Täuschung vor. Vordergründig äußert der Betroffene ein Kompliment über seine Partnerin, in Wahrheit beleidigt er sie aber oder – diese Variante ist auch nicht selten – lobt sich selbst.

Beispiele für Potemkinsches Loben/Beleidigung:

- »Du siehst klasse aus. Im Vergleich zu sonst.«
- »Das Kleid steht dir gut. Darin siehst du gar nicht so dick aus.«
- »Lecker. Endlich hast du mal was gekocht, was man auch essen kann.«
- »Du hast eine gute Figur – für dein Alter.«

Beispiele für Potemkinsches Loben/Eigenlob:

- »Es ist großartig wie du dich bemühst, mit mir mitzuhalten.«
- »Du siehst heute aber toll aus. So kannst du dich wirklich mit mir sehen lassen.«
- »Du bist super. Du weißt einfach sehr gut mit mir umzugehen.«

Präkoitale Liebenswürdigkeit, die

Die Präkoitale Liebenswürdigkeit ist eine Männerkrankheit, die leider erst dann diagnostiziert werden kann, wenn es bereits zu spät ist: nach dem Geschlechtsverkehr mit dem Betroffenen. Erst dann zeigt sich nämlich, ob Zuvorkommenheit, Aufmerksamkeit und Höflichkeit einer reinen hormonellen Überschussproduktion geschuldet waren, oder ob sie tatsächlich Bestandteil seines Charakters beziehungsweise Ausdruck von Verliebtheit sind. Nichtbetroffene werden der Partnerin auch nach dem Aufwachen noch Komplimente machen. Betroffene der Präkoitalen Liebenswürdigkeit aber legen nach dem Beischlaf ein verletzendes Verhalten an den Tag, das von »beziehungsgestört« bis zu »totales Arschloch« alles beinhalten kann.

Siehe auch → *Postkoitaler Fluchtreflex*.

Profilneurose, die

Siehe → *Angeberei*.

Pseudoheldenmut, der

Auch genannt *Vorgetäuschte Furchtlosigkeit*.

Der Mann bibbert und zittert, sobald das Wort Zahnarzt fällt oder der Arzt eine Spritze auch nur anguckt. Aber natürlich würde der Mann niemals zugeben, dass er Schiss hat, selbst wenn er drauf und dran ist, in Ohnmacht zu fallen. Egal, ob die Begegnung mit einem großen Hund oder einer kleinen Spinne – dem Betroffenen kann der Angstschweiß auf der Stirn stehen, aber niemals würde er gestehen, dass er sich fast in die Hosen macht vor Angst. Zum Glück sieht die Partnerin ihm das an und kann subtile Gegenmaßnahmen ergreifen und ihn ablenken/mit Alkohol betäuben/die Spinne entfernen.

Radler-Dress-Krankheit, die

Eine besondere Form der → *Mode-Blindheit*.

Bei der Radler-Dress-Krankheit zwängen sich Sonntagsfahrer in Tour-de-France-taugliche Outfits, um als radelnde Presswürste die Radwege zu blockieren. Dabei tragen sie Polyamid-Elastan-Hosen mit eingearbeiteter Sitzpolsterung, damit auf der Fahrt zur nächsten Eisdiele die Hämorrhoiden nicht so drücken. Die Elastizität des Materials wird bei der Radler-Dress-Krankheit stets einer extremen Belastungsprobe unterworfen. Windschnittige Trikots sorgen dafür, dass der mühsam erarbeitete Bierbauch erst richtig zur Geltung kommt. Einen Höhepunkt stellen hautenge Einteiler dar, im Fachgeschäft auch Racebody genannt, die am aufgeschwemmten Leib des Freizeitradlers zum Catsuit des Grauens mutieren.

Als Behandlungsmethode der Radler-Dress-Krankheit hat sich die Schocktherapie bewährt: Videoaufnahmen, die dem Betroffenen auf Großbildleinwand vorgeführt werden. Verstärkt wird der Effekt durch das Beisein eines sportlichen Kumpels oder einer attraktiven Dame. Spätestens wenn das Publikum laut zu lachen beginnt, werden ihm die Augen geöffnet. Es sei denn, er leidet unter einer schweren Form der → *Mode-Blindheit* und/oder zusätzlich unter maßloser → *Selbstüberschätzung*.

Reizüberflutung, die

Setzt ein, sobald der Mann zwei Dinge gleichzeitig tun soll. Siehe auch → *Monotasking*.

SPEZIAL

Reviermarkierung, die

Die Reviermarkierung ist eine genetisch bedingte, urmännliche Verhaltensweise, die ursprünglich der Verteidigung des eigenen Territoriums vor Artgenossen diente, sich aber in vielen Fällen verselbständigt und zu einer nervtötenden Krankheit entwickelt hat. Die Reviermarkierung äußert sich dabei in unterschiedlichsten Formen.

Akustische Reviermarkierung, die

Auch genannt *Akustische Inkontinenz.*

Bei der Akustischen Reviermarkierung zeigt der Mann durch fortwährende Lautgebung an, dass er der Herr im Haus ist. Die Quelle des Schalls ist dabei stets der männliche Körper. Mit anderen Worten: Er gibt ständig irgendwelche Geräusche von sich, die seine Partnerin lieber nicht hören würde. Neben permanentem Pfeifen oder Summen oder Selbstgesprächen gibt es eine Vielzahl von noch unangenehmeren Lautproduktionen. Er schnauft auch im Sitzen, schnarcht im Bett, schmatzt beim Essen, zelebriert jeden Rülpser, furzt knatternd, zieht lautstark den Rotz hoch, isst Chips und anderes knuspriges Zeug mit ohrenbetäubendem Krachen, räuspert sich ständig und stöhnt in einem fort. Sein Pinkelstrahl dröhnt selbst durch dicke Hauswände, und wenn er nachts einen Schluck trinken muss, macht er ein Heidenspektakel. All diese Geräusche dienen eigentlich dazu, Artgenossen abzuschrecken. Das Einzige, was ihm gelingt, ist aber, seine Partnerin zu verschrecken.

Hämatomale Reviermarkierung, die

Auch genannt → *Knutschflecken-Seuche.*

Wenn der Mann an dem Hals seiner Partnerin saugt, als wolle er eine Blutprobe entnehmen, dann liegt das nicht am allgemeinen Vampirtrend, sondern daran, dass er mit einem geschickt platzierten Hämatom diese Frau als seinen Besitz deklariert.

Krumenale Reviermarkierung, die

Vom Begriff Krumen abgeleitete Form der Reviermarkierung, auch *Hänsel-und-Gretel-Krankheit* genannt, bei der durch Verstreuen von Brotkrumen und anderen essbaren Kleinstpartikeln das eigene Territorium markiert wird.

Siehe → *Krümelmonster-Syndrom.*

Psychosomatische Reviermarkierung, die

Auch genannt *Hempels-Sofa-Krankheit* oder *Faule-Ausrede-Syndrom.*

Manche Männer wollen ihren Partnerinnen weismachen, dass das Herumliegenlassen von qualmenden Socken, leeren Flaschen, dreckigen Unterhosen und anderem Kram auf den genetisch bedingten Reflex der Reviermarkierung zurückzuführen sei, für den sie absolut nichts könnten. In Wirklichkeit aber ist es nichts weiter als eine Ausrede für ihre → *Faulheit.* Bitte nicht durchgehen lassen!

Sekretionale Reviermarkierung, die

Auch genannt *Spuckzwang.*

Bei der Sekretionalen Reviermarkierung kommt es zum Markieren des Streifgebiets durch das körpereigene Speichelsekret. Spucken ist also eine ambulante Reviermarkierung, bei der besonders der junge Mann seinen Weg mit Speichelklumpen kennzeichnet. Das Gesabber ist unhygienisch, unattraktiv und widerlich, aber leider auch unheilbar, solange ihm nicht mit drastischen Strafen gedroht wird wie zum Beispiel in Singapur, wo öffentliches Spucken mit 500 Dollar geahndet wird.

Urinale Reviermarkierung, die

Der Klassiker unter den Symptomen der Reviermarkierung ist das Versprühen von Urin an unterschiedlichsten Orten. Bei Betroffenen am beliebtesten ist dabei das häusliche Sprühpinkeln, bei dem versucht wird, möglichst große Bereiche der Kloschüssel und der unmittelbaren Umgebung zu besprenkeln. Aber vor allem das außerhäusliche Urinieren im Freien ist für die meisten Männer das präferierte Mittel der Reviermarkierung. Es wird auch Wildpinkeln oder neudeutsch Pinkeln-to-go genannt. Egal wo – wenn den Mann ein natürliches Bedürfnis überkommt, wird der Schniedel rausgeholt und ohne zu zögern in die Gegend gepullert, ob in Hauseingänge, an Bäume oder Toilettenschilder.

Rhythmusgefühlfehlbildung, die

Die Rhythmusgefühlfehlbildung tritt bei nicht wenigen Männern auf und äußert sich in zuckenden und schlängelnden Tanzbewegungen völlig gegen den Takt der Musik. Männer mit Rhythmusgefühlfehlbildung hören zwar die Musik, können aber den Takt nicht identifizieren und sind dementsprechend nicht in der Lage, ihre Körperbewegungen danach auszurichten. Solchen Männern kann man beim Tanzen nicht mal zugucken, da man sonst selbst sofort aus dem Rhythmus kommt. Einige Betroffene ziehen es vor, ihre Krankheit zu verbergen, indem sie ein anderes Leiden vorschieben: Die → *Tanzbeinimmobilität*.

Romantik-Syndrom, das

Das Romantik-Syndrom setzt sich zusammen aus einer Vielzahl von Symptomen, die vereinzelt, aber auch zusammen auftreten können und dazu führen, dass der Mann absolut nicht romantisch ist. Einzelne Symptome sind → *Blumenallergie*, → *Tages-Amnesie* und → *Poesie-Aversion*.

Schlafkrankheit, die

Viele Männer leiden unter der Schlafkrankheit. Diese führt dazu, dass der Betroffene dauernd und überall ein-

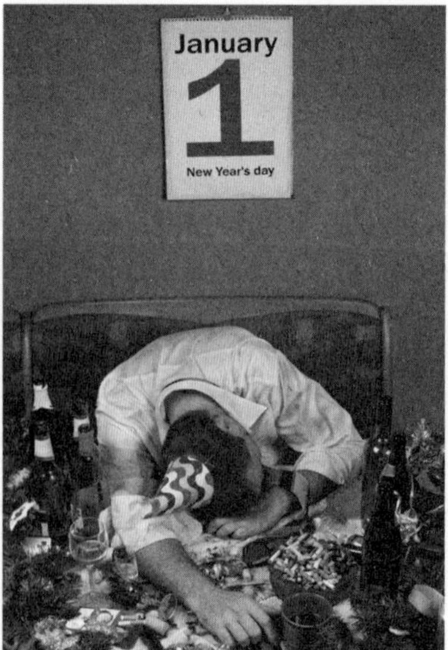

schläft, ob vor dem Fernseher, im Zug, auf einer Party oder bei einer kirchlichen Trauung. (Solange es nicht die eigene ist, geht es ja noch.) Besonders akut ist die Schlafkrankheit aber auch in anderen Momenten: nämlich dann, wenn es etwas zu tun gibt. Da wird der Mann dann urplötzlich von einer bleiernen Müdigkeit überwältigt, die ihn – ohne dass er auch nur das Geringste dafür kann – davon abhält, mitten in der Nacht eine Babywindel zu wechseln, sonntags morgens um sechs mit dem Sohnemann zu puzzeln oder an irgendeinem Tag im Jahr den Frühstückstisch zu decken. Rätsel gibt der Wissenschaft das plötzliche Aussetzen der Schlafkrankheit auf, wenn der Betroffene zum Beispiel nachts um vier die Übertragung eines Boxkampfs aus Las Vegas sehen will oder zu der Zeit noch mit seinen Kumpels unterwegs ist. Dann ist er stets hellwach.

Schlechter-Verlierer-Syndrom, das

Kaum etwas kann einem Mann so die Laune verhageln wie eine Niederlage. Ob Fußball oder Billard, *Trivial Pursuit*, Schach oder die Wette, wer der Regisseur von *Night on Earth* war – wenn er verloren hat, jammert er anschließend über die Ungerechtigkeit der Welt, spielt die beleidigte Leberwurst oder wird aggressiv. Kurzum: Der Betroffene erweist sich als schlechter Verlierer. Männer sind besonders häufig von dieser Krankheit betroffen, weil sie es einfach nicht ertragen können, dass irgendjemand in irgendetwas besser ist als sie. Für den Fall, dass sie einer Frau unterlegen sind, nimmt die Krankheit übrigens besonders fiese Züge an.

Was Männer zum Schlechter-Verlierer-Syndrom sagen:
Peter I., 75 Jahre
»Männer verlieren nicht. Sie werden höchstens betrogen.«

Schlusswortmanie, die

Die Schlusswortmanie zeichnet sich dadurch aus, dass der Betroffene partout das letzte Wort haben will. Dabei kann er im Verlauf eines Streits sogar Einsicht vortäuschen, so dass die Sache geklärt zu sein scheint. Die Schlusswortmanie führt aber leider dazu, dass der Betroffene am Ende doch noch irgendeine dämliche Bemerkung fallen lässt. Und sofort geht der Streit wieder los, nur diesmal auf einem höheren Level …

Typischer Verlauf eines Streits mit einem Schlusswort-Maniker:
Sie: »Komm, lass uns nicht mehr streiten. Es war eben ein Missverständnis.«
Er: »Stimmt. Du hast recht.«
Sie: »Ist also wieder alles okay zwischen uns?«
Er: »Ja.«

Sie küssen sich.
Er: »Und das nächste Mal sagst du einfach deutlicher, dass ich die Kinder fahren soll.«
Sie (genervt): »Das habe ich doch gemacht! Und du hast auch ja gesagt!«
Er: »Ich habe ja gesagt auf die Frage, ob ich dir zuhöre. Ich konnte doch nicht wissen, dass danach wieder so ein Endlos-Sermon folgt!«
Sie (ihn nachäffend): »Ich habe dir erzählt, was unsere Kinder unternehmen. Ich konnte doch nicht wissen, dass dich das nicht interessiert.«
Er: »Jaja, du bist ganz alleine die allerbeste Mutter auf der ganzen Welt, und niemand macht es so toll wie du.«
Sie: »Bist du jetzt fertig?«
Er: »Ja.«
Sie: »Gut. Dann könntest du jetzt den Tisch decken, das Essen ist gleich fertig.«
Er: »War ja klar, dass du schon wieder anfängst, mich rumzukommandieren.«
Usw.

Schmarotzertum, das

Das Schmarotzertum ist weit verbreitet unter einer bestimmten Sorte Mann, die sich nicht selten der alternativen Szene zugehörig fühlt oder aus einem anderen arbeitsscheuen Lager stammt. Das Schmarotzertum weist eine mittlere bis lange Inkubationszeit auf. Zunächst versteht es der Betroffene nämlich, seine Krankheit zu kaschieren und sich liebenswürdig und zuvorkommend zu verhalten, bis er sich mit selbst gepflückten Blumen (aus Nachbars Vorgarten) und eigens zusammengebastelten Liebesversen einen festen Platz im Herzen (und in der Wohnung) seiner Liebsten erobert hat. Dann geht der Schmarotzer dazu über, sich tagelang am Sofa festzusaugen, Bett und Bad zu blockieren und Biervorrat und Kühlschrank zu plündern. Bei ausbleibender Gegenmaßnahme wird er bald nicht mehr im Traum daran denken, selbst für irgendetwas in Aktion zu treten. Will die Partnerin ihn loswerden, muss sie feststellen, dass der Schmarotzer hartnäckig seinen einmal eingenommenen Platz verteidigt. Oft hilft dagegen nur das Aushungern und der Austausch des Haustürschlosses.

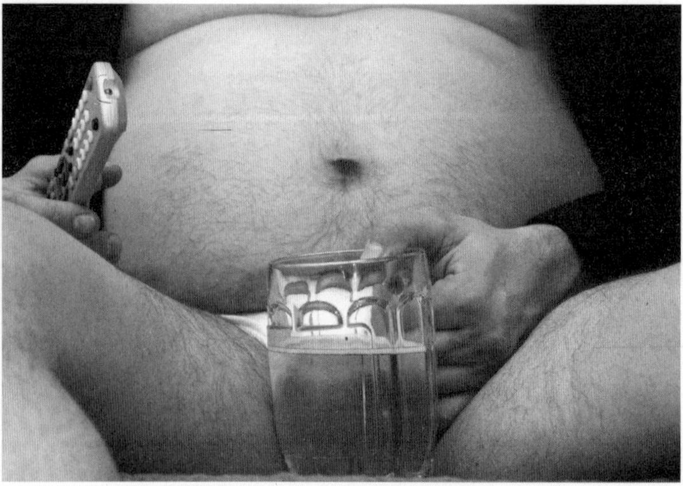

Schmutzblindheit, die

Die Schmutzblindheit ist eine angeborene Sehschwäche in Bezug auf Dreck und Unordnung aller Art: Egal ob Haare im Waschbecken, schmutziges Geschirr oder Berge von dreckiger Wäsche – der Mann kann diese Bilder schlichtweg nicht erkennen. Er ist regelrecht »blind« für Objekte mangelnder Hygiene und demzufolge nicht in der Lage, dem Schmutz entgegenzuwirken.

Forscher gehen davon aus, dass dem Mann entsprechende Rezeptorzellen auf der Netzhaut fehlen bzw. im Sehzentrum des Hirns diese Art Information nicht verarbeitet werden kann. Die Schmutzblindheit ist auch dafür verantwortlich, dass Männer sich völlig entspannt der Zeitung widmen können, obwohl der Frühstückstisch noch nicht abgeräumt oder die Einfahrt voller Herbstlaub ist oder der Nachwuchs mit Matschepampe paniert auf dem weißen Sofa herumklettern will.

Die Ursache für die Schmutzblindheit ist noch unbekannt, liegt aber vermutlich in der Sammler- und Jägerhistorie des Mannes begründet: Es spielte eben keine Rolle, ob verwelkte Blätter auf dem Waldboden lagen und Ungeziefer in den Bäumen herumkrabbelte – Hauptsache, das Mammut ist tot.

Was Männer zu Schmutzblindheit sagen:
Carsten T., 56 Jahre
»Wie, Schmutz? Was soll das sein? Hab ich noch nie gesehen. Ach so, das ist das, was meine Frau immer wegmacht. Na, dann geht es mich doch nichts an.«

Horst W., 42 Jahre, über das selten benutzte Gästebett: »Da hat seit zwei Jahren keiner mehr drin geschlafen. Die Bettwäsche ist also frisch!«

Schnappatmung, die

Die Schnappatmung setzt bei vielen Männern ein, wenn sie in Anwesenheit ihrer Partnerinnen eine Tussi in knappen Klamotten sehen. Normalerweise würde der Mann jetzt einen sexistischen Kommentar über Figur und Bettqualitäten dieser Tussi abgeben. Aber im letzten Moment fällt ihm seine anwesende Partnerin ein und er verkneift sich die Bemerkung, muss aber den angehaltenen Atem loswerden und schnappt deswegen hektisch nach Luft. Ein Tritt gegen das Schienbein kuriert ihn jedoch schnell wieder.

Schnurrbart-Hypertrophie, die

Männliche Gesichtsbehaarung im Allgemeinen ist eine kulturelle Erscheinung, an der sich die Geister scheiden.

Hierzulande gibt es nicht wenige Frauen, die kategorisch jegliche Form von Schnauz- und Backenbärten ablehnen. Nichtsdestotrotz ist selbst in Zeiten von Brusthaar-Waxing und Fußballerwaden-Shaving der Schnauzbart noch nicht ausgestorben. Manche Männer lassen ihn aus Faulheit stehen, für andere ist er ein modisches Accessoire. Im Extremfall aber handelt es sich um Männer, die mit gezwirbelten Schnauzbärten von phallusartigen Ausmaßen ihrer Virilität und einer gewissen Geistesumnachtung Ausdruck verleihen wollen. Es handelt sich bei diesem besonders schweren Fall um eine Schnurrbart-Hypertrophie. Wissenschaftler konnten nachweisen, dass ihr ein zwanghaftes Imponierverhalten zugrunde liegt, ähnlich wie im Tierreich, wo der Hirsch mit dem größten Geweih eben auch der Obermacker ist.

Sichere Anzeichen für Schnurrbart-Hypertrophie:
Sie: »Soll ich dir was aus dem Drogeriemarkt mitbringen?«
Er: »Ja.«
Sie: »Was denn?«
Er (ohne mit der Wimper zu zucken): »Bartwichse.«

Schreihals, der

Der Schreihals bezeichnet eine akute Erkrankung der oberen Atemwege und des Kehlkopfs, die den Betroffenen dazu zwingt, zu brüllen, was das Zeug hält. Generelle Impulse bieten Fußballspiele und Autoverkehr und je nach individueller Veranlagung noch ein- bis siebentausend andere Ereignisse. Dabei werden Verbalinjurien der feinen und weniger feinen Art gegen Spieler, Trainer und Schiedsrichter beziehungsweise gegen andere Verkehrsteilnehmer oder völlig unbeteiligte Passanten gerichtet. Denn der Schreihals ist absolut überzeugt: Er ist der Einzige weit und breit, der den Durchblick hat, sich jederzeit richtig verhält und alles besser machen würde. Und deswegen ist es ihm nicht nur gestattet, auf die Schwächen und Fehler anderer hinzuweisen, es ist sozusagen seine Pflicht als mündiger Bürger. Dass dies in einer Affenlautstärke geschehen muss, versteht sich von selbst. Denn schließlich soll jeder im Umkreis von fünfzig Metern mitbekommen, dass hier eine Koryphäe der Fußballtaktik und Fahrkunst und des richtigen Benehmens im Allgemeinen am Werke ist, die ihresgleichen sucht.

Schrittgriff-Fieber, das

Auch genannt *Michael-Jackson-Syndrom*, *Scrotum-Juckreiz*, *Genital-Grabbel-Gebrechen*, *Sackkratz-Zwang*, *Schniedelwutz-Streichelitis*, *Pimmelpathie*, *Kronjuwelen-Kraul-Krankheit*, *Pathologisches Phallus-Fingern*, *Männlichkeitsüberprüfungs-Neurose*, *Spontane Sackflöhe-Attacke*, *Testikel-Tätschelfieber*, *Akutes Taschenbillard-Syndrom* oder *Multiple Gehänge-Störung*.

Das Schrittgriff-Fieber bezeichnet eine Erbkrankheit des Mannes, die dazu führt, dass er sich andauernd in den Schritt fasst. Die Ursachen liegen entweder in einer falsch angeordneten Anatomie der primären männlichen Geschlechtsorgane, in einer unbequemen Unterhose, in mangelnder Hygiene oder in einer plötzlich auftretenden Erektion, der es Platz zu schaffen gilt. Häufig ist es aber auch nur ein unbewusstes Signal, das Potenz und Männlichkeit ausstrahlen soll. Alle Fälle aber – so das Ergebnis vielfältiger wissenschaftlicher Untersuchungen – haben eines gemeinsam: Es sieht einfach nur dämlich aus.

Schuh-Fuß-Dauerfusion, die

Lateinischer Fachbegriff: Calceus-Pedes-Adhäsion.

Männer, die an Schuh-Fuß-Dauerfusion leiden, erkennt man daran, dass sie mit ihren Drecksstiefeln erst einmal durchs ganze Haus latschen, bevor sie die Treter endlich ausziehen.

Ältere Forschungen zählten die Schuh-Fuß-Dauerfusion samt ihrer Folgeschäden wie Matsch auf dem Teppich und Steinkratzer auf dem Parkett zum männlichen Krankheitsbild der Reviermarkierung. Neuere Untersuchungen belegen aber, dass der Schuh-Fuß-Dauerfusion eine rein physikalische Ursache zugrunde liegt. Dem Mann ist es schlichtweg nicht möglich, seinen Schuh auszuziehen, weil Schuh- und Fußmaterie im Tagesverlauf durch thermodynamische Vorgänge eine fast unlösbare Verbindung eingegangen sind.

Die derzeit gängige Theorie besagt, dass die Verklebung von Schuhinnenseite und Fuß in Folge einer chemischen Reaktion entsteht, die der vom Fuß abgesonderte Schweiß auslöst. Die daraus entstehende Adhäsionskraft liefert den Grund dafür, warum Männer den wiederholt geäußerten Bitten um das Ausziehen der Schuhe im Eingangsbereich nicht nachkommen: Sie können es einfach nicht. Ein Rätsel gibt den Wissenschaftlern aber der Umstand auf, dass die Adhäsionskraft nach dem Herumlaufen im ganzen Haus urplötzlich nachlässt – und der Mann dann ganz ohne Mühe seine Fußbekleidung ablegen kann.

Schuh-Streu-Tick, der

Beim Schuh-Streu-Tick verteilt der Mann seine Schuhe überall im Haus. Egal, ob es einen extra ausgewiesenen Platz dafür gibt (Schuhschrank, Flur) und die Partnerin ihn schon dutzendfach darauf hingewiesen hat – der Betroffene stellt seine Schuhe da ab, wo er sie gerade ausgezogen hat. Das ist aber nicht nur optisch eine Zumutung, sondern kann auch gefährlich werden. Denn der Betroffene sucht sich immer neue, überraschende Stellen, wo er die Schuhe hinterlässt, und baut damit Stolperfallen im ganzen Haus, die der Partnerin und Besuchern leicht zum Verhängnis werden können. Eine Variante des Schuh-

Streu-Ticks ist der Einzelne-Schuhe-Streu-Tick, bei dem der Mann die Schuhe nicht paarweise, sondern einzeln im Haus verteilt.

Der Schuh-*Stopf*-Tick ist eine zweite Variante, bei der die Schuhe zwar an die richtige Stelle befördert werden, zum Beispiel in den Schrank oder auf den Kellertreppenabsatz, dabei aber nicht ordentlich nebeneinander gestellt, sondern blindlings und mit Kawumm hingepfeffert werden, so dass ein heilloses Durcheinander an Schuhen und Schnürsenkeln entsteht. Der Schuh-Streu-Tick ist eine Krankheit, die Männer jeden Alters befallen kann. Es empfiehlt sich, ihr schon im Kindesalter entgegenzuwirken.

Schuldabschiebungssucht, die

Siehe → *Einsichtsresistenz.*

Schwanzsteuerung, die

In der Wissenschaft hat sich die Ansicht durchgesetzt, dass der Mann – zumindest, wenn er Glück hat – über zwei Hirne verfügt: das im Kopf und das in der Leistengegend. Wenn er Pech hat, dann hat er aber nur Zugriff auf eines der beiden Hirne. Und da siegt bei den meisten Männern eindeutig das in südlichen Körperregionen – das so genannte männliche Großhirn.

Die Schwanzsteuerung führt dazu, dass der Betroffene nur an Sex denkt oder Sex macht oder daran denkt, wie er Sex macht. Je hübscher die Frau ihm gegenüber, desto weniger Kleinhirntätigkeit findet in seinem Kopf statt. Das liegt natürlich daran, dass sämtliches Blut aus dem Kleinhirn ins Großhirn gepumpt wird, was jede weitere Denkleistung unmöglich macht. Siehe auch → *Einfaches Strickmuster*.

Selbstüberschätzung, die

Die männliche Selbstüberschätzung ist ein weites Gebiet und tritt auf in den Gebieten Attraktivität, Fitnessgrad, Kraft, Können, Intelligenz, Wissen, sexuelle Leistungsfähigkeit, Autofahrerqualitäten und Trinkfestigkeit sowie in allen anderen Bereichen des menschlichen Lebens.

Das führt z. B. dazu,

- dass Männer sich plötzlich auf alpine Wanderungen begeben, obwohl sie sonst noch nicht mal die Treppe in den ersten Stock nehmen,
- dass sie mit 200 Sachen über die Autobahn brausen, obwohl Aquaplaning droht,
- dass sie sich besoffen hinters Steuer setzen,
- dass sie niemals auf die Idee kämen, dass ihnen schon mal ein Orgasmus vorgetäuscht wurde,
- dass sie sich nicht vorstellen können, ihre Frau könnte sie jemals verlassen.

In Kombination mit dem → *Schlechter-Verlierer-Syndrom* ist die Selbstüberschätzung besonders fatal: Der Betroffene würde nie zugeben, dass er nicht mehr kann, obwohl seine Zunge schon bis auf die Wanderstiefel herunterhängt, bis er irgendwann kollabiert und von der Bergwacht abgeholt werden muss.

Serviettenphobie, die

Siehe auch → *Taschentuch-Aversion.*

Liegt eine Serviettenphobie vor, lässt sich der erstaunliche Vorgang beobachten, dass der Mann zwar eine blütenweiße Serviette neben seinem Gedeck liegen hat, diese aber auf keinen Fall benutzt. Selbst wenn er gerade Spaghetti Bolognese isst und sich um seinen Mund herum ein roter Rand gebildet hat, der ihm ein grotesk clowneskes Aussehen verleiht. Das hat nicht nur eine deutliche Minderung seiner Attraktivität zur Folge, sondern auch allerhand unappetitliche Begleiterscheinungen, wie einen total verschmutzten Weinglasrand. Auf den Hinweis, er solle doch die Serviette nehmen, wird er entgegnen »Ah ja«, um sie einmal anzuheben und sich dann mit dem Hemdsärmel den Mund abzuwischen. Ursachen und Therapiemöglichkeiten der Serviettenphobie sind – ähnlich wie bei der Taschentuch-Aversion – noch nicht ausreichend erforscht.

Was Männer zu Serviettenphobie sagen:
Werner B., 51 Jahre
»Das ist doch keine Krankheit. Das ist Sparsamkeit!«

Shopping, das

Was Männer unter Shopping verstehen, kann man durchaus als Krankheit abstempeln – denn sie spielen das alte Rein-Raus-Spiel: Sie gehen in den Laden rein, kaufen ein Hemd und sind schon wieder raus. So viele Möglichkeiten zum Anprobieren und Stöbern vertan! Krank!

Shopping-Allergie, die

Die Shopping-Allergie tritt dort auf, wo der Mann seine Partnerin zum Einkaufen begleitet und dann urplötzlich

und total überraschend allerhand körperliche Symptome zeigt und sich auf einmal überhaupt nicht mehr für Schuhe, Stiefel, Sandalen, Stiefeletten, Sling Pumps, Peeptoes, Stilettos, Ballerinas, Overknees, Plateausandalen, Glamour Heels und Pantoletten interessiert! Er wendet sich vielmehr ab und fängt an Worte wie »überflüssig«, »aus allen Nähten platzender Schuhschrank« oder »Geldverschwendung« zu murmeln. Weitere Symptome: rastloses Hin- und Herlaufen, genervte Miene, apathisches Vor-sich-hin-Vegetieren. Wie bei allen Allergien ist auch hier die einzige hilfreiche Gegenmaßnahme das Meiden des Allergens. Die Partnerin sollte den Betroffenen einfach nach Hause schicken und in aller Ruhe weiter shoppen.

Silberrücken-Syndrom, das

In einem Zeitalter, da auch Männer sich ihrer Körperbehaarung mittels Waxing, Shaving oder Sugaring entledigen und die Wortkomposition »Schamhaar-Styling« auch in Männerkreisen geläufig ist, fällt das Silberrücken-Syndrom besonders auf. Symptome sind sprießende Haare auf Rücken, Schultern und Nacken. Angelehnt ist der Name an den männlichen Gorilla, dessen behaarte Rückenpartie mit den Jahren einen silbergrauen Schimmer annimmt. Das Silberrücken-Syndrom wird in den meisten Fällen als unerotisch eingestuft, aber wie bei allen körperlichen Eigenheiten kann hier ein stimmiges

Gesamtpaket durchaus attraktiv sein. Ein mit Selbstbewusstsein zur Schau getragener Silberrücken kann tatsächlich auf Fans im weiblichen Lager stoßen. Hieraus hat sich sogar ein besonderer Trend entwickelt: die Hairy-Back-Art. In diesem Fall rasiert sich der Betroffene ein schickes Muster in den Rückenpelz und stellt es ungeniert zur Schau.

Wem das nicht zusagt, der kann aber zum Glück ohne große Umstände etwas gegen das Silberrücken-Syndrom unternehmen: Ein Besuch im örtlichen Drogeriemarkt oder bei einer Enthaarungsfachkraft, auf Brasilianisch Depiladora, hilft da oftmals schon weiter.

Smartphonitis, die

Befallene der Smartphonitis erkennt man an folgenden Symptomen: Ein Gespräch wird unterbrochen, damit er schnell ein zum Thema passendes Video von YouTube einspielen oder die Diskussion mit einem Wikipedia-Eintrag untermauern kann.

Der Barcode der Bierflasche wird mit der Barcode-Scanner-App untersucht, nur um kurz darauf stolz zu verkünden: »Becks/Reissdorf/Bitburger!« – als ob das nicht auf dem Etikett stünde.

Mittels GPS ermittelt der Mann mit Smartphone-Fieber, wo genau er sich gerade befindet, als ob das für seine Begleitung eine Überraschung wäre. Die viel zu laute Hintergrundmusik beim Italiener nimmt er auf, damit seine App den Interpreten heraussuchen kann: Eros Ramazotti – völlig unerwartet!

Da gegen die Smartphonitis leider kein Kraut gewachsen ist, konzentriert sich die Forschung auf Hilfe aus dem Bereich der Technik. Gerade entwickelt wird zum Beispiel ein kabelloser Akkuentlader, der es der Partnerin ermöglicht, dem Smartphone des Partners innerhalb weniger Sekunden den Saft abzuziehen. Auch ein Funkverbindungsstörsender in Form eines Silberrings befindet sich gerade in der Erprobungsphase. Er blockiert den Internetzugang und ist dabei sehr kleidsam.

Sonnenbrilliom, das

Auch genannt *Ray-Ban-Geschwür*.

Ein Sonnenbrilliom kann an zwei Stellen des männlichen Kopfes auftreten: auf dem Haupthaar und auf der Nase. Dieses Geschwür lässt sich leicht diagnostizieren, nämlich wenn die Sonnenbrille diademgleich mit Haarspray in die Frisur einbetoniert ist oder der Mann seine Ray Ban auch im Licht der 6-Watt-Funzel nicht von der Nase nimmt. Für die verschiedenen Arten von Sonnenbrilliom gibt es auch verschiedene Ursachen. Im Gegensatz zu der Sonnenbrille im Haar als modisches Accessoire einer Frau, ist das Haar-Sonnenbrilliom beim Mann ein Symptom für → *Geschmacksverkalkung* oder einen längst überfälligen Friseurbesuch. Das Nasen-Sonnenbrilliom hat in der Regel keine körperlichen Ursachen (es sei denn, er will ein Veilchen tarnen), sondern vielmehr psychische Ursachen wie Unsicherheit, Unsicherheit oder Unsicherheit.

Spaßbremsensyndrom, das

Es gibt verschiedenste Verhaltensweisen, an denen man Spaßbremsen erkennen kann. Diese können einzeln, gehäuft oder alle zugleich auftreten. Zu den geläufigsten zählen folgende:

- Er geht nicht ins Kino, weil die anderen Leute sich ja während des Films unterhalten/ihre Handys nicht ausschalten/mit dem Popcorn knurpseln/schon vor dem Abspann aufstehen könnten.
- Bei bewölktem Himmel geht er auf gar keinen Fall spazieren, weil es ja regnen könnte. Einen Regenschirm will er aber auch nicht mitnehmen, weil das lächerlich aussähe, wenn es dann doch nicht regnet. Auf gar keinen Fall will er in den Wald/aufs Feld, weil er sich dort seine Schuhe einsauen könnte.
- In seinem Auto darf man nicht essen, weil Krümel – selbst molekülgroße – die Innenraumoptik total verschandeln.
- Er singt niemals laut. Und wenn jemand anderes laut singt, macht er sich darüber lustig.
- Er geht nicht ins Schwimmbad, weil da ja sowieso alle reinpinkeln und es nach Chlor stinkt.

- Im Restaurant sucht er immer das Haar in der Suppe, beschwert sich dann lautstark darüber und verdirbt außerdem seinen Tischnachbarn den Appetit mit Überlegungen, was die Typen in der Küche noch alles ins Essen gemischt haben könnten.
- Er tanzt nie. Nicht auf Hochzeiten, nicht auf Partys, nie unter dem Regenbogen.
- Er möchte keine Leute einladen – schon gar nicht zu einer Party, weil man vorher nur Stress hat und hinterher auch noch aufräumen muss, und das alles nur, damit die anderen sich auf seine Kosten besaufen.
- Er geht niemals barfuß, nicht auf der nassen Sommerwiese und nicht am Strand, weil er sich dann hinterher die Füße saubermachen muss.
- Erzählt jemand einen super Witz, lacht er nicht nur nicht mit, sondern ruft sofort, er kenne einen noch viel besseren Gag.
- Er möchte am liebsten immer nur an Orte, die er schon kennt, weil es woanders ja blöd sein könnte.

Das Spaßbremsensyndrom zählt in seiner Extremform zu den Männerkrankheiten zum Davonlaufen.

Spielkind-Krankheit, die

Die Spielkind-Krankheit beinhaltet eine Reihe von Symptomen, die gemeinsam haben, dass sie sich auf extrem kindischem Niveau bewegen.

Diese Symptome können sein:

- Selbstbezogenheit,
- Verantwortungslosigkeit,
- sofortige Bedürfnisbefriedigung,
- ausgiebiges Spielen mit Kinderspielzeug wie Ritterburgen oder ferngesteuerten Autos,
- starke Ball-Affinität und leichtsinniges Rumbolzen, Werfen oder Titschen von Bällen jeder Größe und Beschaffenheit,
- jede brennende Kerze wird zum Abenteuerspielplatz: Es wird gezündelt und geknetet, bis die Tischdecke voller Wachs ist,
- Hang zu Wetten und Glücksspielen,
- Verwenden von Stäben aller Art als Trommelstöcke,
- Reißen blöder Witze in den unmöglichsten Situationen.

Die Spielkind-Krankheit ist eher harmlos, kann aber auf Dauer durchaus nervtötend sein. Therapiemöglichkeiten sind noch nicht bekannt.

Sportfanatismus, der

Fast genauso nervig wie der Faule Sack (siehe → *Faulheit*) ist der Sportfanatiker, der bei jeder sich bietenden Gelegenheit laufen, radfahren, inlineskaten, schwimmen, Gewichte stemmen oder sonst was geht, und zwar bis ihm die Zunge auf den Boden hängt und er drei Tage Muskelkater hat. Der Sportfanatismus kann dabei chronisch vorhanden sein oder akut auftreten, zum Beispiel nach einem runden Geburtstag. Anstatt sich aber einfach nur fit zu halten, muss der Betroffene natürlich sofort einen Marathon laufen oder für den Ironman-Triathlon auf Hawaii trainieren. Parallel zu seinen Trainingsexzessen fängt er an, auf seine Ernährung zu achten, als befinde er sich mitten in der Olympiavorbereitung. Er verweigert fortan gemütliche Sofaknabbereien und wird jedes Essen mit Argusaugen auf seinen Fett- und Zuckergehalt hin überprüfen. Damit geht er der Partnerin natürlich ziemlich auf die Nerven. Vom schlechten Gewissen, das er ihr macht, mal ganz abgesehen. Besserung tritt manchmal dann ein, wenn die Partnerin dem Sportfanatiker mitteilt, dass richtige Athleten während der Wettkampfvorbereitungsphase auf Sex verzichten.

Spülmaschineneinräumstörung, die

Diese Männerkrankheit hat viele Gesichter, zum Beispiel:

- er stellt das Geschirr *auf* die Spülmaschine anstatt *hinein,*
- er stellt das Geschirr erst in die Spüle, um es anschließend in die Maschine zu räumen,
- er spült erst alles vor, mit einer Menge an heißem Wasser, die für zwei Badetage gereicht hätte, und räumt das Geschirr dann sauber in die Maschine,
- er spült gar nichts vor und stellt komplett verkrustete Auflaufformen und schwarz angebrannte Pfannen hin-

ein und wundert sich hinterher über das schlechte Spülergebnis,

- er räumt alles so unüberlegt ein, dass der Großteil des Platzes ungenutzt bleibt,
- er tüftelt stundenlang an der richtigen Einräumreihenfolge, damit auch noch die Espressotasse und das Schnapsglas reingehen. In der Zeit hätte man alles mit der Hand spülen können.

Egal in welcher Ausprägung die Spülmaschineneinräumstörung auftritt, sie hat immer auch einen positiven Aspekt: Immerhin räumt er überhaupt was auf!

Stehpinkeln, das

Das Stehpinkeln ist über viele Generationen schon als extrem hartnäckige Krankheit bekannt, weil die meisten Männer es als unmännlich ansehen, im Sitzen zu pinkeln.

Siehe → *Klobrillenrunterklappschwäche*.

Stielaugen, die

Stielaugen sind bei Männern zu diagnostizieren, die Frauen einen ganzen Abend lang anstarren, aber niemals auf die Idee kämen, sie anzusprechen. Und wenn die Frau dann selbst einen Versuch starten sollte, ist der meist zum

Scheitern verurteilt: Denn der Stielaugen-Patient ist in der Regel schreckhaft. Therapiemaßnahmen sind derzeit keine bekannt.

Supermarkt-Desorientierung, die

Die Supermarkt-Desorientierung zeichnet sich dadurch aus, dass der Mann keine von den Sachen findet, die auf seinem Einkaufszettel stehen. Egal, ob Grundnahrungsmittel oder Delikatesse: Männer mit Supermarkt-Desorientierung kommen mit leeren Taschen nach Hause und sagen: »Paniermehl habe ich nicht gefunden« oder »Honig hatten sie nicht«.

Der Hinweis, dass man ja einen Verkäufer hätte fragen können, erübrigt sich von vornherein, da oft gleichzeitig eine → *Chronische Frageverweigerung* vorliegt. Eine Heilung an sich ist nicht möglich. Hoffnung verspricht aber ein technisches Gerät: Im Entwicklungsstadium befindet sich ein Navigationsgerät für den Mann im Supermarkt. Vorab wird der Einkaufszettel dort elektronisch eingegeben. Das Shopping-Navi berechnet dann die Standorte der einzelnen Produkte und die kürzeste Route an ihnen vorbei und wieder aus dem Supermarkt heraus. Mit der Zusatzsoftware eines applizierenden Preisvergleichs- und Sonderangebotsrechners wird das Shopping-Navi für den Mann noch interessanter.

Symptom-Verdrängungsmechanismus, der

Bei einem Schnupfen liegt er im Sterben (siehe → *Todesschnupfen*), aber die dauerhaften Schmerzen im Bein will er einfach nicht von einem Arzt überprüfen lassen, weil da ja möglicherweise *wirklich* etwas sein könnte.

Tabula-rasa-Syndrom, das

Die Brust so glatt wie ein Babypopo, Beine wie die von Schiedsrichter Pierluigi Collina – viele Männer sind vom Tabula-rasa-Syndrom befallen und rasieren sich jedes kleinste Härchen ab. Das kann – je nach Geschmack der Partnerin – klasse oder sehr befremdlich aussehen. Und für unangenehme Kratzerlebnisse sorgen. Besonders, wenn er auch in tieferen Zonen auf Dreitagebart steht.

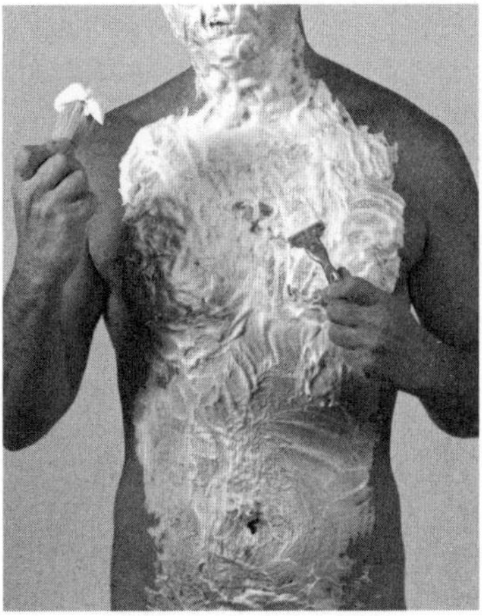

Tages-Amnesie, die

Die Tages-Amnesie ist eine datumsbezogene Gedächtnisstörung, die ein- bis mehrmals pro Jahr auftreten kann und sich auf Tage mit besonderer, meist romantischer Bedeutung beschränkt. Während der Mann niemals das Datum des ersten Spieltags oder den Zeitpunkt der nächsten Autoinspektion vergisst, können Hochzeits- oder Jahrestage nicht von selbst erinnert werden. Hier muss die Partnerin massive Hilfe leisten und durch Memos und regelmäßiges Wiederholen in verbaler Form dem Gedächtnis des Mannes auf die Sprünge helfen. Auslöser und Ursachen dieser Krankheit sind weitgehend unbekannt, sicher ist aber, dass die Tages-Amnesie zum Symptomkomplex des → *Romantik-Syndroms* zählt.

Tanzbeinimmobilität, die

Die Tanzbeinimmobilität betrifft eine phasenweise Bewegungsunfähigkeit der unteren Extremitäten des Mannes im Zusammenhang mit Musikkompositionen aller Art. Dieser Bewegungsunfähigkeit liegen keine körperlichen Ursachen zugrunde, sondern sind vielmehr in der kognitiv-emotionalen Ablehnung gegenüber dem Zurschaustellen rhythmischer Bewegungen zu suchen. Besonders Standardtänze wie Walzer, Tango und Discofox lösen die Tanzbeinimmobilität aus, während der Pogo-Tanz zu Punk-, Rock- oder Heavy-Metal-Musik bei einigen Männern Ausnahmen zulässt.

Tanzflächenrandgeschwür, das

Ein Tanzflächenrandgeschwür bezeichnet einen Mann, der über Stunden regungslos am Tanzflächenrand steht und auf die Tanzenden glotzt. Er tanzt nicht, wippt auch nicht im Takt oder zeigt sonst wie, dass ihm die Musik gefällt. Er hält vielmehr die Arme vor der Brust verschränkt und starrt so penetrant, dass es den tanzenden Frauen unangenehm ist (siehe auch → *Stielaugen*). In diesem Fall sollte das Tanzflächenrandgeschwür entfernt werden. Je nach Charakter des Geschwürs ist dabei eine mehr oder weniger gewaltsame Maßnahme erforderlich: Ist das Geschwür gutartig, wird es nach Aufforderung oder dem Hinweis auf sein blödes Benehmen verschwinden. Ist es aber bösartig und aggressiv, ist ein operatives Entfernen durch einen Fachmann (Türsteher) erforderlich.

Taschentuch-Aversion, die

Die Taschentuch-Aversion äußert sich darin, dass der Mann jeden Kontakt mit einem Taschentuch meidet, selbst wenn er a) Schnupfen oder b) geraden einen dicken Popel ans Tageslicht befördert hat. Lieber zieht er – im Fall a – geräuschvoll die Nase hoch und spuckt eventuell sogar den Rotz aus. Im Fall b muss er den Popel irgendwie loswerden. Da dieses Sekret aber bekanntermaßen ziemlich klebrig sein kann und das Wegschnippen sich oft als nicht so einfach gestaltet, ist die Wahrscheinlichkeit groß, dass er den Popel an einer beliebigen rauen Oberfläche abstreift. Warum er an dieser Stelle kein Taschentuch benutzt, ist auch der neueren Verhaltensforschung ein Rätsel.

Siehe auch → *Popelzwang* und → *Serviettenphobie*.

Telefonnummern-Amnesie, die

Spontan auftretendes Vergessen der Telefonnummer seiner One-Night-Stand-Partnerin. Siehe → *Postkoitaler Fluchtreflex*.

Telefonstummheit, die

Ein kognitiv bedingter Zustand, der es dem Mann unmöglich macht, am Telefon zu plaudern. Erstaunlicherweise wird dieser Zustand vom Mann nicht als störend empfunden.

Temporäre Schwerhörigkeit, die

Die Temporäre Schwerhörigkeit tritt in Erscheinung, wenn die Partnerin den Mann zur Mithilfe aufruft, während er im Hobbykeller bastelt, in der Garage schraubt oder auf dem Bett liegt und Tiefschlaf simuliert. Ganz plötzlich setzt sein Hörvermögen aus, und zwar genau bis zu dem Moment, in dem die Partnerin aufgibt und die Sache selbst erledigt.

Terminverschlampung, die

Siehe → *Neuigkeiten-Demenz.*

Todesschnupfen, der

Der Todesschnupfen wird hervorgerufen durch eine besondere Virenmutation, die ausschließlich Männer befällt. Frauen scheinen dagegen immun zu sein. Die körperlichen Symptome ähneln denen einer normalen Erkältung, aber auf psychischer Ebene spielen sich Dramen ab, die den Mann dazu bringen, in einer Tour zu jammern, wehleidig zu gucken und betüdelt werden zu wollen. Zum

Glück ist der Todesschnupfen nicht in Wirklichkeit tödlich, aber der Mann tut alles, um der Partnerin zu beweisen, dass er es ganz leicht sein könnte.

Was Männer zum Todesschnupfen sagen:
Hannes O., 36 Jahre
»Ich stell mich nicht an!«

Toilettenrollennachfüllschwäche, die

Die Toilettenrollennachfüllschwäche äußert sich in dem unerklärlichen Verhalten, die leere Toilettenrolle im Halter nicht durch eine neue zu ersetzen. Diese typische Männerkrankheit ist in allen Gesellschaftsschichten zu finden. Als Ursache diskutieren Wissenschaftler sowohl einen angeborenen Sehfehler (ähnlich der → *Schmutzblindheit*) oder eine kognitive Verarbeitungsstörung, die den Transfer »leer = austauschen« unmöglich macht. Einige Forscher ordnen die Toilettenrollennachfüllschwäche auch einer bereits wohlbekannten Männerkrankheit unter, nämlich der → *Faulheit*.

Überraschungsschwäche, die

Die Überraschungsschwäche äußert sich darin, dass er einfach nicht in der Lage ist, seine Partnerin mit einem besonderen Geschenk oder einer kleinen Aufmerksamkeit zu überraschen. Zum Geburtstag gibt es immer ein Buch und eine CD oder einen Gutschein für ein Buch oder eine CD. Zu Weihnachten schenkt er mit Vorliebe Haushaltsgeräte wie Staubsauger oder Crêpepfanne. Kleine Zettelchen mit Liebeserklärungen, die auf dem Kühlschrank kleben: Fehlanzeige! Ein Strauß bunter Gerbera einfach mal so zwischendurch – nö. Und natürlich würde der Betroffene niemals auf die Idee kommen, seine Partnerin spontan auf einen Trip nach Venedig einzuladen. Übertriebene Aufmerksamkeit ihm gegenüber und romantische Geschenke an ihn als Wink mit dem Zaunpfahl sind bei den meisten Betroffenen leider vergebene Liebesmüh. Selbst wenn man ihm subtil klarmacht, dass er sich doch gefälligst mal was Originelles einfallen lassen oder wenigstens Blumen mitbringen soll, wird der Mann mit Überraschungsschwäche sein Verhalten leider kaum verändern. Das Einzige, was hilft, ist Selbsthilfe. Die Partnerin sollte sich also einfach selbst mit Tulpen, Wellness-Gutscheinen und Trips nach Paris beglücken.

Umweltschutzmuffelei, die

Bei einigen Männern ist eine ausgeprägte Umweltschutzmuffelei vorhanden. Energiesparen wird von ihnen als überflüssig empfunden, weil globale Erwärmung und Klimakatastrophe schließlich sowieso nur Erfindungen der Klatschpresse seien. Und all das, damit sie weiter mit dem Auto zum Brötchenholen fahren, jede Sorte Müll in eine Tonne kloppen (→ *Mülltrennungs-Verweigerung*), Türen sperrangelweit offen stehen lassen (einschließlich der Kühlschranktür) und Zimmer festlich illuminieren können, auch wenn niemand drin ist (→ *Lichtausmach-Defizit*). Sie empfinden es als Verschwendung, viel Geld im Bioladen auszugeben, und als Idiotie, mal zu Fuß zu gehen oder mit dem Rad zu fahren. Leider sind Umweltschutzmuffel meist resistent gegen Argumente und damit äußerst schwer belehr- und damit heilbar.

Unpünktlichkeit, die

Unpünktlichkeit ist unter Männern weit verbreitet und kann verschiedene Ursachen haben. Manche Männer haben zwar schon Jacke und Schuhe an, lassen sich aber durch den Eingang einer E-Mail oder einer SMS ablenken oder versuchen, doch noch eben schnell das nächste Level ihres Computerspiels zu erreichen. Andere Typen haben einfach keine Lust, nach jemand anderes Pfeife zu tanzen, und lehnen Pünktlichkeit rundweg als unmännlich ab. Manche aber kommen nur zu spät, um bloß nicht auf andere warten zu müssen.

Unruhezustände, die

Unruhezustände des vegetativen Nervensystems des Mannes treten häufig auf, wenn die Partnerin seine neue Digitalkamera für einen einfachen Schnappschuss benutzen will. Der Betroffene wird in einer solchen Situation seine Partnerin dazu drängen, erst die optimale Belichtungszeit und ISO-Zahl einzustellen, den richtigen Blickwinkel einzunehmen und den Blitz abzuschalten und dann die Kamera anders zu halten und am besten doch sowieso gleich ihn das Foto machen zu lassen. Diese Unruhezustände lassen tatsächlich erst dann nach, wenn dem Betroffenen seine Kamera ausgehändigt wurde.

Was Männer zu Unruhezuständen sagen:
Uwe L., 49 Jahre
»Natürlich werde ich nervös, wenn meine Frau mit meiner Kamera rumhantiert wie ein debiler Affe mit einem Oszilloskop!«

Unwillkürliche Muskelrelaxation, die

Die Unwillkürliche Muskelrelaxation bezeichnet die plötzliche Erschlaffung der männlichen Muskulatur im Moment nach dem Sockenausziehen. Sie führt dazu, dass der Mann die Fußbekleidung unweigerlich auf den Boden fallen lässt, so dass sie später an den unmöglichsten Orten aufgefunden wird. Der Betroffene ist durch die schlagartige Kraftlosigkeit auch nicht mehr im Stande, die Socken wieder aufzuheben und an einen dafür vorgesehenen Platz zu räumen. Manch ein Betroffener der Unwillkürlichen Muskelrelaxation entwickelt zwar im Verlauf der

Krankheit ein Gespür für den nächsten Anfall und schafft es gerade noch, die Socken auf den Tisch, die Fensterbank oder den Mülleimer zu legen, bevor seine Muskeln erlahmen. Aber auch er ist aufgrund der plötzlich einsetzenden Schwäche nicht in der Lage, die Socken anschließend in den Wäschekorb zu werfen. Die Phase kurz vor dem nächsten Anfall nennt man, wie bei Epilepsie, Aura.

Mittlerweile gibt es auch für die Unwillkürliche Muskelrelaxation speziell ausgebildete Hunde, die erschnuppern, wann der nächste Anfall droht. Das allein ist noch keine große Kunst, da die Partnerin oft selbst riechen kann, wann ihr Mann die Strümpfe auszieht. Aber diese Super-Hunde sind nicht nur darauf trainiert, mit Bellen vor dem drohenden Anfall zu warnen. Im Falle des ausbleibenden Erfolgs, wenn der Mann also trotz Warnung die Socken fallen lässt, werden diese Hunde dem Betroffenen nämlich kräftig in den Hintern beißen. Einige Erkrankte konnten so tatsächlich bereits geheilt werden.

Urlaubs-Aktivitis, die

Manche Männer entwickeln während einer verordneten Ruhepause wie dem Urlaub krankhafte Verhaltensweisen. Während er im normalen Leben eher eine Couch-Potatoe mit pathologischer Gehschwäche ist, mutiert der Mann mit Urlaubs-Aktivitis in fernen Ländern plötzlich zum Extremsportler und Adrenalinjunkie. Anstatt schön im Schatten zu liegen und seinen Bewegungsdrang auf die

Strecke zwischen Poolbar und Liege zu beschränken, ist der Mann mit Urlaubs-Aktivitis davon überzeugt, in zwei Wochen höchste Gipfel besteigen, Dschungel-Wandertrips und Tauchscheine machen zu müssen. Und zwar ohne die benötigte Ausrüstung, ohne Sinn und Verstand und vor allem ohne die nötige Puste. Selbst das herbeigerufene Bergrettungsteam kann Betroffene nicht davon überzeugen, dass es für alle Beteiligten besser gewesen wäre, auf Meeresniveau zu bleiben. Für Betroffene und ihre Partnerinnen bieten sich Camps mit spezieller Männerbetreuung an, wo die Erkrankten sich unter fachlicher Aufsicht auspowern können und Frauen einfach ihre Ruhe haben.

Verbale Dysfunktion, die

Die Verbale Dysfunktion ist eine weit verbreitete Störung

des männlichen Sprechapparates, die einsetzt, sobald von der Frau bestimmte, als unangenehm empfundene Themen angesprochen werden. Auslöser sind hierbei häufig Schlagworte wie »Schwiegereltern«, »Putzen« oder »fehlende Zärtlichkeit« – oder einfach die Aufforderung »Du, wir müssen reden«. Die erste Reaktion ist eine versteinerte Miene, die zweite ein Fluchtversuch. Schafft man es, den Mann nicht entwischen zu lassen, wird er einsilbig bis gar nicht antworten, was die Probleme aus Sicht der Partnerin noch verstärkt. Im besten Fall ist die Verbale Dysfunktion eine vorübergehende Attacke, die durch die unangekündigte und für ihn total überraschende Aufforderung zum Gespräch ausgelöst wird. Dann hat die Partnerin die Chance, mit dem Mann einen Gesprächstermin für einen günstigeren Augenblick zu vereinbaren, auf den er sich dann einstellen und vorbereiten kann. Im schlimmsten Fall ist die Verbale Dysfunktion aber chronisch verankert. Dann gilt sie als eine der am schwersten zu heilenden Männerkrankheiten.

Vergesslichkeit, die

Männer können an den verschiedensten Formen von Vergesslichkeit leiden, wie zum Beispiel der → *Aufgaben-Amnesie*, → *Tages-Amnesie*, → *Neuigkeiten-Demenz* oder → *Einkaufs-Demenz*. Am weitesten verbreitet ist aber eine ganz ordinäre Vergesslichkeit, die sich auf schlicht alles bezieht, was die Partnerin ihrem Mann aufträgt. Ob sie ihn bittet, endlich die Urlaubsfotos abziehen zu lassen, an den Geburtstag seiner Mutter zu denken oder die Thermoskanne mitzubringen, die er in sein Büro entführt hat – er wird es nicht tun. Regt sie sich dann darüber auf, wischt er jeden Einwand mit einem lapidaren »Hab ich halt vergessen« vom Tisch. Selbst die Aufforderung, sich die Sachen doch auf Post-its zu notieren, hilft bei Betroffenen wenig: Sie vergessen nämlich einfach, auf den Zettel zu gucken, selbst wenn er in Augenhöhe an der Tür klebt. Die Prognose bei allgemeiner Vergesslichkeit ist leider schlecht, weil die Heilungschancen sehr gering sind.

Verkehrsinduzierte Fußspastik, die

Die Verkehrsinduzierte Fußspastik befällt den Mann regelmäßig auf dem Beifahrersitz und betrifft in der Regel den rechten Fuß. Definiert wird die Fußspastik als Treten auf imaginäre Gas- und Bremspedale in unterschiedlicher Intensität. Zu erkennen ist die Fußspastik am angezogenen Bein, wobei der Fuß trittbereit in der Luft schwebt, hektisch auf und ab gepumpt oder mit aller Gewalt in den Boden des Beifahrerfußraums gestemmt wird. Der Verkehrsinduzierten Fußspastik geht meist ein leichtes Beinzucken voraus, das von der Fahrerin als erstes Symptom ernst genommen werden sollte. Auslöser sind: rote Ampeln, grüne Ampeln und gelbe Ampeln.

Virile Pflegebedürftigkeit, die

Die virile Pflegebedürftigkeit erreicht bei der kleinsten Erkältung schnell Pflegestufe 3 und äußert sich in massivem Jammern und extrem gesteigertem Verwöhnbedürfnis durch die Partnerin (siehe auch → *Todesschnupfen*).

Vorgeschobene Hilflosigkeit, die

Die Vorgeschobene Hilflosigkeit ist eine subtilere Form der → *Erworbenen Haushaltsschwäche* und wird ausgelöst durch lästige Tätigkeiten wie Bettenbeziehen oder Bügeln. Sie dient dem Zweck, eine Hilfestellung herbeizuführen.

Typisch für den Krankheitsverlauf sind Äußerungen wie »Ich kann das nicht«, »Bei mir wird das nichts« oder »Zeig mir das noch mal«, woraufhin der Mann in den Keller verschwindet, um seine Schraubenschlüsselsammlung zu polieren. Dem vorgeschobenen Nichtkönnen kann nur mit Obama-haftem Einpauken des Slogans »Doch, du kannst« begegnet werden.

Eine Variante der Vorgeschobenen Hilflosigkeit ist die *Schmeicheltaktik*, bei der mittels Komplimenten wie »Du kannst das viel besser«, »Bei dir sieht es viel schöner aus« oder »Du hast einfach mehr Talent dazu« die Frau dazu getrieben wird, es selbst zu machen.

Eine zweite Variante der Vorgeschobenen Hilflosigkeit ist der *Gespielte Erschöpfungszustand*, in dem der Mann die Aufgabe abgeben möchte mit der Behauptung: »Für dich ist es nicht so anstrengend, du bist das ja gewöhnt!« Daran wird sich übrigens auch nichts ändern, wenn er nicht endlich anfängt zu trainieren!

Vorgetäuschte Furchtlosigkeit, die

Siehe → *Pseudoheldenmut*.

Vorratshaltungsschwäche, die

Besonders bei alleinstehenden Männern herrscht im Kühlschrank ein erschreckendes Vakuum. Sie sind nämlich nicht in der Lage zur Vorratshaltung, weil ihnen das vorausschauende Denken fehlt. Sie können sich dienstags nicht vorstellen, dass sie mittwochs Hunger bekommen könnten. Die Folge: Sie bunkern nichts Essbares im Haus, wenn man mal von einer Packung Ölsardinen und einer Tüte Chips absieht und Bier einfach nicht als Grundnahrungsmittel gelten lässt. Zurückzuführen ist die Vorratshaltungsschwäche auf die Vergangenheit des Mannes als Jäger und Sammler, als das überzählige Mammutsteak noch nicht in Gefriertruhen verstaut werden konnte, so dass der Mann jeden Tag aufs Neue etwas Essbares erlegen musste. Deswegen geht der Mann mit Vorratshaltungsschwäche auch Tag für Tag »auf die Jagd«. Sein bevorzugtes Jagdrevier: Tiefkühl-Abteilungen und Fastfood-Restaurants.

Vorspiel-Krankheit, die

Mancher Mann versteht unter Vorspiel, sich die Hose herunterzuziehen und sich aufs Bett zu legen. Das hat meistens zur Folge, dass deren Partnerinnen es ihrerseits neu definieren: nämlich als Vorspielen des Orgasmus.

Waschbrettbauch-Manie, die

Die Waschbrettbauch-Manie bezeichnet eine affektive Verhaltensstörung, die unter muskulösen Männern auftritt. Männer mit Waschbrettbauch-Manie zeichnen sich durch ein in sexueller Hinsicht völlig übersteigertes Selbstwertgefühl aus, das in dem Bewusstsein mündet: »Meine Muskeln sind definiert, damit kann ich sie alle haben.«

Siehe auch → Künstler-Manie, → *Latino-Manie*, → *Halbgott-in-Weiß-Manie* und → *Millionärsmanie*.

Wechseljahre, die

Männer kommen auch in die Wechseljahre: Sie wechseln dann nämlich die alte Partnerin gegen eine neue, meist viel jüngere. Begleitend treten nicht selten allerhand Symptome der → *Midlife-Crisis* auf. Interessanterweise haben Männer überhaupt kein Problem mit ihren Wechseljah-

ren. Im Gegenteil: Sie betrachten es sogar als ihr natürliches Vorrecht, extrem junge Frauen anzubaggern. Im Extremfall liegt ein → *Hef-Komplex* vor.

Wenn-du-nichts-für-mich-zu-tun-hast-dann-bin-ich-mal-unten-Krankheit, die

Die Wenn-du-nichts-für-mich-zu-tun-hast-dann-bin-ich-mal-unten-Krankheit ist unter Männern sehr weit verbreitet. Sie äußert sich in dem Ausstoßen des Satzes »Wenn du nichts für mich zu tun hast, dann bin ich mal unten« (beziehungsweise oben, draußen und so weiter) und dem sofortigen Abtauchen in Hobbykeller, Garage, Computerzimmer oder Fernsehecke. Die Wörter werden dabei ohne Atempause in solch rasender Geschwindigkeit gesprochen, dass er die Dieter-Thomas-Heck-Gedächtnismedaille verdient hätte. Eine Antwort oder Reaktion wird nicht abgewartet, besonders dann nicht, wenn die Partnerin gerade mit der Essenszubereitung, dem Hausputz oder der Versorgung der Kinder zugange ist. Abhilfe schafft nur ein Antizipationstraining seitens der Partnerin. Sobald er auch nur die Nase zur Tür hineinsteckt, sollte sie eine Aufgabe parat haben, die sie ihm lautstark und blitzschnell entgegenschleudert. Denn sobald er einmal seinen Satz begonnen hat, bleiben der Partnerin nur 0,4 Sekunden, um einen passenden Job zu präsentieren, der verhindert, dass der Mann für Stunden verschwunden ist und sich wieder mal um überhaupt nichts kümmert.

Werkzeug-Kaufsucht, die

Er hat einen Maschinenpark, der manche Handwerkergenossenschaft vor Neid erblassen lassen würde. Vom chromblitzenden Bohrhammer über die professionelle Stichsäge, den Exzenterschleifer und Lithium-Ionen-Akkuschrauber bis zur Mauernutfräse hortet der Betroffene in seiner Garage oder seinem Hobbykeller alles, was es an teurem Zeug im Baumarkt zu kaufen gibt. Dazu passend hat er sich eine Kollektion an Workwear zugelegt, angeführt von mehreren Montagewesten, hinzu kommen Werkzeuggürtel, Warnjacken, Sicherheitshosen und Arbeitsoveralls. Selbstverständlich glänzen die Klamotten genauso wie seine Geräte, denn Besitz bedeutet noch lange nicht, dass sie auch benutzt werden. Von vielen Teilen weiß er nämlich gar nicht, was er damit anfangen soll – außer sie ehrfürchtig zu streicheln und bei seinen Freunden und Kollegen damit anzugeben. Bei Männern mit Werkzeugkaufsucht ist manchmal auch eine begleitende → *Küchengeräte-Kaufsucht* zu beobachten. Die Ursachen liegen häufig in einer kindlichen Technik-Begeisterung.

Zauselkrankheit, die

Die Zauselkrankheit befällt bevorzugt Männer in der Adoleszenz, kann aber auch in fortgeschrittenem Alter auftreten. Symptome sind spärlicher Bartwuchs, der mit übermäßigem Stolz präsentiert wird. Warum das Gezausel nicht abrasiert wird, lässt sich nur vermuten. In manchen Kulturen sind religiöse Gründe dafür verantwortlich, in alternativen Kreisen gilt es als Reminiszenz an die alten Hippie-Zeiten, bei allen anderen aber lässt es sich schlicht und einfach der klassischen → *Geschmacksverkalkung* zurechnen.

DANKE

Ich möchte mich ganz herzlich bedanken bei meiner Agentin Petra Hermanns und bei Valesca Schober, die bei der Entstehung des Buches tatkräftig mitgeholfen haben und mich auch sonst in allen Belangen unterstützen.

Auch ein herzliches Dankeschön an meine Lektorin Ulrike Seidemann für ihre Begeisterung und die schönen Ideen zur Umsetzung dieses Buches.

Und dann danke ich auch meinen Freundinnen, die mich mit einer Vielzahl von Anregungen versorgt haben. Und ich danke natürlich den zahlreichen männlichen Forschungsobjekten, deren Verhaltensweisen zu studieren mir große Freude bereitet hat.

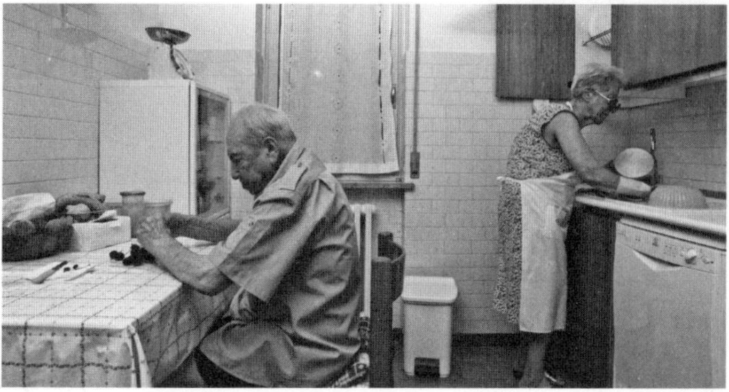

REGISTER

BILDNACHWEIS

S.2 © NataliaProkofyeva
S.6 © photomak
S.7 © Tish1
S.9 © Nejron Photo
S.12 © Pixddeluxe
S.19 © Bernd Schmidt
S.21 © Lamarinx
S.24 © Vitaly Titov und Maria Sidelnikova
S.27 © Roman Sigaev
S.29 © Jiri Hera
S.31 © neelsky
S.35 © valzan
S.36 © ostill
S.38 © szefei
S.46 © Alexander Trinitatov
S.49 © liubomir
S.53 © Brenda Carson
S.57 © Poulsons Photography
S.61 © sad
S.63 © Stéphane Bidouze
S.67 © Freerk Brouwer
S.72 © Thomas Barrat
S.77 © Aleksey Klints
S.79 © Drilea Cristian
S.84 © StockLite
S.88 © Tomasz Trojanowski
S.91 © Refat

S.95 © Peshkova
S.98 © bg_knight
S.100 © Yuri Arcurs
S.104 © Shestakoff
S.106 © Elnur
S.112 © Jochen Schoenfeld
S.117 © vlue
S.120 © Rene Jansa
S.123 © signature photos
S.130 © Alliance
S.134 © Liliya Kulianionak
S.138 © karen roach
S.141 © Blend Images
S.144 © Pakhnyushcha
S.147 © FXQuadro
S.154 © Ivaschenko Roman
S.159 © Dani Simmonds
S.165 © Astrid Lenz
S.167 © chris leachman
S.171 © CrackerClips Stock Media
S.177 © carlo dapino
S.180 © Thomas La Mela
S.184 © Milan Vasicek
S.188 © Nagy Melinda
S.191 © holbox
S.193 © Patrick Hermans
S.199 © holboxPoznyakov
S.209 © Milan Vasicek
S.212 © Elnur
S.219 © rudall30
S.222 © Chris Howey
S.224 © kriangkrai wangjai
S.226 © imaeegami
S.229 © tommiphoto